新典社選書 53

三村晃功 著

古典和歌の文学空間

——歌題と例歌（証歌）からの鳥瞰《スコープ》——

新典社

目次

一　はじめに

筆者はさきに『古典和歌の世界――歌題と例歌（証歌）鑑賞――』（平成二二・一二、新典社。以下、「前著」という）なる和歌の入門書を刊行した。これは永年勤務した、京都光華女子大学を退任するに際し、これまで従事してきた類題和歌集研究の総括として、平易にして達意の文章表現・措辞を用いて、古典和歌研究の初心者ないし愛好者に提示し、これらの人びとの古典和歌への興味・関心がさらに増殖し、その判断・理解がより深まることを庶幾《しょき》して出版したものであった。

すなわち、その内容は、詠歌作者が折々の感興に即して作歌の場や状況との密接なかかわりのもとに詠作する「実詠歌《じつえいか》」とは異なって、あらかじめ設定された題に基づいて構想された観念的な世界を形成する「題詠歌《だいえいか》」で構成、編纂されている。具体的にいえば、それは平安時代に入って賦詩題《ふしだい》・詠史題など漢詩の詩題の影響のもとに兆《きざ》し、屏風歌《びょうぶうた》や歌合《うたあわせ》の盛行とともに発展した、貞元《じょうげん》・天元《てんげん》頃（九七六〜八二）の成立と推察される『古今和歌六帖』に収載される和歌に代表される詠作群を、その主要内容とするものであった。

とはいうものの、そこに収載された題詠歌群は、古典和歌の世界を形成する歌題のうちの、ごく限られた一部の「歌題」と、それらに付された例歌（証歌）でしかないのであって、広大な古典和歌の世界・宇宙を余すところなく開陳《かいちん》するには、極度に限定されたほんの一部分を提示、展開したという程度に過ぎない、貧弱な内容であったといわざるを得ないわけだ。この不備・不完全さは「選書」という紙幅の制限から生ずる、本書の出版上の制約に対応した、已《や》むを得ない配慮、措置《そち》に起因しているとも弁解できようが、筆者にはそれ以上に、「歌題と例歌（証歌）鑑賞」の視点から豊饒《ほうじょう》な「古典和歌の世界」を詳細に紹介、展開するうえでは、何といっても、内容面での不足・不充分さの問題が最大の懸念《けねん》要因になっている、と憶測されるのだ。

そこでこの問題を、歌題面から検証してみるために、最初の組題百首で、組織・体裁面でその後の百首歌のモデルともなった『堀河百首』に収載の歌題を、参考までに掲載してみると、次のとおりである。

〔春〕　1立春　2子日《ねのひ》　3霞　4鶯　5若菜　6残雪　7梅　8柳　9早蕨《さわらび》　10桜

11春雨　12春駒　13帰雁　14喚子鳥《よぶこどり》　15苗代　16菫菜《すみれな》　17杜若《かきつばた》　18藤　19款冬《やまぶき》

20三月尽　（二〇題）

〔夏〕21更衣　22卯花　23葵　24郭公《ほととぎす》　25菖蒲《あやめ》　26早苗　27照射《ともし》　28五月雨《さみだれ》　29盧橘《ろきつ》
30蛍　31蚊遣火《かやりび》　32蓮《はちす》　33氷室《ひむろ》　34泉　35荒和祓《あらにごのはらえ》　（一五題）

〔秋〕36立秋　37七夕　38萩　39女郎花《おみなえし》　40薄《すすき》　41刈萱《かるかや》　42蘭《ふじばかま》　43荻《おぎ》　44雁　45鹿
46露　47霧　48槿《あさがお》　49駒迎　50月　51擣衣《とうい》　52虫　53菊　54紅葉　55九月尽　（二〇題）

〔冬〕56初冬　57時雨《しぐれ》　58霜　59霰《あられ》　60雪　61寒蘆《かんろ》　62千鳥　63氷　64水鳥　65網代《あじろ》
66神楽　67鷹狩　68炭竈　69爐火《ろか》　70除夜　（一五題）

〔恋〕71初恋　72不ルレ被れレ知ラレ人ニ恋　73不ルレ遇ハ恋　74初メテ逢フ恋　75後朝《きぬぎぬ》恋　76会ヒテ不ルレ逢ハ恋
77旅恋　78思　79片恋　80恨　（一〇題）

〔雑〕81暁　82松　83竹　84苔《こけ》　85鶴　86山　87川　88野　89関　90橋　91海路　92旅
93別　94山家　95田家《でんか》　96懐旧　97夢　98無常　99述懐《じゅっかい》　100祝詞《のりと》　（二〇題）

このうち、前著が収録している歌題は、『堀河百首』関係では、春部の「1立春」「3霞」「8柳」「10桜」「13帰雁」、夏部の「24郭公（時鳥）」「25菖蒲」「29盧橘」「33氷室」「35荒和祓」、秋部の「37七夕」「45鹿」「46露」「50月」「54紅葉」、冬部の「57時雨」「60雪」「62千鳥」「63氷」

「67鷹狩」の各五題と、恋部の「71初恋」「73不《ル》レ遇《ハ》（逢）恋」「74初《メテ》逢《フ》恋」「76会《ヒテ》（遇）不《ル》レ逢《ハ》恋」の四題と、雑部の「81暁」「82松」「83竹」「84苔」「85鶴」「86山」「87川（河）」「88野」「89関」「90橋」「94山家」「95田家」の十二題の都合三十六題である。

また、『和歌題林抄』関係では、恋部の「忍恋」の一題と、雑部の「朝」「夕」「夜」（時節関係）「深山《みやま》」「嶺」「岡」「杣《そま》」「原」「道」「海」「浦」「浜」「磯」「嶋」「崎」「江」「舟」「海人」「滝」「池」「沼」（地儀・山類・水辺関係）「社頭」「寺」「禁中」「故郷」「古京」「亡屋」「隣家」「村」（居所関係）「猿」（獣部関係）の三十題の都合三十一題である。

要するに、『堀河百首』と『和歌題林抄』の両作品を合わせても六十七題にすぎないのだ。

ちなみに、基本的な歌題と例歌（証歌）を収載する、南北朝期の成立たる歌学書『和歌題林抄』の歌題のなかから、上記の六十七題を除外した歌題を、次に掲載してみよう。

〔春〕　2子日　3若菜　4白馬節会　6鶯　7残雪　8若草　9梅花　11早蕨　13遊糸《ゆうし》
14春雨　15春駒　17雉　18喚子鳥　19苗代　20菫菜　21三月三日桃花　22杜若
23藤花　24款冬　25河津　26躑躅《つつじ》　27暮春　（二二題）

〔夏〕　28更衣　29卯花　30余花　31葵　33結葉　35早苗　36照射　37鵜河　38五月雨
40瞿麦《なでしこ》　41蛍火　42水鶏《くいな》　43蚊遣火　44夏草　45蓮　46蟬　48納涼　49泉　（一八題）

〔秋〕　51立秋早秋　53草花　54萩　55女郎花　56薄　57刈萱　58蘭　59荻　60雁　63霧
64槿　65駒迎　67鶉《うずら》　68擣衣　69虫　70菊残菊　72暮秋九月尽　（一七題）
〔冬〕　73初冬　75霜　76霰　78寒蘆寒草　81水鳥　82網代　83神楽《かぐら》　85炭竈《すみがま》　86爐火
87五節《ごせち》　88臨時祭　89仏名　90歳暮除夜　（一三題）
〔恋〕　95後朝恋　97旅恋　98思　99片思　100恨　101雑恋　102書　（七題）
〔雑〕　108林杜　115旅　124雲　125雨雨後　131老人　132友　133客　134遊女傀儡《くぐつ》　135祝　136慶賀
137述懐　138懐旧　139無常　140夢　141閑居　142眺望　143遠情　144餞別　145管弦
146上陽人　147王昭君　148楊貴妃　（二二題）

以上のとおり、『和歌題林抄』が収録する歌題のうち、前著に未収載の歌題数はまさに百題を数えるのであって、前著が収載する歌題数を優に越えるのだ。それは前著が『和歌題林抄』から収載した歌題の約百五十パーセントに相当する数値であって、ここに題詠歌による和歌的世界の基本的な全体像を提示するには、さきに言及しえなかった百題の歌題と例歌（証歌）をすべて採り上げて論述する必要があるようだ。

さきに前著の内容について、あまりにも不備・不足の側面を誇張した嫌《きら》いの発言をしたが、それはこれまで各歌題に膨大な数の「題詠歌」を緊密に配列・構成した、たとえば二千五百五十一題の歌題をもつ『題林愚抄』や、一万八百八十五題の歌題をもつ『類題和歌集』などの類題集を、その主要な研究対象にしてきた筆者の目からみると、せいぜい七十題弱の歌題に例歌（証歌）を付して論述した程度の前著など、類題集研究のほんの入口に立ったにすぎない貧困な内容の入門書の感じを否めなく、つい無意識のうちに少々オーバーな物言いになったという次第である。

　というわけで、本書では前著で対象外にした、約百の歌題と例歌（証歌）約五百七十首を組《そ》上《じょう》に載せて詳細に論述し、前著の不備・不足の補完を企図して、題詠歌による和歌の世界・文学空間の完全な構築を再度目指そうと試みたわけである。

二　歌題と例歌（証歌）の概観

ところで、題詠歌による和歌の文学空間の構築を試みようとするとき、まず「題詠歌」とはいかなる性格をもつ和歌であるのか、この点についてのおおよその定義・規定などに言及しておく必要があろうかと愚考される。というのは、古典和歌というとき、現在およそ五十万首を優に越えるおびただしい数量の和歌が存在して、それは『新編国歌大観』（昭和五八・二～平成四・四、角川書店）全十巻に所収されているとおりだが、その大半は大方の予想を裏切って、詠作者が折々の景物に接したときの感興を素直に詠作する「実詠歌」とは異なって、あらかじめ設定された題に基づいて構想された観念的な世界を形成する「題詠歌」であるからである。しかし、この題詠歌の問題については、すでに前著において「二　古典和歌の性格」なる章を設けて、不充分ながら言及済みであるので、本書ではいきなり本題に入ろうと思う。

（A） 春部（一月～三月）の歌題から

a 「子日」

さて、春部の歌題のうち、最初に登場願うのが「子日《ねのひ》」の題である。「子日」とは十二支の「子」にあたる日だが、ここでは正月初めの子の日に行なわれた年中行事をいう。この日、宮中では宴《うたげ》や野に行幸《ぎょうこう》を催し、一般では野外に出て小松《こまつ》を引き、若菜《わかな》を摘んで、不老長寿を願った。この行事は奈良時代から見られ、平安時代に入って由緒《ゆいしょ》ある習慣として一般化した。したがって、「久しき例《ためし》に松を引く」とも、「霞もいつしかたなびきにけり」とも詠むわけだ。なお、子日の属性《ぞくせい》を表す用語に、「姫小松」「二葉《ふたば》の松」「初子《はつね》の松」「春日野《かすがの》」「引馬野《ひくまの》」などがある。

例歌（証歌）には、次の五首を指摘しえよう。

1　子の日する野辺に小松のなかりせば千代《ちよ》のためしに何を引かまし
（拾遺集・春・〈壬生〉忠峯・二三）

2　千歳《ちとせ》まで限れる松も今日よりは君にひかれて万世《よろづよ》やへむ　（同・同・大中臣能宣・二四）

3　春日野の子の日の松は引かでこそ神《かみ》さびゆかむかげにかくれめ

4　春霞たち隠せども姫小松ひくまの野辺にわれは来にけり
（金葉集二奏本・春・大中臣公長朝臣・一二一）
（同三奏本・春・大蔵卿〈大江〉匡房・一一六）

5　野辺みればまだ二葉なる姫小松いづくに千代のかげこもるらむ
（玄玉集・時節歌上・左中将源有房朝臣・三七五）

まず、1の詠は、『拾遺集』に「題知らず」の詞書を付して載る、壬生忠峯《みぶのただみね》の詠。詞書から「子日」の題は知られないが、初句からそれと知られよう。歌意は、もし子の日の遊びをする野辺に、根引きをする小松がなかったとしたら、千代の長寿にあやかる例として、何を引いたらよいのであろうか、のとおり。「引く」に、根を引くと、例に引くを掛ける。子の日の松に寄せて、千代の寿命を予祝《よしゅく》する詠作。本詠は子息の家集『忠見集』（八五）に「朱雀院《すざくゐん》の御屛風に」の詞書を付して載るので、あるいは壬生忠見《ただみ》の作か。

次に、2の詠は、同じく『拾遺集』に「入道式部卿の親王（宇多天皇の皇子・敦実《あつざね》親王）の子日し侍りける所に」の詞書を付して載る、大中臣能宣《おおなかとみのよしのぶ》の詠作。詞書から「子日」の題と知られる。歌意は、千歳までと寿命が限られている松も、今日からは、親王さまの寿命にあやかって、万代までも生き長らえることになるのであろうか、のとおり。千歳の寿命の松が、万代の長寿の親王にあやかるという、逆発想の趣向が興趣《きょうしゅ》深い。

　次に、3の詠は、『金葉集』（二奏本）に「子日の心をよめる」の詞書を付して載る、大中臣公長《きんなが》の作。詞書から「子日」の題と知られる。歌意は、春日野の子の日の小松だけは引かないでおいて、その松が年を積んで神々《こうごう》しい姿になったとき、その下陰に身を寄せて恩恵を蒙ろうと思うよ、のとおり。「春日野」には藤原氏の氏神《うじがみ》の春日神社がある。「神さびゆかむ」は藤原氏の末遠い繁栄を表す。作者の大中臣と藤原は同祖であるため、藤原氏を言寿《ことほ》ぎつつ、みずからの受ける庇護《ひご》を願う心を詠じている。

　4の詠は、『金葉集』（三奏本）に「（堀河院）百首の中に子日の心をよめる」の詞書を付して載る、大江匡房《まさふさ》の作。詞書から「子日」の題と知られる。歌意は、春霞がたってその姿を隠しているけれども、わたしは姫小松を引く引馬野の野辺にやって来たことだ、のとおり。「ひくま」は「引馬野」のことで、三河《みかわ》の国の歌枕。持統上皇の三河御幸の際、長忌寸《ながのいみき》奥麻呂《おきまろ》が詠じた「引馬野ににほふ榛原《はりはら》入り乱れ衣にほはせ旅のしるしに」（巻一・五七、現代語訳＝引馬野に美しく色づく榛原。その中に入り交じって衣を染めなさいな、旅の証拠として）の詠が初出か。本詠はこの万葉歌の影響歌だが、実詠歌の趣がある。

　最後に、5の詠は、『玄玉集《げんぎょくしゅう》』に「子日の心をよみ侍りける」の詞書を付して載る、源有房の詠作。詞書から「子日」の題と知られる。歌意は、野辺をみると、まだ芽を出したばかりの二葉のきゃしゃな小松だが、いったいこの姫小松のどこに、末長く千年も長寿を保つ数（生命力）が潜んであるのであろうか、のとおり。芽を出したばかりの姫小松の二葉から、想像を絶する松の生命力に思いを馳《は》せた、これも実詠歌の趣を詠じた作。

以上が初春の野辺で演じられる、不老長寿なる属性をもつ「小松」を中心に据えた「子日」題の概要である。

b　「若菜」

次に春部の歌題として採り上げるのが「若菜」である。まず、若菜の属性を表す用語に「根《ね》芹《ぜり》」「飛《とぶ》火《ひ》野《の》」「春日野」「朝《あした》の原」などがある。

若菜とは、新春に摘む菜をいう。正月初子の日や同七日の白馬《あおうま》の節会《せちえ》に、野辺に出て、若菜を摘むことがある。春の初めのことなので、総じて、祝いの心に関連させて詠むようだ。また、「年ごとに若菜は摘めどもたまらず」とも、「野沢の水に袖濡れて根芹摘む」趣なども詠む。

証歌には、次の四首が上げられよう。

1　春日野の飛火の野守《のもり》出でて見よいまいく日《か》ありて若菜摘みてむ

（古今集・春歌上・読人不知・一八）

2　君がため春の野に出でて若菜摘むわが衣手に雪は降りつつ　（同・同・光孝天皇・二一）

3　春の野に心をだにもやらぬ身は若菜は摘まで年をこそ積め

（後撰集・春上・〈凡河内〉躬恒・九）

4　行きて見ぬ人もしのべと春の野のかたみにつめる若菜なりけり

（新古今集・春歌上・皇太后宮大夫〈藤原〉俊成・一四）

まず、1の詠は、『古今集』に「題知らず」の詞書を付して載る、読人不知歌。詞書から「若菜」の題詠とは知られないが、下句《しものく》からそれと知られよう。歌意は、深山《みやま》ではもっとも早く消える、松の葉にかかる雪さえ消えないのに、都ではもう野辺の若菜を摘んでいることだなあ、のとおり。「若菜」は食用の野草で、正月に芽生えたものを食べ、生命力にあやかろうとした。後の七種粥《ななくさがゆ》に当たる。春の遅い山と早い都とを対照的に描出した所が絶妙。

次に、2の詠は、同じく『古今集』収載歌だが、「仁和帝《にんなのみかど》、親王におはしましける時に、人に若菜賜ひける御歌」の詞書を付して載る、仁和帝（光孝天皇）の御製。ちなみに、天皇と皇后の場合、作者名注記はせず、詞書で示すのが『古今集』の通例だが、本書では作者名を明記した（以下同じ）。光孝天皇は元慶《がんぎょう》八年（八八四、五十五歳）まで親王であった。詞書から「若菜」の題と知られる。歌意は、あなたのために春の野に出て若菜を摘むわたしの袖に、雪がしきりに降りかかっているよ、のとおり。本詠の詠歌対象者は不明だが、親王は四十賀《よそじのが》・五十賀《いそじのが》などを迎えた廷臣たちに若菜を贈って寿《ことほ》いだのであろう。

次に、3の詠は、『後撰集』に「子日しにまかりける人に、遅れてつかはしける」の詞書を付して載る、凡河内《おおしこうちの》躬恒《みつね》の詠作。詞書から「若菜」の題は知られないが、下句からそれは想定できようか。歌意は、春の野に遊びに行くどころか、思いを馳せることさえできないわたしは、この新春、若菜を摘むこともなく、年だけを積んで老いゆくことでありましょうよ、のとおり。詞書の「遅れて」は、時間に間にあわなかったのではなく、何かの事情で後に残ることになったことを意味する。「つむ」に年を「積む」と若菜を「摘む」の意を掛けて、めでたい子日に若菜を摘まないで、逆に、年を積むことだと、ユーモアを利《き》かせて自虐的《じぎゃくてき》に詠じた実詠歌。

最後に、4の詠は、『新古今集』に「延喜御時の屏風に」の詞書を付して載る、紀貫之の作。詞書の内容は、『貫之集』の詞書から「延喜六年（九〇六）月次《つきなみ》の屏風八帖が料の歌」のうちの「子日遊ぶ家」題と知られる。なお、『和漢朗詠集』は「若菜」の題とする。歌意は、この若菜は、子日の遊びに出かけなかった人もこれを見て偲《しの》ぶようにと、春の野の形見として筐《かたみ》に摘み入れたものでありますよ、のとおり。「かたみ」に記念の意の「形見」と、籠の意の「筐」を掛ける。屏風歌の面白さは、屏風の図柄、彩色を踏まえて、そこに描かれないものに思いを寄せる趣向にある。
　以上が新春の野辺で大宮人によって展開される「若菜」題の風光である。

c　「白馬節会」

　正月七日には「白馬節会《あをうまのせちゑ》」という宮廷年中行事がある。「五節会」の一つ。この日は天皇が紫宸殿《ししんでん》で、左右の馬寮《めりょう》から南庭に引き出した白馬をご覧になり、その後に臣下に宴を賜った。この日に白馬を見ると、年中の邪気を除くという中国の風習によったもの。本来は青毛の馬を用いたが、醍醐天皇のころから、白馬を用いたという。しかし、「白馬」と記しても「あおうま」と読んだ。

　例歌（証歌）には、次の二首が指摘されよう。

1　水鳥の鴨の羽色《はいろ》の青馬を今日見る人は限りなしといふ
（万葉集・巻二〇・大伴家持・四五一八）

2　松の葉の色にかはらぬ青馬をひけばこれもや子の日なるらむ
（年中行事歌合・五番左・頓阿・九）

まず、１の詠は、『万葉集』に「右の一首は、（正月）七日の侍宴《じえん》の為に、右中弁《うちゅうべん》大伴宿祢《すくね》家《やか》持《もち》の預《あらかじ》めこの歌を作りしものなり」の左注を付して載る、大伴家持の作。詞書から「白馬節会」の題は明確には知られないが、詞書の「七日の侍宴」と上句からそれと知られよう。歌意は、水鳥の鴨の羽色の青馬を今日みる人は、寿命に限りがなく長生きするということだ、のとおり。ちなみに、本詠は仁王会《にんおうえ》の儀式によって、前日の六日に内裏で諸王卿らを召して酒を賜い、御宴を催し、録を賜うた際に詠じたもの。

次に、２の詠は、『年中行事歌合』の五番左に「白馬節会」の題を付して載る、頓阿《とんな》の作。歌意は、松の葉の色と少しも変わらない青馬を紫宸殿の前で引くのだから、これも正月七日、野辺で小松を引くのと同じ、子の日の行事であるのであろうか、のとおり。新春七日の「子日」に行われる、紫宸殿の前で白馬を引く行事と、野外に出て小松を引く行事を、セットで扱った寿ぎの風光。

以上、「子日」「若菜」「白馬節会」の三題は、いずれも正月七日に関係する歌題である。

d　「鶯」

春部の次の歌題は鳥の名である「鶯」だ。春になると盛んに鳴きはじめ、その声がよいことで知られる。鶯の属性を表す結題《むすびだい》と用語には、「鶯告春」「雨中鶯」「夜中鶯」「竹林鶯」「山家聞鶯」「鶯為春友」「百千鳥」「谷の古巣」「初音」「来《き》居《ゐ》る」「さへづる」「人《ひと》来《く》といふ」などがある。

この題では、「谷より出でて春を知らせ」とも、「古巣を捨てて花に移る」とも、「竹の臥《ふ》し所《ど》も夜離《か》れせず」とも、「梅の花笠に縫《ぬ》ふ」とも詠む。また、「賤《しづ》の垣根に木伝《こづた》ひて里慣れ」、「霞める山辺に路《みち》やまどへる」とも詠むようだ。

「梅の花」で鳴く「鶯」の用例が『万葉集』から見え、『古今集』以降でも大半が梅とともに詠まれるが、桜とともに詠まれる場合には、「花」と表現している。

例歌（証歌）には、次の五首が指摘されよう。

1　梅が枝《え》に鳴きて移ろふ鶯の羽《はね》白たへに沫雪《あはゆき》そ降る
（万葉集・巻一〇・作者不記・一八四四）

2　雪のうちに春は来にけり鶯の氷れる涙今やとくらむ
（古今集・春歌上・二条の后・四）

3　鶯の鳴く野辺ごとに来てみればうつろふ花に風ぞ吹きける
（同・春歌下・読人不知・一〇五）

4　鶯の声なかりせば雪きえぬ山里いかで春を知らまし
（拾遺集・春・中納言〈藤原〉朝忠・一〇）

5　けふよりや梅の立枝《たちえ》に鶯の声里なるるはじめなるらむ
（金葉集二奏本・春部・春宮大夫〈藤原〉公実・一三）

まず、1の詠は、『万葉集』に「雪を詠む十一首」の題詞を付して載る、作者不記の作。題詞には「雪を詠む」とあるが、上句から「鶯」との関係で「雪」に焦点が当たる手法と理解されようから、「鶯」の題と知られよう。歌意は、梅の枝に鳴いては飛び移ってゆく鶯の、羽もまっ白になるほどの沫雪が降るよ、のとおり。「移ろふ」は変容、衰退の意ではなく、単に枝移りを繰り返すさまをいう。鶯の鳴き声とその羽に雪が降るさまを、いわば聴覚と視覚の座標軸で把《とら》えた初春の風光。

次に、2の詠は、『古今集』に「二条の后の春のはじめの御歌」の詞書を付して載る、二条の后（清和天皇の后）の詠作。詞書から「鶯」の題は知られないが、第三句からそれと知られよう。歌意は、雪がまだ残っているのに、立春も過ぎて春になったことだなあ。厳しい冬の寒さで凍っていた鶯の涙も今ごろはもう溶《と》けていることだろうか、のとおり。鶯は声を詠むのが普通であるのに、「鳴く」といわずに「涙」といい、「氷れる」と凝縮《ぎょうしゅく》した視覚的表現でその美しさを表している発想が興趣深い。なお、二条の后は僧善祐《ぜんゆう》との密通事件で寛平八年（八九六）から后の位を停止されていたので、本詠は廃后《はいこう》の失意の歌ともいわれている。

次に、3の詠も『古今集』に収載されるが、「題知らず」の詞書をもつ読人不知歌。詞書から「鶯」の題は知られないが、初句からそれは知られよう。歌意は、鶯の鳴く野辺に花を求めてあちこち来てみると、どこもここも、散りぎわになった花に風が吹きつけているよ、のとおり。鶯が鳴いているなら、きっと花が咲いているだろうと、結局は、花を尋ね歩いている野辺の風景。

4の詠は、『拾遺集』に「天暦《てんりやく》十年（九五六）三月二十九日内裏歌合に」の詞書を付して載る、藤原朝忠《あさただ》の詠作。詞書から「鶯」の題は知られないが、初句からそれと知られよう。歌意は、もし鶯の声が聞こえなかったとしたら、雪が消え残っている山里では、どうして春の到来を知ることができたでしょうか、いやできなかったでしょうよ、のとおり。残雪の山里では、鶯の声で春を知るという発想だが、『俊頼髄脳《としよりずいのう》』などでは、『古今集』に「寛平《くわんぴやう》御時后宮歌合」の詠として載る、大江千里の「鶯の谷より出づる声なくは春来ることを誰《たれ》か知らまし」（春歌上・一四、現代語訳＝鶯が谷から出てきて鳴く声が聞こえなければ、春がきたことを誰が知ることができようか）に依拠《いきょ》しているとする。

最後に、5の詠は、『金葉集』（二奏本）に「はじめて鶯を聞くといふことをよめる」の詞書を付して載る、藤原公実《きんざね》の作。詞書から「はじめて鶯を聞く」題と知られる。歌意は、今日からが、梅の高く伸びた枝で、鶯の声が里に馴染《なじ》むはじめなのであろうか、のとおり。「里なるる」とあるのは、鶯は春に谷から人里に来るものと考えられていたから。遠くからも目立つ人里での「梅の立枝」における鶯の動静が印象的だ。

以上が初春の空間にさわやかな点描を切り拓《ひら》く「鶯」題のヴァージョンだ。

e　「残雪」

次に「残雪」の歌題に移ろうと思う。この題は「のこんの雪」ともいうが、春に消え残る雪、また、春になお降る雪をもいう。ちなみに、残雪の属性を表す用語には、「あわ（泡）雪」（上代）「あは（淡）雪」（中古）「去年《こぞ》のふる雪」「雪の群消《むらぎ》え」「雪の下水」「雪げの水」などがある。

残雪は、去年の雪が凍っているのをも、新年になって降っているあわ雪をも詠むようだ。梅の枝に降っている雪を見ては、どちらが花かと疑ったり、実際の花はまだ咲いていない梢に雪の花がまず咲く趣を表したり、「草葉は芽を出しているけれども（雪の花は）消えない」とも詠んだり、雪のむら消えの景では、残り少ない我が身によそえて、はかなく消えやすくも、消え残っている趣を詠じているのだ。

この題の例歌（証歌）には、次の二首がある。

1　花ならで折らまほしきは難波江《なにはえ》の蘆《あし》の若葉に降れる白雪

（後拾遺集・春上・藤原範永朝臣・四九）

2　若菜摘む袖とぞ見ゆる春日野の飛火の野辺の雪のむら消え

（新古今集・春歌上・前参議〈藤原〉教長・一三）

まず、1の詠は、『後拾遺集』に「後冷泉院御時、后宮の歌合に残雪をよめる」の詞書を付して載る、藤原範永《のりなが》の作。詞書から「残雪」の題と知られる。歌意は、花ではないのに折りたく思われるのは、難波江の蘆の若葉に降り積っている（花を思わせる）白雪であることよ、のとおり。「白雪」を花ではないと認識しながらも、「折らまほし」と、「花」に見立てた発想が本詠の見所。

2の詠は、『新古今集』に「崇徳院《すとくゐん》に〈久安〉百首歌たてまつりける時、春の歌」の詞書を付して載る、藤原教長《のりなが》の作。詞書からは「残雪」の題は知られないが、下句からそれと想定されようか。歌意は、若菜を摘む人びとの白妙《しろたえ》の袖かとばかり見えることだ。春日野の飛火野の野辺の、雪がむら消えになっている様子は、のとおり。本詠は『古今集』春歌上の紀貫之の歌、「春日野の若菜摘みにや白妙の袖ふりはへて人の行くらむ（二二、現代語訳＝春日野の若菜を摘みに行くのであろうか。白い袖を振りながら、人びとがわざわざ出かけて行くのは）の本歌取り。

以上が「残雪」の題についての概略である。

f　「若草」

「若草」とは、春、萌え出したばかりの草をいう。若い女性や幼女の比喩《ひゆ》に用いることも多い。この題では、枯れ野の茂みの中に緑の清新な趣を詠んだり、秋には色とりどりの千種《ちぐさ》の様相を呈するけれども、芽を出しはじめた春の若草には、そのようになる兆《きざ》しは感じさせない趣をも詠む。「春雨が降るにつれて、日に日に野辺の緑も一段と深まって行く」とも、また、「暦の上では春になったとはいえまだ寒いので、若草はまだ芽を出さない」とも表現したり、「若草はまだ生えたばかりなので、鳥の寝所も隠すことができない」などとも詠む。

例歌（証歌）には、次の三首が上げられよう。

1　春日野は今日はな焼きそ若草のつまも隠れりわれも隠れり
（古今集・春歌上・読人不知・一七）

2　うすくこき野辺のみどりの若草に跡までみゆる雪のむら消え
（新古今集・春歌上・宮内卿・七六）

3　片岡の雪まにねざす若草のほのかに見てし人ぞこひしき

（同・恋歌一・曾禰好忠・一〇二二）

まず、1の詠は、『古今集』に「題知らず」の詞書を付して載る、読人不知歌。詞書からは「若草」の題は知られないが、第三句の「若草の」の措辞に、「つま」の枕詞として「若い女性」のイメージを喚起する機能が重層《じゅうそう》されて、その働きを代替《だいたい》しているのではなかろうか。歌意は、春日野は今日は焼かないでおくれ。若草のような、初々《ういうい》しいいとしい人も隠れているし、わたしも隠れているのだから、のとおり。

次に、2の詠は、『新古今集』に「千五百番歌合に、春の歌」の詞書を付して載る、宮内卿《くないきょう》の作。詞書から「若草」の題は知られないが、第五句の残雪との対比で「若草」が詠じられていることから、それと知られよう。歌意は、あるいは濃くあるいは薄い野辺の緑の若草によって、はっきりとわかることだ。雪があるいは早くあるいは遅く消えていった痕跡《こんせき》が、のとおり。本詠では、眼前に展開する景色が、結果である「うすくこき野辺のみどりの若草」の景から、原因である「雪のむら消え」の景を想像するという手法で構築されており、このような発想は、通常の思考法とは逆であって、この逆転した発想法から案出された、「若草」と「残雪」の組み合わせによる初春の美的空間は見事というべきであろう。

最後に、3の詠も『新古今集』収載歌だが、「題知らず」の詞書をもつ曾禰好忠《そねのよしただ》の詠作。詞書から「若草」の題は知られないが、上句が「ほのかに」を導く有心《うしん》の序であることから、雪間の「若草」に初々しい恋のイメージが想起され、充分にその機能は発揮されていよう。歌意は、片岡の雪の間に根を下ろしている若草がほのかな緑を見せているように、ほのかに見たあの人が恋しいよ、のとおり。本詠は、『古今集』恋歌一に収載される壬生忠峯の「春日野の雪間を分けて生《お》ひ出《い》でくる草のはつかに見えし君かも」（四七八、現代語訳＝春日野の雪間を分けて萌《も》え出てくる若草のように、わずかに見かけたあなたであることよ）の本歌取り。「若草」に寄せて「見る恋」の世界を見事に描出している。

以上が「若草」の題についての概略である。

g　「梅花」

春部の次の題は「梅花」である。「梅」はバラ科の落葉高木。中国からの渡来植物で、奈良時代にはエキゾチックな花として、白梅が愛された。花の白さを雪に見立てたり、春のはじめに鳴く鶯と取り合わせた和歌が『万葉集』から見える。薫《た》き物《もの》の発達や漢詩の影響を受けて、梅の香《か》への興味は平安時代からで、『古今集』には白梅の芳香を賞美する歌が多くみられる。また、平安時代に紅梅が輸入されると、紅梅がもてはやされ、『枕草子』には「濃きも薄きも紅梅」とある。

この題の結題と用語には、「梅が枝」「梅の立枝《たちえ》」「窓の梅」「垣根の梅」「梅の花笠」「若木の梅」「梅花久薫」「梅花夜薫」「かをる」「にほふ」などがある。

風の手引きによって山里を訪ね、夜半の枕の移《うつ》り香《が》を身に染め、誰の袖に触れた匂いなのかと疑い、梅の立枝を見て客人が訪ねて来る趣を表現し、雪の下にも香は隠れない旨なども詠む。梅が薫るときは「香もなつかしく」と詠み、夕暮れ時には入り日の光に見紛《みまが》う趣を詠む。「梅の花笠」といって、鶯が縫《ぬ》うという笠に見立てた趣を詠むこともある。なお、『万葉集』では「花」といえば梅を指すが、『古今集』あたりから「桜」に変わる。

この題の例歌（証歌）には、次の四首を上げえよう。

1　わが園に梅の花散るひさかたの天《あめ》より雪の流れ来るかも

（万葉集・巻五・主人〈大伴旅人〉・八二六）

2　梅の花散らまく惜しみ我が園の竹の林に鶯鳴くも

（同・同・阿氏奥嶋・八二八）

3　春の夜の闇はあやなし梅の花色こそ見えね香やは隠るる

（古今集・春歌上・〈凡河内〉躬恒・四一）

4　わが宿の梅の立枝や見えつらむ思ひのほかに君が来ませる（拾遺集・春・平兼盛・一五）

まず、1の詠は、『万葉集』に「梅花の歌三十二首」の題詞を付して載る、大伴旅人《たびと》の作。作者注記の「主人」は宴の主催者の自称で、ここは大伴旅人のこと。「梅花」の題は題詞から知られる。歌意は、わたしの庭では梅の花が散っている。天から雪が流れて来るのだろうか、のとおり。白梅の落花を雪に見立てる表現は、中国の漢詩に例が多く、また、「雪の流れ来る」の措辞も漢詩の「流雪」の援用《えんよう》であろう。

次に、2の詠も『万葉集』に1の詠と同様の題詞下に収載される、阿氏奥嶋《おきしま》の作。「梅花」の題は題詞から知られる。歌意は、梅の花が散るのを惜しんで、わたしの園の竹の林で鶯が鳴いているよ、のとおり。鶯を梅や竹藪で遊ぶ鳥と見る発想は、中国の漢詩に依拠している。

次に、3の詠は、『古今集』に「春の夜、梅の花をよめる」の詞書を付して載る、凡河内躬恒の作。「梅花」の題は詞書から知られる。歌意は、春の夜の闇は筋道が立たないことをするものだ。梅の花は、たしかに姿は見えないけれども、肝心の香りだけはどうして隠れることができようか、隠れようもないのだから、のとおり。闇を擬人化しての表現。梅の花の姿を見えまいとしているが、香りまでは隠すことができないではないか、と茶化《ちゃか》しているのだ。

最後に、4の詠は、『拾遺集』に「冷泉院御屏風の絵に、梅花ある家に客人《まらうと》来たる所」の詞書を付して載る、平兼盛の作。「梅花」の題は詞書から知られよう。歌意は、我が家の高く伸びた梅の枝が、見えたのであろうか。思いがけなく、あなたが来られたのは、のとおり。本詠は我が家を訪ねてきた客人を詠じているが、その目的を、家の主人よりも花見としている点に興趣がある。このような発想は読者に意外な感じを与えるが、しかし、このような発想は当時の類型的発想に基づくもので、屏風歌などではよくみられる歌柄《うたがら》である。

以上が「梅花」題についての概略である。

h 「早蕨」

春部の歌題の次は「早蕨《さわらび》」である。「早蕨」とは芽が出たばかりの蕨をいう。本来、「さ」は接頭語で、単に蕨をいったが、「早蕨」の字が当てられ、若い蕨をいうようになった。つまり「さわらび」は初蕨だ。「下蕨」などは詠んではならない。「蕨」というにつきて、「焼野《やけの》に萌え出づる」趣をもいう。うら若き蕨は、「折れどもたまらず」とも、「もの憂し」とも、「萌え出づる折に来る」由なども詠む。また「紫の塵《ちり》」ともいい、「人手をにぎる」なども詠む。

この題の例歌（証歌）には、次の四首が上げられよう。

1　いはばしる垂水《たるみ》のうへの早蕨の萌え出づる春になりにけるかも
（万葉集・巻八・志貴皇子・一四二二）

2　早蕨や下に萌ゆらむ霜枯れの野原のけぶり春めきにけり

（拾遺集・雑秋・藤原通頼・一一五四）

3　山里は野辺の早蕨萌え出づる折にのみこそ人は訪ひけれ

（金葉集二奏本・春部・権僧正永縁・七一）

4　なほざりに焼き捨てし野の早蕨は折る人なくてほどろとやなる

（山家集・春・西行・一六一）

まず、1の詠は、『万葉集』に「志貴皇子《しきのみこ》の懽《よろこ》びの御歌一首」の題詞を付して載る、志貴皇子の作。題詞から「早蕨」の題は知られないが、第三句からそれと知られよう。歌意は、岩の上にほとばしり落ちる滝のほとりの早蕨が芽を出す春になったことだなあ、のとおり。厳しい冬の間中、家の中に閉《と》じ籠《こも》っていた皇子が、初春のある日屋外《おくがい》に出て、滝のほとりに芽を出した早蕨に春の到来を発見して、思わず発した感動の喜びが読む者にも共感される実詠歌である。

次に、2の詠は、『拾遺集』に「東宮〈居貞《いやさだ》親王〉の御屛風に、冬野焼く所」の詞書を付して載る、藤原通頼《みちより》の作。詞書には「冬野焼く所」とあり「早蕨」の題は知られないが、本詠は野焼きの場面から春の間近い景物「早蕨」を想定したもの。歌意は、早蕨が、下に芽ぐんでいるのであろうか。霜枯れした野原を焼く煙が、春めいてきたよ、のとおり。「早蕨」に「火」を、「萌ゆ」に「燃ゆ」を掛ける。「火」「燃ゆ」「けぶり」と野焼きの縁語を連ねた趣向を用いて、春の間近い冬野の光景を描出した典型的な屛風歌。

次に、3の詠は、『金葉集』（二奏本）に「奈良にて人々百首歌よみはべりけるに、早蕨をよめる」の詞書を付して載る、永縁《えいえん》の作。詞書から「早蕨」の題と知られる。歌意は、山里では、野辺の早蕨が新芽を出すころにだけ、人は折りに訪れるのだなあ、のとおり。詞書の「奈良」は、作者の永縁が自坊の興福寺花林院で、歌会や歌合を催行しているので、興福寺か。題詠歌だが、春日野や飛火野などの野辺で、早蕨を摘んで遊興《ゆうきょう》にふける人びとの実感があふれる実詠歌の趣。

最後に、4の詠は、『山家集』に「早蕨」の詞書を付して載る、西行の作。詞書から「早蕨」の題と知られる。歌意は、とくに考えもなく焼き捨てた野に芽を出してきた早蕨は、折る人もいないので穂が伸びすぎて、ほどろになってしまうのであろうか、のとおり。本詠は早蕨とは逆に、穂が伸びすぎてほおけた状態になった蕨の姿を詠じているが、そこには世間から見捨てられた余計者《よけもの》が沈淪《ちんりん》を歎く述懐歌の趣が揺曳《ようえい》しているので、あるいは「蕨」に西行の自己投影があるか。

以上が「早蕨」題の概略である。

i　「遊糸」

春部の次の題は「遊糸《ゆうし》」である。この題の用語には、「いとゆふ」「あそぶいと」「あそぶいとゆふ」などがある。

さて、この歌題は漢語に「遊糸」があり、杜甫《とほ》の詩に作例があるので、おそらくこの漢語の影響を受けて生まれた題であろう。「あそぶいと」という語は、春の晴れた日などに、日当たりのよい所で、物の形がゆらゆらと揺れて見える現象で、陽炎《かげろう》のこと。あるのかないのかの趣を詠む。野辺などに見えるものを、「草のけぶり」などともいう。

この題の例歌（証歌）には、次の二首がある。

1　霞晴れみどりの空ものどけくてあるかなきかにあそぶいとゆふ
（和漢朗詠集・巻下・雑・作者未詳・四一五）

2　おもかげに千里をかけてみするかな春の光りにあそぶいとゆふ
（六百番歌合・二十三番左・女房〈藤原良経〉・一〇五）

まず、1の詠は、『和漢朗詠集』に「晴」の題を付して載る、作者未詳歌。この題からは「遊糸」の題は知られないが、結句から「遊糸」が主題となっていることが知られようか。歌意は、霞もすっかり晴れわたり、みどりの色の空ものどかな感じの春の日に、あるといっても定かでもなく、さりとてないのかと思って見ると、やはりそこにはもつれ飛んでゆく、かげろうの姿が眺望されることだ、のとおり。

次に、2の詠は、『六百番歌合』に「遊糸」の題のもとに掲げられる、二十三番左の藤原良経の作。歌意は、千里にわたってかなたの景色を幻影として見せてくれることよ。春の光りの中にゆらめき遊ぶかげろうは、のとおり。本詠は、判者の藤原俊成によって、下句の、陽光の横溢《おういつ》するなか、のどかにかげろうが揺らめく風景が優艶《ゆうえん》であると判定されて、「勝」を得ている。

以上が「遊糸」の題の概略である。

j「春雨」

春部の次の歌題は「春雨」である。まず、春雨の属性を表す結題と用語には、「暮春雨」「閑居春雨」「木《こ》の芽はる雨」「衣はる雨」「弥生の雨」などがある。

「春雨」とは、春にそぼ降る雨をいう。春雨はしんみりと、のどかに降る趣を詠む。降っているようには見えないけれども、草の上には露を結び、ここ数日来、降るにつれて野辺の緑もあざやかさを増し、山河の水かさも増さらないけれども、草の葉の色も濃厚になってゆく趣をも表し、晴れ間のない空を見るともなくぼんやりと眺めながら、無聊《ぶりょう》を歎き、また、春雨によって、多種多様な草木の芽も膨《は》るために、「このめはるさめ」ともいうわけだ。日が経過するにつれて、今頃は桜の花も咲いているだろうか、と想像したりもする。なお、「花のかぞいろは」とも詠むようだ。

この題の例歌（証歌）には、次の五首が指摘できようか。

1　梓弓《あづさゆみ》おしてはるさめ今日降りぬ明日さへ降らば若菜摘みてむ
（古今集・春歌上・読人不知・二〇）

2　我が背子《せこ》が衣はるさめ降るごとに野辺の緑ぞ色まさりける　（同・同・〈紀〉貫之・二五）

3　よもの山に木《こ》の芽はるさめ降りぬればかぞいろはとや花の頼まむ
（千載集・春歌上・前中納言〈大江〉匡房・三一）

4　霜まよふ空にしをれし雁がねの帰るつばさに春雨ぞ降る
（新古今集・春歌上・藤原定家朝臣・六三）

5　花は散りその色としもながむればむなしき空に春雨ぞ降る
（同・春歌下・式子内親王・一四九）

まず、１の詠は、『古今集』に「題しらず」の詞書を付して載る、読人不知歌。詞書から「春雨」の題は知られないが、上句からそれと知られよう。歌意は、あたり一面に春雨が今日やっと降ったよ。明日もまた降るならば、いよいよ若菜を摘むことができるようになるだろう、のとおり。「梓弓」は押したわめて弦《つる》を張るので、「張る」「春」を掛けて、序詞的に「梓弓おして張る」「おして春雨」と二重文脈を形成している。やっと春が来たという感じをよく表現している。

次に、２の詠は、「『歌奉れ』と仰せられしとき、よみて奉れる」の詞書を付して載る、紀貫之の作。詞書から「春雨」の題は知られないが、上句からそれと知られよう。歌意は、わたしの夫の衣を洗い張りする春になって、春雨が降るたびごとに、野辺の草木の緑がいちだんと色濃くなっていくことだなあ、のとおり。「我が背子が衣張る」が「春雨」を導く有心《うしん》の序詞。つまり、夫の衣服の世話をする若い妻と、新緑が萌える野辺との、いわば人事と自然とが一体となって春の喜びの風光を描出しているわけだ。

次に、３の詠は、『千載集』に「堀河院御時、百首歌たてまつりける時、春雨の心をよめる」の詞書を付して載る、大江匡房の作。詞書から「春雨」の題と知られる。歌意は、四方の山に木の芽がふくらむ春雨が降ると、花はその春雨を、自分を養い育ててくれる父母であると、頼みに思うのであろうか、のとおり。「かぞいろ」は父母・両親の意で、上句の「木」（こ＝子）

と対応する。ちなみに、この語は『和漢朗詠集』の「養ひ得ては自《おのづか》ら花の父母たり」（雨・紀長谷雄・八二、現代語訳＝春雨は、草木を養い育てて花を咲かせるから、自然に、花の父母ともいってよいのだ）の一節に依拠したもの。花を擬人化して、春雨を父母の慈愛に見立てた興趣深い詠作。

次に、４の詠は、『新古今集』に「守覚《しゅかく》法親王の（御室）五十首歌に」の詞書を付して載る、守覚法親王の作。詞書から「春雨」の題は知られないが、結句からそれと知られよう。歌意は、冬の間、霜の降り乱れる空でしおれていた雁がいま故郷へ帰って行く。そのつばさにやわらかく春雨が降っているよ、のとおり。同じ寂しさでも、越路《こしじ》からやって来る秋雁の厳しさと異なって、春季の帰雁には柔和な静けさが感じられて、印象的だ。

最後に、５の詠は、『新古今集』に「（正治二年初度）百首歌中に」の詞書を付して載る、式子内親王の作。詞書から「春雨」の題は知られないが、下句からそれと知られよう。歌意は、花は散りはてて、美しい色取りは何もない中、じっと見入っていると、空漠《くうばく》とした空にはただ春雨ばかりが降っているよ、のとおり。本詠は『伊勢物語』第四十五段の「暮れがたき夏の日ぐらしながむればそのこととなく物ぞかなしき」（現代語訳＝なかなか暮れない夏の日を、一日じゅう物思いにふけっていると、とくに何が原因というわけでもないが、悲しい気持ちになってくるよ）の詠を、本歌取りしている。花が散ったあとのやるせない情感が、しっとりと表出している、式子内親王ならではの実詠歌の趣を感じさせる秀歌。
以上が多彩な趣を呈する「春雨」題のヴァージョンである。

k 「春駒」

次に、春部の歌題として「春駒《はるこま》」を採り上げようと思う。「春駒」とは、春の野に放し飼いにされている馬をいう。この題の結題と用語には「沢の春駒」「たなれの駒」「放れ駒」「いばゆる駒」「荒るる」「いばゆる」「影もとどめず」「粟津《あはづ》の玉江」「難波江」「美豆《みづ》の御牧《みまき》」などがある。

さて、春には草が次第に生い茂るので、駒は野に放して飼うものだ。その駒の様子は、冬の間、寒さのために立ち動くのに難渋《なんじゅう》していたものとも思われない。春駒はとくに友も求めず、心のすさんだ、荒い気性《きしょう》を持ち、枯れた荻を焼いた野原に荻が芽を出しはじめるにつれて、誰の厄介にもならず、みずからいななく趣を呈するが、沢のほとりでは、ぬなわ・まこも・白《しら》菅《すげ》を食べ、難波の辺では、「つのぐみわたる蘆の若葉」などをも詠む。

この題の例歌（証歌）には、次の五首が候補に上がろうか。

1　引き寄せばただには寄らで春駒の綱引きするぞなはたつと聞く

（拾遺集・雑賀・平定文・一一八五）

2　粟津野のすぐろのすすきつのぐめば冬たちなづむ駒ぞいばゆる

（後拾遺集・春上・権僧正静円・四五）

3　たちはなれ沢辺になるる春駒はおのが影をや友と見るらむ

（同・同・源兼長・四六）

4　真薦草《まこもぐさ》つのぐみわたる沢辺にはつながぬ駒もはなれざりけり

（詞花集・春・俊恵法師・一二）

5　みごもりに蘆の若葉やもえぬらむ玉江の沼にあさる春駒

（千載集・春歌上・藤原清輔朝臣・三五）

まず、1の詠は、『拾遺集』に「題しらず」の詞書を付して載る、平定文《さだふん》の作。詞書から「春駒」の題は知られないが、第三句からそれと知られよう。歌意は、引き寄せても簡単には寄らないで、春駒の綱引きをするように、あれこれと逆らっているうちに、「縄絶つ」というが、「名は立つ」つまり噂《うわさ》が立ったことだ、のとおり。本詠は、「縄絶つ」「名は立つ」を掛詞として、気性の荒い春駒と、求愛されてもなびかない恋の相手を重ね合わせて詠じたもの。

次に、2の詠は、『後拾遺集』に「春駒をよめる」の詞書を付して載る、静円《じょうえん》の作。詞書から「春駒」の題と知られる。歌意は、粟津野の野焼きのあとの黒い薄《すすき》の芽が出はじめると、冬には立ち渋っていた駒が元気にいななくことだ、のとおり。「粟津野」は近江の国の歌枕。「すぐろ」は末黒の略。春の野焼きのあとの黒く焦げ残っている薄。

次に、3の詠も『後拾遺集』の収載歌で、「長久二年弘徽殿女御《こきでんのにょうご》（生子）、歌合し侍りけるに、春駒をよめる」の詞書を付して載る、源兼長《かねなが》の作。詞書から「春駒」の題と知られる。歌意は、群れから離れて、沢のほとりでなじんでいる春の野の馬は、水に映った自分の姿を友と見ているのだろうか、のとおり。春駒の孤影を描出して秀逸《しゅういつ》。

次に、4の詠は、『詞花集』に「春駒をよめる」の詞書を付して載る、俊恵《しゅんえ》の作。詞書から「春駒」の題と知られる。歌意は、真薦草が一面に角《つの》のような芽を出している沢辺では、繋《つな》いでいない駒もその場所を離れないのだなあ、のとおり。冬の間、柵の中に繋がれていた馬が、春になって放し飼いにされている情景だが、下句の措辞に春の到来への喜びがしみじみと実感される。

最後に、5の詠は、『千載集』に「崇徳院に（久安）百首歌たてまつりける時、春駒の歌とてよめる」の詞書を付して載る、藤原清輔の作。詞書から「春駒」の題と知られる。歌意は、水の中に隠れて蘆の若葉が萌え出たのであろうか。玉江の沼で餌（蘆）をあさっている春駒だよ、のとおり。「玉江の沼」は摂津国の歌枕。題詠歌だが、水辺で餌をあさる春駒の生態が生き生きと描出されて、実詠歌の趣を呈している。

以上が多彩を極める「春駒」題についての概略である。

「雉」

春部の次の歌題は「雉」である。これはキジの古名で、「きぎす」と読む。「雉子」とも表示する。この題の用語には「きぎす」「妻ごひ」「ほろろ」などがある。

この題では、春の野で妻を恋う心を詠む。また、雉の声をたよりに狩人が訪ねてくる趣をも表現する。春に野焼きをする煙の中で、この鳥は子を思う愛情が深いために、その場所を立ち去りがたい行動をする点に同情しながら詠むのがよかろう。

この題の例歌（証歌）には、次の四首が上げられよう。

1　春の野のしげき草葉の妻恋《ご》ひに飛び立つ雉のほろろとぞ鳴く

（古今集・雑体〈誹諧歌〉・平貞文・一〇三三）

2　春の野にあさる雉子の妻恋ひにおのがありかを人に知れつつ

（拾遺集・春・大伴家持・二一）

3　けぶり立つ片山雉子心せよ裾野の原に妻もこもれり

（六百番歌合・十番左・〈藤原〉有家朝臣・七九）

4　狩人の朝踏む小野の草わかみかくろひかねて雉子鳴くなり

（風雅集・春歌中・俊恵法師・一二六）

まず、1の詠は、『古今集』に「題しらず」の詞書を付して載る、平貞文《さだふん》の作。詞書から「雉」の題は知られないが、下句からそれと知られよう。歌意は、春の野に生い茂った草葉のように、頻繁《ひんぱん》につのる妻恋しさのためにほろろと鳴いて飛び立つ雉ではないが、わたしは人目も憚らずほろほろと涙をこぼして泣いているよ、のとおり。「ほろろ」は雉の声の擬声表現「ホロロ」と涙の擬態表現のホロホロの略の「ホロロ」を掛ける。ちなみに、雉は『古今集』では誹諧歌《はいかいか》の部立《ぶだて》以外には採られていない景物。

次に、2の詠は、『拾遺集』に「題知らず」の詞書を付して載る、大伴家持の作。詞書から「雉」の題は知られないが、上句からそれと知られよう。歌意は、春の野に餌を探し求めて歩きまわる雉が、妻を恋い慕って鳴き立てるために、自分の居場所を人に知らせているよ、のとおり。本詠は『万葉集』巻八（一四五〇）の異伝。春の野の雉の生態を詠じているが、恋のために身を滅ぼすという余情も感じられて興趣深い。

次に、3の詠は『六百番歌合』の十番左の歌で、「雉」の題で詠じられた藤原有家の作。歌意は、山の斜面に野焼きの煙が立ち昇っている。雉よ、用心しなさい。その裾野にはお前の妻も籠《こも》っているはずだから、のとおり。本詠は『古今集』に「題知らず」の詞書を付して載る読人不知歌、「春日野は今日はな焼きそ若草のつまも隠れり我も隠れり」（一七、現代語訳＝春日野は今日は焼かないでおくれ。いとしい人も隠れているし、わたしも隠れているのだから）の本歌取り。最後に、4の詠は、『風雅集』に「雉子をよめる」の詞書を付して載る、俊恵の作。詞書から「雉子」の題と知られる。歌意は、狩人が朝はやく踏み分ける野原の草はまだ若々しく短いものだから、隠れるにも隠れかねて雉が鳴いている声が聞こえてくるよ、のとおり。早春の野原の草木はまだ背《せ》丈《たけ》が低いので、狩人から難を逃れるために難儀している雉の様子を、聴覚の視点から描出した実詠歌を思わせる詠作。

以上、「雉」の題について略述した。

m 「喚子鳥」

春部の次の歌題は「喚《よぶ》子《こ》鳥《どり》」（呼子鳥）である。鳴き声が人を呼ぶように聞こえることから名づけられたが、実態はよくわからない。「人もいない山辺でやまびこだけが応答する」とも、「ものの数でもない我が身をどうして呼ぶのか、喚子鳥」とも、「耳成山《みみなしやま》では鳴く甲斐もあるまい」とも、「現世が厭《いと》わしくなるごとに入山したく思う山に限って鳴く」とも、「旅をする人は大勢いるのに、その中で誰を指して呼ぶ、喚子鳥なのか」などと、種々様々に詠むようだ。ちなみに、喚子鳥が有名になったのは、古今伝授の「三鳥」の一つとして問題視されるに至ってからで、「はこ鳥」とする説、「つつ鳥」とする説、「郭公」の異名とする説、鳥ではなく「猿」とする説など諸説があるが、実態を確定できない現況だ。

この題の例歌（証歌）には、次の五首を拾うことができようか。

1　大和には鳴きてか来《く》らむ呼子鳥象《きさ》の中山呼びそ越ゆなる

（万葉集・巻一・高市連黒人・七〇）

2　遠近《をちこち》のたづきも知らぬ中山におぼつかなくも呼子鳥かな

（古今集・春歌上・読人不知・二九）

3　人もなき深山《みやま》の奥の呼子鳥いく声聞かば誰かこたへむ

（風雅集・春歌中・前大納言〈足利〉尊氏・一二八）

4　巻向《まきむく》の檜原《ひばら》の山の呼子鳥花のよすがに聞く人ぞなき

（続古今集・春歌下・土御門院御製・一八四）

5　鳴けや鳴けしのぶの森の呼子鳥つひにとまらむ春ならずとも

（同・同・順徳院御製・一八五）

まず、1の詠は、『万葉集』に「(持統) 太上天皇の吉野宮に幸《みゆき》したまひし時に、高市連黒《たけちのむらじくろ》人《ひと》の作りし歌」の題詞を付して載る、高市黒人の作。題詞から「喚子鳥」の題は知られないが、歌そのものが呼子鳥を主題にしていることから、それと知られよう。歌意は、大和には今ごろは鳴きながら来ているであろうか。呼子鳥が象の中山を鳴きながら飛んで行くのが聞こえるよ、のとおり。「象の中山」は吉野国の歌枕。なお、「大和」は国名ではなく、都のある藤原のあたりを指す。象の中山の上空を飛来する、呼子鳥の人を呼ぶような声を聞いて、今、大和の家族のもとに至るのであろうかと想像しているわけだ。

次に、2の詠は、『古今集』に「題知らず」の詞書を付して載る、読人不知歌。詞書から「喚子鳥」の題は知られないが、結句からそれと知られよう。歌意は、遠近の見当もつかない奥深い山の中で、頼りなさそうに人を呼んでいる呼子鳥であることよ、のとおり。ちなみに、本詠が「呼子鳥」について、古今伝授の「三鳥」の秘説の端緒《たんちょ》となった有名な歌である。

次に、3の詠は、『風雅集』に「喚子鳥を」の詞書を付して載る、足利尊氏《あしかがたかうじ》の作。詞書から「喚子鳥」の題と知られる。歌意は、人一人いない、深山の奥の呼子鳥よ。幾声鳴いたからといって、いったい誰が応《こた》えてくれるだろうか、誰も応えてはくれないよ、のとおり。ただ春に鳴く鳥としてのみ詠まれ、その実態が示されない典型的な詠歌。

次に、4と5の詠は各々、『新続古今集』に「呼子鳥をよませ給うける」の詞書を付して載る、4が土御門院の、5が順徳院の作。ともに詞書から「呼子鳥」の題と知られる。まず、4の詠の歌意は、巻向の檜原の山で鳴いている呼子鳥よ。いくらお前がいい声で鳴いても、花のゆかりとして聞く人はいないよ、のとおり。「巻向の檜原」は大和国の歌枕。「呼子鳥」を夏の鳥の「郭公」として詠じたか。

次に、5の詠の歌意は、信夫《しのぶ》の森の呼子鳥よ。「忍ぶ」の森であってもかまわずに、鳴きなさいよ。いくらお前が鳴いても結局は、過ぎ行かないでとどまるような春ではないとしても、のとおり。「しのぶ（信夫）の森」は陸奥《みちのく》国の歌枕。「忍ぶ」の意を掛ける。春を惜しむ気持ちを「呼子鳥」に託して詠じている。

以上が実態不明の「喚子鳥」の題についての概略だ。

n 「苗代」

春部の次の歌題は「苗代《なはしろ》」である。この題の属性を表す結題と用語には、「苗代水」「小田の苗代」「種かす」「種蒔《ま》く」「田井《たゐ》」「荒小田《あらをだ》」「小山田」「五百代小田《いほしろをだ》」などがある。

さて、「苗代」とは、晩春に田植えをする時、田を打ち返して、籾種《もみだね》を田井に浸しておき、蒔くべき時になると、田の中に適当な場所を確保して、苗代の空間とし、水を引いた後、周囲に標縄《しめなわ》を張りめぐらして、水口《みなくち》で祝祭《しゅくさい》をするが、要するに、種を仕立てる田のことをいうのだ。秋まで生きられるかどうか、その命もわからないのに、種を蒔く農夫に対して同情したり、苗代の頃から、秋の収穫時の喜びを想像したり、身分の低い農夫たちが、山あいの田に誇らしげに下り立って、忙しく労働に勤《いそ》しんでいる様子を殊勝《しゅしょう》なことだと思ったり、苗代水を思い思いに流しているうちに、春が暮れると、各地にある玉川の水も、下流では水量が少なくなる趣を詠むようだ。

この題の例歌（証歌）には、次の四首を指摘しえよう。

1　苗代の小水葱《こなぎ》が花を衣《きぬ》に摺《す》りなるるまにまにあぜかかなしけ
（万葉集・巻十四・東歌・三五九八）

2　鴫のゐる野沢の小田をうちかへし種まきてけり注連はへて見ゆ
（金葉集二奏本・春部・津守国基・七四）

3　山里の外面の小田の苗代に岩間の水をせかぬ日ぞなき
（同・同・藤原隆資・七五）

4　苗代の種かすよりも思ひしる稲葉の風の秋のあはれを
（歌仙落書・寂然法師・九五）

まず、1の詠は、『万葉集』に「譬喩歌」の題詞を付して載る、作者不記の歌。題詞から「苗代」の題は知られないが、「小水葱」の咲く場所を「苗代」とする点で、側面からの関係はあろうか。歌意は、苗代に咲いている小水葱の花を衣に擦りつけ、着なれるにつれて、どうしていとしいのであろうか、のとおり。「小水葱」は夏から秋にかけて、青紫色の小さな花を付けて水田などに自生する植物。「あぜ」は何故《なぜ》の意の東北方言。「かなしけ」は「かなし」の連体形の転。ちなみに、この場合の「苗代」は、小水葱の花が八・九月に咲くことから、いわゆる、東北地方で見られる「通し苗代」のことであろう。年月を重ねるにつれて、思いが増したという詠歌。

次に、２の詠は、『金葉集』（二奏本）に「苗代」の詞書を付して載る、津守国基《つもりのくにもと》の作。詞書から「苗代」の題と知られる。歌意は、鴫の立っている野沢の小田をすき返して種を蒔いたのだよ。注連縄《しめなわ》を張りめぐらしているのが見えるよ、のとおり。院政期ごろ詠みはじめられた田園風景趣味の典型的な詠作。

次に、３の詠も『金葉集』（二奏本）に収載されるが、「後冷泉院御時、弘徽殿女御（生子）の歌合に、苗代の心をよめる」の詞書を付して載る、藤原隆資《たかすけ》の作。詞書から「苗代」の題と知られる。歌意は、山里の家のすぐ外の小田の苗代に、岩間の水を堰《せ》きためない日はないことだよ、のとおり。本詠は原拠資料の『弘徽殿女御歌合』の判詞では、「姿をぞ今少し改むべう侍れど、末よみすまして侍れば」とあって、勝を得ている。

最後に４の詠は、『歌仙落書《かせんらくしょ》』に「寂然《じゃくぜん》法師　五首」として載る作。詞書がなく「苗代」の題は知られないが、『和歌題林抄』では「苗代」の例歌（証歌）とされる。歌意は、苗代に蒔く籾種を水に浸す晩春の時節よりも、その種が実って穂を付ける稲葉《いなば》に吹く秋の時節のほうがより情趣深いことだ、と思い知ることよ、のとおり。ちなみに、『歌仙落書』は承安二年（一一七二）から同三年までに成った、編者未詳の歌論書だが、六歌仙にならって、平安時代末期の歌仙二十人を選び、歌風を批評し、秀歌を掲げている。

以上が院政期ごろに就中、流行した「苗代」題の概略である。

○「菫菜」

春部の次の歌題は「菫菜《すみれな》」である。「菫菜」（菫）は早春、紫色の小さな花を付ける草の名。なお、和歌では白色で内の紫色の細い条《すじ》のある花を付ける「つぼすみれ」を含めて「すみれ」という。菫菜の属性を表す結題と用語には、「古砌《ふるきみぎり》菫菜」「杜間菫菜」「野亭菫」「つぼすみれ」などがある。

さて、「菫菜」は若菜のように摘む草である。紫色に花が咲くものだから、「草のゆかりなつかし」とも、荒れた庭などに生えるので、「ふるさとにひとりすみれ」とも、「君とすみれ摘ままほし」とも、また、妻や恋人の形見として摘む趣なども詠むのだ。

この題の例歌（証歌）には、次の四首を上げえよう。

1　春の野にすみれ摘みにと来《こ》し我そ野をなつかしみ一夜寝にける
（万葉集・巻八・山部宿祢赤人・一四二八）

2　茅花《つばな》抜く浅茅《あさぢ》が原のつほすみれ今盛りなり我が恋ふらくは
（同・同・大伴田村大嬢・一四五三）

3　我が宿にすみれの花の多かれば来《き》宿る人やあると待つかな
（後撰集・春下・読人不知・八九）

4　石上《いそのかみ》ふりにし人を尋ぬれば荒れたる宿にすみれ摘みけり
（新古今集・雑歌中・能因法師・一六八四）

まず、1の詠は、『万葉集』に「山部宿祢赤人の歌四首」の題詞を付して載る、山部赤人の作。題詞から「菫菜」の題は知られないが、上句からそれと知られよう。歌意は、春の野にすみれを摘むために来たわたしは、野に心をひかれたあまり、そこで思わず一夜宿ったことだ、のとおり。『古今集』仮名序の古注に、本詠は赤人の代表歌として引用されている。

次に、2の詠も『万葉集』に「大伴田村の家の大嬢《だいぢやう》の、妹《いもうと》坂上大嬢に与へし歌一首」の題詞を載る、大伴田村大嬢の作。題詞から「菫菜」の題は知られないが、第四句の「今盛りなり」を導く、有心《うしん》の序である上三句のなかの「つほすみれ」（つぼすみれ）が中心の景物となっている点から、それと理解できようか。歌意は、茅の花を引き抜く浅茅の野原の中につぼすみれが可憐《かれん》な姿を見せている、その花のように今がまっ盛りだよ。わたしがあなたを恋しく思う気持ちは、のとおり。つぼすみれに託して恋の思いを表出した「春の相聞」の部類歌。

次に、3の詠は、『後撰集』に「荒れたる所に住み侍りける女、つれづれに思ほえ侍れば、庭にあるすみれの花を摘みて、言ひつかはしける」の詞書を付して載る、読人不知歌。詞書から「菫菜」を主題に詠まれた詠歌と知られよう。歌意は、わたしの家の庭にはすみれの花が多いので、「住み」という名のとおり、我が家を訪ねて来て泊まる人があるかと思って、待っていることですよ、のとおり。「すみれ」に男が「住み」の意を掛ける。この発想は、1の赤人の詠歌を意識しているのであろう。詞書の冒頭句は物語を思わせるが、それは野の花であるすみれが邸内に群生している叙述や、作者を読人不知としていることなどから想定されるであろう。

最後に4の詠は、『新古今集』に「西院のほとりに早うあひ知れりける人を尋ね侍りけるに、すみれ摘みける女、知らぬよし申しければよみ侍りける」の詞書を付して載る、能因法師の作。詞書の中の「すみれ摘みける女」から、「菫菜」の題に関係することは明らかであろう。歌意は、昔親しくつきあっていた女性を久方ぶりに訪ねてみると、その人はもういなくて、今は荒れはてた家で、見知らぬ人がすみれを摘んでいることだ、のとおり。本詠は3の詠の本歌取り。本詠ではすみれが廃園でひっそりと咲いている場面となっているので、3の詠での状況設定とはまったく逆である点、3と4の詠の関係は対立の構図となっている。

以上が多彩な春の場面を構築する「菫菜」題の概略だ。

p「三月三日」（桃花）

春部の次の歌題は「三月三日」である。本題は「やよひみか」と読む。弥生の三日は、「曲《きょく》水《すい》の宴《えん》」ということがある。これは古代、中国で始まった遊宴で、三月の上の巳《み》の日の「上《じやう》巳《し》の節句」に、宮中や貴族の屋敷で行われたが、文徳《もんとく》天皇以降、三月三日に改められた。奈良朝に盛行したが、摂関時代には藤原道長や同師実《もろざね》の自邸で多く催された。桃の花がまっ盛りの邸内で、庭に遣《や》り水《みず》を流して、その汀《みぎわ》に貴顕《きけん》が座を占め、上流から流れてくる酒盃が前を通り過ぎない内に、その日の感興や、桃の花の華麗なる趣などを漢詩に詠んだ。その後、和歌も詠まれるようになり、詩歌《しいか》の才能の深浅を試す場ともなった。我が国では昔は盛んであったが、当今（南北朝ごろ）ではあまりはやらないようだが、和歌の題には時々見えるようだ。漢詩には「天花に酔へり」など詠んでいる。これは桃の花盛りには空も赤く見える趣だ。また、「三《み》千年《ちとせ》の桃」という語がある。これは仙界の桃で、西王母の庭の桃は、三千年に一度花を開き実を結ぶという中国の伝説にある。この桃は祝意の心で詠むものだ。

この題の例歌（証歌）には、次の四首を指摘できようか。

1　唐人《からびと》の舟を浮かべて遊ぶてふ今日ぞわが背子《せこ》花かづらせよ
（新古今集・春下歌・中納言〈大伴〉家持・一五一）

2　三千年《みちとせ》になるてふ桃の今年より花咲く春に逢ひにけるかな
（拾遺集・賀・〈凡河内〉躬恒・二八八）

3　唐人のあとを尋ぬる盃《さかづき》の浪にしたがふ今日も来にけり
（六百番歌合・十四番左・〈藤原〉定家朝臣・一四七）

4　盃を天《あま》の川にも流せばや空さへ今日は花に酔《ゑ》ふらむ
（和歌題林抄・春・頼円法師）

まず、1の詠は『新古今集』に「曲水宴をよめる」の詞書を付して載る、大伴家持の作。原歌は『万葉集』の天平勝宝《てんぴょうしょうほう》二年（七五〇）三月三日に詠まれた詠。詞書から「三月三日」の題は明らか。歌意は、今日は唐人が舟遊びをするという上巳の日、わが友よ、花かずらをつけて楽しく遊ぼうではないか、のとおり。宴の雰囲気を浮き立たせるような弾《はず》んだ調子が伝わってくるようだ。

2の詠は、『拾遺集』に「亭子院《ていじゐん》歌合に」の詞書を付して載る、凡河内躬恒の作。詞書から「三月三日」の題は知られないが、上二句の措辞が西王母の故事を踏まえていることから、それと知られよう。歌意は、三千年に一度実がなるという桃が、今年から花が咲くというめでたい春に、ちょうど巡りあわせたことだなあ、のとおり。桃の開花に込められた祝意が実感として共有される詠作。

次に、3の詠は、『六百番歌合』に「三月三日」の題下に載る、藤原定家の作。歌意は、唐国の人の古い慣習を伝えて催される、盃が浪に従って流れてくる曲水宴の今日、三月三日もめぐってきたことだなあ、のとおり。本詠は判詞で「曲水の遺塵を思へるなるべし」と評され、勝を得ている。

最後に4の詠は、『和歌題林抄』に「三月三日」題の例歌（証歌）として載る頼円《らいえん》法師の作。歌意は、曲水宴で上流から流れてくる盃を、天の川でも流せたらいいのになあ。邸内はもちろん、空までも今日は、桃の花の華麗さに心を奪われているであろうから、のとおり。漢詩の「天花に酔へり」の和歌のヴァージョンだ。

以上、「三月三日」（曲水宴）の題の概略を述べた。

9「杜若」

春部の次の歌題は「杜若《かきつばた》」である。草の名。水辺に自生し、夏、ハナショウブに似た紫・白の花を開く。この題の属性を表す用語に「かきつばた」「沢辺《さはべ》」「八橋《やつはし》」「石垣沼《いはがきぬま》」などがある。「杜若」は沢辺、沼などに咲く花である。「かきつばた」という名が「垣」を掛けるゆえに、「水を隔て舟を隔つ」などとも詠む。「紫に咲ける、睦《むつ》まし」とも詠む。八橋に咲かせては、昔を偲び、妻を恋しく思う趣を詠むようだ。なお、五、六月頃に咲くので、『後撰集』ごろまでは夏の歌として詠まれるが、『堀河百首』以降は春の歌題とされた。

この題の例歌（証歌）には、次の三首を拾うことができよう。

1　かきつはた丹つらふ君をゆくりなく思ひ出でつつ嘆きつるかも
（万葉集・巻十一・作者不記・二五二六）

2　いひそめし昔の宿の杜若色ばかりこそ形見なりけれ
（後撰集・夏・良岑義方朝臣・一六〇）

3　から衣きつつ馴れにしつましあればはるばる来ぬるたびをしぞ思ふ
（古今集・羇旅歌・在原業平朝臣・四一〇）

まず、１の詠は、『万葉集』に「正述心緒《せいじゅつしんしょ》」の題詞を付して載る、作者不記の歌。詞書から「杜若」の題は知られないが、詠作者の思いが託された景物が初句の「かきつはた」（杜若）であることから、それと知られよう。歌意は、杜若のように美しい紅顔の君を、はしなくも思い出しては嘆息をついたことだなあ、のとおり。「丹《に》つらふ」は「丹面《につら》ふ」で、頰《ほお》がほんのり赤みを帯びる意。

２の詠は、『後撰集』に「藤原のかつみの命婦《みやうぶ》にすみ侍りける男、人の手にうつり侍りにける又のとし、かきつばたに付けて、かつみにつかはしける」の詞書を付して載る、良岑義方《よしみねのよしかた》の作。詞書から「杜若」の題は知られよう。ちなみに、詞書を現代語訳しておくと、「藤原のかつみの命婦と懇意にしていた男（良岑義方）が、かつみが別の男の所へ引き取られて行った翌年、和歌を杜若に結び付けて、かつみに贈った歌」となろう。歌意は、この杜若はあなたと契りを結ぶようになった昔の宿の杜若ですよ。花の色だけは昔と変らずにその名残りを留めていますが、状況はまったく変ってしまったことですよ、のとおり。かつみの美しかった容貌を、杜若に託して贈った義方の心情が共感される。

最後に、３の詠は、『古今集』に「東《あづま》の方へ、友とする人、一人二人誘《いざな》ひて行きけり。三河国八橋といふ所に至れりけるに、その川のほとりに、かきつばたいとおもしろく咲けりけるを見て、木の陰に下り居て、かきつばたといふ五文字を句の頭に据ゑて、旅の心をよまむとてよめる」の詞書を付して載る、在原業平の作。詞書から「杜若」の題意にかなう詠作内容とは知られないが、「かきつばたといふ五文字を句の頭に据ゑて」詠む、いわゆる折句《おりく》の形式でこの題が扱われている点で、一応、歌題提示とはなっていようか。ちなみに、詞書を現代語訳しておけば、「東国の方に、友だちを、一人二人誘って旅に出かけていった。三河の国の八橋という所に着いた時に、その川べりに、杜若がたいそう美しく咲いているのを見て、木陰に馬から下りて座り、『かきつばた』という五文字を各句の最初に置いて、旅情を詠もうということになって詠んだ歌」となろう。

歌意は、いつも着ていて身になじんだ唐衣の褄《つま》のように、長年馴れ親しんだ妻を都に残してきたので、はるばるやってきたこの旅のわびしさが実感されることだ、のとおり。「八橋」は今の愛知県知立市。多くの修辞法が指摘される。「から衣」は「き（着）つつ」の枕詞。「から衣きつつ」は「馴れ」の序詞。「馴れ」は「萎《な》れ」、「つま」は「妻」と「褄」、「はるばる」は「遥々」と「張る」、「来」は「着」を各々、掛ける。「萎れ」「褄」「張る」「着」は「から衣」の縁語。このように修辞法の限りを尽くしているが、いやみがなく、おおらかで、いかにも業平らしい歌境を開いている。

以上が「杜若」の題の概略である。

r

「藤花」

春部の次の歌題は「藤花」である。植物の名。マメ科の蔓性《まんせい》落葉樹。蝶形淡紫色の花が垂れ下がり、房状に咲く。藤は、その花の時節が『古今集』の配列にも見られるように、春の終わりから夏の初めにわたるが、春の景物として扱われるもの。この題の属性を表す結題と用語には、「藤松樹花」「紫藤懸松」「ふぢの花」「藤浪」「田子《たご》の浦《うら》」などがある。

さて、「藤浪」という時には、「立ち寄りて見む」とも、「咲き懸かる」とも、「松に懸っている」場合には、「常磐《ときは》の緑春を知らず」とも、また、「紫の雲に見紛《まが》えて、慶事の予兆か」とも詠むようだ。

この題の例歌（証歌）には、次の六首を指摘できるであろう。

1　藤波の花は盛りになりにけり奈良の都は思ほすや君
（万葉集・巻三・防人司佑大伴四綱・三三三）

2　よそに見て帰らむ人に藤の花はひまつはれよ枝は折るとも
（古今集・春歌下・僧正遍昭・一一九）

3　我が宿の池の藤波咲きにけり山時鳥《ほととぎす》いつか来《き》鳴かむ
（同・夏歌・読人不知・一三五）

4　水底《みなそこ》の色さへ深き松が枝に千歳《ちとせ》をかねて咲ける藤波
（後撰集・春下・読人不知・一二四）

5　紫の藤咲く松の梢にはもとの緑も見えずぞありける　（拾遺集・夏・〈源〉順・八五）

6　紫の雲とぞ見ゆる藤の花いかなる宿のしるしなるらむ

（金葉集三奏本・春・大納言〈藤原〉公任・八四）

まず、1の詠は、『万葉集』に「防人司佑《さきもりのつかさのすけ》大伴四綱の歌二首」の題詞を付して載る、大《おお》伴《ともの》四綱《よつな》の作。詞書から「藤花」の題は知られないが、上句からそれと知られよう。歌意は、藤の花房が風に靡《なび》く風情《ふぜい》のまっ盛りになったことだ。この藤の花を見て、奈良の都を思い出されますか。あなたさまは、のとおり。これは直前歌で小野老《おゆ》が「あをによし奈良の都は咲く花のにほふがごとく今盛りなり」（三三一、現代語訳＝奈良の都は咲く花の美しく照り映えているように、今がまっ盛りであるよ）と、平城京を賛美したのに触発されて、太宰府長官の大伴旅人に呼びかけた詠歌である。

次に、2の詠は、『古今集』に「志賀《しが》より帰りける女《をうな》どもの、花山《くわさん》に入りて、藤の花のもとに立ち寄りて帰りけるに、よみて贈りける」の詞書を付して載る、遍昭の作。詞書から一応、「藤花」の題は想定されようが、第三句からはっきりと確認されよう。詞書の「志賀」は天智天皇の勅願寺で、大津市南志賀にあった志賀寺（崇福寺）。「花山」は清和《せいわ》天皇の勅願寺で、京都市山科区花山にあった花山寺（元慶寺）だが、遍昭が住持していた。歌意は、わたしの所へやって来ながら、よそよそしく遠くから見ただけで帰って行く人に、藤の花よ、その蔓《つる》をからみつかせて引き留めておくれ。たとえ枝が折れようとも、のとおり。志賀寺に参詣《さんけい》した帰りに、遍昭が住持していた花山寺に立ち寄ったにもかかわらず、藤の花だけ見て帰った人たちへの皮肉。

３の詠も『古今集』に収載されるが、「題知らず」の詞書を付して載る、読人不知歌。同集の左注には、ある人の説では、柿本人麻呂の作かとする。詞書から「藤花」の題は知られないが、上句からそれと知られよう。歌意は、我が家の池のほとりの藤の花が咲いたことだ。山から出てくるあの時鳥は、いつやって来て鳴いてくれることだろうか。はやくやって来て鳴いてほしいものだ、のとおり。「藤花」は春の景物だが、「時鳥」との結び付きで夏の巻頭に据えられている。ちなみに、八代集では、『拾遺集』だけが「藤花」を夏の景物としている。また、「藤波」も『万葉集』以来の歌語であることから、本詠は『万葉集』的な表現類型で詠まれた詠作といえよう。

次に、４の詠は、『後撰集』に「題知らず」の詞書を付して載る、読人不知歌。詞書から「藤花」の題は知られないが、下句からそれと知られよう。歌意は、水底が深いばかりでなく、そこに映っている色までもが深く見える松の枝の長寿にあやかって、千年後の繁栄を予祝するように、今まさに咲き誇っている藤波であることだなあ、のとおり。藤が千歳の松に懸っている構図は屏風絵に多い図様だが、これは藤原氏が常に皇室とともにあることを示すめでたい組み合わせで、そこに藤原氏への「賀」の意味が込められていよう。

５の詠は、『拾遺集』に「円融院御時屏風歌」の詞書を付して載る、源順《したごう》の作。詞書から「藤花」の題は知られないが、初・二句からそれと知られよう。歌意は、紫色の藤の花が群がり咲く松の梢は、花にすっかり覆《おお》われて、本来の松の緑色が見えないでいることだなあ、のとおり。天元《てんげん》二年（九七九）十月、宣旨《せんじ》によって献上した屏風歌。「松」と「藤」との類型的な歌柄だが、藤の花の色彩感が鮮明な実詠歌を思わせる詠作。

最後に、６の詠は、『金葉集』（三奏本）に「屏風の絵に人の家に藤花咲きたる所を見てよめる」の詞書を付して載る、藤原公任《きんとう》の作。詞書から「人家藤花咲」の題と知られよう。歌意は、この宿にはまるで紫の雲がたなびいているのかと見紛うばかりに藤の花が咲いているよ。いったいどういう運命の開ける瑞祥《ずいしょう》なのであろう、のとおり。なお、「紫雲」は立后を意味する別称なので、本詠は、彰子が入内《じゅだい》の翌年、長保《ちょうほう》二年（一〇〇〇）三月二十五日に立后しているので、あるいはこの時のことに依拠しているか。ちなみに、本詠は『公任集』では「人の家に松にかかれる藤を見る」（三〇七）の詞書を付して載る。

以上が春・夏の多彩な場面を展開する「藤花」題の略述だ。

s「款冬」

春部の次の歌題は「款冬《やまぶき》」である。木の名。この語は「つはぶき」の漢名の誤用だが、『和漢朗詠集』にみえて以降は、「山吹」を指す語として定着したので、ここでもその表記に従いたいと思う。「款冬」は晩春から初夏にかけて、一重《ひとえ》または八重《やえ》の黄色い花を付ける、バラ科の落葉低木。『堀河百首』題になって、晩春の代表的な歌題となった。この題の属性を表す結題と用語には、「水辺款冬」「八重山吹」「井出《ゐで》の山吹」「吉野川」「神奈備山《かみなびやま》」「小島《こじま》が崎」などがある。

さて、「款冬」は通常、井出の渡りに咲く趣を詠む。くちなし色なので、「何ともいいようがないほどすばらしい」とも、井出の川波は山吹の花に見える趣をもいい、また、「黄金の色に見紛うほどだ」とも、八重山吹には愛情を重ねる趣なども詠むのがよかろう。

この題の例歌（証歌）には、次の六首を上げられようか。

1　今もかも咲きにほふらむ橘の小島の崎の山吹の花　（古今集・春歌下・読人不知・一二一）

2　吉野川岸の山吹吹く風に底の影さへうつろひにけり　（同・同・〈紀〉貫之・一二四）

3　山吹の花色衣《ごろも》主や誰問へど答へずくちなしにして　（同・雑体・素性法師・一〇一二）

4　みち遠み井出へも行かじこの里も八重やは咲かぬ山吹の花

（後拾遺集・春下・藤原伊家・一五七）

5　蛙鳴く神奈備川に影見えていまか咲くらむ山吹の花

（新古今集・春歌下・厚見王・一六一）

6　山吹の花の鏡となる水に春の日数もうつるとぞ見る

（新拾遺集・春歌下・入道二品親王覚誉・一八一）

まず、1の詠は、『古今集』に「題知らず」の詞書を付して載る、読人不知歌。詞書から「款冬」の題は知られないが、下句からそれと知られよう。歌意は、今も昔と変ることなく美しく咲きほこっていることだろうか。あの橘の小島の崎の山吹の花は、のとおり。「橘の小島」は山城国の歌枕。宇治川の北側にある山吹の花の名所。

次に、2の詠も『古今集』に収載される「吉野川のほとりに山吹の咲けりけるをよめる」の詞書を付して載る、紀貫之の作。詞書から「款冬」の題と知られよう。歌意は、吉野川の岸の山吹の花は吹く風に散って、水底に映っている花の影までもが散ってしまったことだ、のとおり。「うつろひ」に「移ろひ」と「映ろひ」を掛ける。「吉野川」は大和国の歌枕。本詠は実像と重ね合わされて、虚像の山吹が散る、映像の美しい姿が印象的だ。

次に、3の詠も『古今集』に収載される「題知らず」の詞書を付して載る、素性《そせい》の誹諧歌。

詞書から「款冬」の題と知られないが、初句からそれと知られよう。歌意は、美しい山吹の花の黄色の衣に、「あなたの持ち主はどなたですか」と質問するのだけれども、あなたは答えてくれない。なにしろくちなしの実で染めたものだから、口無しなので、のとおり。「くちなし」に植物のそれと「口無し」を掛ける。山吹の花を衣に見立てた発想が興趣深い。

次に、4の詠は、『後拾遺集』に「題知らず」の詞書を付して載る、藤原伊家《これいえ》の作。詞書から「款冬」の題は知られないが、結句からそれと知られよう。歌意は、道のりが遠いので、井出へも行くまい。わたしの住んでいるこの里でも、八重に咲かないことがあろうか。見事に咲いているではないか、山吹の花は、のとおり。「井出」は山城国の歌枕。京都府綴喜《つづき》郡井出町。木津《きづ》川東岸にあった、山吹の名所。『重之女集』に「春深み所も避《さ》らず咲きにけり井出ならねども山吹の花」（春・一七、現代語訳＝春も深まったので、所も選ばず何処もかしこも咲いていることだなあ。ここはこの花の名所でもないけれども、山吹の花が、……）の類歌がある。

次に、5の詠は『新古今集』に「題知らず」の詞書を付して載る、厚見王《あつみのおおきみ》の作。詞書から「款冬」の題は知られないが、下句からそれと知られよう。歌意は、河鹿《かじか》の鳴く神奈備川にその影を映して、今ごろは咲いているであろうか。山吹の花は、のとおり。「神奈備川」は大和国の歌枕で、この川は「飛鳥川」のことかという。作者の厚見王が都にいて、かつて遊興した地に美しく咲いていた山吹の花を思い遣《や》って、感慨にふけっている構図の詠作。

最後に、６の詠は、『新拾遺集』に「款冬をよめる」の詞書を付して載る、覚誉《かくよ》法親王の作。詞書から「款冬」の題と知られよう。歌意は、山吹の花が、曇りひとつない、まるで鏡のように透明になっている水面に、美しい姿を湛《たた》えているが、その光景を見ると、春の日数も相当経過したのだなあ、と実感されることだ、のとおり。「うつる」は「姿が映る」と「日数が移る」を掛ける。山吹の花に「行く春」を惜しむ心情も感情移入されている感じが強い。

以上が「款冬」の題が切り拓く、晩春から初夏にかけての多彩な風光の略述だ。

t　「河津」（蛙）

春部の次の歌題は「河津《かはづ》」である。普通、「蛙」の字を当て、「かはづ」「かへる」の両用の呼称があったが、平安時代まで「かはづ」は歌語として、「かへる」は口語として用いられたという。なお、和歌では「かはづ」を専《もっぱ》ら使用した。そして、ほとんどの場合、晩春から立秋前ころまで、小さなカエルで、山間の清流に住む、鳴き声が美しい「河鹿」（カジカガエル）を意味し、「山吹」との組み合わせで詠まれることから、春の歌題として扱われる。なお、まれに田で鳴くカエルも登場しないことはない。ちなみに、歌題として取り扱われるのは、十一世紀からで、『永久百首』『六百番歌合』で、組題の一つである。要するに、「河津」は春の田、池、沼、谷、川、井出などの用語とともに詠まねばならない。

この題の例歌（証歌）には、次の五首が上げられよう。

1　み吉野の岩本去らず鳴くかはづうべも鳴きけり川をさやけみ
（万葉集・巻十・作者不記・二一六五）

2　上《かみ》つ瀬《せ》にかはづ妻呼ぶ夕されば衣手寒み妻まかむとか
（同・同・同・二一六九）

3　蛙鳴く井出の山吹散りにけり花の盛りに逢はましものを
（古今集・春歌下・読人不知・一二五）

4　水《み》隠《がく》れてすだくかはづのもろ声にさわぎぞわたる池の浮き草
（後拾遺集・春下・良暹法師・一五九）

5　宵ごとにかはづのあまた鳴く田には水こそまされ雨は降らねど
（伊勢物語・百八段・聞きおひける男・一八七）

まず、1の詠は、『万葉集』に「蝦《かはづ》を詠みき」の題詞を付して載る、作者不記の歌。題詞から「河津」の題と知られる。歌意は、み吉野の川の岩の下を離れずに鳴く河鹿が鳴くのはもっともなことだ。川がすがすがしいのだから、のとおり。渓流《けいりゅう》で本領発揮している河鹿のさわやかな声が印象的だ。

次に、2の詠も『万葉集』に、1の詠とまったく同様の題詞を付して載る、作者不記の歌。歌意は、上の瀬で河鹿が妻を呼んでいる。夕方になると、独りでは寒いので、妻と寝ようというのだろうか、のとおり。「衣手」は衣の袖から転じて衣そのものをいう。独りになると、衣が薄く寒く感じられる意。擬人法がすばらしい。

次に、3の詠は、『古今集』に「題知らず」の詞書を付して載る、読人不知歌。なお、左注には一説に、橘清友《きよとも》が作者かとある。詞書から「河津」の題は知られないが、初句からそれと知られよう。歌意は、河鹿の鳴く井出の山吹が散ってしまったことだなあ。花盛りの時節に出逢いたかったのに、のとおり。「井出の山吹」と「蛙」との組み合わせによる類型歌。

次に、4の詠は、『後拾遺集』に「長久二年弘徽殿女御（藤原生子）家歌合に、かはづをよめる」の詞書を付して載る、良暹《りょうせん》の作。詞書から「河津」の題と知られる。歌意は、水中に隠れて群がっている蛙が声を合わせて鳴き騒ぎ、それにつれて一面にふるえ動く池の浮き草であることだ、のとおり。この場合の「かはづ」は、「すだくかはづのもろ声」の措辞によって、いわゆる「蛙の合唱」が想定されようから、普通の蛙と考えられようか。蛙の合唱と池の浮き草がざわめく様子を重ねて描出した点に、本詠の妙味があろうか。

最後に、5の詠は『伊勢物語』第百八段の「聞きおひける男」（自分のことだと聞いて思った男）の作。上句から「河津」に関連することは知られよう。歌意は、袖が乾く間もないということですが、毎夜毎夜、こちらのように蛙がたくさん鳴く田には、水はふえるものですよ。雨は降らないけれども、のとおり。本詠は、贈歌の「風吹けばとはに浪こす岩なれやわが衣手の乾くときなき」（現代語訳＝風が吹くと、常に変らず浪が越して濡れる岩なのでしょうか。わたしの袖は悲しみの涙で濡れて、乾く時もありませんよ）に対する答歌。この場合の「かはづ」ももちろん、普通の蛙である。

以上が多種多様な場面を展開する「河津」の題についての略述である。

u 「躑躅」

春部の次の歌題は「躑躅《つつじ》」である。木の名。ツツジ科の低木の総称。晩春から初夏にかけて、赤や白の花を開くが、春の歌題として扱う。「躑躅」の属性を表す結題と用語には「巌上躑躅」「晩見躑躅」「いはつつじ」「もちつつじ」「しらつつじ」などがある。

さて、紅色に咲くのを「いはつつじ」という。「常磐《ときは》の山に色めづらし」とも、「夕日にひとり色映えて見ゆ」とも、「山下照らす」とも、予想外の季節であるけれども、紅葉が咲いたのかと不審に思ったり、背子《せこ》の身にまとっている衣の色に見紛えたり、妹《いも》が着ている裳裾《もすそ》に間違えたり、蘇芳《すおう》色のを「もちつつじ」という。「心につく」とも、また、「寝ばや」ともことよせて詠んでいる。白いのを「しらつつじ」という。鷺坂山《さぎさかやま》に咲かせて、白鳥に見紛え、渚の岡では、波の花ではないかと疑うものだ。

この題の例歌（証歌）には、次の四首が上げられよう。

1　風早《かざはや》の美保の浦廻《うらみ》の白《しら》つつじ見れどもさぶしなき人思へば

（万葉集・巻三・河辺宮人・四三七）

2　思ひ出づる常磐《ときは》の山の岩つつじ言はねばこそあれ恋しきものを

（古今集・恋歌一・読人不知・四九五）

3　入り日さすゆふくれなゐの色映えて山下照らす岩つつじかな

（金葉集二奏本・春部・摂政家参河・八〇）

4　奥山の岩根隠れのもちつつじねばやねばやと見ゆる君かな（基俊集・藤原基俊・一五二）

まず、1の詠は、『万葉集』に「和銅四年辛亥《しんがい》、河辺宮人《かはへのみやひと》の、姫島《ひめしま》の松原の美人《びじん》の屍《かばね》を見て哀慟《あいどう》して作りし歌四首」の題詞を付して載る、河辺宮人の作。題詞から「躑躅」の題は知られないが、第三句からそれと知られよう。歌意は、風早の美保の浜辺の白つつじの花。わたしはその花を見ても寂しいよ。死んだ美しい人を思うと、のとおり。題詞の「姫島の松原」の所在地は未詳。挽歌であろうが、死骸を見て詠じたとは思えないほどの自然詠だ。

次に、2の詠は、『古今集』に「題知らず」の詞書を付して載る、読人不知歌。詞書から「躑躅」の題は知られないが、第二・三句からそれと知られよう。歌意は、あなたのことを思い出す時は、常磐の山の岩つつじではないが、口に出してこそ言わないけれども、とても恋しくてたまらないことだ、のとおり。「常磐の山の岩つつじ」は上には「思ひ出づる時は」の掛け詞で続き、下には「岩」「言は」の同音反復の序詞として続く。なお、「常磐の山」は山城国の歌枕だが、普通名詞としても理解できる。

次に、3の詠は、『金葉集』（二奏本）に「晩ニ見ル二躑躅ヲ一といへることをよめる」の詞書を付して載る、摂政家参河《みかわ》の作。詞書から「晩見躑躅」の題と知られよう。歌意は、入り日のさしている夕暮れの紅色が、一段とあざやかさを増して輝き、山の麓《ふもと》を照らしている岩つつじであることよ、のとおり。『万葉集』から詠まれている岩つつじだが、色が注目をあびたのは平安時代に入ってからであった。本詠は紅色の拡《ひろ》がりが美しく、色彩の鮮明な描出に工夫が凝らされている。

最後に、4の詠は、『基俊集』に「ある女、四月の朔日《ついたち》ごろ、つつじを折りて得させしかば」の詞書を付して載る、藤原基俊の作。詞書から「躑躅」を主題にした実詠歌と知られよう。歌意は、奥山の大きな岩の陰に隠れるように姿を見せているもちつつじは、その花が餅のように、粘ってくっついて見えるので、わたしもあなたとくっついて寝たいものだと思われることだ、のとおり。「ねばやねばや」に「粘《ねば》や粘や」と「寝ばや寝ばや」を掛けたユーモアたっぷりの詠作。なお、本詠は詞書から躑躅を初夏の季の景物として把えている。

以上が「躑躅」題の概略である。

v 「暮春」

春部の最後は「暮春」の歌題である。「暮春」は「ぼしゅん」「はるのくれ」と訓み、春果つる頃をいう。『和漢朗詠集』の分類項目に見える。この題の属性を表す結題と用語には、「暮春雨」「暮春款冬」「暮春帰雁」「暮春月」「暮春惜花」「暮春惜落花」「暮春躑躅」「はるのくれ」「かへる春」「ゆく春」などがある。

さて、春も暮れてしまうと、花も根に帰る。鳥も雲に入ってその姿を消すと、名残り惜しく思われ、今日の一日が早くも夕暮れにまでなったと嘆き、せめて春霞だけでも立ち留《とど》まってくれ、と名残り惜しく思い、鶯が谷の古巣に帰ることを残念に思うものだ。ただし、「春の暮」という題は、必ずしもすっかり暮れてしまった日を指していうわけではなく、春の終わりごろを言うのだ。「三月尽《じん》」という題の場合は、月籠《ごも》りの日を指して詠まねばならない。

この題の例歌（証歌）には、次の五首が指摘されようか。

1 花は根に鳥は古巣にかへるなり春のとまりを知る人ぞなき
（千載集・春歌下・崇徳院御製・一二二）

2 暮れて行く春は残りもなきものを惜しむ心の尽きせざるらむ
（同・同・大納言〈藤原〉隆季・一二五）

3 行く春の霞の袖を引きとめてそぼるばかりや恨みかけまし
（新勅撰集・春歌下・皇太后宮大夫〈藤原〉俊成・一三六）

4 柴の戸をさすや日影の名残りなく春暮れかかる山の端《は》の雲
（新古今集・春歌下・宮内卿・一七三）

5 つれもなく暮れぬる空を別れにて行く方知らずかへる春かな
（続拾遺集・春歌下・前中納言〈藤原〉定家・一四五）

まず、1の詠は、『千載集』に「（久安）百首めしける時、暮の春の心をよませたまうける」の詞書を付して載る、崇徳院の御製。詞書から「暮春」の題と知られる。歌意は、春が終わると、花は根に、鳥は谷の古巣に帰ると聞いているが、春がどこに行き着くのか、その場所を知っている人はいないことだ、のとおり。本詠は『和漢朗詠集』の「閏《うるふ》三月」題の清原滋藤《じとう》の「花は根に帰らむことを悔ゆれども、悔ゆるに益《えき》なし。鳥は谷に入らむことを期《ご》すれども、定めて期を延《の》ぶらむ。」（六一、現代語訳＝春が暮れたと思って、花は散ってしまった。今年は閏で春がまだ一月あると知って、散り落ちたことを悔やんだとしても、もうどうしようもないことだ。鶯も、三月尽と聞いて、谷の古巣にもどろうと決めていたが、きっと出発をひと月延長したにちがいないでしょう）の詩に依拠して、春はどこに行くのかと自問し、はるか時空のかなたに去り行く春を愛惜《あいせき》したもの。

次に、2の詠は、『千載集』に「（久安）百首たてまつりける時、暮の春の心をよみ侍りける」の詞書を付して載る、藤原隆季《たかすえ》の作。詞書から「暮春」の題と知られる。歌意は、弥生三月は余す日もなく暮れようとしているのに、どうして春を惜しむ心は尽きることがないのであろうか、のとおり。ちなみに、本詠は『金葉集』（二奏本）に収載される「三月尽の心」を詠じた、源雅定《まささだ》の「残りなく暮れゆく春を惜しむとて心をさへもつくしつるかな」（春部・九〇、現代語訳＝名残りとなるものがまったくない状態で暮れて行く春を惜しむということで、春が尽きるうえに心までも尽くしたことだなあ）の詠歌の下句を逆説的に表現して、名残り尽きない春への思いを知的に構成している。

次に、3の詠は、『新勅撰集』に「久安百首歌たてまつりける時、三月尽のうた」の詞書を付して載る、藤原俊成の作。詞書から「三月尽」の題と知られる。歌意は、暮れてゆこうとする春が身にまとった袖を引きとめて、わたしは涙をふりしぼって「行かないでおくれ」と恨みごとを言ってやろうかなあ、のとおり。暮春の霞がかった様子を、春の衣裳《いしょう》にたとえて、そのたなびいた端を袖に見立てて、引き留めようとする詠歌主体の気持ちがよく伝わってくる。

次に、４の詠は、『新古今集』に「山家ノ暮春といへる心を」の詞書を付して載る、宮内卿の作。詞書から「山家暮春」の題と知られる。歌意は、柴の戸を閉ざすと、先ほどまで射していた夕日もすっかり消えて、山の端にかかる夕雲は暮れようとする春を物語っているよ、のとおり。「さす」は日が「射す」と戸を「閉す」を掛ける。「戸」「さ（閉）す」と「さ（閉）す」「日影」「暮れ」は各々、縁語の関係。

最後に、５の詠は、『続拾遺集』に「おなじ（暮春）心」の詞書を付して載る、藤原定家の作。詞書から「暮春」の題と知られる。歌意は、同行者もなくただ独りで、そ知らぬ顔をして暮れてしまった空に対して、どこへ行くのかもわからないで、帰って行く春であることだ、のとおり。好ましい季節の春を恋人に見立てて擬人化して、恋歌の気分を漂《ただよ》わせた、定家最晩年の詠作。

これらが多彩な趣を醸《かも》し出している「暮春」の題の概略だ。

以上、『和歌題林抄』に収録されながら、前著で言及できなかった春部の歌題二十二題について略述した。とはいえ、これらの歌題は、『題林愚抄』などの類題集に収載される春部の歌題数と比べるならばほんの少数でしかないが、しかし、春部の基本的な歌題については、ほぼ略述しえたように愚考されるので、次に夏部の歌題の略述に進みたいと思う。

（B）夏部（四月〜六月）の歌題から

a「更衣」

夏部の最初の歌題は「更衣《かうい》」である。「更衣」とは衣がえのこと。年二回、四月一日と十月一日に衣服と調度を各々、夏用、冬用に改めるが、和歌ではもっぱら前者をいう。この題の結題と用語には、「朝《あしたの》更衣」「夏衣」「ひとへ衣」「蟬の羽衣」「白襲《しらかさね》」などがある。

さて、この題は、花の袂《たもと》を脱ぎかへて、春の形見が留まらぬことを嘆き、一重《ひとえ》の袖も涙に濡れ、衣は薄くなるけれども、心は春にかわらない趣を述べ、夏は袂から始まるのかと疑って、四月一日の今日からは心までも変って、桜を散らすので嫌っていた風までも早く吹かないか、と待ちどおしく思う心などを詠むものだ。

この題の例歌（証歌）には、次の五首が指摘されよう。

1　今日よりは夏の衣になりぬれど着る人さへはかはらざりけり
（後撰集・夏・読人不知・一四七）

2　花の色に染めし袂の惜しければ衣さへ憂《う》き今日にもあるかな
（拾遺集・夏・源重之・八一）

3 花散ると厭《いと》ひしものを夏衣たつや遅きと風を待つかな　（同・同・盛明親王・八二）

4 桜色に染めし衣を脱ぎかへて山時鳥今日よりぞ待つ　（後拾遺集・夏・和泉式部・一六五）

5 今日かふる蟬の羽衣着てみれば袂に夏はたつにぞありける
（千載集・夏歌・藤原基俊・一三七）

まず、1の詠は、『後撰集』に「題知らず」の詞書を付して載る、読人不知歌。詞書から「更衣」の題と知られないが、上句からそれと知られよう。歌意は、今日からはみんな夏の衣になったけれども、それを着る人までが薄い心に変りはしないことだよ、のとおり。薄いものである夏衣に反して、人の心は薄くはないものだとして、人事の事柄を夏部の冒頭に据えているのは『後撰集』の特徴的な配列。

次に、2の詠は、『拾遺集』に「冷泉院の東宮《とうぐう》におはしましける時、百首歌奉れと仰せられければ」の詞書を付して載る、源重之の作。詞書から「更衣」の題は知られないが、第四句からそれと知られよう。歌意は、春の花の形見として、桜色に染めた袂が惜しいので、衣替えをしたくない、今日であることよ、のとおり。春の末に花への愛着から桜色に染めた、言わば形見の衣服への執着《しゅうちゃく》を、更衣の日に確認した趣。

次に、3の詠も『拾遺集』に2の詠に連続して収載されるが、「夏の初めに詠み侍りける」

の詞書を付して載る、盛明《もりあきら》親王の作。詞書から「更衣」の題は知られないが、第三句からそれと知られよう。歌意は、花が散るといって嫌ったものなのに、衣替えの今日になって、夏の衣を裁ち着るとすぐに、吹くのが遅いと、涼しい風を期待することだなあ、のとおり。「たつ」は衣を「裁つ」と夏が「立つ」を掛ける。風に対して、季節によって異なる、嫌悪《けんお》と歓迎の気持ちを、対照の構図で発想した妙味あふれる詠作。

　次に、４の詠は、『後拾遺集』に「四月朔日《ついたち》の日よめる」の詞書を付して載る、和泉式部の作。詞書から「更衣」の題は直接には知られないが、この日の行事と上句の措辞からそれと知られよう。歌意は、桜色に染めていた春着を夏の衣に脱ぎ換えて、山から出て来る時鳥の訪れを今日からは待つことだ、のとおり。春の「桜」と夏の「時鳥」を配して、季節の節目《ふしめ》を見事に詠じている。詞書に「四月朔日」と明記するところに本集の暦日意識が顕著に表されている。

　最後に、５の詠は、『千載集』に「堀河院御時、百首歌たてまつりける時、更衣の心をよみ侍りける」の詞書を付して載る、藤原基俊の作。詞書から「更衣」の題と知られる。歌意は、更衣の今朝、昨日までの衣服にかえて、一重の蟬の羽のような薄い夏衣を着てみると、袂に夏の季節がやってきたように実感されることだ、のとおり。「たつ」は「衣」「着」「袂」の縁語である「裁つ」を掛ける。「更衣」の清涼感を縁語仕立てで見事にまとめている。

　以上が多彩な夏の季節感を提示する「更衣」の概略である。

b 「卯花」

夏部の次の歌題は「卯花《うのはな》」である。「うつぎ」の異名。ユキノシタ科の落葉低木。和歌では、時鳥と取り合わせて詠まれるなか、その花の白さは、月の光りや雪、波などに見立てられる。「卯花」の属性を表す結題と用語には、「卯花月夜」「卯花山」「卯花隔垣根」「月前卯花」「故郷卯花」「社頭卯花」「卯花くたし」「河添《かはぞ》ひうつぎ」「小野の細道」「玉川の里」などがある。

さて、「卯花」に対しては、「夏まで消えぬ雪か」と間違え、「垣根ばかりに漏る月か」といぶかしく思い、玉川の里では波にことよせ、木こりの垣根では、洗って太陽に当てている布かと不審に思い、小野の細道は卯花に埋もれ、山里では卯花のつてを求めて人の訪れを見る趣などを詠むのがよかろう。

この題の例歌（証歌）には、次の五首が上げられよう。

1　我が宿の垣根や春を隔つらむ夏来にけりと見ゆる卯の花　（拾遺集・夏・〈源〉順・八〇）

2　山賊《やまがつ》の垣根に咲ける卯の花は誰《た》が白妙の衣かけしぞ　（同・同・読人不知・九三）

3　卯の花の咲ける盛りは白波の龍田の川のゐせきとぞ見る
（後拾遺集・夏・伊勢大輔・一七六）

4　雪の色を奪ひて咲ける卯の花に小野の里人冬ごもりすな
（金葉集二奏本・夏部・春宮大夫〈藤原〉公実・九八）

5　卯の花の咲かぬ垣根はなけれども名に流れたる玉川の里
（同・同・摂政左大臣〈藤原忠通〉・一〇一）

まず、1の詠は、『拾遺集』に「屏風に」の詞書を付して載る、源順《したごう》の作。詞書から「卯花」の題は知られないが、下句からそれと知られよう。歌意は、我が家の垣根は、春を隔ててしまったのであろうか。夏がやって来たんだなあ、と実感させる卯の花が咲きほこっているよ、のとおり。初夏の代表的な景物たる卯の花の垣根が、春を隔てて、夏の到来を誇示《こじ》するように咲いている風光。屏風絵には格好《かっこう》の景物といえよう。

続く2の詠も『拾遺集』の収載歌だが、「題知らず」の詞書を付して載る、読人不知歌。詞書から「卯花」の題は知られないが、上句からそれと知られよう。歌意は、山人の垣根に咲いている卯の花は、いったい誰がまっ白な衣服を掛けたのか、のとおり。卯の花の垣根を、衣桁《いこう》に掛けた白い夏の衣服に見立てた詠作だが、発想は類型的である。

次に、3の詠は、『後拾遺集』に「正子内親王の、絵合し侍りける、かねの冊子に書き侍りける」の詞書を付して載る、伊勢大輔《いせのたいふ》の作。詞書から「卯花」の題は知られないが、初句からそれと知られよう。歌意は、卯の花の咲いている花盛りは白波の立つ龍田川の堰《せき》ではないかと、わたしは見ることだ、のとおり。詞書の「正子内親王」は後朱雀天皇の皇女。「絵合」は「正子内親王絵合」で、現存最古の絵合。「かねの冊子」は銀箔《ぎんぱく》を貼《は》った冊子。「龍田の川」は大和国の歌枕。「立つ」を掛ける。「卯の花」の白さを「白波」との連想で詠み、「波」を「ゐせき」と見立てている。

次に、4の詠は、『金葉集』（二奏本）の「鳥羽殿にて人々歌つかうまつりけるに、卯花の心をよめる」の詞書を付して載る、藤原公実《きんざね》の作。詞書から「卯花」の題と知られる。歌意は、雪の白さを奪って咲いている卯の花のために、小野の里人よ、冬籠りはしないでおくれ、のとおり。本詠は、『後拾遺集』に「卯花をよみ侍りける」の詞書を付して載る、源道済《みちなり》の「雪とのみあやまたれつつ卯の花に冬籠れりと見ゆる山里」（夏・一七七、現代語訳＝ついつい雪と見違えてしまうばかりだよ。あたり一面、まっ白な卯の花によって、冬籠りをしているように見えるこの山里は）の詠に依拠した、卯の花への愛着を小野の里人へ訴えた詠作。

最後に、5の詠も『金葉集』（二奏本）に収載されるが、「卯花をよめる」の詞書を付して載る、藤原忠通《ただみち》の作。詞書から「卯花」の題と知られる。歌意は、卯の花の咲いていない垣根はないけれども、やはり、卯の花で評判が広まっているこの玉川の里であることよ、のとおり。「流れ」は玉川の縁語。「玉川の里」は摂津国の歌枕。卯の花の名所。

以上が夏部の代表的な景物である「卯花」題の概略である。

c 「余花」

夏部の次の歌題は「余花《よくわ》」である。「余花」とは初夏に咲き残っている桜などの花をいう。ちなみに、「残花」とほぼ同意だが、残花が春部・夏部の両部立に載るのに対し、余花は夏部にのみ載る違いがある。余花の属性を表す結題と用語には、「谷余花」「遅桜」などがある。

さて、「余花」には、春に遅れてひとり咲いている状態を哀しく思い、奥山なので夏の到来に気づいていないのかと疑い、青葉の中に咲く賞美すべき姿などを詠む。

この題の例歌（証歌）には、次の三首を上げることができよう。

1　あはれてふことをあまたにやらじとや春に遅れてひとり咲くらむ
（古今集・夏歌・紀利貞・一三六）

2　夏山の青葉まじりの遅桜はつはなよりもめづらしきかな
（金葉集二奏本・夏部・藤原盛房・九五）

3　桜だに散り残らばといひしかど花見てしもぞ春は恋ひしき
（続古今集・夏歌・源俊頼朝臣・一八七）

まず、1の詠は、『古今集』に「四月に咲ける桜を見てよめる」の詞書を付して載る、紀利《とし》貞《さだ》の作。詞書から「余花」の題は想定されようが、『和歌童蒙抄《どうもう》』で「余花」の題と確認される。歌意は、「ああ、すばらしい」というほめ言葉を一人占《じ》めして、ほかの桜の花々にやるまいと思って、この桜は春が過ぎてからたった一本で咲いているのであろうか、のとおり。時期はずれに咲く桜の花への理由づけが『古今集』の歌風になっている。

次に、2の詠は、『金葉集』に「二条関白（藤原師通《もろみち》）の家にて、人々に余花の心をよませ侍りけるによめる」の詞書を付して載る、藤原盛房《もりふさ》の作。詞書から「余花」の題と知られよう。歌意は、夏山の青葉にまじって咲いている遅桜は、春になって初めて咲く花よりも新鮮なことだなあ、のとおり。上句に夏の季節感が白と緑の色彩的対照の中で、鮮やかに描出されている。

最後に、3の詠は、『続古今集』に「残花の心を」の詞書を付して載る、源俊頼の作。詞書から「残花」の題と知られるが、原拠資料の『散木奇歌《さんぼくきか》集』には「ならの歌合に、人にかはりて余花の心をよめる」とあるので、「余花」の題とも知られよう。歌意は、「せめて桜の花だけでも散り残ると、慰められるであろう」と言ったけれども、その散り残った桜の花を見ると、慰められるどころか、逆に、過ぎ去った春が恋しく思い出されることだ、のとおり。夏の季節の桜を見ると、かえって、春の季節への郷愁が掻《か》き立てられると、逆効果の結果を吐露《とろ》した詠作。

以上が「余花」の題についての略述だ。

d「葵」

夏部の次の歌題は「葵《あふひ》」である。草の名。フタバアオイ。賀茂神社の祭りの日に、葉を冠や牛車などに付けて飾った。「逢《あ》ふ日」を掛けて詠むことが多い。「葵」の属性を表す用語と結題には、「あふひ草」「もろは草」「もろかづら」「毎家餝葵」「毎年掛葵」などがある。

さて、葵は神山《かみやま》に取りあげ、御生《みあ》れ（賀茂祭）のしるしに掛けられた。「神の恵みに逢ふ日」とも関係づけ、「八十氏人《やそうぢびと》の普《あまね》く掛くる心」についても言うのだ。また、その神山に、年をとってもいつまでも二葉《ふたば》（童形）である趣を詠み、神のご加護を期待する由などをも詠むのがいい。

「葵」の例歌（証歌）には、次の三首が上げられよう。

1　いかなればその神山のあふひ草年はふれども二葉なるらむ
（新古今集・夏歌・小侍従・一八三）

2　行き帰る八十氏人の玉かづらかけてぞ頼む葵てふ名を（後撰集・夏・読人不知・一六一）

3　われこそや見ぬ人恋ふる病ひすれあふ日ならでは止む薬なし

（拾遺集・恋一・読人不知・六六五）

まず、１の詠は、『新古今集』に「葵をよめる」の詞書を付して載る、小侍従《こじじゅう》の作。詞書から「葵」の題と知られる。歌意は、どういう理由で、昔から賀茂の御神の鎮座《ちんざ》まします神山の葵は、年を経ても二葉であるのでしょうか、のとおり。「その神」は昔の意の「そのかみ」を掛ける。古い歴史をもつ賀茂の神山の葵がいつまでも二葉であることをいぶかる形で、永遠に不変な神威《しんい》を讃嘆した詠。祭神が「別雷《わけいかづち》」と呼ばれるうえに、神がしばしば童形で化現《けげん》するからである。

次に、２の詠は、『後撰集』に「賀茂祭の物見侍りける女の車に言ひ入れて侍りける」の詞書を付して載る、読人不知歌。詞書と結句から「葵」の題は明らか。歌意は、行ってはまた、帰って来る奉幣使《ほうへいし》の行列がかけている葵と桂の鬘《かずら》ではないが、この葵ならぬ逢う日が来ることを心にかけて願っていることだ、のとおり。「玉かづら」は四月の中の酉《とり》の日の賀茂祭の日、供奉《ぐぶ》の人は葵を衣冠に付したので「玉かづら」と連想し、「かけて」を導き出したわけだ。

最後に、３の詠は、『拾遺集』に「題知らず」の詞書を付して載る、読人不知歌。詞書から「葵」の題は知られないが、第四句の「あふ日」が「葵」を掛けるので、それと知られよう。歌意は、まったくわたしこそが、逢い見たこともない人を恋する病をすることだ。葵以外には、この恋の病を治す薬はないことよ、のとおり。フユアオイが薬用に使われるので、このように詠んだ。まだ見ぬ人への恋情の詠歌。

以上が「葵」の題についての概略だ。

e「結葉」

夏の次の題として「結葉」を採り上げよう。「結葉」とは葉が茂って重なること。結葉の属性を表す用語と結題には「なら柴」「玉柏」「庭樹結葉」などがある。

さて、「葉を結ぶ」というのは、夏なので、すべての木の葉がうるさいほど繁茂《はんも》して、木陰《こかげ》はいつもよりうっとうしく、月の光や日の光もあまり差し込まなくなって、空も透《す》けて見えず、梢に雨を降らせて通過する村雨《むらさめ》も音だけになり、地面まで漏れてこなくなる趣などを詠むのがいい。

例歌（証歌）には、次の三首があろう。

1　おしなべてこずゑ青葉になりにけり松の緑もわかれざりけり

（金葉集二奏本・夏部・〈白河〉院・九六）

2　玉がしは庭も葉広《はびろ》になりにけりこや木綿四手《ゆふしで》て神まつるころ

（同・同・大納言〈源〉経信・九七）

３　わが宿のこずゑの夏になるときは生駒の山ぞ見えずなりゆく

（後拾遺集・夏・能因法師・一六七）

まず、１の詠は、『金葉集』（二奏本）に「応徳元年四月、三条内裏にて庭樹結《ブ》レ葉《ヲ》といへることをよませ給ひけるに」の詞書を付して載る、白河院の御製。詞書から「庭樹結葉」の題と知られる。歌意は、どこもかしこも梢がすべて青葉になってしまったので、松の緑も見分けがつかないことだなあ、のとおり。夏以外の季節ではひときわ人の目を引く常緑樹の松も、「結葉」のときは面目まるつぶれの姿の描出。題は源経信の案出。

次に、２の詠は、まったく同じ条件で１の詠に連続する源経信の作。歌意は、柏《かしわ》が庭にも葉を広げるようになったことだなあ。おや、もう榊《さかき》に木綿を垂らして神を祭る時節なのかなあ、のとおり。「玉がしは」は葉守りの神が宿る木として神聖視された。１・２の詠を連続させて夏の生新な季節感をよく出している。１の詠の松に対して、２の詠では柏を配して対照の妙を演出している。「こや」は経信好みの措辞。

最後に、３の詠は、『後拾遺集』に「津の国の古曾部《こそべ》といふ所にてよめる」の詞書を付して載る、能因の作。詞書から「結葉」の題は知られないが、詠作の内容全体から、それと察知されようか。歌意は、我が家の庭の木々の梢が、夏になって茂るようになると、だんだんと生駒の山は見えなくなっていくことだなあ、のとおり。「古曾部」は摂津国の歌枕。能因が晩年ここに隠棲《いんせい》したことで有名。「生駒の山」は大和国の歌枕。夏の到来を梢の葉の茂りに見出し、「こずゑの夏になるときは」と詠じた措辞は新鮮味に溢《あふ》れている。

以上が通常の歌題と比較して、新奇《しんき》な印象を与える「結葉」の題の概略である。

f　「早苗」

夏部の次の題は「早苗《さなへ》」である。「早苗」とは苗代から本田へ移し植える頃の稲の若苗をいう。初苗とも。旧暦五月は早苗を植える月なので「早苗月」とも呼ばれた。「早苗」の属性を表す用語と結題には、「さなへ」「若苗」「室《むろ》のはや早稲《わせ》」「五百代小田《いほしろをだ》」「裾回《すそわ》の田居《たゐ》」「遠山田《とほやまだ》」「門田」「早苗　怱《いそがはし》　」「早苗多」などがある。

さて、この歌題のとき、「田子の裳《も》裾《すそ》干《ひ》る間なく草取る」とも、「日も暮れぬ、諸手に急げ」とも、「五月雨の晴れ間に取る」とも、「いまだうら若き初苗なれば、丈《たけ》もなし」とも詠む。

この題の例歌（証歌）には、次の三首を上げえよう。

1　昨日《きのふ》こそ早苗取りしかいつの間に稲葉《いなば》そよぎて秋風ぞ吹く

（古今集・秋歌上・読人不知・一七二）

2　御田屋守《みたやもり》けふは五月になりにけり急げや早苗老いもこそすれ

（後拾遺集・夏・曾禰好忠・二〇四）

3　早苗とる山田のかけひもりにけり引くしめ縄に露ぞこぼるる

（新古今集・大納言〈源〉経信・二二五）

まず、1の詠は、『古今集』に「題知らず」の詞書を付して載る、読人不知歌。詞書から「早苗」の題は知られないが、第二句からそれと知られよう。歌意は、つい昨日、苗代から早苗を取って田植えをしたばかりだと思っていたのに、いつの間に稲葉をそよがせて秋風が吹くようになったのであろうか、のとおり。「早苗」と「稲葉」の措辞で、夏から秋へと推移のはやい驚きを描出してみせた。

2の詠は、『後拾遺集』に「早苗をよめる」の詞書を付して載る、曾禰《そね》好忠の作。詞書から「早苗」の題と知られる。歌意は、田を守る番人よ。今日はもう五月になってしまったことだ。さあ、田植えを急ぎなさい。早苗が伸びすぎてはいけないから、のとおり。「御田屋」は神領《しんりょう》の田を守る番人のいる小屋。第二・三句から、暦日意識の明確な詠作と知られる。

最後に、3の詠は、『新古今集』に「山畦ノ早苗といへる心を」の詞書を付して載る、源経信の作。詞書から「山畦早苗」の題と知られる。歌意は、早苗を取って田植えをする山田に懸《かけ》樋《ひ》から水が漏れたのだなあ。田の面に張った標縄に露がこぼれているよ、のとおり。経信の得意な田園風景の夏の一コマ。

以上が夏の季節の風物詩のひとつである「早苗」の題の概略だ。

g「照射」

夏部の次の題として「照射」を採り上げよう。「ともし」と読む。夏の夜、狩りで獲物の鹿をおびき寄せるために山路に篝火《かがりび》をともして、近寄ってきた鹿を弓矢で射る狩りのこと。「照射」の属性を表す用語と結題には、「照射のせな」「猟夫」「火串《ほぐし》」「五月山」「鹿の立《た》ち処《ど》」「山路照射」「暁更照射」「峰照射」などがある。

さて、「照射」というのは、五月闇の比、猟夫《さつお》が火串といって、篝のようなものを腰にさして、それに松明《たいまつ》を入れて点火して、馬に乗りながら、木々の密生している野山を音も立てないで分け進んでゆくと、鹿が火影《ほかげ》を珍しく思って、人がいるとも知らないで凝視しながら立ち止っているのを、猟夫が弓に矢をつがえて射ることをいう。なお、「猟夫」とは五月の狩人のことだ。そういうわけだから、「夜な夜な照射はすれども、鹿は目も合はせず」とも、「（鹿は勿論）猟夫までも一晩中、目を合はせねども、それは火串の松明も尽きて、木の下闇に分別を失うからであろうか」とも、「（猟夫は）鹿に思ひばかり懸けて、幾夜明かしたのであろうか」とも詠むのであろう。

「照射」の例歌（証歌）には、次の四首を掲げることができよう。

1　五月山木《こ》の下闇《したやみ》にともす火は鹿の立ち処《ど》のしるべなりけり
（拾遺集・夏・〈紀〉貫之・一二七）

2　ともする宮城が原の下露に信夫《しのぶ》もぢずりかわく夜ぞなき
（千載集・夏歌・前中納言〈大江〉匡房・一九四）

3　照射する端山《はやま》が裾《すそ》のした露や入るより袖のかくしほるらむ
（同・恋歌一・皇太后宮大夫〈藤原〉俊成・七〇二）

4　照射する五月の山はくらけれど鹿に思ひをかけてこそゐれ
（和歌題林抄）

まず、1の詠は、『拾遺集』に「延喜御時、月次《つきなみ》御屛風に」の詞書を付して載る、紀貫之の作。詞書から「照射」の題は知られないが、第三句からそれと知られよう。歌意は、五月の山の木の下の暗がりに点《とも》す照射の火は、鹿が立っている場所を知らせるものであったことだ、のとおり。「五月山」は『万葉集』以来の歌語。闇の中に映える照射の火が印象的だ。

次に、2の詠は『千載集』に「同じ（堀河院）御時、百首歌たてまつりける時、照射の心をよみ侍りける」の詞書を付して載る、大江匡房の作。歌意は、照射をして狩りをする宮城が原では、木の下露の多さのために、狩人の信夫文字摺《ず》りの袖の乾く間もないことだよ、のとおり。「宮城が原」は陸奥国《みちのくに》の歌枕。「信夫もぢずり」は、陸奥の信夫郡産出の忍草の茎や葉で、乱れ模様を布に摺りつけたもの。狩衣《かりぎぬ》にする。陸奥国の歌枕や歌語を組み合わせて、猟師の困苦の心情に結びつけた詠作。

次に、3の詠は、2の詠と同じ『千載集』の恋部に収載されるが、「同じ（摂政右大臣の時の）家に百首歌よみ侍りける時、初恋の心をよみ侍りける」の詞書を付して載る、藤原俊成の作。詞書から「照射」の題は知られないが、初句に「照射」の語句が見える。歌意は、照射をする猟師の袖は、初恋の涙に濡れる我が袖のように、人里近い山裾に入るとすぐに、草木から滴《したた》り落ちる露に濡れそぼつことであろうか、のとおり。「端山」は人里近い山で、「深山」（奥山）の対。「した露」は草木から滴り落ちる露で、秘めた恋を暗示する。「入るより」の場所は「端山が裾」だが、「恋に入るより」を響かせている。本詠の見所は、初恋の濡れそぼつ歎きの袖を、むなしく照射して夜を明かし、山の雫《しずく》に濡れそぼつ猟師の袖に見立てた発想にあろう。

最後に、4の詠は、『和歌題林抄』の収載歌で、目下、典拠《てんきょ》を探索しえていない。「照射」の題は初句から知られよう。歌意は、照射する五月山は生い茂った枝葉でまっ暗闇の状態だが、猟夫は鹿に対して一心不乱に思いだけをかけて、その出会いをじっと待っているよ、のとおり。猟夫としての鹿への狂おしいまでの思いがよく出ていて、印象的だ。

以上が現代人からみるとやや不思議な感じを否めない、「照射」の題が切り拓く鹿猟にまつわる概略だ。

h 「鵜川」

次に採り上げる夏部の歌題は「鵜川《うかは》」である。「鵜川」とは鵜を川に放し、鮎などの魚を捕えることをいう。「鵜飼ひ」とも。この題の属性を表す用語と結題には、「鵜舟」「夜川《よかは》」「うかは」「桂河」「篝火」「手縄《たなは》」「大井川」「鵜川立つ」「毎夜鵜河」「深夜鵜河」「深更鵜河」「遠近鵜河」「雨後鵜河」などがある。

さて、夏は闇のころになると、鵜飼舟に乗って、鵜を利用することがあるので、「夜川」とも「鵜川」ともいうのだ。一人は船尾に乗って棹《さお》をさす。もう一人は船首に篝火をともして、その光りによって川底の魚を発見すると、川面に放した数多くの鵜たちが各々、水底に潜って鮎という魚を呑み込むのだ。その時、鵜匠《うしょう》は鵜の首に手縄というものを付けて舟に控えているのだが、鵜たちがややもすれば、入れ違って水底に潜るのを、手際よい手綱《たづな》さばきで操作して、鵜の数は多いけれども、手縄がからまった状態にならないように上手に扱うのだ。このあたりの呼吸を十二分に理解して詠むとよかろう。

「鵜川」の題の例歌（証歌）には、次の四首を指摘できよう。

1　大井川いく瀬鵜舟の過ぎぬらむほのかになりぬ篝火のかげ
（金葉集二奏本・夏部・中納言〈源〉雅定・一五一）

2　早瀬川水脈《みを》さかのぼる鵜飼舟まづこの世にもいかが苦しき
（千載集・夏歌・崇徳院御製・二〇五）

3　ひさかたの中なる河の鵜飼舟いかにちぎりて闇を待つらむ
（新古今集・夏歌・藤原定家朝臣・二五四）

4　篝火の影しうつればぬばたまの夜河の底は水も燃えけり
（玉葉集・夏歌・〈紀〉貫之・三七七）

まず、1の詠は、『金葉集』（二奏本）に「（藤原）実行卿家歌合に、鵜河の心をよめる」の詞書を付して載る、源雅定の作。詞書から「鵜川」の題は知られる。歌意は、大《おお》堰《い》川《がわ》ではいくつの瀬を鵜舟は過ぎたのであろうか。篝火の光りが、あんなにも遠くほのかになったことだ、のとおり。まっ暗闇の中に浮かぶ篝火の光りの変化を視覚的に把握することで、鵜舟の次第に遠ざかる様子を、想像してみせた秀歌。

次に、2の詠は、『千載集』に「(久安)百首歌の中に、鵜川の心をよませたまうける」の詞書を付して載る、崇徳院の御製。詞書から「鵜川」の題と知られる。歌意は、早瀬の川の水脈をさかのぼって漁をする鵜飼舟は、来世での殺生《せっしょう》の報いに苦しむのに先立って、まず現世でも、どれほどか苦しむことだろうか、のとおり。「さかのぼる」は、鵜飼の漁は通常、下りながら行うので、まず遡《さかのぼ》るわけだ。魚漁は殺生戒で来世で報いが待っているが、その苦しみを、現世における小舟で急流を遡行《そこう》する難渋《なんじゅう》に重ね合わせた発想は見事だ。

次に、3の詠は、『新古今集』に「千五百番歌合に」の詞書を付して載る、藤原定家の作。詞書から「鵜川」の題は知られないが、第三句からそれと知られよう。歌意は、月の中にあるという桂にちなむ桂川の鵜飼舟よ。どういう前世の因縁で、月の光りとは反対に、闇を待つのであろうか、のとおり。本詠は『古今集』雑歌下の伊勢の「久方の中に生ひたる里なれば光りをのみぞ頼むべらなる」(九六八、現代語訳=わたしのおりますのは、月の中に生い育つという桂の名をもった里ですから、月の光りのような皇后さまのお引き立てだけを頼りにしております)の詠の本歌取り。「闇」は暗夜と仏説の「長夜の闇」を掛けて、深い罪業《ざいごう》に思いを寄せる意。「ひさかたの(月)」と「闇」とは対の関係。月にちなむ桂川で、なぜ闇夜に鵜飼を行うのかといぶかった詠作。

最後に、４の詠は、『玉葉集』に「延喜六年、内（裏）の御屏風十二帖の歌、仰せ言によりて奉りける中に、鵜河」の詞書を付して載る、紀貫之の作。詞書から「鵜川」の題は知られる。歌意は、篝火の光りが映ると、まっ暗な夜の河の底は、水までも燃えることだなあ、のとおり。漆黒《しっこく》の夜のしじまの中で、篝火に惹起《じゃっき》されて「水も燃えけり」と展開する連続性が発想的にユニークといえようか。

以上が「鵜川」の題が切り拓く、真夏の夜に展開する諸種の美の世界の概略だ。

i 「五月雨」

夏部の次に採り上げる題は「五月雨《さみだれ》」である。「五月雨」とは陰暦五月ごろに降り続く長雨をいう。梅雨《つゆ》とも。「五月雨」の属性を表す用語と結題には、「さみだれ」「水増さる」「苫《とま》引く」「難波江」「淀の渡り」「美豆《みづ》の御牧《みまき》」「滝つ瀬」「五月雨久」「五月雨欲晴」などがある。

さて、五月雨の頃は、湖も、難波江も、池も川も、水が増して浅瀬も淵となって、汀《みぎわ》の草も、水底の玉藻《たまも》と見間違い、蘆《あし》の茂った中を行き来した葦分け小舟も、蘆の末葉を越え、川沿《ぞ》い柳も水底に沈んで、沼の浮き草も根を絶えて、どこへ行くのかも分らない状態で下流へと流れ、山の井の水も手で掬《すく》わないのに濁り、苫の下を流れる水も懸け樋にあふれ出して、真菰《まこも》を刈り取っては太陽に乾かす塩屋の煙も立ち登らず、海松藻《みるめ》を刈る漁師も仕事をしないで、無駄に日数ばかりを費し、菅《すげ》や茅などで葺《ふ》いた小屋の粗末な屋根も腐って、雨漏りの絶え間がない趣などを詠まねばならない。

「五月雨」の題の例歌（証歌）には、次の六首を拾うことができようか。

1　五月雨は美豆《みつ》の御牧の真菰草刈りほすひまもあらじとぞ思ふ
（後拾遺集・夏・相模・二〇六）

2　五月雨は見えし小笹《をざさ》の原もなし安積《あさか》の沼の心地《ここち》のみして
（同・同・藤原範永朝臣・二〇七）

3　いとどしくしづの庵のいぶせきに卯の花くたし五月雨ぞする
（千載集・夏歌・藤原基俊・一七八）

4　おぼつかないつか晴るべきわび人の思ふ心や五月雨の空（同・同・源俊頼朝臣・一七九）

5　小山田に引く注連縄《しめなは》のうちはへて朽ちやしぬらむ五月雨のころ
（新古今集・夏歌・摂政太政大臣〈藤原良経〉・二二六）

6　五月雨は晴れぬと見ゆる雲間より山の色こき夕ぐれの空
（玉葉集・夏歌・中務宗尊親王・三五四）

まず、1の詠は、『後拾遺集』に「宇治前太政大臣（藤原頼通）家にて三十講の後、歌合し侍りけるに、五月雨をよめる」の詞書を付して載る、相模《さがみ》の作。詞書から「五月雨」の題は知られる。歌意は、五月雨のころは、降りつづく雨のために、美豆の御牧の真菰草を刈り取って干す、晴れ間もないことだろうなあと思うことだ、のとおり。「美豆の御牧」は山城国の歌枕。「真菰草」は水辺に生える、イネ科の多年草。『袋草紙』によると、歌合においてこの詠が披講《ひこう》されるや、満座の喝采《かっさい》をあび、そのどよめきは場外にまで及ぶという反響であったという。

次に、2の詠は、1の詠と同じ『後拾遺集』収載歌だが、「宮内卿（源）経長が桂の山庄にて、五月雨をよめる」の詞書を付して載る、藤原範永《のりなが》の作。詞書から「五月雨」の題と知られる。歌意は、五月雨の降る頃は、これまで見えていた小笹が原は、どこにも見えなくなってしまったことだ。ただ安積の沼を眼前に見る思いがするばかりで……、のとおり。「小笹の原」は普通名詞で、丈の低い笹の生い茂った原。「安積の沼」は陸奥国の歌枕。五月雨による増水の景色を、歌枕を比喩に用いて描出してみせた。

次に、3と4の両詠は、『千載集』に「堀河院御時、百首歌たてまつりける時、五月雨の歌とてよめる」の詞書を付して載る、3の詠が藤原基俊、4の詠が源俊頼の作。両詠ともに、詞書から「五月雨」の題は知られよう。まず、3の詠の歌意は、ただでさえうっとうしい賤《しず》の庵がいっそう不快であるのに、庭の卯の花を腐らせて五月雨が降り続くことだ、のとおり。「卯の花くたし」は、卯の花を腐らせて長く降り続く五月雨を感覚的に表現したもの。賤の庵は詠歌主体の家で、不遇な官人の閑居を想定した措辞。窓外の卯の花垣も連日の長雨に色あせて見え、それを見入る我が身も気分がめいっていくようだ、という構図。

また、4の詠の歌意は、はっきりしないことだ。いつになったら晴れるのであろうか。世の中が嫌《いや》になって侘《わ》び住まいをしているわたしの心が、重苦しく暗い五月雨の空となっているのであろうか。もしそうだとしたら、いつまでも晴れる見込みは期待されないであろう、のとおり。3の詠を承けて、4の詠歌でも詠歌主体は不遇で閑居の人。本詠では、前途に希望のもてない心情と、重苦しい五月雨の空の景を、対応させて詠じてみせた。

次に、5の詠は、『新古今集』に「釈阿《しゃくあ》（藤原俊成）、九十賀《ここのそぢのが》たまはせ侍りし時、屏風に、五月雨」の詞書を付して載る、藤原良経の作。詞書から「五月雨」の題は知られる。歌意は、山田の苗代に長く張りめぐらされた注連縄は、すっかり朽ちはててしまうのであろうか。降り続くこの五月雨のころとなって、のとおり。「うちはへて」は、ひき続き、ひたすらにの意。「注連縄」の縁語。五月雨の属性がよく出ている。

最後に6の詠は、『玉葉集』に「百首歌の中に」の詞書を付して載る、宗尊《むねたか》親王の作。詞書から「五月雨」の題は知られないが、初句からそれと知られよう。歌意は、五月雨はやっと晴れたことだ、と思われるように動き出した雲の間から、山の色が濡れて一入《ひとしお》色濃く見える、夕暮れの空であることだなあ、のとおり。京極派《きょうごくは》の先例をなす、動きの認められる清新な叙景歌。

以上が「五月雨」の題についての概略である。

j「瞿麦」

夏部の次の歌題は「瞿麦」である。「なでしこ」と読む。「撫子」とも書く。ナデシコ科の多年草。山野に自生し、淡紅色の花が咲く。中国から伝来した石竹を「からなでしこ」というのに対しては、「やまとなでしこ」と呼称された。「瞿麦」の属性を表す用語と結題には、「からなでしこ」「やまとなでしこ」「常夏《とこなつ》」「隣瞿麦」「庭瞿麦」「瞿麦帯露」「雨夜思瞿麦」などがある。

さて、瞿麦は常夏という名から、夜の床にことよせても詠む。恋人になじむ趣をも詠み、「塵《ちり》をだに据《す》ゑじとぞ思ふ」などとも詠んでいる。「撫でし子」と表現しては、幼い子供にもことよせて詠む。籬《まがき》に花を咲かせては、あたかも錦を広げて日に当てているようだとも言い、ごく近くに植えては、軒端《のきば》から落ちてくる雫《しずく》を厭うとも言う。雨が降ると、しおれることを歎いたり、露で重たそうな趣なども詠むようだ。

「瞿麦」の題の例歌（証歌）には、次の六首を指摘できよう。

1　我が宿のなでしこの花盛りなり手折《たを》りて一目見せむ子もがも
（万葉集・夏の雑歌・大伴家持・一五〇〇）

2　野辺見ればなでしこが花咲きにけり我待つ秋は近づくらしも
（同・同・作者不記・一九七六）

3　塵《ちり》をだに据ゑじとぞ思ふ咲きしより妹《いも》と我が寝《ぬ》るとこなつの花
（古今集・夏歌・〈凡河内〉躬恒・一六七）

4　二葉よりわがしめゆひしなでしこの花の盛りを人に折らすな
（後撰集・夏・読人不知・一八三）

5　いかならむ今宵《こよひ》の雨に常夏の今朝《けさ》だに露の重げなりつる
（後拾遺集・夏・能因法師・二二六）

6　白露の玉もてゆへるませのうちの光りさへ添ふ常夏の花
（新古今集・夏歌・高倉院御歌・二七五）

まず、1の詠は、『万葉集』に「大伴家持の石竹《なでしこ》の花の歌一首」の題詞を付して載る、大伴家持の作。題詞から「瞿麦」の題は知られよう。歌意は、わが家の庭の瞿麦の花はまっ盛りだ。

手折って一目見せるような娘がいたらいいのになあ、のとおり。瞿麦を詠じた歌は『万葉集』に二十六首あるが、そのうち十一首が家持の作で、家持の瞿麦の花への愛好のさまが知られよう。

次に、2の詠も『万葉集』に収載されるが、「花を詠みき」の題詞を付して載る、作者不記の詠歌。歌意は、野辺を見ると、瞿麦の花が咲いていることだなあ。となると、わたしが待っている秋は確実に近づいているらしいよ、のとおり。晩夏に秋の到来を心待ちしている詠歌作者の心情が著しい。

次に、3の詠は、『古今集』に「隣りより常夏の花を乞ひにおこせたりければ、惜しみてこの歌をよみて遣《つか》はしける」の詞書を付して載る、凡河内《おおしこうちの》躬恒《みつね》の作。詞書から「瞿麦」の題は知られよう。歌意は、咲きはじめてから塵ひとつさえ置かないようにしようと思って大切にしています。いとしい妻と共寝する床という名を持っている、この瞿麦の花は、のとおり。「とこなつ」の「とこ」に「床」を掛ける。詞書で「瞿麦の花がほしい」と言ってきた隣家の申し出を、巧みに断った内容の詠作。

次の4の詠は、『後撰集』に「女子《をみなご》持て侍りける人に、思ふ心侍りてつかはしける」の詞書を付して載る、読人不知歌。詞書から「瞿麦」の題は知られないが、第三句からそれと知られよう。歌意は、幼い時分より、わたしがひとりで守ってきた愛しい瞿麦のようなあの子を、あたら花の盛りに他人に折らせないように、どうぞ神さま、お守りくださいね、のとおり。「しめゆひ」は、注連縄を張って、部外者を入れないように占拠していることを、神に申告する行為か。「なでしこ」は「瞿麦」と大切に養育した子を意味する「撫でし子」を掛ける。「人に折らすな」は他の男に取らせるなの意。以前から、その家の幼女に好意をもっていた男が、ライバルの出現に驚いて、その一家の主人に自己の心中を告知した詠作。

次に、5の詠は、『後拾遺集』に「(源)道済《みちなり》が家にて、『雨の夜常夏を思ふ』といふ心をよめる」の詞書を付して載る、能因の作。詞書から「雨夜思常夏」の題と知られる。歌意は、今夜の雨に打たれて、どんな状態になったであろうか。雨のまだ降らなかった今朝でさえ、露が重たそうな感じであったのだから、のとおり。初・二句は倒置の形による強調。

最後に6の詠は、『新古今集』に「瞿麦露滋といふことを」の詞書を付して載る、高倉院の御製。詞書から「瞿麦露滋」の題と知られる。歌意は、白露の玉で編んだような籬《まがき》の内にあって、その光りまで射《さ》し添うている瞿麦の花の美しさよ、のとおり。「ませ」(籬)は植え込みの低い垣根。「光り」は「白露」「玉」の縁語。照り映えるような瞿麦の色彩を賛美した措辞。本詠は『源氏物語』夕顔の巻で、夕顔が源氏に渡した扇に書きつけた、「心あてにそれかとぞ見る白露の光り添へたる夕顔の花」(現代語訳＝当て推量ながらその人かと見当をつけています。白露の光りを添えた夕顔のように、光りを添えたあなたのお顔を)の詠の本歌取り。

以上が「瞿麦」の題についての概略である。

k　「蛍火」

夏部の次の歌題は「蛍火《けいくわ》」である。『和歌題林抄』では「蛍火」とするが、通常は「蛍」なので、「蛍」として扱う。「蛍火」は蛍の放つ光りをいうが、「蛍」は夜、青白い光りを出す虫のこと。「蛍」の属性を表す用語と結題には、「ほたる火」「なつむし」「夜蛍」「沢蛍」「野蛍」「蛍過窓」「水辺蛍」などがある。

さて、蛍には、身体に収め切れないであふれ出る思いを歎いたり、蛍の火を、水にも消えないと不思議がったり、恋の物思いの類かと疑ったり、星ではないかと迷ったり、篝火《かがりび》にも喩《たと》えたりする。草葉に宿っている蛍について、露と関係させても詠じている。また、「草朽ちて蛍となる」という措辞もある。また、昔、窓に蛍を集めて、夜学問をしたという故事もあるようだ。

「蛍」の題の例歌（証歌）には、次の五首を上げえよう。

1　夕されば蛍よりけに燃ゆれども光り見ねばや人のつれなき
（古今集・恋歌二・紀友則・五六二）

2　つつめども隠れぬものは夏虫の身よりあまれる思ひなりけり
（後撰集・夏・読人不知・二〇九）

3　もの思《おも》へば沢の蛍もわが身よりあくがれ出《い》づるたまかとぞ見る
（後拾遺集・神祇・和泉式部・一一六二）

4　晴るる夜の星か河辺の蛍かもわが住むかたの海人《あま》のたく火か
（新古今集・雑歌中・在原業平・一五九一）

5　草ふかき荒れたる宿のともしびの風に消えぬは蛍なりけり
（新勅撰集・夏歌・読人不知・一八一）

まず、1の詠は、『古今集』に「寛平御時后宮歌合の歌」の詞書を付して載る、紀友則の作。詞書から「蛍」の題は知られないが、第三句に歌材として「蛍」が登場している。歌意は、夕方になると、蛍よりもずっと激しく恋の思いに燃えているのに、わたしの思いの火は光りが見えないので、あの人は平然としているのだろうか、のとおり。恋の思いの火を蛍の火と対照的に把《とら》えた、オーソドックスな発想の詠作。

次に、2の詠は、『後撰集』に「桂のみこ（孚子内親王）の『蛍をとらへて』と言ひ侍りければ、わらはの汗衫の袖につつみて」の詞書を付して載る、読人不知歌。詞書から「蛍」の題は知られよう。歌意は、包むのだけれども、隠れないものは、なんと蛍が身から余って発する火のような我が「思ひ」であったのだなあ、のとおり。「つつめども」は「袖で包む」の意と「思いを慎む」の意を掛ける。詞書の「わらは」については、男童と女童の両説があるが、ここは「汗衫《かざみ》」が平安時代以降は、宮仕えの童女が正装の際、着用したので、女童と考えておきたい。

次に、3の詠は、『後拾遺集』に「男に忘られて侍りけるころ、貴布禰《きぶね》にまゐりて、御手洗《みたらし》川《がは》に蛍の飛び侍りけるを見てよめる」の詞書を付して載る、和泉式部の作。詞書で「蛍」が主題となっていることから、「蛍」の題は知られよう。歌意は、思い悩んで河辺にたたずんでいると、沢辺を飛ぶ蛍の火も、わたしの身体から抜け出した魂ではないかと見えることだ、のとおり。詞書の「男」は『俊頼髄脳』によれば藤原保昌となるから、二度目の夫との不和から、ひどく思い悩んでいる旨、貴布禰神社に訴えた詠歌。

次に、4の詠は、『新古今集』に「題知らず」の詞書を付して載る、在原業平の作。詞書から「蛍」の題は知られないが、第三句に「蛍」の語が登場する。歌意は、かなたに見える火は、晴れた夜空の星か、河辺の蛍かな。それともわたしの住む蘆屋《あしや》の里で海人《あま》が焚《た》く漁《いさり》火《び》であろうか、のとおり。『伊勢物語』第八十七段では、蘆屋の里から遠く布引《ぬのびき》の滝に遊んだ帰途、漁火を望んで戯れた歌となっている。

最後に、5の詠は、『新勅撰集』に「題知らず」の詞書を付して載る、読人不知歌。詞書から「蛍」の題は知られないが、結句からそれと知られよう。歌意は、雑草が深々と茂っている廃屋《はいおく》同然の宿に燈が遠望されるが、その燈が隙間《すきま》の風に吹かれても消えないのは、実は蛍の光りであったのだなあ、のとおり。少々作意が目立つか。

以上が夏の夜の風物詩の代表格の「蛍」（蛍火）の題の概略である。

Ⅰ　「水鶏」

夏部の次の歌題として「水鶏《くひな》」を採り上げよう。「水鶏」はクイナ科の鳥の名。水辺や湿地に住む。鳴き声に特徴があり、戸をたたく音に似ていることから、「たたく」と表現する。体型は鴫《しぎ》に似る。「水鶏」の属性を表す用語と結題には、「くひな」「水鶏のたたく」「独聞水鶏」「月夜水鶏」「山家水鶏」「連夜水鶏」「雨中水鶏」「寄水鶏恋」などがある。

さて、水鶏は五月ごろに夜鳴く鳥である。人が戸をたたいているように聞こえるので、誰か訪ねて来たのか、と勘違《かんちが》いし、「人もこずゑの水鶏」などとも表現する。水鶏には、一晩中人をだますことを嫉《ねた》み、家ごとに区別しないで鳴く趣などを詠むのがよかろう。

「水鶏」の題の例歌（証歌）には、次の四首を指摘できようか。

1　たたくとて宿の妻戸を開けたれば人もこずゑの水鶏なりけり
（拾遺集・恋三・読人不知・八二二）

2　八《や》重《へ》繁《しげ》るむぐらの門《かど》のいぶせさに鎖《さ》さずや何をたたく水鶏ぞ
（後拾遺集・夏・大中臣輔弘・一七〇）

3　里ごとにたたく水鶏のおとすなり心のとまる宿やなからむ
（金葉集二奏本・藤原顕綱・一四二）

4　水鶏鳴く森ひとむらは木《こ》暗くて月に晴れたる野辺の遠《をち》かた
（風雅集・夏歌・前大納言〈正親町〉実明女・三七八）

まず、1の詠は、『拾遺集』に「題知らず」の詞書を付して載る、読人不知歌。詞書から「水鶏」の題は知られないが、結句からそれと知られよう。歌意は、戸を叩く音がすると思って、家の戸を開けてみると、待っている人が訪ねて来たのではなくて、梢にとまっている水鶏の鳴く声であったことだ、のとおり。「人もこずゑ」に「梢」と「人も来《こ》ず」を掛ける。水鶏の声を、訪問者がノックしているのかと思い、期待がはずれて落胆する詠歌主体の気持ちがよく出ている。

2の詠は、『後拾遺集』に「山里の水鶏をよみ侍りける」の詞書を付して載る、大中臣輔弘《おおなかとみのすけひろ》の作。詞書から「山里の水鶏」と知られる。歌意は、雑草が幾重にもからまり繁っている門がうっとうしいので閉ざさないでいたのに、いったいどうしてそんなにドアーをノックするように鳴く水鶏であることか、のとおり。「むぐらの門」は葎《むぐら》のからんだ門。荒廃した宿の象徴。わざわざ門を開けてノックする必要がない状態にしているのに、なぜそんなに鳴き声を立てるのか、と水鶏に詰問した機知的内容。

次に、3の詠は、『金葉集』（二奏本）に「（藤原）俊忠卿家歌合に、水鶏の心をよめる」の詞書を付して載る、藤原顕綱《あきつな》の作。詞書から「水鶏」の題は知られる。歌意は、人里のあちこちから、戸を叩くような水鶏の声がすることだ。心が引かれる宿がないのだろうか、のとおり。「とまる」は「宿」の縁語。水鶏が一夜を過ごす場所を尋ねあぐねている様子を想像した詠作内容。

最後に、4の詠は、『玉葉集』に「（貞和《ちやうわ》）百首歌たてまつりし時」の詞書を付して載る、正親《おおぎ》町《まち》実明《さねあきら》女《のむすめ》の作。詞書から「水鶏」の題は知られないが、初句からそれと知られよう。歌意は、水鶏の鳴く森の一区域は、木が茂りあって暗く、眼を移すと、月光に照らされて広々と明るい、野辺がはるかかなたに展望されるよ、のとおり。「野辺の遠かた」は京極派歌人好みの措辞。通常、水鶏の鳴き声は「たたく」と表現されるなか、京極派の歌人のこの詠では「水鶏鳴く」と表現され、逆に、新鮮な趣さえ感じられるうえに、静寂感もあたり一面を支配していようだ。

以上が夏部の題の属性を表している「水鶏」の題の概略だ。

m「蚊遣火」

夏部の題として次に「蚊遣火《かやりび》」を採り上げようと思う。「蚊遣火」とは、夏、蚊を追い払うために焚く火または煙をいう。なお、『俊頼髄脳』では、屋内と屋外で焚く両説を掲げている。この題の属性を表す用語と結題には、「かやり火」「蚊火《かび》」「ふすぶ」「山田の畔《くろ》」「賤《しづ》が伏せ屋」「遠村蚊遣火」などがある。

さて、蚊遣火は、山里や、屋根を地面につけたような身分の高くない人たちの粗末な家などに、蚊が入ってくるのを嫌がって、木や草の葉や、いばらなどを掻《か》き集めて置き、夕暮れ時に火をつけて、ふすぶらせるのだ。「蚊火立つ」とも「ふすぶ」とも、また「招く」ともいう。心の奥底が恋しさで思い乱れる趣にも通わせる。思い焦《こ》がれる心を喩えてもいう。蚊を嫌うけれども、「われも煙《けむ》たし」などと詠んでいる。

「蚊遣火」の題の例歌（証歌）には、次の三首を指摘できよう。

1　夏なれば宿にふすぶる蚊遣火のいつまで我が身下燃えをせむ

（古今集・恋歌一・読人不知・五〇〇）

２　蚊遣火はもの思ふ人の心かも夏の夜すがら下に燃ゆらむ

（拾遺集・恋二・大中臣能宣・七六九）

３　蚊遣火のさ夜更けがたの下こがれ苦しや我が身人知れずのみ

（新古今集・恋歌一・曾禰好忠・一〇七〇）

まず、１の詠は『古今集』に「題知らず」の詞書を付して載る、読人不知歌。詞書から「蚊遣火」の題は知られないが、「下燃え」の恋の比喩になっている。歌意は、夏なので家でくすぶる蚊遣火のように、いったいいつまでわたしは、心の中で恋の思いの火を燃やし続けなければならないのであろうか、のとおり。第三句までが「下燃え」の序詞。蚊遣火の属性を表した典型的な詠歌。

次に、２の詠は、『拾遺集』に「蚊遣火を見侍りて」の詞書を付して載る、大中臣能宣の作。詞書から「蚊遣火」の題は知られる。歌意は、蚊遣火は、物思いをしている人の心を表すものなのであろうか。人がひそかに思い焦がれているように、夏の夜、どうして一晩中くすぶり続けているのであろうかのとおり。この詠も、１の詠と同様に、蚊遣火に、下燃えと心中に秘めた思慕《しぼ》の情を重ね合わせて詠作している。

最後に、3の詠は、『新古今集』に「題知らず」の詞書を付して載る、曾禰好忠の作。詞書から「蚊遣火」の題は知られないが、「寄蚊遣火恋」と解されようか。歌意は、蚊遣火が夜のふけるころ、密かにくゆっているように、苦しいことだ。あの人にも知られないまま、こうして心のなかで恋し続けている我が身は、のとおり。第一・二句は第三句以下を導く有心の序。本詠は1の詠を本歌にした本歌取りの趣。

以上が「蚊遣火」の題についての概略だ。

n「夏草」

夏部の次の歌題は「夏草」である。「夏草」とは、夏になって繁茂する諸種の草の総称。夏草の属性を表す用語と結題には、「生ひ茂る」「萎《しを》る」「深し」「思ひ萎《な》ゆ」「夏草深」「庭夏草」「野夏草」「野外夏草」「水辺夏草」などがある。

さて、夏には草が深く茂って、掻き分けて進んだ通い路も草に埋没《まいぼつ》し、野辺には往来する旅人の姿も見えず、草葉の下を流れる水も音だけが聞こえるほどになって、庭の浅茅《あさぢ》は日に日にあたり一面に茂り、まばらであったきこりや猟師の垣根も、うっとうしい様子だなどと詠むのがいい。

「夏草」の題の例歌（証歌）には、次の四首を指摘できようか。

1　枯れはてむ後をば知らで夏草の深くも人の思ほゆるかな

（古今集・恋歌四・凡河内躬恒・六八六）

2　大《おほ》荒《あら》木《き》の森の下草老いぬれば駒もすさめず刈る人もなし

（同・雑歌上・読人不知・八九二）

3　夏草は茂りにけりなたまぼこの道行き人も結ぶばかりに

（新古今集・夏歌・藤原元真・一八八）

4　茂き野と夏もなりゆく深草の里はうづらの鳴かぬばかりぞ

（六百番歌合・夏・〈藤原〉家隆・一九八）

まず、1の詠は、『古今集』に「題知らず」の詞書を付して載る、凡河内躬恒の作。詞書から「夏草」の題は知られないが、第三句からそれと知られよう。歌意は、枯れ果ててしまう後のことを考えないで深く生い茂る夏草のように、恋がさめて遠ざかってしまう後のことはかまわずに、深くあの人が思われることだ、のとおり。「枯れ」は夏草が「枯れ」るのと男女の別離の意の「離《か》れ」を掛ける。「夏草の」は「深く」の枕詞。深く思う恋の世界。

次に、2の詠は、『古今集』に「題知らず」の詞書を付して載る、読人不知歌。詞書から

「夏草」の題は知られないが、第二句の「下草」がそれに相当する。歌意は、大荒木の森の下草が盛りをすぎ、固くなってしまったので、馬も食べようとしないし、刈る人もいない、のとおり。なお、本詠には上の句の異伝の本文に「桜麻《さくらあさ》の苧生《をふ》の下草老いぬれば」がある旨の左注があり、それだと上の句の現代語訳は、「桜麻の畑の下草が固くなってしまったので」となろうか。「大荒木」は大和国の荒木神社とも、仮の埋葬の「大殯《おほあらき》」ともいう。「桜麻の苧生」は桜麻の畑の意。年をとって誰も相手にしてくれないという歎きが主題となっている詠作。「下草」では、「夏草」の題に必ずしもふさわしくないが、『和歌題林抄』の収載歌ゆえに言及した。

次に、3の詠は『新古今集』に「題知らず」の詞書を付して載る、藤原元真《もとざね》の作。詞書から「夏草」の題は知られないが、初句からそれと知られよう。歌意は、夏草はすっかり茂ってしまったことだなあ。道を行く旅人も草結びをするほどに、のとおり。「たまぼこの」は「道」にかかる枕詞。「結ぶ」は旅の安全を祈るために行なう呪術《じゅじゅつ》的な行為。

最後に、4の詠は、『六百番歌合』に「夏草」の詠歌として載る、九番右の藤原家隆の作。歌意は、夏も深まって草が生い茂った野となってゆく深草の里は、その名にふさわしく寂しい。秋と違って鶉《うずら》が鳴かないだけだ、のとおり。「深草の里」は山城国の歌枕。本詠は『伊勢物語』第百二十三段で、在原業平とおぼしき「男」に「深草に住みける女」が返した歌、「野とならばば鶉となりて鳴きをらむかりにだにやは君は来ざらむ」（現代語訳＝あなたのおっしゃるように、ここが荒れた野となるならば、わたしは鶉となって、鳴いていることでしょう。そうすればあなたは、せめて狩りになりと、仮にもおいでにならぬことはありますまいから）の本歌取り。ちなみに、本詠は『六百番歌合』の判詞では、「右の歌、『茂き野と』など置ける姿、宜しきに似たり」と評され、勝を得ている。

以上、「夏草」の題について略述した。

○「蓮」

夏部の歌題では次に「蓮《はちす》」を採り上げよう。「蓮」はスイレン科の多年生水草の名。極楽浄土の比喩として用いられる。「蓮」の属性を表す用語と結題には、「はちす」「はちす葉」「たちは」「浮き葉」「まきは」「荷露成珠」「秋声帯雨荷」などがある。

さて、「蓮」には、濁りに染まない心を羨《うらや》んだり、浮き葉の上を転がる珠《たま》（露）をはかない身の上に喩えたり、花が咲くと水面にも彩《いろど》りがある趣を詠じたり、人生の最期《さいご》には宿ることを願ったりする景物だ。

「蓮」の例歌（証歌）には、次の四首が上げられよう。

1　一度も南無阿弥陀仏と言ふ人の蓮のうへにのぼらぬはなし
（拾遺集・哀傷・空也上人・一三四四）

2　蓮葉《はちすば》のにごりに染《し》まぬ心もてなにかは露を玉とあざむく
（古今集・夏歌・僧正遍昭・一六五）

3　風吹けば蓮《はす》のうき葉に玉こえて涼しくなりぬひぐらしの声
（金葉集二奏本・夏部・源俊頼朝臣・一四五）

4　夕されば波こす池の蓮葉に玉ゆり据《す》うる風の涼しさ
（玉葉集・夏歌・三条〈実房〉入道左大臣・四二三）

まず、1の詠は、『拾遺集』に「市門《いちもん》に書き付けて侍りける」の詞書を付して載る、空也《くうや》の作。詞書から「蓮」の題が知られないが、第四句からそれと知られよう。歌意は、一度でも南無阿弥陀仏と唱えた人が、極楽浄土の蓮の葉の上にあがらないことはない。誰でも、往生《おうじょう》できるはずだ、のとおり。詞書の「市門」は市場の門柱。「南無阿弥陀仏」と六字の名号《みょうごう》を唱えれば、誰でも往生できると布教活動をした空也上人《しょうにん》の姿が偲《しの》ばれる。

次に、2の詠は、『古今集』に「蓮の露を見てよめる」の詞書を付して載る、遍昭《へんじょう》の作。詞書から「蓮の露」の題と知られよう。歌意は、蓮の葉は、泥水《どろみず》の中に生えていながら、少しも濁《にご》りに染まらない清らかな心を持っているのに、どうしてその上に置く露を玉と見せかけて、人をだますのであろうか、のとおり。『法華経《ほけきょう》』を踏まえて、「露」「玉」の見立てを巧みに用いて、聖花の蓮が人をだますという、奇抜な趣向に仕立てあげた詠作。

次に、３の詠は、『金葉集』（二奏本）に「水風晩涼といへることをよめる」の詞書を付して載る、源俊頼の作。詞書から「水風晩涼」の題と知られるが、『和歌題林抄』はこの歌を「蓮」の証歌にしている。それは第二、三句の措辞が「水風晩涼」の題の歌材になっているからであろう。歌意は、夕風が吹くと、池に浮いた蓮の葉では、露の玉が転がりこぼれて、涼しくなったことだ。ひぐらしの声がするなかで、のとおり。夏の夕暮れ時の涼しさを、「動」と「静」の対照の構図と、視覚と聴覚の感覚の視点で、見事に形象化《けいしょうか》している。

最後に、４の詠は、『玉葉集』に「守覚法親王家五十首歌に」の詞書を付して載る、三条実房の作。詞書から「蓮」の題は知られないが、第三句からそれと知られよう。歌意は、夕方になると、波が立って池の蓮の葉をゆすって、葉の上に美しい露の玉をいくつもこしらえる、なんとも風の涼しいことよ、のとおり。３の詠とほぼ同様に、池の水面の清涼感を叙述しているが、４の詠は風に焦点を当てている。

以上が「蓮」の題が切り拓く多彩な夏夜の点景と、浄土の世界の概略だ。

p　「蟬」

夏部で次に採り上げるのは「蟬」の歌題である。「蟬」はセミ科の昆虫の総称。この題の属性を表す用語と結題には、「うつせみ」「日ぐらし」「夏蟬」「蟬のもろ声」「夕蟬」「杜蟬」「林間蟬」「雨後聞蟬」などがある。

さて、蟬が梢に帰ることに愛着を覚えたり、「五月雨の晴れ間を待ち迎えて鳴く」とも言い、山川で水が激しく流れる音にもなぞらえたり、「夏山の木葉も震動《しんどう》するくらい鳴く」などとも詠まれている。「うつせみ」とは必ずしも、蟬の抜け殻だけを言うとは限らない。生きている蟬をもいう場合がある。『後撰集』には読人不知歌に、「うちはへて音を鳴きくらす空蟬のむなしき恋も我はするかな」（一九二、現代語訳＝ずっと続いて声をあげて鳴きながら一日を暮らす蟬のように、声をあげて泣くようなむなしい恋を、わたしはすることですよ）と詠まれているように。「蜩《ひぐらし》」は夕暮れ時に鳴くものなので、「入り日がかげりかけている山で、涼しげな声を聞く」とも、「夕立の晴れ間にも著しく鳴く心」などとも詠む。ただし、蟬は少々うとましい様子には詠むけれども、聞きたい心では詠まない。蜩については、心が澄み、涼しい感じにも詠む。

「蟬」の題の例歌（証歌）には、次の五首を上げ得よう。

1　石走《いはばし》る滝もとどろに鳴く蟬の声をし聞けば都し思ほゆ

（万葉集・巻十五・大石蓑麻呂・三六三九）

2　蟬の声聞けばかなしな夏衣うすくや人のならむと思へば
（古今集・恋歌四・〈紀〉友則・七一五）

3　常もなき夏の草葉に置く露の命とたのむ蟬のはかなさ　（後撰集・夏・読人不知・一九三）

4　下紅葉《したもみぢ》ひと葉づつ散る木《こ》の下に秋とおぼゆる蟬の声かな
（詞花集・夏・相模・八〇）

5　雨晴れて露吹きはらふ梢より風に乱るる蟬のもろ声
（風雅集・夏歌・進子内親王・四一八）

まず、1の詠は『万葉集』に「安芸《あき》国長門《ながと》島に磯辺に船泊《ふなどま》りして作りし歌五首」の題詞を付して載る、大石蓑麻呂《おほいしのみのまろ》の作。詞書から「蟬」の題は知られないが、第三句からそれと知られよう。歌意は、岩の上をほとばしり流れる滝が、どうどうと音を立てるように、響き渡って鳴く蟬の声を聞くと、都のことがしきりに思われることだ、のとおり。「とどろに」は大音《だいおん》の擬音語で、鹿の声や鶴の声に用いるが、蟬に用いるのは珍しい。

次に、2の詠は、『古今集』に「寛平御時后宮歌合の歌」の詞書を付して載る、紀友則の作。詞書から「蟬」の詞書は知られないが、初句からそれと知られよう。歌意は、蟬の声を聞くと、悲しくなってくるよ。夏になって薄い夏衣のように、人の心も薄情《はくじょう》になっていかないかと思われて、のとおり。「夏衣」は「うすく」の枕詞。蟬の声を、恋心を募《つの》らせる悲しげな声と把えた詠作。

次に、3の詠は、『後撰集』に「題知らず」の詞書を付して載る、読人不知歌。詞書から「蟬」の題は知られないが、結句からそれと知られよう。歌意は、すぐに枯れる夏の草葉に置くはかない露を、命の糧《かて》と頼りにする蟬は、何ともはかないものであることだ、のとおり。本詠は蟬の短命を主題に詠じたもの。

次に、4の詠は、『詞花集』に「題知らず」の詞書を付して載る、相模の作。詞書から「蟬」の題は知られないが、結句からそれと知られよう。歌意は、下葉の紅葉が一葉また一葉と散る木の蔭で、秋が来たと感じられる蟬の声だなあ、のとおり。『和漢朗詠集』の「蟬」の題の許渾の一節「蟬黄葉《くわうゑふ》に鳴いて漢宮《かんきう》秋なり」（原文漢文、一九四、現代語訳＝蟬ははやくも紅葉した木に鳴いて、漢宮の秋はひとしお感興を誘うことだ）にも、同趣の漢詩が指摘される。

最後に、5の詠は『風雅集』に「蟬を」の詞書を付して載る、進子内親王の作。詞書から「蟬」の題は知られる。歌意は、雨が晴れて木の葉に残る露を風が吹きはらうその梢から、これも風に吹き乱されるように蟬の群れ鳴く声が聞こえてくるよ、のとおり。「風に乱るる蟬のもろ声」の措辞は共感覚的表現で、京極派歌人の得意とするところ。

以上、夏の季節の特徴のひとつである「蟬」の題について略述した。

9 「納涼」

夏部の歌題として次に「納涼」を採り上げようと思う。「納涼」とは、水辺や樹陰で涼を取ること。「なふりやう」「だふりやう」と読む。「納涼」の属性を表す用語と結題には、「すずし」「すずみ」「夕すずみ」「泉辺納涼」「水辺納涼」「樹陰納涼」「竹陰納涼」などがある。

さて、夏は楢《なら》の木陰、森の木々の下などの、激しく陽の光りが漏れてこない所に、群がって涼を取る趣を、納涼の属性といえよう。入り陽《ひ》もかげって、夕月が次第に現れるにつれて、間《かん》断《だん》なく打ち鳴らしていた扇も膝《ひざ》の上に置きながら、袂《たもと》に通ってくる涼しい風の感じも、秋の季節に似通っているなという趣などを詠むといいだろう。

「納涼」の題の例歌（証歌）には、次の四首が指摘できるであろう。

1　岩たたく谷の水のみ訪れて夏に知られぬ深山辺《みやまべ》の里

（千載集・夏歌・前参議〈藤原〉教長・二二一）

2　ひさぎ生《お》ふる片山かげにしのびつつ吹きけるものを秋の夕風

（新古今集・夏歌・俊恵法師・二七四）

3　夏深き板井《いたゐ》の水のいは枕秋風ならぬ暁ぞなき

（続拾遺集・夏歌・順徳院御製・二一二）

4　かげ深きそともの楢の夕すずみ一木がもとに秋風ぞ吹く

（玉葉集・夏歌・後京極摂政前太政大臣〈藤原良経〉・四二八）

まず、1の詠は、『千載集』に「刑《ぎやう》部《ぶ》卿《きやう》（藤原）頼輔《よりすけ》歌合し侍りけるに、納涼の心をよみ侍りける」の詞書を付して載る、藤原教長《のりなが》の作。詞書から「納涼」の題は知られる。歌意は、岩を叩いて落ちる谷川の水だけが訪れてきて、夏には知られていないことだよ。この深山辺の里は、のとおり。「谷の水」「夏」を擬人化して、心閑《しず》かに水辺の納涼を満喫している趣の詠。

次に、2の詠は、1の詠と同じ歌合における詠作だが、『新古今集』には「刑部卿（藤原）頼輔歌合し侍りけるに、納涼をよめる」と詞書を付して載る、俊《しゅん》恵《え》の作。歌意は、秋の夕風は楸《ひさぎ》が生えている片山陰に、こっそりと吹いていたのに、それと気づかなかったことだよ、のとおり。「ひさぎ」は楸。水辺や山陰に生える、落葉灌木《かんぼく》。「片山かげ」は片方が小高くなっている山陰。「吹きけるものを」は、涼しさを追ってきて初めて気づいた詠嘆。本詠は「風秋に似たり」の趣。

次に、3の詠は、『続拾遺集』に「納涼の心を」の詞書を付して載る、順徳院の御製。詞書から「納涼」の題は知られる。歌意は、夏の深まったころ、板囲《がこ》いの井戸の水辺で岩を枕に寝ると、秋風の音がしない暁はないことだよ、のとおり。「深き」は「水」の縁語。夏の季節の深まりと、板井の水の深さを掛ける。秋風を、触覚で把えるのではなく、聴覚で把える発想は、『古今集』以来の伝統的な把握の方法。

最後に、4の詠は、『玉葉集』に「納涼の心を」の詞書を付して載る、藤原良経の作。詞書から「納涼」の題は知られる。歌意は、深い木陰を作って茂る、家の裏手の楢の木の下での夕涼みの快適さよ。余所《よそ》ではまだ夏の季節でも、ここの一本の木の下だけはもう、秋風が吹いているよ、のとおり。「そとも」は「外面」で、外側、外部の意。楢の木陰の下での定番の納涼の趣。

以上が「納涼」の題の概略である。

r 「泉」

夏部の最後の歌題は「泉」である。「泉」とは、地中からわき出る水、またはその場所の意。「泉」の属性を表す用語と結題には、「いづみ」「真清水《ましみづ》」「石清水」「山の井《ゐ》」「岩井の水」「岩もる水」「玉の井」「掬《むす》ぶ」「澄む」「対泉忘夏」「対泉避暑」「泉辺避暑」「泉辺納涼」「泉入夜寒」などがある。

さて、泉には、宝玉が置かれているような水に夏を忘れたり、秋には泉の底に住んでいるのかと錯覚したり、すくいあげる手から落ちる雫で濁る「山の井」を想像したり、人を恋しているわけでもないのに、濡れる袂を絞ったり、泉に浮かんだ面影をつらいと思ったり、夕暮れには空に宿る月を泉の上に期待したり、一晩中、そこから立ち去りがたい心を詠むのがよかろう。

この題の例歌（証歌）には、次の四首を上げえよう。

1　松陰の岩井の水をむすび上げて夏なき年を思ひけるかな
（拾遺集・夏・恵慶法師・一三一）

2　さ夜深き泉の水の音聞けばむすばぬ袖もすずしかりけり
（後拾遺集・夏・源師賢朝臣・二三三）

3　せきとむる山下水にみがくれてすみけるものを秋のけしきは
（千載集・夏歌・法眼実快・二一四）

4　八《や》重《へ》葎《むぐら》しげみが下にむすぶてふ朧《おぼろ》の清水夏も知られず
（続後拾遺集・夏歌・前中納言〈大江〉匡房・二三五）

まず、1の詠は、『拾遺集』に「河原院の泉のもとに涼み侍りて」の詞書を付して載る、恵《え》慶《ぎょう》の作。詞書から「泉」の題は直接知られないが、詠歌作者のいる場所が間接的にかかわることと、第二句からそれと知られよう。歌意は、松の木陰にある岩井の清水をすくいあげて、あまりの冷たさに、今年は夏のない年と思ったことだ、のとおり。詞書の「河原院」は、陸奥国の歌枕である塩釜《しおがま》の浦の景色を模したという逸話で有名な、源融《とおる》の旧邸宅。この当時は、河原院には安法《あんぽう》法師が住んでおり、同好の歌人を集めて歌会を催行していたが、恵慶もその一人であったのだろう。

次に、2の詠は『後拾遺集』に「泉夜に入りて寒し、といふ心をよみ侍りける」の詞書を付して載る、源資賢《すけかた》の作。詞書から「泉入夜寒」の題と知られる。歌意は、夜ふけに湧水《わきみず》の水音を聞いていると、手で直接に掬《すく》って濡らしたわけでもない袖までもが、なんとも涼しく感じられることだなあ、のとおり。歌題に即応した詠みっぷりだが、「水の音」という聴覚的な把握を、「袖もすずしかりけり」と触覚的な把握に転じた、共感覚的表現にした発想に見所があろうか。

次に、3の詠は、『千載集』に「泉辺の納涼といへる心をよめる」の詞書を付して載る、実《じっ》快《かい》の作。詞書から「泉辺納涼」の題と知られよう。歌意は、堰《せ》きとめた山下陰を流れる水に隠れて住んでいたからだなあ。秋の気配が伝わってくるのは、のとおり。「みがくれて」は「水《み》隠れて」と「身隠れて」を掛ける。また、「すみ」は「住み」と「澄み」を掛ける。本詠は、『古今集』の恋歌一の読人不知歌、「あしひきの山下水の木隠れてたぎつ心を堰《せ》きぞかねつる」（四九一、現代語訳＝山中の谷川の水は、木の間に隠れて早瀬となり、激しく流れているが、わたしも心中のわきたつような恋の思いを抑えかねていることだ）の本歌取りと考慮されようか。

最後に、4の詠は、『続後拾遺集』に「堀河院百首歌に、泉」の詞書を付して載る、大江匡房の作。詞書から「泉」の題は知られよう。歌意は、葎があたり一面に生《お》い茂っている場所にある、手で水を掬うという朧の清水では、夏の暑さも感じられないことだ、のとおり。「朧の清水」は山城国の歌枕で、大原にある。この歌枕は後に隠者の聖域のイメージの中核となるが、本詠での用法はそれ以前のそれ。

これが夏部の最後に言及した「泉」の題の概略である。

以上、『和歌題林抄』に収録されながら、前著が言及しえなかった夏部の歌題十八題である。これで夏部の基本的な歌題については、不充分ながら、ほぼその大要は略述しえたように思われるので、次に、秋部の歌題に言及したいと思う。

（C）秋部（七月～九月）の歌題から

a「立秋」

さて、秋部の歌題のうち、最初に登場願うのが「立秋」の題である。「りつしう」「あきたつ」と読む。「立秋」とは二十四節気のひとつ。陽暦八月八日ごろ。暦の上で秋が始まるとされる日。「立秋」の属性を表す用語と結題には、「りつしう」「秋立つ」「初秋」「山寺立秋」「旅宿立秋」「山家立秋」「立秋風」「立秋述懐」などがある。

秋立つ日は、はやくも空の気色も何となくもの寂しく感じられ、昨日吹いたのと同じ風ではあるけれども、おのずと身にしみて感じられて、荻《おぎ》の葉も秋の到来を知ったかのようにうちそよぎ、草木も露をむすんで、それらを見るわれわれ人間の心までもがもの悲しく思われる趣などを、歌には詠ずるものだ。

「立秋」の題の例歌（証歌）には、次の四首が上げられよう。

1　夏衣まだひとへなるうたたねに心して吹け秋の初風　（拾遺集・秋・安法法師・一三七）

2　八重葎《むぐら》茂れる宿の寂しさに人こそ訪《と》はね秋は来にけり　（同・同・恵慶法師・一四〇）

3　浅茅《あさち》原《はら》玉まく葛《くず》のうら風のうら悲しかる秋は来にけり

（後拾遺集・秋上・恵慶法師・二三六）

4　暮れゆかば空の気色もいかならむ今朝だにかなし秋のはつ風

（新勅撰集・秋歌上・正三位〈藤原〉家隆・一九七）

まず、1の詠は、『拾遺集』に「秋の初めに詠み侍りける」の詞書を付して載る、安法法師の作。詞書から「立秋」の題は間接的に知られようが、結句からも想定されようか。歌意は、まだ夏の単衣《ひとえ》を着たままのうたた寝なので、気を配って吹いておくれ。秋の初風よ、のとおり。秋風は立秋の景物で、秋の到来の主題となるわけだ。

次に、2の詠も『拾遺集』の同じ部立に収載されるが、「河原院にて、荒れたる宿に秋来たるといふ心を人びと詠み侍りけるに」の詞書を付して載る、恵慶《えぎょう》の作。詞書から「荒宿秋来」の題と知られる。歌意は、葎が幾重にも生い茂って荒れ果てた河原院は、ただでさえ寂しいうえに、人の姿も見えないのに、秋は訪れて来たことだなあ、のとおり。「八重葎」は蓬生《よもぎう》・浅《あさ》茅生《じう》とともに、邸宅の荒廃ぶりを象徴する措辞。荒廃・孤絶・悲秋の重層した情景。

次に、3の詠は、『後拾遺集』に「秋立つ日よめる」の詞書を付して載る、恵慶の作。詞書から「立秋」の題は想定されよう。歌意は、茅萱《ちがや》の生えている野原の、葉先が玉のように巻いている葛の葉を、裏返して吹く裏風の「うら」ではないが、うら悲しい秋がやって来たことだなあ、のとおり。第三句までが「うら悲し」の「うら」を導く序詞。葛の葉が秋風に裏返る情景が、そのままうら悲しい秋の思いへと連続する手法だ。

最後に、4の詠は『新勅撰集』に「題知らず」の詞書を付して載る、藤原家隆の作。詞書から「立秋」の題は知られないが、結句からそれは想定されよう。歌意は、今日の一日が暮れて夕暮れになったならば、地上はもちろんのこと、空の気色もどのようになるのであろうか。今朝でさえもの悲しい気持ちになるよ。秋の初風が吹いてくると、のとおり。立秋の初風が感傷的な気分を惹起《じゃっき》するという趣の詠。

なお、「早秋」の題の場合は、立秋の日をも、秋の初めのころをも詠むものだ。「早春」の題の場合を想起して理解してほしい。

「早秋」の題の例歌（証歌）には、次の一首を指摘しえようか。

1　水門《みなと》越す夕波涼し伊勢の海の小野の古江の秋の初風

（続古今集・秋歌上・中務卿〈宗尊〉親王・二九三）

1の詠は、『続古今集』に「江早秋といふことを」の詞書を付して載る、宗尊親王の作。詞書から「江早秋」の題と知られる。歌意は、入り江の口を越す夕暮れの波が涼しいことよ。伊勢の海の小野の古江に秋の初風が吹きはじめたから、のとおり。

以上が「立秋」と「早秋」の題についての概略である。

b　「草花」

秋部で次に採り上げるのは「草花」の題である。「草花」は通常、木の花に対する草の花をいうが、歌題では秋の草花を意味する。「草花」の属性を表す用語と結題には、「萩」「女郎花《をみなへし》」

「薄《すすき》」「刈萱《かるかや》」「藤ばかま」「荻《をぎ》」「野花」「草花隠水」「草花露重」「雨中草花」「夕見草花」「夜思草花」などがある。

さて、草の名は数多《あまた》あるが、秋の草をいうのが普通だ。秋の草ではあるけれども、菊、槿《あさがお》などはあまり詠まない。また、具体的に一つの花を指しても詠む。単に、野辺の千草の花なども詠んでいる。また、「野辺の錦」と詠んだ場合には、促織虫《はたおりむし》に織らせたといい、霧があたり一面に立って隠すことを恐れたり、露が色とりどりに染めたのかとも疑ったりする。「野花」と詠んだ場合も、同じ趣である。これは野原一面に咲き乱れている秋の草をいうのだ。

「草花」の題の例歌（証歌）には、次の五首が上げられよう。

1　さまざまの花をば宿に移し植ゑつ鹿の音《ね》さそへ野辺の秋風

（千載集・秋歌上・摂政前右大臣〈藤原兼実〉・二六一）

2　明けぬとて野辺より山に入る鹿のあと吹きおくる萩の下風

（新古今集・秋歌上・左衛門督〈源〉通光・三五一）

3　ふるさとのもとあらの小萩咲きしより夜な夜な庭の月ぞうつろふ

（同・同・摂政太政大臣〈藤原良経〉・三九三）

4　植ゑざりしいま一本も悔しきは花咲く後の庭の萩はら

（玉葉集・秋歌上・前参議〈冷泉〉為相・四九七）

5　露重《おも》る小萩がすゑはなびき伏して吹きかへす風に花ぞ色添ふ

（同・同・前大納言〈京極〉為兼・五〇一）

まず、1の詠は、『千載集』に「家に百首歌よませ侍りける時、草の花の歌とてよみ侍りける」の詞書を付して載る、藤原兼実《かねざね》の作。詞書から「草花」と知られる。歌意は、各種の秋の花をわが家の庭に移し植えたことだ。そのゆかりで鹿の音《ね》を誘っておくれ。野辺を吹く秋風よ、のとおり。発想は類型的だが、風への呼びかけが新鮮で、実感性に富む。

次に、2の詠は、『新古今集』に「和歌所の歌合に、朝《あした》の草花といふことを」の詞書を付して載る、源通光《みちてる》の作。詞書から「朝草花」の題と知られる。歌意は、夜が明けたというので、野辺から山へ帰ってゆく鹿を慕うかのように、通ってきた跡を吹き送る萩の下風よ、のとおり。萩を男鹿《おしか》の妻と見て、後朝《きぬぎぬ》の別れの趣を詠じたもの。

次に、3の詠も『新古今集』の同じ部立に収載されるが、「(仙洞《せんとう》句題) 五十首歌たてまつりし時、月前の草花」の詞書を付して載る、藤原良経の作。詞書から「月前草花」の題と知られる。歌意は、古里のもとあらの小萩が咲いてからというもの、毎夜庭に訪れる月の光りばかりがいとおしむように、そこに映っているよ、のとおり。「もとあらの小萩」は「本粗の小萩」

で、荒れた庭の、生えぎわの整わない萩の意。本詠は『古今集』の恋四の読人不知歌、「宮城野のもとあらの小萩露を重み風を待つごと君をこそ待て」（六九四、現代語訳＝宮城野の下葉もまばらになった萩が、露が重くて吹き払ってくれる風を待つように、わたしもあなたのお出でをひたすら待っていることだ）の本歌取り。廃園の萩の花に月の映る優美な情景。

次に、4の詠は、『玉葉集』に「草花を」の詞書を付して載る、冷泉為相《れいぜいためすけ》の作。詞書から「草花」の題は知られる。歌意は、植えなかったあの一本、あれも植えておけばもっと美しかったであろうに、と悔しく思われるのは、花が咲いた後で見る庭の萩原であることよ、のとおり。典拠《てんきょ》の『藤谷集《ふじがやつしゅう》』は結句を「庭の秋萩」とするが、そのほうが適切か。

最後に、5の詠も『玉葉集』の同じ部立に収載されるが、「（伏見院）三十首歌人びとによませさせ給ひし時、草花露を」の詞書を付して載る、京極為兼の作。詞書から「草花露」の題と知られる。歌意は、露のびっしりと置いて重くなった小萩の枝先は、庭面になびき伏して、吹き返す風に再度ひるがえる時に、露が散るとともに、濡れた花がいっそう色を添えて舞うことだ、のとおり。動きと光りに満ちた京極派の叙景歌の特徴を発揮して見事である。

以上、「草花」の題について略述した。

c 「萩」

秋部の次の歌題は「萩」である。「萩」はマメ科の植物。秋、枝先にかれんな蝶形の花を咲かせる。紅紫色と白色とがある。「萩」の題の属性を表す用語と結題には、「もとあらの萩」「もとあらの小萩」「真野のむらはぎ」「秋萩」「白萩」「いと萩」「小萩」「秋草」「萩が花」「萩が花摺《ず》り」「萩の錦」「萩の花づま」「宮城野」「嵯峨野」などがある。

さて、「萩が花妻」といって小牡鹿《さおしか》に訪れさせたり、まとわりつく牡鹿を恨んだり、宮城が原に根元のまばらな萩を分けて進んだり、萩の上の露を、雁が流した涙かと思って物思いに沈んだり、露を色とりどりの宝玉と間違えたり、白萩を見て龍田姫が染め漏らしたのかと疑ったり、糸萩を見て思い乱れて攪乱《かくらん》したり、露の置いた萩の群がりを分けて行く袖に、萩の花摺り模様ができたり、美しい錦を隠すことから、霧が立つことを恨んだりもするなどと詠む。

「萩」の題の例歌（証歌）には、次の五首を拾うことができよう。

1　我が岡にさ雄《を》鹿来《き》鳴く初萩の花妻問《ど》ひに来鳴くさ雄鹿

（万葉集・秋雑歌・大伴旅人・一五四五）

2　鳴き渡る雁の涙や落ちつらむもの思ふ宿の萩の上の露

（古今集・秋歌上・読人不知・二二一）

3　秋萩を色どる風は吹きぬとも心はかれじ草葉ならねば
（後撰集・秋上・在原業平朝臣・二二四）

4　朝な朝な鹿のしがらむ萩の枝のすゑ葉の露のありがたの世や
（詞花集・雑上・増基法師・三五三）

5　秋風に乱れてものは思へども萩の下葉の色はかはらじ
（新古今集・恋歌一・藤原高光・一〇二六）

まず、1の詠は『万葉集』に「大宰帥《だざいのそち》大伴卿の歌二首」の題詞を付して載る、大伴旅人《たびと》の作。題詞から「萩」の題は知られないが、第三句からそれと知られよう。歌意は、わが岡に雄鹿がやってきて鳴いている。初萩の花を妻として訪ねよう、とやってきて鳴く雄鹿だよ、のとおり。第二句を結句で繰り返しているが、萩（妻）を訪れた雄鹿への印象が強かったのだろう。旅人《たびと》は萩への愛着が強かったとみえ、『万葉集』には旅人の「萩」を詠じた歌が多い。

次に、2の詠は、『古今集』に「題知らず」の詞書を付して載る、読人不知歌。詞書から「萩」の題は知られないが、結句からそれと知られよう。歌意は、鳴きながら空を飛んで行く雁の涙が落ちてきたものだろうか。もの思いにうち沈んでいる我が家の庭の萩の上に置いている露は、のとおり。「露」を「雁の涙」に見立てた発想の詠歌。

次に、3の詠は、『後撰集』に「返し」の詞書を付して載る、在原業平の作。詞書から「萩」の題は知られないが、初句からそれと知られよう。歌意は、秋萩を色づかせる風は吹いたとしても、わたしの心はあなたから離れることはないでしょう。すぐに枯れる草の葉ではないのですから、のとおり。「かれじ」は草葉が「枯る」と、心が「離《か》る」の意を掛ける。ちなみに、本詠は答歌だが、この贈歌は同集の直前歌、「秋萩を色どる風の吹きぬれば人の心も疑はれけり」（読人不知・二二三、現代語訳＝秋萩を色づかせる風が吹きはじめたので、あなたのお心の色も飽き風によって変ってくる頃ではないか、と疑われることです）である。なお、この贈歌は『後撰集』では読人不知歌であるが、『大和物語』（第一六〇段）では染殿内侍《そめどののないし》の詠とある。

次に、4の詠は、『詞花集』に「世の中騒がしく聞こえけるころよめる」の詞書を付して載る、増基《ぞうき》の作。詞書から「萩」の題は知られないが、第三句からそれと知られよう。歌意は、毎朝毎朝、鹿がからみつく萩の花の枝の末葉に置いた露のように、生きてゆくことの難しい現《うつ》つ世の命であることだ、のとおり。『蘇武伝《そぶでん》』の「人生朝露のごとし」（原漢文）などと同趣の発想。

最後に、5の詠は、『新古今集』に「題知らず」の詞書を付して載る、藤原高光の作。詞書から「萩」の題は知られないが、第四句からそれと知られよう。歌意は、秋風に吹かれて乱れる萩のように、恋ゆえのもの思いに乱れても、その下葉が変色するように、わたしは顔色に出すことはありません、のとおり。萩に寄せる恋の趣。

以上が「萩」の題についての概略だ。

d「女郎花」

秋部の次の歌題は「女郎花」である。通常、「をみなへし」と読む。「をみなべし」「をみなめし」とも。オミナエシ科の多年草。初秋に黄色の小さい花を多数傘状に付けて咲く。女性に見立てて詠むことが多い。「女郎花」の題の属性を表す用語と結題には、「あだし野」「あだの大野」「磐余野《いはれの》」「男山《をとこやま》」「女郎花随風」「女郎花靡風」「野亭女郎花」「霧隔女郎花」などがある。

さて、名前からして女性に見立てても詠む。「女郎花」には、あだし野で浮気心を疑ったり、露が結んでいるのを見ては涙が置いているのかといぶかしく思ったり、地面にしおれ伏している姿を見ては、「女がもの思いに沈んでいるのか」とあれこれ考えてみたり、「風に戯れて露に置かれないように」とも、籬《まがき》に靡《なび》くように寄りかかっているのを見ては、「花の枕か」とも言ったり、「男山に靡いたり、主のいない邸の庭で美しく咲き匂っているのは信じられない」と詠まれている。また、「磐余野」では、「露が濡れた衣服を着ているのか」と根も葉もない噂を立てられたりするなどと詠まれている。

「女郎花」の題の例歌（証歌）には、次の五首が上げられよう。

1　名にめでて折れるばかりぞ女郎花我落ちにきと人に語るな
（古今集・秋歌上・僧正遍昭・二二六）

2　秋の野の露に置かるる女郎花はらふ人無《な》み濡れつつやふる
（後撰集・秋中・読人不知・二七五）

3　女郎花咲ける野辺にぞ宿りぬる花の名立てになりやしぬらむ
（金葉集二奏本・秋部・隆源法師・二三〇）

4　女郎花なびくを見れば秋風の吹きくるすゑもなつかしきかな
（千載集・秋歌上・前中納言〈源〉雅兼・二五二）

5　見し人も住みあらしてし故郷《ふるさと》にひとり露けき女郎花かな
（玉葉集・秋歌上・崇徳院御製・五二四）

まず、1の詠は、『古今集』に「題知らず」の詞書を付して載る、遍昭の作。詞書から「女郎花」の題は知られないが、第三句からそれと知られよう。歌意は、女という名前に心ひかれて折り取っただけだよ。女郎花よ、わたしが堕落《だらく》したなどと人に話さないでおくれ、のとおり。

僧侶の身でありながら、女郎花（女性）に近づいて堕落したと戯れて詠じたもの。

次に、2の詠は、『後撰集』に「同じ（寛平）御時の女郎花合に」の詞書を付して載る、読人不知歌。詞書から「女郎花」の題は想定されるであろう。歌意は、秋の野にあって、露が置いている女郎花は、その露を払う人がいないので、濡れたままで日を過ごしているのだろうか、のとおり。「秋の野」は「飽き」を掛け、「濡れつつ」は「涙に濡れつつ」を響かせている。秋の野で露に濡れそぼつ女郎花に、涙に濡れる女を重ね合わせているわけだ。

3の詠は、『金葉集』（二奏本）に「女郎花をよめる」の詞書を付して載る、隆源《りゅうげん》の作。詞書から「女郎花」の題と知られる。歌意は、女郎花が咲いている野辺に泊ってしまった。女郎花によくない噂が立ってしまうであろうか、のとおり。「花の名立て」は花の評判。ここではありもしない恋の噂・評判の意。これは『古今集』の秋歌上の小野美材《よしき》の歌、「女郎花多かる野辺に宿りせばあやなくあだの名をや立ちなむ」（二二九、現代語訳＝女という名をもつ女郎花がたくさん咲いている野原に泊ったならば、何のいわれもない浮き名を立てることになるであろうか）を踏まえたもの。

次に、4の詠は、『千載集』に「法性寺入道前太政大臣（藤原忠通）の家にて、女郎花随《フ》レ風《ニ》といへる心をよめる」の詞書を付して載る、源雅兼の作。詞書から「女郎花随風」の題と知られる。歌意は、女郎花が靡いているのを見ると、その上を吹き渡ってきた秋風の到達する行き先である、この場所までもいとしく感じられることだよ、のとおり。「吹きくるするゑも」は詠歌主体の位置を示し、女郎花から遠く離れた所に至る風の行き先であるこの場所にも、の意。手の届かぬところにいる女性への憧憬《しょうけい》の気持ちを詠じたもの。

最後に、5の詠は、『玉葉集』に「女郎花をよませ給うける」の詞書を付して載る、崇徳院の御製。詞書から「女郎花」の題は知られる。歌意は、その昔、住んで愛しあった人も立ち去り、荒廃してしまった故郷に、たったひとり露に濡れて立っている女郎花よ、のとおり。昔、愛しあった女性を象徴するかのように、ぽつねんと廃屋の庭に咲く女郎花のいじらしい姿が印象的。

以上が多彩な姿を展開する「女郎花」の題の概略である。

e 「薄」

秋部で次に紹介する歌題は「薄《すすき》」である。イネ科の多年草。秋、茎《くき》の先に白、または赤紫の穂を付ける。穂の出たものを「尾花」「花薄」、穂の出ていないものを「篠薄《しのすすき》」と呼ぶ。「薄」の題の属性を表す用語と結題には、「篠薄」「篠の小《を》薄」「一叢《ひとむら》薄」「糸薄」「花薄」「尾花」「穂に出づ」「はらむ」「招く」「靡《なび》く」「波寄る」「真野の入江」「入《いる》野《の》」「武蔵野」「閑庭薄」「行路薄」「薄似袖」「原薄」「薄従風」「薄当道繁」などがある。

さて、篠薄を見ては、はやく穂に出ることを待ち、糸薄は風に乱れ、露が結ぶことを思い、人が招いているのかと疑い、野島が崎では波が立っているのか、といぶかしく思ったりする。「薄」の題の例歌（証歌）には、次の五首を指摘できよう。

1　はだ薄穂にはな出でと思ひたる心は知らゆ我も寄りなむ
（万葉集・有由縁と雑歌・娘子・三八二二）

2　君が植ゑし一むら薄虫の音《ね》のしげき野辺ともなりにけるかな
（古今集・哀傷歌・御春有助・八五三）

3　よそにても有りにしものを花薄ほのかに見てぞ人は恋しき
（拾遺集・恋二・読人不知・七三二）

4　霜枯れの冬野に立てるむら薄ほのめかさばや思ふ心を
（後拾遺集・恋一・平経章朝臣・六〇九）

5　鶉鳴く真野の入江の浜風に尾花波寄る秋のゆふぐれ
（金葉集二奏本・秋部・源俊頼朝臣・二三九）

まず、1の詠は、『万葉集』に「娘子等《をとめら》の和《わ》せし歌九首」の題詞を付して載る、娘子の作。

題詞から「薄」の題は知られないが、初句からそれと知られよう。歌意は、穂がまだ現れないで、皮をかぶっている「はだ薄」ではないが、お前が表面には出すなと思っている心はわかったよ。わたしも靡《なび》き寄ろうと思う、のとおり。「はだ薄」は、旗のように風に靡く薄の意から、「穂」にかかる枕詞。

次に、2の詠は、『古今集』に「藤原利基《としもと》朝臣の右近《うこんの》中将にて住み侍りける曹司《ぞうし》の、身まかりてのち、人も住まずなりにけるに、秋の夜更けて、ものよりまうで来けるついでに見入れければ、もとありし前栽《せんざい》いと繁く荒れたりけるを見て、早くそこに侍りければ、昔を思ひやりてよみける」の詞書を付して載る、御春有助《みはるのありすけ》の作。詞書から「薄」の題は知られないが、第二句からそれと知られよう。歌意は、あなたが植えた一群の薄がすっかり生い茂って、虫の音がしきりに聞こえてくる野原のようになってしまったことだ、のとおり。「虫の音のしげき」は「しげき野辺」を掛ける。詞書を現代語訳すると、「藤原利基が右中将として住んでおりました部屋が、亡くなった後に、人も住まなくなってしまったのを、秋の夜更けに、用事で出かけて帰ってきたついでにのぞいて見たところ、生前に植えてあった前栽がたいそう生い茂って荒れ果ててしまっていたのを見て、以前にそこにお仕えしていたので、往時《おうじ》をなつかしく偲《しの》んで詠んだ歌」となろう。昔、植えた一叢薄がいまはあたり一面、野原になるほどに茂っている情景を見て、思わず感慨にむせんでいる詠歌作者の実感がよく出ている。

次に、３の詠は、『拾遺集』に「女に遣《つか》はしける」の詞書を付して載る、読人不知歌。詞書から「薄」の題は知られないが、第三句からそれと知られよう。歌意は、以前は隔たったままでいたものを、花薄の穂ではないが、ほのかに逢い見てからは、あの人が恋しく思われてたまらないよ、のとおり。「花薄」は「穂」に掛けて、「ほのかに」を導く枕詞。ほのかに逢い見た人への恋情がさらに増したという恋の類型歌。

次に、４の詠は、『後拾遺集』に「はじめたる女につかはしける」の詞書を付して載る、平経章《つねあき》の作。詞書から「薄」の題は知られないが、第三句からそれと知られよう。歌意は、霜枯れの冬の野原にほおけて立っている叢薄の穂、そのようにほのめかしたいなあ。あなたを思っているわたしの心を、のとおり。「むら薄」は、薄の穂から、「ほのめかさばや」を導く序詞のような働き。

最後に、５の詠は、『金葉集』（二奏本）に「堀河院御時、御前にて各々題を探りて歌つかうまつりけるに、薄をとりてつかまつれる」の詞書を付して載る、源俊頼の作。詞書から「薄」の題は知られる。歌意は、鶉が鳴く真野の入江の浜風で、尾花が波のように寄せている秋の夕暮れであることよ、のとおり。「真野の入江」は近江国の歌枕。『後鳥羽院御《ご》口伝《くでん》』によれば、「格調が端正なうえ、これほどのすばらしい歌は容易には詠めない」と俊成も絶賛していたという。俊頼の代表的な秀歌。

以上、「薄」の題の概略を叙述した。

f 「刈萱」

秋部で次に採り上げるのは「刈萱《かるかや》」の歌題である。イネ科の多年草だが、和歌で多用されるのは「刈り取った萱」の意で、「束《つか》」や「乱る」を導き出す修辞として詠まれた。「刈萱」の題の属性を表す用語と結題には、「岡のかや原」「萱の下折れ」「乱る」「刈萱靡風」「刈萱乱風」「岡刈萱」「庭刈萱」などがある。

さて、刈萱は風に乱れ、露に結ばれた趣をも詠む。萱に隠れて見えない根のあたりで鳴く虫の音を尋ね、「鶉の寝屋」とも、「下折れて乱る」とも表現する。

「刈萱」の題の例歌（証歌）には、次の四首を掲げることができよう。

1 大名児《おほなこ》を彼方《をちかた》野辺に刈る萱の束《つか》の間《あひだ》もわれ忘れめや

（万葉集・相聞・草壁皇子・一一〇）

2 み吉野の秋津《あきづ》の小野に刈る草《かや》の思ひ乱れて寝《ぬ》る夜《よ》しぞ多き

（同・寄物陳思・作者不記・三〇七九）

3 秋くれば思ひ乱るる刈萱の下葉や人の心なるらむ

4　うら枯るる浅茅が原の刈萱の乱れてものを思ふころかな

（千載集・秋歌上・大納言〈源〉師頼・二四二）

（新古今集・秋歌上・坂上是則・三四五）

まず、1の詠は、『万葉集』に「日並皇子尊の、石川女郎に贈り賜ひし御歌、一首女郎《いらつめ》、字を大名児と曰《い》ふ」の題詞を付して載る、草壁《くさかべの》皇子《みこ》（日並《ひなみし》皇子《みこ》）の作。題詞から「刈萱」の題は知られないが、第三句から知られよう。歌意は、大名児を、向こうの野原に刈る萱の一束《ひとつか》の間も、わたしは忘れることがあろうか、決してないよ、のとおり。「刈る萱」は「束」の枕詞。「束の間」は握った拳《こぶし》の長さで、短い時間を喩えていう。

次に、2の詠も『万葉集』に収載されるが、「寄物陳思《きぶつちんし》の歌一百五十首」の題詞を付して載る、作者不記の歌。題詞から「刈萱」の題は知られないが、第三句からそれと知られよう。歌意は、み吉野の秋津の小野に刈る萱が乱れるように、わたしは思い乱れて過ごす夜が多いことだよ、のとおり。上三句は、刈り取った萱が乱れることから「思ひ乱れて」を導く序詞。

次に、3の詠は、『千載集』に「堀河院御時、百首歌たてまつりける時、刈萱をよみ侍りける」の詞書を付して載る、源師頼《もろより》の作。詞書から「刈萱」の題は知られる。歌意は、秋がやってくると、すぐにも思い乱れてしまう、風に乱れる刈萱の下葉のように、乱れやすいのが人の心というものであろうか、のとおり。「秋」に「飽き」を掛ける。風に乱れやすい刈萱の下葉で女心を喩えた、男の詠嘆の歌。

最後に、４の詠は、『新古今集』に「題知らず」の詞書を付して載る、坂上是則《さかのうえのこれのり》の作。詞書から「刈萱」の題は知られないが、上三句からそれと知られよう。歌意は、葉先の枯れた浅茅が原の刈萱のように、あれこれ乱れてもの思いをするこの頃だなあ、のとおり。上三句は「乱れ」を導く序詞、詠歌作者の心象風景ともなっている。

以上、「刈萱」の題が展開する種々の場面の略述をした。

g 「蘭」

秋部の次の歌題は「蘭」である。「藤袴」とも書き、「ふぢばかま」と読むが、漢名は「蘭」。淡紫色の小花を付け、芳香がある。『万葉集』で山上憶良《やまのうえのおくら》が「萩の花尾花葛花《くずばな》なでしこが花女郎花《をみなへし》また藤袴朝顔が花」（一五四二、現代語訳＝秋の七種の花は、萩の花、尾花に葛の花、瞿麦《なでしこ》の花、女郎花、そして藤袴、朝顔の花だよ）と詠じて以降、秋の七草とされる。「蘭」の題の属性を表す用語と結題には、「ふぢばかま」「ほころぶ」「はかま」「故郷蘭」「蘭薫」「蘭薫風」「蘭露」「野蘭」「荒籬蘭」などがある。

さて、蘭には、風の匂いによって花の所在を訪ね、誰が薫《た》きしめたのかわからない移り香《が》を尋ね、野ごとに咲きほころびることを不思議に思い、誰が着ならした袖の匂いかといぶかしく思い、紫の色に草のゆかりを思い、露に萎《しお》れた姿を見ると、籬《まがき》に横たわっていたのか、などとも疑うものだ。

「蘭」の題の例歌（証歌）には、次の四首が上げられよう。

1　主《ぬし》知らぬ香こそにほへれ秋の野に誰《た》が脱ぎ掛けし藤袴ぞも
（古今集・秋歌上・素性・二四一）

2　かりにくる人も着よとや藤袴秋の野ごとに鹿のたつらむ
（金葉集二奏本・秋部・右兵衛督〈藤原〉伊通・二三五）

3　主や誰《たれ》知る人なしに藤袴見れば野ごとに綻《ほころ》びにけり
（詞花集・秋・隆源法師・一一五）

4　藤袴主は誰とも白露のこぼれてにほふ野辺の秋風
（新古今集・秋歌上・公猷法師・三三九）

まず、1の詠は、『古今集』に「藤袴をよめる」の詞書を付して載る、素性《そせい》の作。詞書から「蘭」の題は知られる。歌意は、持ち主が誰だかわからない香の匂いが漂っている。秋の野にいったいどのような人が脱いで掛けていった藤袴の袴なのだろう、のとおり。ほとんどのものが枯れてゆく秋の野と、香り高い蘭の対照が新鮮である。

次に、２の詠は、『金葉集』（二奏本）に「蘭をよめる」の詞書を付して載る、藤原伊通《これみち》の作。詞書から「蘭」の題は知られる。歌意は、かりそめに狩りにやって来る人も着なさいといって、秋の野ごとに鹿が立って藤袴を裁《た》っているのであろうか、のとおり。「かり」に「狩り」と「仮」を掛ける。また、「たつ」に「立つ」と「裁つ」を掛ける。秋の野に立つ蘭の可憐《かれん》な姿の描出。

次に、３の詠は、『詞花集』に「堀河院御時、百首歌たてまつりけるによめる」の詞書を付して載る、隆源《りゅうげん》の作。詞書から「蘭」の題は知られないが、第三句からそれと知られよう。歌意は、持ち主は誰であろう。知る人もないままに、野辺を見ると、蘭がどの野辺でも咲き綻んでいることだなあ、のとおり。花の咲いた藤袴を、持ち主不明のままに放置され、糸が切れ綻びた袴に見立てた趣向。

最後に、４の詠は、『新古今集』に「蘭をよめる」の詞書を付して載る、公猷《こうゆう》の作。詞書から「蘭」の題は知られる。歌意は、藤袴よ、誰が脱ぎかけたものか知らないが、白露がこぼれるにつれてかぐわしく匂ってくる。野辺の秋風によって、のとおり。本詠は『古今集』に収載される素性の１の詠の本歌取り。本歌に従って藤袴を袴に、その芳香を薫物《たきもの》に、見立てているうえ、脱ぎかけたという見立てには、男女の共寝の連想もある。「白露」に「知ら」を掛ける。

以上が「蘭」の題が切り拓く、藤袴を主題にした世界の概略である。

h 「荻」

秋部の次の歌題は「荻《をぎ》」である。草の名。湿地や水辺などに自生し、薄《すすき》に似ているが、茎は太く、葉や秋につく黄褐色の花穂も大きい。「荻」の題の属性を表す用語と結題には、「をぎ」「荻原」「荻風」「荻の上風」「荻の葉風」「荻風驚夢」「夕荻」「聞荻」「遠荻」「近荻」「山居荻」「江荻」「籬荻」「閑庭荻」などがある。

さて、風がそよめくたびに、人が来たのかと勘違《かんちが》いされ、秋の初風も荻によって人に知られ、夕暮れ時に秋風が荻を訪れて、恋人の袖の涙を誘い、夜半には荻を吹き過ぎる風によって夢を驚かし、「訪れる人もないのに、荻がそよと答える」などとも詠まれている。

「荻」の題の例歌（証歌）には、次の五首を上げえよう。

1　荻の葉のそよぐ音こそ秋風の人に知らるるはじめなりけれ
（拾遺集・秋・〈紀〉貫之・一三九）

2　いかにして玉にもぬかむ夕されば荻の葉分《わ》きに結ぶ白露
（後拾遺集・秋上・橘為義・三〇七）

3　いつしかと待ちし甲斐なく秋風にそよとばかりも荻の音せぬ
（同・雑二・源道済・九四九）

4　秋来《き》ぬと聞きつるからにわが宿の荻の葉風の吹きかはるらむ
（千載集・秋歌上・侍従乳母・二二六）

5　朝ぼらけ荻の上葉《うはば》の露みればやや肌寒し秋のはつ風
（新古今集・秋歌上・曾禰好忠・三一一）

まず、1の詠は、『拾遺集』に「延喜御時（醍醐天皇皇女勤子《いそこ》内親王裳着《もぎ》）御屏風に」の詞書を付して載る、紀貫之の作。詞書から「荻」の題は知られないが、初・二句からそれと知られよう。歌意は、荻の葉が風に靡き、そよそよと立てる音によってこそ、秋風が人に気づかれる最初であったのだなあ、のとおり。秋風を荻の葉音で実感する典型的な風光。

次に、2の詠は、『後拾遺集』に「寛和元年八月七日、内裏歌合によみ侍りける」の詞書を付して載る、橘為義《ためのり》の作。詞書から「荻」の題は知られないが、下句からそれと知られよう。歌意は、どのようにして玉として糸を貫き通したらよかろうか。夕方になると、荻の葉ごとに結び置く白露よ、のとおり。荻の葉ごとに置く白露があまりに美しいので、どうしたら玉の緒を作りえようかと、緒の露に対峙《たいじ》した構図。

次に、３の詠も『後拾遺集』に収載される歌だが、「秋を待てといひたる女につかはしたる」の詞書を付して載る、源道済《みちなり》の作。詞書から「荻」の題は知られないが、下句からそれと知られよう。歌意は、はやく約束の秋にならないかと待った甲斐もなく、秋風が吹きはじめたにもかかわらず、「そよ」というほどの荻の葉の音もしないことよ、のとおり。「そよ」に、荻に吹く風の擬音語と、相手に同意の気持ちを伝える意を掛ける。「秋風」を男に、「荻」を女に見立てて、女の約束が実行に移されないことに、苛立《いらだ》つ男の気持ちを歌ったもの。

次に、４の詠は、『千載集』に「秋立つ日よみ侍りける」の詞書を付して載る、侍従乳母《じじゅうのめのと》の作。詞書から「荻」の題は知られないが、第四句からそれと知られよう。歌意は、立秋になったと聞いただけでもう、わが家の軒端《のきば》の荻の葉を鳴らす風も、秋風の音に吹き変っているのであろうか、のとおり。暦の知識から風の音の微妙な変化を聞きわけて興じた詠歌とも、「わが宿」の境遇からもの寂しい季節の到来を葉音に聞き入っている心境の詠歌とも解せられようが、いずれにせよ、聴覚で把握した夕方の景色には相違あるまい。

最後に、５の詠は、『新古今集』に「題知らず」の詞書を付して載る、曾禰好忠の作。詞書から「荻」の題は知られないが、第二句からそれと知られよう。歌意は、夜明け方、荻の上葉に置く露を見ていると、すこし肌寒く感じられるよ。折から秋の初風が吹いてきて、のとおり。「秋のはつ風」の措辞があるとはいえ、「荻の上葉の露」を「みれば」と視覚的に把えながら、

「肌寒し」と触覚的に把えている点、共感覚的表現が指摘されて興趣深い。
以上が「荻」の題についての概略である。

i 「雁」

秋部の次の歌題は「雁《かり》」である。ガンカモ科の渡り鳥。秋に北方から飛来し、春になると北国へ帰って行く。「雁」の題の属性を表す用語と結題には、「はつかり」「雁《かり》が音《ね》」「雁の玉章《たまづさ》」「たのむの雁」「衣《ころも》かりがね」「いくつら」「雁の連《つら》」「言伝《ことづ》て」「はつ雁」「初聞雁」「暮天聞雁」「月前雁」「霧間雁」「雲間雁」「湖上雁」「旅宿雁」「遠近初雁」「雁作字」「旅中聞雁」などがある。

さて、海《あま》の門《と》を渡る雁は、声を帆に上げて来る舟かと疑い、痕跡《こんせき》のない雲の通い路を忘れないで、雁はどのような方法でやって来るのであろうか、と案じたり、越路《こしじ》から誰の伝言《でんごん》を持参したのか不思議に思ったり、相手への手紙に思いを託して、雲のかなたを見るともなく眺めたり、霧にとまどう雁の声を思い出しては、自分自身の羽風を夜寒と感じているのだろうか、と想像したり、雲の絶え間にちらっと見える雁の連を遠望し、月の光りのもとを幾連《いくつら》通過したのか、と漠然《ばくぜん》と思う。

なお、中国の漢代に蘇武《そぶ》という武将がいた。ある時、匈奴《きょうど》に捕われの身になったときに、雁の脚《あし》に手紙をつけて運ばせたという。この故事を「雁の玉章《たまづさ》」というのだ。

「雁」の題の例歌（証歌）には、次の五首を指摘しえようか。

1　秋風に初雁が音ぞ聞こゆなる誰《た》が玉梓《たまづさ》をかけて来つらむ
（古今集・秋歌上・〈紀〉友則・二〇七）

2　さ夜ふかく旅の空にて鳴く雁はおのが羽風や夜寒なるらむ
（後拾遺集・秋上・伊勢大輔・二七六）

3　さして行く道も忘れて雁が音《ね》の聞こゆる方に心をぞやる
（同・同・〈白河天皇〉御製・二七七）

4　大江山かたぶく月の影さえて鳥《と》羽《ば》田《た》の面《おも》におつる雁が音
（新古今集・秋歌下・前大僧正慈円・五〇三）

5　山の端《は》の雲のはたてを吹く風に乱れてつづく雁のつらかな
（玉葉集・秋歌上・前中納言〈藤原〉定家・五八三）

まず、1の詠は、『古今集』に「是貞親王《これさだのみこ》家歌合の歌」の詞書を付して載る、紀友則の作。詞書から「雁」の題は知られないが、第二句からそれと知られよう。歌意は、秋風に乗って初雁の声が聞こえてくるよ。いったい誰からの便りを携《たずさ》えて来たのであろうか、のとおり。蘇武の「雁信《がんしん》」の故事に依拠して詠じたもの。

次に、2の詠は、『後拾遺集』に「後冷泉院の御時、后の宮（寛子）の（春秋）歌合によめる」の詞書を付して載る、伊勢大輔《いせのたいふ》の作。詞書から「雁」の題は知られないが、上句からそれと知られよう。歌意は、夜深く旅の空で鳴いている雁は、今ごろは自分自身の羽風を夜寒と感じているであろうか、のとおり。本詠は歌合の判詞では、「まことに身にしむ歌也」と賞賛されたが、歌の中に「夜」の字が二箇所あるため、負けになった旨、記されている。

次に、3の詠も『後拾遺集』に連続して掲げられる歌だが、「八月ばかりに、殿上《てんじやう》のをのこどもを召して歌よませ給ひけるに、旅中聞《ニク》レ雁《ヲ》といふ心を」の詞書を付して載る、白河天皇の御製。詞書から「旅中聞雁」の題と知られる。歌意は、わたしは目指して行く旅の目的地も忘れて、雁の声の聞こえる方向につい心を馳《は》せてしまうことだ、のとおり。旅先で雁の声を聞く風情は、時鳥《ほととぎす》のそれと同様に、歌人たちの楽しみのひとつであった。

次に、4の詠は、『新古今集』に「五十首歌たてまつりし時、月前《ノ》聞《ニク》レ雁《ヲ》といふことを」の詞書を付して載る、慈円の作。詞書から「月前聞雁」の題と知られる。歌意は、遠くかなたの大江山に傾く月の光りも冴《さ》えて、鳥羽の田の面《も》におりる雁の姿がくっきりと見えることだ、のとおり。「大江山」は山城国と丹波国の境の歌枕。「鳥羽田」は山城国の歌枕。「おつる雁が音」

は漢語「落雁《らくがん》」の訓で、一列の雁がおりてくる意。夜更けの落雁を、視覚と聴覚の両視点から把えた、絵画的でスケールの大きな構図の詠作。

最後に、5の詠は、『玉葉集』に「雁をよめる」の詞書を付して載る、藤原定家の作。詞書から「雁」の題は知られる。歌意は、山の端にかかる雲の、はるかかなたを吹く風の中で、折々列を乱しながらも続いて行く、雁の一行だなあ、のとおり。「雲のはたて」は、『古今集』の恋歌一の読人不知歌、「夕暮れは雲のはたてにものぞ思ふ天《あま》つ空なる人を恋ふとて」（四八四、現代語訳＝夕方になると、雲のかなたを眺めながらもの思いにふけることだ。空のかなたにいるような、あの貴いおかたを恋い慕って）の中の措辞に依拠しての表現。

以上、寒い北国から飛来してくる「雁」の題についてのみ略述し、「帰雁《きがん》」については省略に従った。

j　「霧」

秋部の次の歌題は「霧」である。「霧」とは、空気中の水蒸気が細かい水滴となって立ちこめて煙のように見えるものをいう。中古以降、春のものは「霞」、秋のものは「霧」と区別した。なお、一般に「霞」には「たなびく」を、「霧」には「立つ」を用いる。「霧」の題の属性を表す用語と結題には、「朝霧」「夕霧」「秋霧」「川霧」「うす霧」「霧の籬」「込む」「立つ」

「佐保川」「浦霧」「関霧」「山路霧」「霧底筏《いかだ》」「海霧」などがある。

さて、霧は梢の紅葉を包み隠し、野辺の錦を絶ち、旅人の友を惑わし、漕ぎ行く舟を隔てる。山辺には松風の響きのみが残る。尾上《おのえ》では妻を求める牡鹿《をしか》の声だけが漏れてくる。佐保川の千鳥は霧の中で友を呼び、籬《まがき》の花の彩りは、薄霧が晴れて一段とまさる趣などを詠ずる。

「霧」の題の例歌（証歌）には、次の五首を指摘できよう。

1　河霧の麓を込めて立ちぬれば空にぞ秋の山は見えける
（拾遺集・秋・〈清原〉深養父・二〇二）

2　明けぬるか川瀬の霧の絶え間より遠方人《をちかたびと》の袖の見ゆるは
（後拾遺集・秋上・大納言〈源〉経信母・三二四）

3　夕霧や秋のあはれを込めつらむ分け入る袖に露の置き添ふ
（千載集・秋歌下・法橋宗円・三四三）

4　村雨《むらさめ》の露もまだひぬ真木の葉に霧立ちのぼる秋の夕暮れ
（新古今集・秋歌下・寂蓮法師・四九一）

5　霧深き淀《よど》の渡りの曙に寄するも知らず舟よばふなり　（玄玉集・天地歌下・寂然・二三九）

まず、1の詠は、『拾遺集』に「題知らず」の詞書を付して載る、清原深養父《ふかやぶ》の作。詞書から「霧」の題は知られないが、初句から「河霧」の題と知られよう。歌意は、川霧が山の麓を隠して立っているので、秋の山が空に浮かんでいるように見えていることだ、のとおり。「秋の山」は紅葉しているはずだが、単彩《たんさい》の墨絵《すみえ》のように見えるというのだ。霧の上に、空に浮かんでいるように見える山を、細かな観察に基づいて具象的に描出した叙景歌である。

次に、2の詠は、『後拾遺集』に「山里の霧をよめる」の詞書を付して載る、源経信母の作。詞書から「山里の霧」の題と知られる。歌意は、もう夜が明けてしまったのであろうか。川の浅瀬にかかる霧がところどころとぎれて、その絶え間から、遠くを行く人の袖が見えるのは、のとおり。賀茂川の早朝風景を印象的に叙述した歌。

次に、3の詠は、『千載集』に「霧の歌とてよめる」の詞書を付して載る、宗円《そうえん》の作。詞書から「霧」の題と知られる。夕霧は秋の「あはれ」を込めているのであろうか。分け入ってゆく袖に露が置き添うことだ、のとおり。霧に含まれた「あはれ」が涙の露として袖に置くという、洗練《せんれん》された叙情詩となっている。

次に、4の詠は、『新古今集』に「(老若《らうにやく》)五十首歌(合)たてまつりし時」の詞書を付して載る、寂蓮の作。詞書から「霧」の題は知られないが、第四句からそれと知られよう。歌意は、むら雨が残した雫もまだ乾かない真木の葉から、うっすらと霧が立ち昇っている秋の夕暮れ時の美しさよ、のとおり。むら雨が降り過ぎた直後の自然の風景を、針葉樹《しんようじゅ》の緑の近景から、霧を通して墨絵のように拡《ひろ》がる夕景色を遠景へと描出した深山の風光を叙して見事である。「霧立ちのぼる」は藤原為家の『詠歌一躰《えいがのいってい》』で、制詞《せいし》とされた秀句表現。

　最後に、5の詠は、『玄玉集《げんぎょくしゅう》』に「題知らず」の詞書を付して載る、寂然の作。詞書から「霧」の題は知られないが、初句からそれと知られよう。歌意は、あたり一面霧が深く覆《おお》っている淀の渡し場では、夜が明けかかっている中を、舟が近づいているのも知らないで、しきりに舟を呼んでいる声が聞こえてくるよ、のとおり。「淀」は山城国の歌枕。庶民の生活ぶりが、淀という水運の盛んな河港を舞台に活写されている。

　以上が「霧」の題で展開される諸種の世界の略述である。

k「槿」

　秋部の次の歌題は「槿」である。「槿」はムクゲをいうが、「あさがほ」と読み、今日の「朝顔」のことと解して支障《ししょう》はないようだ。ヒルガオ科の蔓《つる》性一年草。夏の朝、漏斗《ろうと》状の美しい花を開くが、日が高くなる頃にはしぼんでしまう。「槿」の題の属性を表す用語と結題には、「あさがほ」「はかなし」「戸外槿」「槿花隠籬」「槿花掛籬」などがある。

　さて、朝の露よりも先に枯れることを頼りなく思い、夕陽を待つことなく生気がなくなる彩りを惜しみ、恋人の寝起きの顔を朝顔にこと寄せて、面影が忘れがたい趣なども詠むものだ。また、夢のようにはかない世の境遇に喩えて、頼りなくはかない趣を詠んでいる。

「槿」の題の例歌（証歌）には、次の四首が上げられよう。

1　臥《こ》いまろび恋ひは死ぬともいちしろく色には出でじ朝顔の花
（万葉集・秋の相聞・作者不記・二二七八）

2　夕暮れのさびしきものは槿の花をたのめる宿にぞありける
（後撰集・雑四・読人不知・一二八八）

3　ありとても頼むべきかは世の中を知らするものは朝顔の花
（後拾遺集・秋上・和泉式部・三一七）

4　負けがたのはづかしげなる朝顔を鏡草にも見せてけるかな
（同・雑六・読人不知・一二一四）

まず、1の詠は、『万葉集』に「花に寄せき」の題詞を付して載る、作者不記の作。題詞から「槿」の題は知られないが、結句からそれと知られよう。歌意は、転々と悶《もだ》え苦しんで恋い死にすることはあっても、はっきりと顔色には出すまい。朝顔の花のように、のとおり。「寄朝顔恋」の詠作。

次に、2の詠は、『後撰集』に「ひとり侍りけるころ、人のもとより『いかにぞ』ととぶらひて侍りければ、槿の花につけてつかはしける」の詞書を付して載る、読人不知歌。詞書から「槿」の題は知られないが、結び文の具が槿であったことと、第三句からそれと知られよう。歌意は、夕暮れ時はいつも寂しく思われますが、今宵のことはあきらめて、朝顔の花をはやく見たいと期待している、我が家でありますよ、のとおり。夕暮れ時は男の来訪が期待できないから、はやく朝になればいいと、朝顔の咲く朝を待望している女の詠作。

次に、3の詠は、『後拾遺集』に「朝顔をよめる」の詞書を付して載る、和泉式部の作。詞書から「槿」の題は知られる。歌意は、いま現に生きているからといって、あてになどなろうか、なりはしないよ。世の中のはかなさを知らせるものは、朝顔の花であるよ、のとおり。はかなさの象徴として槿を詠じた作。

最後に、4の詠も『後拾遺集』に収載される歌だが、「人の草合《くさあはせ》しけるに、朝顔・鏡草など合はせけるに、鏡草勝ちにければよめる」の詞書を付して載る、読人不知歌。詞書から「槿」と「鏡草」の両題が想定されるが、「槿」の題は一応、知られようか。歌意は、負けたほうの恥しそうな朝顔（朝の寝起きの顔）を、鏡草（鏡）に見せてしまったことだなあ、のとおり。詞書の「草合」は、左右に分かれて種々の草の優劣を競いあう遊戯《ゆうぎ》。「鏡草」はガガイモのことか。「はづかしげなる朝顔」は、草の朝顔に朝の寝起きの顔の意を込める。「鏡草」は「鏡」に見立てていう。草合に興じた珍しい詠作。

以上、実態がはっきりしないという「槿」の題について略述した。

一　「駒迎」

秋部で次に採り上げる歌題は「駒迎《こまむかへ》」である。「駒迎」とは、毎年八月十五日に、信濃・上《こう》野《ずけ》・武蔵《むさし》・甲斐《かい》の四国の御牧《みまき》から朝廷に献上される馬を、馬寮《めりょう》の官人が逢坂の関まで迎えに行き、九重まで牽引《けんいん》することを、「駒牽《ひ》き」とも「駒迎へ」ともいうのだ。「駒迎」の題の属性を表す用語と結題には、「逢坂」「望月《もちづき》の駒」「桐原《きりはら》の駒」「をさかの駒」「関駒迎」などがある。

ところで、「望月」「桐原」「小坂《をさか》」というのは、みな御牧の名である。もし「望月の駒」と思い浮かんだならば、「関の清水に影見ゆ」とも、「百敷《ももしき》にけふ牽《ひ》かる」とも、「逢坂の山より出でて雲井に入る」とも詠み、「桐原の駒」ならば、「あづまより立つ」とも詠み、また、「関の杉むら牽く」ときは、「尾《を》ぶちに見ゆる」とも詠んでいる。

「駒迎」の題の例歌（証歌）には、次の六首を指摘できるであろう。

1　相坂の関の岩角《いはかど》踏みならし山立ち出づる桐原の駒

（拾遺集・秋・大弐〈藤原〉高遠・一六九）

2　相坂の関の清水に影見えて今や引くらむ望月の駒　（同・同・〈紀〉貫之・一七〇）

3　逢坂の杉の群立《むらだ》ち牽《ひ》くほどはをぶちに見ゆる望月の駒
（後拾遺集・秋上・良暹法師・二七八）

4　みちのくの安達《あだち》の駒はなづめどもけふ逢坂の関までは来《き》ぬ　（同・同・源縁法師・二七九）

5　望月の駒ひく時は逢坂の木《こ》の下やみも見えずぞありける　（同・同・恵慶法師・二八〇）

6　東路《あづまぢ》をはるかにいづる望月の駒にこよひや逢坂の関
（金葉集二奏本・秋部・源仲正・一八四）

まず、1の詠は、『拾遺集』に「少将に侍りける時、駒迎にまかりて」の詞書を付して載る、藤原高遠《たかとう》の作。詞書から「駒迎」の題は知られよう。歌意は、逢坂の関の、ごつごつとした岩の角を踏みしめながら、霧の立つさなか、都に向かって山から出で立つ、桐原の駒よ、のとおり。「相坂」は「逢坂」とも書き、近江国の歌枕。「桐原」は信濃国の歌枕。「霧」を掛ける。本詠は詞書から、みずからの官人としての体験を詠じたものと知られる。

次に、2の詠も『拾遺集』に連続して収載される歌だが、「延喜御時、月次《つきなみ》御屏風に」の詞書を付して載る、紀貫之の作。詞書から「駒迎」の題は知られないが、下句からそれと知られよう。歌意は、満月の光りが映る逢坂の関の清水に、姿を見せて今まさに牽いていることであろう。あの望月の駒を、のとおり。「望月」は信濃国の歌枕。満月を連想させる。

次に、3・4の両詠は、『後拾遺集』に「八月、駒迎へをよめる」の詞書を付して連続して載る、前者が良暹《りょうせん》、後者が源縁《げんえん》の作。両首ともに詞書から「駒迎」の題と知られる。まず、3の詠の歌意は、逢坂の関の杉の木が群がって生えている場所を牽いて行く時は、毛色がまだらな斑《ぶち》馬に見える望月の駒であるよ、のとおり。「をぶち」は陸奥国の歌枕の「尾駮《をぶち》」と、まだらの意の「を斑」を掛ける。杉の木の影が駒に映って、まだら模様に見えるという趣向を詠じた歌。

次に、4の詠の歌意は、陸奥の安達の駒は、難渋《なんじゅう》しながらも今日は逢坂の関までやって来たことだ、のとおり。「安達」は陸奥国の歌枕。安達の御牧からの駒の旅路のはるけさが実感される詠作。

次に、5の詠も『後拾遺集』に連続して収載される歌だが、「屏風絵に、駒迎へしたる所を読み侍りける」の詞書を付して載る、恵慶《えぎょう》の作。詞書から「駒迎」の題は知られよう。歌意は、信濃の望月の駒を牽いて過ぎる時は、折からの満月の光りで、逢坂の関の木陰の暗がりもなくなったことだなあ、のとおり。仲秋《ちゅうしゅう》の名月に照らし出された駒牽きの様子が鮮烈《せんれつ》で、印象的だ。

最後に、6の詠は、『金葉集』（二奏本）に「駒迎の心をよめる」の詞書を付して載る、源仲《なか》正《まさ》の作。詞書から「駒迎」の題は知られる。歌意は、東方の空はるかに出た望月のように、東路の遠くから出立した望月の牧の駒に、今夜会うことか。逢坂の関で、のとおり。東路は、望月の駒が出立《しゅったつ》する方向であるとともに、月の昇る方向としても意識されている。

以上が今日では珍しい趣が否めない「駒迎」の題の概略だ。

m「鶉」

秋部の次の歌題は「鶉《うづら》」である。キジ科の鳥。羽は褐色でまだらがあり、美しい声で鳴く。「鶉」の題の属性を表す用語と結題には、「鶉衣《うづらごろも》」「鶉鳴く」「鶉なす」「野鶉」「江鶉」「里鶉」「野亭鶉」などがある。

さて、「鶉」は秋の野、荒れた庭などで、もの寂しく、しみじみとした趣を詠むものだ。なお、肉・卵が美味なために古くから狩猟の対象にされた。

「鶉」の題の例歌（証歌）には、次の四首を上げえよう。

1　鶉鳴く古《ふ》りにし郷《さと》の秋萩を思ふ人どち相見つるかも
（万葉集・秋の雑歌・豊浦寺沙弥尼・一五六二）

2　野とならばうづらと鳴きて年は経《へ》むかりにだにやは君は来《こ》ざらむ
（古今集・雑歌下・読人不知・九七二）

3　夕されば野辺の秋風身にしみて鶉鳴くなり深草の里
（千載集・秋歌上・皇太后宮大夫〈藤原〉俊成・二五九）

4　あだに散る露の枕にふしわびて鶉鳴くなりとこの山風
（新古今集・秋歌下・皇太后宮大夫〈藤原〉俊成女・五一四）

まず、1の詠は、『万葉集』に「故郷《こきやう》の豊浦寺《とゆらでら》の尼の私房《しばう》に宴《えん》せし歌三首」の題詞を付して載る、豊浦寺沙弥尼《さみに》の作。題詞から「鶉」の題は知られないが、初句からそれと知られよう。歌意は、鶉の鳴く古びた里の秋萩を、好きな者同士、一緒に見たことだ、のとおり。「鶉鳴く」は「古り」にかかる枕詞。この詠から、鶉は荒廃した土地でわびしげに鳴く鳥というイメージが定着した。

次に、2の詠は、『古今集』に「返し」の詞書を付して載る、読人不知歌。詞書から「鶉」の題は知られないが、上句から「鶉」が主題になっていることは知られようか。ちなみに、本詠は『古今集』に「深草の里に住み侍りて、京へまうで来《く》とて、そこなりける人によみて贈りける」の詞書を付して載る、在原業平の「年を経て住み来《こ》し里を出でて往《い》なばいとど深草野とやなりなむ」（九七一、現代語訳＝何年もともに住んで来たこの里を、わたしが出て行ってしまったならば、その後は名前のとおり、草深い野になってしまうでしょうか）の贈歌に対する答歌である。歌意は、あなたに見捨てられてここが野になったならば、わたしは鶉になって「憂《う》、辛《つら》」と鳴きながら年を過ごしましょう。かりそめにも、あなたが狩りにさえ来ないことはあるまい、と思いますので、のとおり。「うづら」に「鶉」と「憂、辛」を、「かり」に「狩り」と「仮り」を各々、掛ける。

次に、3の詠は、『千載集』に「百首歌たてまつりける時、秋の歌とてよめる」の詞書を付して載る、藤原俊成の作。詞書から「鶉」の題は知られないが、第四句からそれと知られよう。歌意は、夕暮れが迫ると、野面《のづら》を渡ってくる風を身にしみて感じて、鶉が鳴いているのが聞こえてくるよ。この深草の里では、のとおり。「深草」は山城国の歌枕。本詠は2の詠を本歌とする本歌取り。「身にしみて」は、男に捨てられた女の化身《けしん》である鶉が感じている。詠歌主体は現実と物語世界を往反《おうはん》しつつ、それを聞いているわけだ。

最後に、4の詠は、『新古今集』に「題知らず」の詞書を付して載る、藤原俊成女の作。詞書から「鶉」の題は知られないが、第四句からそれと知られよう。歌意は、置く露（涙）がいたずらに散る枕では寝つかれないで、鶉が鳴いているよ。床に吹きおろす鳥籠《とこ》の山風に、のとおり。「あだに散る」は、露がわけもなく散る意に、いくら泣いても思う相手は来ず、甲斐がない意を兼ねる。「とこ」は、近江国の歌枕である「鳥籠」と「床」を掛ける。表面は秋の歌だが、独り寝の床に伏して涙にくれる恋歌の情景を重ねている。

以上、「鶉」の題について略述した。

n「擣衣」

秋部で次に言及したいのは「擣衣」の歌題である。「たうい」と読む。「擣衣」とは、木の槌《つち》で布を打ち、つやを出したりやわらかくする作業をいうが、冬支度《じたく》なので主に晩秋の歌として詠まれた。「擣衣」の題の属性を表す用語と結題には、「きぬた」「打つ」「擣衣幽」「松下擣衣」「連夜擣衣」「擣衣稀」「擣衣到暁」「旅宿擣衣」などがある。

さて、秋風が夜寒に感じられるにつれて、衣を擣《う》つ音がしきりに耳につき、一晩中その砧《きぬた》の音が続くと、余所《よそ》の人までもが「理由もなく寝られない」とも、悲しみの色を表す衣とは知らないけれども、「心を深く悲しみに染めて聞く」とも、砧の音が止みそうになる頃、「暁の鐘の音がうち続く」とも、砧の音がとぎれてくると、「元結《もとゆ》いに霜が寒く感じられるのか」とも、砧を擣つ人は誰とも知らないけれども、その音色は寝覚めの友となるという趣なども詠むのだ。

「擣衣」の題の例歌（証歌）には、次の五首を指摘できよう。

1　唐衣《からごろも》ながき夜すがら打つ声にわれさへ寝でも明かしつるかな
（後拾遺集・秋下・中納言〈源〉資綱・三三五）

2　さ夜ふけて衣しでうつ声聞けば急がぬ人も寝られざりけり（同・同・伊勢大輔・三三六）

3　うたたねに夜や更けぬらむ唐衣打つ声たかくなりまさるなり
（同・同・藤原兼房朝臣・三三七）

4　衣うつ音を聞くにぞ知られぬる里遠からぬ草枕とは
（千載集・秋歌下・俊盛法師・三四二）

5　み吉野の山の秋風さよふけて故郷寒く衣うつなり
（新古今集・秋歌下・藤原雅経・四八三）

まず、1～3の三首は、『後拾遺集』に「永承四年内裏歌合に、擣衣をよみ侍りける」の詞書を付して載る、1の詠が源資綱《すけつな》、2の詠が伊勢大輔、3の詠が藤原兼房の作。詞書からいずれの詠も「擣衣」の題と知られる。まず、1の詠の歌意は、秋の夜長を夜通し衣を打つ砧の音によって、砧を打つ人はもちろん、わたしまでもが寝ないで夜を明かしたことだなあ、のとおり。砧を詠じて定番の内容と知られる。

次に、2の詠の歌意は、夜が更けて、砧を打ち続けている音を聞いていると、急ぎの用事のないわたしまでもが、寝られないことだなあ、のとおり。「しでうつ」は砧をしきりに打つの意。「急がぬ人」は、擣衣に耳を傾けて別に急ぐ必要もない人。詠歌主体を指す。自己を「急がぬ人」と客体化して詠じている点に新味がある。

次に、3の詠の歌意は、うたたねのうちに、夜が明けてしまったのであろうか。砧を打つ音が一段と高く聞こえてくるよ、のとおり。静まった夜更け時の、一際《ひときわ》高く響く砧の音が印象的な詠作だ。

次に、4の詠は、『千載集』に「旅宿ノ擣衣といへる心をよめる」の詞書を付して載る、俊《しゅん》盛《じょう》の作。詞書から「旅宿擣衣」の題と知られる。歌意は、衣を打つ砧の音を聞くことでわかったよ。人里遠くない場所で、草枕を結んで旅寝をしているのだということが、のとおり。砧の音で人里の近さを知ってホッとした、晩秋の旅寝の心境が新鮮である。

最後に、5の詠は、『新古今集』に「擣衣の心を」の詞書を付して載る、藤原雅経の作。詞書から「擣衣」の題と知られる。歌意は、吉野の山を吹く秋風の音は、すでに夜更けと知られる折節、古里では寒々と衣を打っている砧の音が聞こえてくるよ、のとおり。本詠は『古今集』冬部の坂上是則の歌、「み吉野の山の白雪積もるらし故里寒くなりまさるなり」（三二五、現代語訳＝吉野山では白雪が降り積もっているらしい。古京では寒さが一段とつのっているように思われる）を本歌にした、本歌取りの作。本歌の「白雪」を「秋風」、砧に置き替え、すべて聴覚的世界の中で推定し知覚した点が眼目で、新古今的把握といえようか。
以上が「擣衣」の題が切り拓く諸種の世界の概略である。

○「虫」

秋部の次の歌題は「虫」である。「虫」とは秋に鳴く虫の総称。とくに鈴虫・松虫・こおろぎなどをいう。秋の悲しさをよりいっそうかき立てるものとして詠まれることが多い。なお、晩秋になると、虫の音も弱々しくなり、それがいっそうの哀れを誘う。「虫」の題の属性を表す用語と結題には、「松虫」「鈴虫」「機織《はたお》る虫」「蛬《きりぎりす》」「秋の野」「すだく」「声弱る」「籬《まがき》」「蓬《よもぎ》が杣《そま》」「くつわ虫」「浅茅生《あさぢふ》」「葎《むぐら》の庭」「ませ」「尋虫声」「虫声非一」「月前虫」「野虫」「径虫」「古郷虫」「山家虫」「庵虫」「庭虫」「叢虫」「籬虫」「閨虫」「枕辺虫」「旅宿虫」「虫声歎枯」などがある。

さて、招く薄《すすき》のもとで、人の訪れを待って鳴くという松虫の声を聞き、ものの数でもない我が身ではあるが、自分のことかととぼけてみたり、狩り場の小野で鳴く鈴虫の声を、鷹《たか》の足につけた鈴と間違えたり、布留野《ふるの》では絶えることのない虫の音を聞き、駒をとめる檜隅川《ひのくまがは》では、くつわ虫などをも便宜にして詠むのがよかろうと思う。また、機織る虫の声に関連させて野辺の錦を想像したり、蜘蛛《くも》の糸を繰《く》らせたり、布をつなぎ合わせて作った粗末な着物の袖の下で、着物のほころびを「綴《つづ》り刺《さ》せ」といって鳴く蛬の声に哀感をもったりする。折から吹く風も寒くなりゆくにつれて、弱ってゆく虫の声を悲しんだり、「秋の白露は残りの日数を惜しんでいるのか」などとも詠むものだ。

「虫」の題の例歌（証歌）には、次の七首を指摘できよう。

1　我がために来る秋にしもあらなくに虫の音《ね》聞けばまづぞ悲しき
（古今集・秋歌上・読人不知・一八六）

2　君しのぶ草にやつるる故里はまつ虫の音ぞ悲しかりける
（同・同・同・二〇〇）

3　秋風に綻《ほころ》びぬらし藤袴つづりさせてふきりぎりす鳴く
（同・同・在原棟梁・一〇二〇）

4　訪《と》ふ人もいまはあらしの山風に人松虫の声ぞかなしき
（拾遺集・秋・読人不知・二〇五）

5　ふるさとは浅茅が原と荒れはてて夜すがら虫の音《ね》をのみぞ鳴く
（後拾遺集・秋上・道命法師・二七〇）

6　露しげき野辺にならひてきりぎりすわが手《た》枕《まくら》の下に鳴くなり
（金葉集二奏本・秋部・前斎院六条・二一八）

7　きりぎりす夜寒に秋のなるままによわるか声の遠ざかりゆく
（新古今集・秋歌下・西行法師・四七二）

まず、１～３の詠はいずれも『古今集』に収載され、１と２の両詠は「題知らず」の詞書を付して載る、読人不知歌、３の詠は「寛平御時后宮歌合の歌」の詞書を付して載る、在原棟梁《むねやな》の作。１と２の両首は詞書から「虫」の題は知られないが、ともに第四句からそれと知られよう。また、３の詠は結句から「きりぎりす」と知られる。まず、１の詠の歌意は、わたしだけのために来る秋でもないのに、虫の鳴く音を聞くと、誰よりも先に悲しくなるよ、のとおり。秋の到来は誰をも秋思《しゅうし》に至らせるが、その中でも「虫」の音がまっ先だと認定した詠。

次に、２の詠の歌意は、あなたを偲《しの》ぶという名のしのぶ草が生《お》い茂って荒れはてている、見捨てられた里では、人を待つという松虫の声が悲しく聞こえてくることだ、のとおり。「君しのぶ」に「忍ぶ草」を掛ける。「やつるる」は、故里が荒廃する意に、自分がやつれる意を込める。「故里」はここでは見捨てられた土地で、人から忘れられた身の上をよそえる。「まつ虫」は「松虫」と「待つ虫」を掛ける。男から忘れられてやつれはてた女が待ちわびている境遇を叙した詠作。

次に、３の詠の歌意は、秋風に吹かれて藤袴が綻びてしまったらしい。その証拠には、こおろぎが「綻びを綴り刺せ、綴り刺せ」と言って鳴いているよ、のとおり。「藤袴」を「袴」に見立てている。こおろぎの鳴き声を「つづりさせ」と聞いた擬音語で、綻びをつくろう「綴り刺せ」の意に解している。

次に、4の詠は、『拾遺集』に「題知らず」の詞書を付して載る、読人不知歌。詞書から「虫」の題は知られないが、第四句から「松虫」の題と知られる。歌意は、季節も秋の末近くになり、訪《たず》ねる人ももうあるまいと思われる、嵐山の山風に交じって、人を待つ、松虫の声が悲しく聞こえてくるよ、のとおり。「いまはあらしの山風に」は、「いまはあらじ」を「嵐」に言い掛ける。「嵐の山」は嵐山で、山城国の歌枕。「嵐」を連想させ、「山風」と文字的に響き合っている。「人松虫」は「人待つ虫」と「松虫」の掛詞。晩秋の嵐山付近のわびしさを、聴覚的に把えているが、紅葉を散らす「嵐」の語を配して、言外に美しい嵐山の風景を際立《きわだ》たせている。

次に、5の詠は、『後拾遺集』に「長恨歌《ちやうごんか》の絵に、玄宗《げんそう》もとの所に帰りて、虫ども鳴き、草も枯れわたりて、帝《みかど》歎き給へるかたある所をよめる」の詞書を付して載る、道命《どうみょう》の作。詞書の一部に「虫ども」とあるが、下句から「虫」の題は知られよう。歌意は、以前住んでいた場所は、浅茅が原となってすっかり荒れ果ててしまったが、そんな中で夜通し虫の声を聞き続けることだ、のとおり。詞書の「長恨歌の絵」は「長恨歌」とともに、当時広く享受されていたようで、文化のありかたが知られて興趣深い。

次に、6の詠は『金葉集』（二奏本）に「虫をよめる」の詞書を付して載る、前斎院六条《さきのさいいんのろくじょう》の作。詞書から「虫」の題は知られる。歌意は、露がいっぱいに置いた野辺に慣れて、こおろぎが涙でぬれたわたしの手枕の下で鳴いていることだ、のとおり。詠歌作者の涙は、虫の鳴き声に触発された秋の「あはれ」のためであろうか。

最後に、7の詠は、『新古今集』に「題知らず」の詞書を付して載る、西行の作。詞書から「虫」の題は知られないが、初句からそれと知られよう。歌意は、こおろぎよ。秋も深まり夜寒になるにつれて弱るのか。その声が夜ごとに、遠くかすかになってゆくことだ、のとおり。「遠ざかりゆく」は、音のかすかになる様子を、聴覚的ではなく、視覚的に把えた共感覚的表現。『堀河百首』の「虫」題の隆源の歌、「秋深くなりゆくままに虫の音《ね》の聞けば夜ごとに弱るなるかな」（八二九、現代語訳＝秋が深まるにつれて、虫の鳴き声が、耳をすまして聞いていると、なんと夜ごとに弱まっていくのが実感されることだなあ）に影響されたか。こおろぎの声の衰《おとろ》えに秋の終わりを知り、生あるもののはかなさを実感した詠作。

以上、秋部の題のうち、「虫」の題の切り拓《ひら》く多彩な世界を略述した。

p 「菊残菊」

秋部の次の歌題は「菊残菊」である。キク科の多年草の花。中国の原産で奈良時代に渡来。秋の景物とされるが、「残菊」は初冬のものとしても詠まれる。陰暦九月九日の重陽《ちょうよう》の日に催す観菊の宴は有名。「菊」の題の属性を表す用語と結題には、「白菊」「から菊」「承和菊《そがぎく》」「たまむら菊」「籬の菊」「菊の下水《したみづ》」「山路の菊」「菊契多秋」「翫菊」「翫宮庭菊」「仙家菊」「菊綻禁庭」「菊花臨庭」「水岸菊」「籬菊如雪」などがある。

　さて、「白菊」は星にも間違えられ、「籬のもとに降れる雪か」とも判断に迷う。また、訪ねて来る人の袖にも見紛う。「山路の菊」とも言ったので、「ほんのわずかの間に千年を経る」とも、「置く露が積って淵となる」などともいう。「菊の下を流れる水を飲むと長寿を保ち得る」（中国の故事）とも、「承和菊《そがぎく》」は黄菊の異名だが、仁明《にんみょう》天皇が黄菊を好んだので、そのときの「承和」の年号にちなんでそう表記された。だから、黄金の色とか、くちなし色の何とも言いようのない、赤味を帯びた濃い黄色の趣をも詠むのだ。また、八重咲く菊も、霜が置くと一重が重なって「九重」と詠む。「残りの菊」（残菊）とは、九月九日以降の菊を、そう表現するのだが、色あせた冬の菊の場合にも言うはずだ。「紫の一本菊《ひともとぎく》の色」は、「紫の草のゆかりまでも睦まじく思われる」とか、「秋よりも心に趣深く感じられる」などと理解されているようだ。

　「菊」の題の例歌（証歌）には、次の七首を指摘できよう。

1　濡れてほす山路の菊のつゆの間にいつか千年を我は経にけむ

（古今集・秋歌下・素性法師・二七三）

2　心あてに折らばや折らむ初霜の置きまどはせる白菊の花（同・同・凡河内躬恒・二七七）

3　かの見ゆる池辺に立てるそが菊の茂みさ枝の色のてこらさ
（拾遺集・雑秋・読人不知・一一二〇）

4　朝まだき八重咲く菊の九重に見ゆるは霜の置けばなりけり
（後拾遺集・秋下・大蔵卿〈藤原〉長房・三五一）

5　白菊のうつろひゆくぞあはれなるかくしつつこそ人もかれしか
（同・同・良暹法師・三五五）

6　雪ならば籬にのみは積もらじと思ひとくにぞ白菊の花
（千載集・秋歌下・前大僧正行慶・三四八）

7　君が代を長月にしも菊の花咲くや千歳のしるしなるらむ
（同・賀歌・法性寺入道前太政大臣〈藤原忠通〉・六一九）

まず、1の詠は、『古今集』に「仙宮《せんぐう》に菊をわけて人のいたれる形《かた》をよめる」の詞書を付して載る、素性の作。詞書から「菊」の題は知られるが、詳細には「仙人の住む宮殿に菊の花が咲く道を分けて人が入っていくのをかたどった洲浜《すはま》」を詠じたものと知られよう。歌意は、山路の菊の露に濡れて乾かす、つゆほどのほんのわずかの間に、いったいいつわたしは千年もの年月を過ごしてしまったのであろうか、のとおり。「つゆ」に、「露」とわずかの意の「つゆ」を掛ける。浦島伝説で知られるように、仙界のわずかの時間が人間世界の長い時間に当たるという、神仙思想を詠じたもの。

次に、2の詠も『古今集』の同じ巻に収載される歌だが、「白菊の花をよめる」の詞書を付して載る、凡河内躬恒の作。詞書から「白菊の花」の題と知られる。歌意は、当て推量で、もし折ってみようということならば、折ってみようか。初霜が置いて、まぎらわしくさせている白菊の花を、のとおり。白菊を霜に喩える発想は、白楽天《はくらくてん》などの唐詩に見られるそれを借用したもの。

次に、3の詠は、『拾遺集』に「題知らず」の詞書を付して載る、読人不知歌。詞書から「菊」の題は知られないが、第三句から「そが菊」と知られよう。歌意は、あちらに見える池のほとりに立っている黄菊の、茂みや枝の色のなんとも濃く、美しいことよ、のとおり。承和菊の花の美しさを絶賛した詠歌。

次に、4の詠は、『後拾遺集』に「後冷泉院御時、后の宮の御方にて、人びと、翫ブ㆓宮庭ノ菊ヲ㆒題にてよみ侍りける」の詞書を付して載る、藤原長房《ながふさ》の作。詞書から「翫宮庭菊」の題と知られる。歌意は、朝はやく八重に咲く菊が九重に見えるのは、花の上に霜が白く置いていたからだったのだなあ、のとおり。「九重」に花びらの重なりに、宮中の意を掛ける。霜を花の一重に見立て、宮中の九重に響かせた詠作。なお、『袋草紙』(上巻)は、長房が本詠を自讃歌として他人に誇った旨、紹介している。

次に、5の詠も同じく『後拾遺集』の同じ巻に収載されるが、「妹《いもうと》に侍りける人のもとに、男来ずなりにければ、九月ばかりに菊のうつろひて侍りけるを見てよめる」の詞書を付して載る、良暹《りょうせん》の作。詞書から「菊」の題と知られる。歌意は、白菊の花が色あせてゆくのは、しみじみと心が打たれることだ。このようにしながら、菊は枯れ、人も離れて行ってしまったことだよ、のとおり。詞書の「妹」は、男性からみてその姉か妹を指す。「うつろひゆく」は、白菊の色がうつろう意と、人の心が移ろう意を重ねる。「人もかれしか」の「かれ」は、人が「離《か》れ」と白菊が「枯れ」を掛ける。良暹の女姉妹への深い情愛が濃められた詠作。

次に、6の詠は、『千載集』に「籬ノ菊如シレ雪ノといへる心をよみ侍りける」の詞書を付して載る、行慶《ぎょうけい》の作。詞書から「籬菊如雪」の題と知られる。歌意は、これがもし雪であったならば、垣根にだけ積もることはあるまいよ、と考えて、やっと白菊の花だとわかったことだ、のとおり。「思ひとく」はよく考えて疑問を解消するの意。それまでは「雪」と見えていたわけだ。「白菊」の「白」は「知ら(る)」(わかる)を掛ける。歌題の平凡な見立てを、工夫した発想で見事に形象化した詠作。

最後に、7の詠も『千載集』の賀歌に収載されるが、「保延二年法金剛院に行幸ありて、菊契ル二多秋ヲ一といへる心をよみ侍りける」の詞書を付して載る、藤原忠通の作。詞書から「菊契多秋」の題と知られる。歌意は、天皇さまの御代《みよ》の長さは、この長月に、折りしも折り菊の花の咲くのが、その千歳も続くしるしなのでしょうか、のとおり。詞書の「行幸」は、母待賢門院璋子《たまこ》の住む法金剛院への崇徳天皇のそれ。「長月」は、「長し」と「長月」の掛詞。「長（寿）」の名の月に、仙境の長寿の効薬の花「菊」の咲くのが、歌題の「多秋を契る」予兆となるというわけだ。

以上が多彩な世界を展開させる「菊」の題の概略である。

q　「暮秋九月尽」

秋部の最後の歌題は「暮秋九月尽」である。「暮秋」は「ぼしう」「くれのあき」と読み、晩秋の意。なお、「九月尽」は「くぐわつじん」「くげつじん」と読み、九月の最後の日の意。「暮春」の題の属性を表す用語と結題には、「くれの秋」「かへる秋」「ゆく秋」「暮秋雲」「暮秋霜」「山寺秋暮」「羇旅暮秋」などがある。ちなみに、「九月尽」の結題には、「海辺九月尽」「雨中九月尽」「惜九月尽」「九月尽暁」「閏九月尽」などがある。

さて、秋の暮には、峰の木の葉も嵐の思うように空を舞い、野辺で力強く様々なメロディーを奏でていた虫の声もほのかになってゆき、色とりどりに咲き乱れていた千草の花も次第にしおれてゆく。谷川を流れる水が落ち葉に埋れて、音だけを発するのを聞くと、行く秋を惜しむ心も弱まり、草葉に置いた露を払って、袖に落ちた涙の露も、いまは秋の形見と偲ばれ、秋も深まった夕暮れの美しい景色は、今日が見収めかと思って、感慨にふけっていると、心までもが尽き果ててしまう旨など詠ずるのがよかろう。

「暮秋」の題の例歌（証歌）には、次の六首を上げえよう。

1 年ごとに紅葉葉流す龍《たつ》田《た》川《がは》みなとや秋のとまりなるらむ
（古今集・秋歌下・〈紀〉貫之・三一一）

2 暮れてゆく秋の形見に置くものは我が元結《もとゆひ》の霜にぞありける
（拾遺集・秋・平兼盛・二一四）

3 さりともと思ふ心も虫の音も弱りはてぬる秋の暮れかな
（千載集・秋歌下・皇太后宮大夫〈藤原〉俊成・三三三）

4 さらぬだに心ぼそきを山里の鐘さへ秋の暮れをつぐなる
（同・同・前大僧正覚忠・三八二）

5 長月もいくありあけになりぬらむ浅茅の月のいとどさびゆく
（新古今集・秋歌下・前大僧正慈円・五二一）

6　露かかる山路の袖もほさじただ今日分け過ぎむ秋の名残りに

（玉葉集・雑歌一・従二位〈高階〉重経・二〇二〇）

まず、1の詠は、『古今集』に「秋のはつる心を、龍田川に思ひやりてよめる」の詞書を付して載る、紀貫之の作。詞書から「秋のはつる」の題と知られる。歌意は、毎年毎年、紅葉の葉を流している龍田川の行き着く所、つまり河口は、秋の終着の港なのであろうか、のとおり。抽象的な「秋」を、龍田川を下る舟に喩えて、具象化してわかりやすく詠じたもの。

次に、2の詠は、『拾遺集』に「暮れの秋、（源）重之が消息《せうそこ》して侍りける返事に」の詞書を付して載る、平兼盛の作。詞書から「暮れの秋」と知られよう。歌意は、暮れて去って行く秋が、形見として残して置くものは、わたしの元結の霜、つまり白髪であったのだなあ、のとおり。行く秋に、ひとしお老いを意識しての実詠歌。

次に、3の詠は、『千載集』に「保延の比《ころ》ほひ、身を恨むる百首歌よみ侍りけるに、虫の歌とてよみ侍りける」の詞書を付して載る、藤原俊成の作。詞書から「虫」の題と知られるが、結句から「秋の暮れ」を詠じたとも解されよう。歌意は、いくら何でも少しの好運はあろうと期待する心も、虫の声もすっかり、衰弱してしまった秋の暮れであることだなあ、のとおり。詞書の「身を恨むる百首歌」とは述懐百首。「虫の音」は生命力の喩えで、擬人化表現。晩秋の野亭に気力を喪失し、不運をかこつ境遇の人物を、詠歌主体として設定しての虚構的詠作。

次に、4の詠も『千載集』の同じ巻に収載される歌だが、「山寺ノ秋ノ暮といへる心をよみ侍りける」の詞書を付して載る、覚忠《かくちゅう》の作。詞書から「山寺秋暮」の題と知られよう。歌意は、そうでなくってさえ、心細いことだと感じているのに、山里で聞く入相《いりあい》の鐘の音までもが、秋の暮れを告げているように響いてくるよ、のとおり。「つぐ」は「告ぐ」と「撞《つ》く」の掛詞。「鐘」が秋の逝《ゆ》くことを告げるという発想が興趣深い。

次に、5の詠は、『新古今集』に「暮秋の心を」の詞書を付して載る、慈円の作。詞書から「暮秋」の題と知られる。歌意は、九月も、あと幾夜、有明の月を残すまでになったのであろうか。浅茅を照らす月の光りがいよいよもの寂しい色合いになっていくことだよ、のとおり。荒廃した自然の風景を、作者の心象風景として詠じたものか。

最後に、6の詠は、『玉葉集』に「羇旅《きりょ》ノ暮秋といふことを」の詞書を付して載る、高階重《たかしなのしげ》経《つね》の作。詞書から「羇旅暮秋」の題と知られる。歌意は、露がかかって濡れる、山路を行く旅衣の袖も、乾かさないでただこのままにしておこうと思うよ。わたしと同じように、秋の暮れの今日、草を分けて過ぎ去って行くであろう秋の、せめてもの名残りだと思って、のとおり。「羇旅暮秋」の題詠歌だが、実詠歌の趣を呈している。

以上、前著で言及できなかった秋部の歌題十七題について言及したが、これで秋部の歌題の大要はほぼ把握できたのではないかと愚考されるので、次に、冬部の歌題について言及していこうと思う。

（D）冬部（十月〜十二月）の歌題から

a 「初冬」

さて、冬部の歌題のうち、最初に登場願うのは「初冬」である。「初冬」とは冬の初め。三冬（初冬・仲冬・晩冬）の最初の月の意で、陰暦十月をいう。小春日和《こはるびより》の穏やかな冬の風景や、木枯らしが吹いて人の訪れのないもの寂しい風景、時雨《しぐれ》が降りはじめる風景などが、その属性といえよう。「初冬」の結題には、「初冬嵐」「初冬時雨」「初冬落葉」「杜初冬」「山家初冬」などがある。

さて、「初冬」は、今朝からははやくも風の気色も吹き変り、夜の気配は寂しく、人目も離《か》れ、草も枯れてゆくことを思い、秋の形見として眺めるべき、庭に散り敷いた木の葉も霜の下に埋もれ、弱々しくなっていた虫の声も、次第に聞こえなくなってゆく趣などを詠じたらよいであろう。

「初冬」の題の例歌（証歌）には、次の五首を指摘できるであろう。

1　山里は冬ぞさびしさ増さりける人目も草もかれぬと思へば
（古今集・冬歌・源宗于朝臣・三一五）

2　葦《あし》の葉に隠れて住みし津の国のこやもあらはに冬は来にけり
（拾遺集・冬・源重之・二二三）

3　きのふこそ秋は暮れしかいつの間に岩間の水のうすこほるらむ
（千載集・冬歌・大納言〈藤原〉公実・三八七）

4　いつの間に懸樋《かけひ》の水のこほるらむさこそあらしの音のかはらめ
（同・同・藤原孝善・三九五）

5　おきあかす秋の別れの袖のつゆ霜こそむすべ冬ぞ来ぬらむ
（新古今集・冬歌・皇太后宮大夫〈藤原〉俊成・五五一）

まず、1の詠は、『古今集』に「冬の歌とてよめる」の詞書を付して載る、源宗于《むねゆき》の作。詞書から「冬」の題と知られるが、結句から「初冬」の内容と知られよう。歌意は、隠遁閑居《いんとんかんきょ》の場所である、山里は四季を通じて寂しいが、そのような中でも冬は一段と、寂しさがまさっていることだ。人目も遠ざかり、草も枯れてしまうと思うと、のとおり。「かれぬ」の「かれ」に「離《か》れ」と「枯れ」を掛ける。「初冬」のイメージを典型的に表している詠作だ。

次に、2の詠は、『拾遺集』に「(冷泉院) 百首歌の中に」の詞書を付して載る、源重之の作。詞書から「初冬」の題は知られないが、結句からそれと知られよう。歌意は、葦の葉に隠れて、津の国の昆陽《こや》に小屋を建てて住んでいたのだが、葦が霜枯れになって、小屋もまる見えになり、気配もはっきりと冬がやってきたことを実感させることだなあ、のとおり。「津の国」は摂津国の枕詞。「こや」は「昆陽」と「小屋」の掛詞。「あらはに」は小屋があらわになることと、冬の気配がはっきりすることの意を掛ける。「こやも」までの部分が「あらはに…」以下を導く序詞の役割を担っている。

次に、3の詠は、『千載集』に「堀河院御時、百首歌たてまつりける時、初冬の心をよみ侍りける」の詞書を付して載る、藤原公実《きんざね》の作。詞書から「初冬」の題と知られよう。歌意は、つい昨日、冬は暮れたと思っていたのに、いつの間に岩間の水はうっすらと氷が張るようになったのであろうか、のとおり。冬を迎えて、時間の推移の速さや、秋から冬への微妙な季節の変化を、岩間の氷りに見出しての詠作。

次に、4の詠も『千載集』の同じ巻に収載される歌だが、「山家ノ初冬といへる心をよめる」の詞書を付して載る、藤原孝善《たかよし》の作。詞書から「山家初冬」の題と知られる。歌意は、いつの間に懸樋の水が凍ったのであろうか。そのせいで、嵐の音があのように変っていたのであろうよ、のとおり。夜来《やらい》の嵐の音に冬の気配を感じてはいたが、一夜明けて、凍った懸樋を見て冬の到来を実感したという、山里での生活者の営みがよく出ている詠作。

最後に、5の詠は、『新古今集』に「千五百番歌合に、初冬の心をよめる」の詞書を付して載る、藤原俊成の作。詞書から「初冬」の題と知られる。歌意は、秋と別れる名残り惜しさに、袖に涙をこぼしながら、秋の最後の夜をまんじりともせず明かしたよ。今朝見ると、袖に置いた涙の露は霜となって結んでいる。冬がやって来たのであろうか、のとおり。「おきあかす」に「起き明かす」と「置き明かす」を掛ける。「つゆ」に夜露と惜別の涙の露の意を兼ねる。露が霜に変ったことで、秋から冬への推移を把握《はあく》し、その露を袖の露（涙）とすることで、作者が秋との別れを名残り惜しいと暗示した点が巧みである。

以上が「初冬」の題についての概略である。

b 「霜」

冬部の次の歌題は「霜」である。「霜」とは、寒い明けがた、地面を白く覆う氷の結晶。その状態を、「置く」「降る」「結ぶ」などという。霜は身近な自然現象であり、季節の感覚が美として把えられた。「霜」の題の属性を表す用語と結題に、「朝霜」「霜枯れ」「霜氷り」「置く」「結ぶ」「降る」「八重霜」「暁霜」「樵路霜」「野径霜」「橋上霜」「冬山霜」「霜埋落葉」「篠霜」「草霜」などがある。

さて、色あせかけた菊も、霜が深く置いた籬に咲いていると、真っ盛りの状態にあるのかと疑われ、枯れ野の霜を見ると、老人の元結に喩えられ、萩の古い枝に置いた霜には、秋の面影が残っているのかと思われ、水鳥が深夜にたてる羽音を聞くと、羽に置いた霜を払っているのかと想像され、早暁《そうぎょう》の尾上から聞こえてくる鐘の音は、初霜が降りたゆえか（中国の豊嶺《ほうれい》の鐘の故事）などと詠じられている。

「霜」の題の例歌（証歌）には、次の五首が上げられよう。

1　霜置かぬ袖だにさゆる冬の夜に鴨の上毛を思ひこそやれ

（拾遺集・冬・右衛門督〈藤原〉公任・二三〇）

2　落ち積もる庭の木の葉を夜のほどに払ひてけりと見する朝霜

（後拾遺集・冬・読人不知・三九八）

3　なかなかに霜のうはぎを重ねても鴛鴦《をし》の毛衣さえまさるらむ

（金葉集二奏本・補遺歌・前斎院六条・六八六）

4　高砂《たかさご》の尾上《をのへ》の鐘の音すなり暁かけて霜や置くらむ

（千載集・冬歌・前中納言〈大江〉匡房・三九八）

5　冬枯れの杜の朽ち葉の霜のうへに落ちたる月の影のさむけさ

（新古今集・冬歌・〈藤原〉清輔朝臣・六〇七）

まず、1の詠は『拾遺集』に「題知らず」の詞書を付して載る、藤原公任《きんとう》の作。詞書から「霜」の題は知られないが、初句からそれと知られよう。歌意は、霜が置いていない袖でさえも冷えきってしまう冬の夜に、霜を払いのけることもできない鴨の上毛《うわげ》は、どれほど冷たく寒いことかと、思いやられることだ、のとおり。詠歌作者の袖が冷えることから、冬の寒夜《かんや》の霜を上毛に置く鴨に同情心を示した歌。

次に、2の詠は、『後拾遺集』に「霜落葉を埋《うづ》むといふ心をよめる」の詞書を付して載る、読人不知歌。詞書から「霜埋落葉」の題と知られる。歌意は、散り落ちて積もった庭の木の葉を、夜の間にすっかり掃き払ってしまったのだなあ、と見せている朝の庭一面に置いている霜であることだ、のとおり。霜に覆《おお》われて、一夜のうちに庭の落葉を隠した朝の景色を、さながら掃き清めたようだと発想した点が興趣深い。

次に、3の詠は、『金葉集』（二奏本）に「水鳥をよめる」の詞書を付して載る、前斎院六《さきのさいいんのろく》条《じょう》の作。詞書から「水鳥」の題と知られるが、『和歌題林抄』が本詠を「霜」の証歌にしているのは、編者が霜を主題にした詠歌だと推察したからであろう。歌意は、寒さを凌《しの》ごうと霜を上着として重ね着ても、かえって鴛鴦《をし》の毛衣《けごろも》は冷えまさっていることだろうよ、のとおり。

鴛鴦の羽の上に置いた霜を、上着と見立てた発想が意表をついておもしろい。

次に、4の詠は、『千載集』に「堀河院御時、百首歌たてまつりける時よめる」の詞書を付して載る、大江匡房《まさふさ》の作。詞書から「霜」の題は知られないが、結句からそれと知られよう。歌意は、高砂《たかさご》の尾上《おのえ》の頂の鐘の音が聞こえてくるようだ。おそらく夜明けがたにかけて霜が降りたのであろうか、のとおり。中国の豊嶺《ほうれい》の故事に依拠した詠作。寒さの厳しい暁天《ぎょうてん》の霜に冴《さ》えわたる鐘の響きに、身の引き締《し》まる思いがする詠作。

最後に、5の詠は、『新古今集』に「題知らず」の詞書を付して載る、藤原清輔の作。詞書から「霜」の題は知られないが、第三句からそれと知られよう。歌意は、冬枯れの杜《もり》の朽《く》ち葉に置く霜の上に、投げかけられた月の光りの、なんと寒々としていることよ、のとおり。杜・朽ち葉・霜月《そうげつ》の影と、全体から細部へと焦点を絞っていく手法は見事と言うべきであろう。

以上、「霜」の歌題が展開する種々様々な世界について概略した。

c「霰」

冬部の次の歌題は「霰《あられ》」である。「霰」とは、雲中の水蒸気が急に氷結して出来た、白色不透明な小形のかたまりをいう。寒い夜の孤独感を募《つの》らせるものとか、玉のように美しいものとして詠まれている。「霰」の題の属性を表す用語と結題には、「あられ」「玉ばしる」「霰の玉」

「暁霰」「山家暁霰」「山家霰」「深山霰」「野霰」「冬野霰」「野外霰」「野径霰」「屋上聞霰」「閑屋聞霰」などがある。

さて、霰は波が立つのに似ている。「玉を貫いているのか」とも見える。空を真っ暗な状態にして降るけれども、袖にはたまらないので濡れない。霜枯れた野原の真葛《まくず》が原では、玉を貫いているのかと思わせたり、「山辺では槇《まき》の葉を伝って、霰がほとばしる」などと詠まれている。楢《なら》の葉柏《はがしわ》に風がそよぎ、霰が板庇《いたびさし》に降って夢を覚まさせる趣などを詠むといい。

「霰」の例歌（証歌）には、次の五首が上げられよう。

1　我が袖に霰たばしる巻き隠し消《け》たずてあらむ妹が見むため

（万葉集・冬の雑歌・柿本人麻呂・二三一六）

2　霰降り板屋風吹き寒き夜《よ》や旗野《はたの》に今夜《こよひ》我《あ》がひとり寝む

（同・冬の相聞・作者不記・二三四二）

3　深山《みやま》には霰降るらし外山《とやま》なるまさきのかずら色づきにけり

（古今集・神遊びの歌・作者不記・一〇七七）

4　はし鷹《たか》の白斑《しらふ》に色やまがふらむとがへる山に霰ふるらし

（金葉集二奏本・冬部・大蔵卿〈大江〉匡房・二七六）

5　真柴ふく宿の霰に夢さめて有明がたの月を見るかな

（千載集・雑歌上・大江公景・一〇一四）

まず、1の詠は、『万葉集』に「雑歌四首」の題詞を付して載る、柿本人麻呂の作。題詞から「霰」の題は知られないが、第二句からそれと知られよう。歌意は、わたしの袖に霰が飛び散ることだ。袖で巻き隠して消さないでおこう。妻が見るように、のとおり。霰を、玉のような美しいものとして詠じている。

次に、2の詠も『万葉集』に収載される歌だが、「雪に寄せし十二首」の題詞を付して載る、作者不記の歌。題詞から「雪」の題と知られるが、細かくいえば「霰」の題。歌意は、霰が降り、板屋に風が吹いて寒い夜、旗野に今夜わたしは独りで寝るのであろうか、のとおり。「旗野」は大和国の歌枕。霰を、寒い夜の孤独感をつのらせるものとして詠じている。

次に、3の詠は、『古今集』に「採《と》り物の歌」の詞書を付して載る、作者不記歌。詞書の「採り物」とは、神楽《かぐら》を舞う時に手に持つ、榊《さかき》・杖・弓・剣など九つの品をいい、本詠では「かずら」（葛）が該当《がいとう》するので、「かずら」が題となろうが、第二句から「霰」の題と考慮して、『和歌題林抄』は本詠を当該歌題の証歌に選定したのであろう。歌意は、奥山では霰が降っているらしい。その証拠には、里近い山にあるまさきの葛が色づいてきたではないか、のとおり。下句から上句の霰の降っている情景を推定した詠歌。

次に、4の詠は、『金葉集』（二奏本）に「深山の霰をよめる」の詞書を付して載る、大江匡房の作。詞書から「深山霰」の題と知られる。歌意は、はし鷹の白斑に色がまがうであろうか。鳥屋《とや》に戻って毛が抜け変わる鷹のいる山に霰が降っているらしいよ、のとおり。「とがへる」は「鳥屋返る」ともいい、晩夏から初冬のころ、鷹の羽が抜け変わるまで、鳥屋に戻るの意。霰の白さと、はし鷹の白斑を取り合わせた趣向に、見所があろうか。

最後に、5の詠は、『千載集』に「山家ノ暁ノ霰といへる心をよめる」の詞書を付して載る、大江公景《きんかげ》の作。詞書から「山家暁霰」の題と知られる。歌意は、柴で葺いた草庵の、屋根を打つ霰の音に夢から覚めて、しみじみと有明の月を見ることだなあ、のとおり。山里の草庵の屋根を打つ霰によって、甘美な夢が中断されて見る有明の月は、夢とは対照的なもの寂しい情景だというもの。

以上が「霰」の題によって展開される諸種の世界の概略である。

d 「寒蘆 寒草」

冬部の次の歌題は「寒蘆《かんろ》」である。「寒蘆」とは、寒さにあい、霜枯れた蘆、雪にいたんだ蘆《あし》、寒風にさらされた蘆などをいう。「寒蘆」の題の属性を表す用語と結題には、「潮の蘆」

「蘆の枯れ葉」「乱れ蘆」「霜枯れ」「浜荻」「難波江」「玉江」「朝《あしたの》寒蘆」「池寒蘆」「江寒蘆」「水郷寒蘆」「寒蘆隔氷」「寒蘆碍船」「古池寒蘆」「湊寒蘆」などがある。

ちなみに、「寒草」とは、寒さにあい、枯れしおれた草をいい、その種類は女郎花《おみなえし》・寒蘆・菊・茅《かや》・浅茅《あさじ》・荻・薄《すすき》・葛《くず》など。「寒草」の題の属性を表す用語と結題には、「霜枯れ」「枯れ野」「寒草風」「嵐吹寒草」「月照寒草」「寒草霜」「寒草帯霜」「夕寒草」「谷寒草」「岡寒草」「杜寒草」「原寒草」「野寒草」「野径寒草」「水辺寒草」「閑庭寒草」などがある。

さて、汀《みぎわ》の蘆も枯れてしまうと、水鳥の浮き寝の床《とこ》も隠れず、蘆分け小舟《おぶね》も、冬には何の障害もなく通行ができ、霜枯れの蘆の穂は、波が往復しているのかと見え、波で消えない雪なのかとも見紛《まが》う。また、鳰《にお》の浮き巣も落ち葉に埋没《まいぼつ》し、見慣れた鴛鴦も枯れ葉の中に潜《ひそ》んでしまう。冬枯れした浜荻は荒い浜辺に折れ伏し、玉江の蘆も枯れてしまうと、「夏刈りの頃には密生していたものなのに」とも、予想外の様子などを、歌には詠むのがよかろう。

「寒蘆」の例歌には、次の四首を指摘できよう。

1　津の国の難波の春は夢なれや蘆の枯れ葉に風わたるなり

（新古今集・冬歌・西行法師・六二五）

2　蘆の葉も霜枯れはてて難波潟《なにはがた》入り江寂しき波の上かな

（玉葉集・冬歌・右兵衛督〈藤原〉基氏・九七〇）

3　難波潟入り江に寒き夕陽《ゆふひ》かげのこるも寂し蘆のむら立ち

（風雅集・冬歌・権中納言〈源〉通相・七九一）

4　霜寒き蘆の枯れ葉は折れ伏していづくか影の湊《みなと》なるらむ

（新続古今集・雑歌上・津守国量・一七七五）

まず、1の詠は、『新古今集』に「題知らず」の詞書を付して載る、西行の作。詞書から「寒蘆」の題は知られないが、第四句からそれと知られよう。歌意は、津の国の難波江の春景色は夢だったのだろうか。今、目に映るのは、蘆の枯れ葉に寂しく風の吹きわたる音が聞こえる風景だけだよ、のとおり。本詠は、『後拾遺集』の春上の能因法師の歌、「心あらむ人に見せばや津の国の難波わたりの春の景色を」（四三、現代語訳＝ものの情趣がわかる人に見せてあげたいものだ。津の国の難波あたりのこの美しい春の景色を）の詠歌を本歌取りしたもの。「津の国」は摂津国の歌枕。冬ざれの難波の浦に立って、能因の本歌で詠まれた、美しい春の風光を想起した、俊成に「幽玄の体」、定家に「有心《うしん》様」と評された秀歌。

次に、2の詠は、『玉葉集』に「水郷寒蘆」の詞書を付して載る、藤原基氏《もとうじ》の作。詞書から「水郷寒蘆」の題と知られる。歌意は、蘆の葉もすっかり霜枯れてしまって、難波潟では、入り江の様子もいかにもさびしく見える、波の上の光景だなあ、のとおり。難波潟（水郷）の典型的な寒蘆の風景。

次に、3の詠は、『風雅集』に「寒蘆を」の詞書を付して載る、源通相《みちすけ》の作。詞書から「寒蘆」の題と知られる。歌意は、難波潟の入り江に、寒々しい夕陽の残光がさして、そこに枯れ残っている姿が何とも寂しく感じられる、蘆の群れ立つ光景よ、のとおり。「のこるも寂し」の「のこる」は、「夕陽かげ」と「蘆のむら立ち」の両方に掛かる措辞だ。

最後に、4の詠は、『新続古今集』に「寒蘆を」の詞書を付して載る、津守国量《つもりのくにかず》の作。詞書から「寒蘆」の題と知られる。歌意は、霜が寒々と置いた蘆の枯れ葉は、すっかり折れて地面に倒れてしまい、いったい何処《どこ》が月の光りが宿る湊であるのであろうか、のとおり。1の詠を想起させるような、「寒蘆」の属性を発揮させて、見事な実詠歌になりえている。

ちなみに、「寒草」の例歌（証歌）には、次の四首を上げえよう。

1　高嶺《たかね》には雪降りぬらし真《ま》柴川《しばがは》ほきの蔭草《かげくさ》たるひすがれり

（金葉集二奏本・冬部・大中臣公長朝臣・二七七）

2　もろともに秋をやしのぶ霜枯れの荻の上葉を照らす月影

（千載集・雑歌上・紀康宗・一〇一六）

3　虫の音の弱りはてぬる庭の面に荻の枯れ葉の音ぞ残れる

（玉葉集・冬歌・殷富門院大輔・九〇二）

4　ふりはつる我をも捨つな春日野やおどろが道の霜の下草

（風雅集・冬歌・前大納言〈小倉〉実教・七七〇）

まず、1の詠は、『金葉集』（二奏本）に「水辺ノ寒草といへることをよめる」の詞書を付して載る、大中臣公長《おおなかとみのきんなが》の作。詞書から「水辺寒草」の題と知られる。歌意は、高嶺には雪が降ったらしい。その証拠には、真柴川の崖《がけ》の蔭に生えている草に垂氷《つらら》が垂《た》れさがっているではないか、のとおり。「ほき」は崖、山腹の危険な場所。「蔭草」は物蔭に生えている草。「たるひ」は垂氷、氷柱のこと。なお、「真柴川」は『歌枕名寄』では「未勘国《みかんのくに》」に分類されるが、本詠は実詠歌の趣である。

次に、2の詠は、『千載集』に「月照《ス》二寒草《ヲ》一といへる心をよめる」の詞書を付して載る、紀《きの》康宗《やすむね》の作。詞書から「月照寒草」の題と知られる。歌意は、荻と一緒になって、過ぎていった秋を偲《しの》んでいるのであろうか。霜枯れの荻の上葉を照らす月光は、のとおり。詠歌作者は、秋から同じ風景を見続けている野亭の主人の視点で、本詠の場面を描出している。

次に、3の詠は、『玉葉集』に「寒草を」の詞書を付して載る、殷富門院大輔《いんぷもんいんのたいふ》の作。詞書から「寒草」の題と知られる。歌意は、虫の音が、すっかり弱って聞こえなくなってしまった庭の面に、枯れた荻の葉の風にそよぐ寂しい音だけが残っているよ、のとおり。聞こえなくなった虫の音と、荻の枯れ葉を吹く風の音を、聴覚の視点で対立の構図として把えた、冬の庭面の立体的一断面。

最後に、4の詠は、『風雅集』に「寒草をよめる」の詞書を付して載る、小倉実教《さねのり》の作。詞書から「寒草」の題と知られる。歌意は、すっかり老人となったわたしをも、どうか捨てないでくださいませ、春日の神よ。春日野の草木の生い茂った道の、霜に打ちひしがれた下草のようなこの身を、のとおり。「春日野」は大和国の歌枕。なお、春日野によそえて、藤原氏の祖神、春日の神に呼びかける形をとる。「おどろが道」は草木や茨《いばら》などが乱れ茂っている道。なお、「公卿」の別称。「霜の下草」は、下積みで不遇の身を喩える。下積みの身に、官途《かんと》を開いてください、と「寒草」を題にして、自己の開運を神に願った詠作。

以上が冬の季節の代表的な自然の風景を活写した、「寒蘆」と「寒草」の題の概略だ。

e　「水鳥」

冬部の次の歌題は「水鳥」である。河や湖などの水辺に棲息《せいそく》する鳥の総称。冬の季節のものとして扱う。その種類は鴛鴦《おし》・鴨・鷗《かもめ》・雁・鳰《にお》など。「水鳥」の題の属性を表す用語と結題には、「かも」「をし」「蘆鴨《あしがも》」「あぢの群鳥《むらどり》」「菅《すが》の群鳥」「秋沙《あきさ》」「にほ」「鳰の浮き巣」「波の枕」「玉藻の床」「暁水鳥」「独聞水鳥」「月前水鳥」「池水鳥」「江水鳥」「湖上水鳥」「水鳥馴人」「島辺水鳥」などがある。

さて、「水鳥」の題では、玉藻の床で浮き寝をして妻を恋しく思ったり、友を偲び、垂氷《たるひ》の枕に霜の上着を重ねても、寒い冬の夜を明かしかねたり、相手のいない鴛鴦に対して、長い夜の恨みを見舞ったり、水鳥が思慕に堪えず、足を絶えず動かすので、周辺の水が凍らないことに共感したり、鳰の浮き巣が定着していないように、住居を頼りなく思ったり、舟で渡る渚に吹く潮風の音の何とも寒々しい趣などを表す。

「水鳥」の例歌（証歌）には、次の五首を指摘できようか。

1　夜《よ》を寒み寝覚めに聞けば鴛鴦《をし》ぞ鳴く払ひもあへず霜や置くらむ
（後撰集・冬・読人不知・四七八）

2　水鳥の下やすからぬ思ひにはあたりの水のこほらざりけり
（拾遺集・冬・読人不知・二二七）

3　水鳥のつららの枕ひまもなしむべさえけらし十編《とふ》の菅薦《すがごも》
（金葉集二奏本・冬部・大納言〈源〉経信・二七五）

4　かたみにや上毛の霜を払ふらむとも寝の鴛鴦のもろ声に鳴く
（千載集・冬歌・源親房・四二九）

5　あし鴨のすだく入り江の月影はこほりぞ波の数にくだくる
（同・同・前左衛門督〈藤原〉公光・四三七）

まず、1の詠は、『後撰集』に「題知らず」の詞書を付して載る、読人不知歌。詞書から「水鳥」の題は知られないが、第三句からそれと知られよう。歌意は、夜が寒いので、目を覚まして聞くと、鴛鴦が鳴いているよ。上毛に払うこともできないほどに霜が置いて寒いからであろうか、のとおり。浮き寝をする水鳥（鴛鴦）の背に霜が置くという冬の典型的な池の場面。

次に、2の詠は、『拾遺集』に「題知らず」の詞書を付して載る、読人不知歌。詞書から「水鳥」の題は知られないが、初句からそれと知られよう。歌意は、水鳥が思慕に堪えず、足を絶え間なく動かすので、水が滞《とどこお》ることなく凍らない。これは、「思ひ」の「火」で、水も凍らないということであったのだなあ、のとおり。「下やすからぬ」は、足を動かすために、水が落ち着かないということ。もだえる動作を表す。「思ひ」に「火」を掛ける。水鳥のせわしない動作を、思慕の情の現れと見た発想の歌。

次に、3の詠は、『金葉集』に「氷満ツ二池上ニ一といへることをよめる」の詞書を付して載る、源経信の作。詞書から「氷満池上」の題と知られる。原拠資料には明確な歌題表示があるのに、『和歌題林抄』が本詠を「水鳥」の証歌に掲げているのは、垂氷《つらら》を枕にした水鳥の生態が興趣深かったからであろう。歌意は、水鳥が枕としている垂氷は隙間《すきま》もない。となると、なるほど寒いはずだ。我が床の十編《とふ》の菅薦《すがごも》も、のとおり。「十編の菅薦」は、陸奥国の名産で、編み目が十筋ある菅製の薦。「つららの枕」と「十編の菅薦」の共通項を、「隙間がないもの」と見ての詠作。

次に、４の詠は、『千載集』に「水鳥をよめる」の詞書を付して載る、源親房《ちかふさ》の作。詞書から「水鳥」の題と知られる。歌意は、お互いに羽の上に置いた霜を払っているのであろうか。一緒に寝ている鴛鴦が声を合わせて鳴いているよ、のとおり。「かたみ」はお互いにの意。寒夜夫婦仲睦まじいとされる鴛鴦の声を聞き、それに思いを馳せた、詠歌作者の一人身の立場からの詠歌。

最後に、５の詠も『千載集』の同じ巻に収載される歌だが、「月前ノ水鳥といへる心をよめる」の詞書を付して載る、藤原公光《きんみつ》の作。詞書から「月前水鳥」の題と知られる。歌意は、蘆《あし》鴨《がも》の群がる入り江に宿った月の光りは、氷が波の数ほどに砕《くだ》け散ったようにきらきらと美しいよ、のとおり。「あし鴨」「月影」「こほり」と冬の景物を詠み込んだ「入り江」の冷《ひ》え冷《び》えとした光景は、新鮮だ。

以上が多彩な冬の自然の風景を展開する「水鳥」の歌題の概略である。

f 「網代」

冬部の次の歌題は「網代《あじろ》」である。「網代」とは「あむじろ」ともいい、漁具のひとつ。冬、河の瀬に竹などで編んだものを立てかけ、端に簀《す》をつけて氷魚《ひお》をとるのに用いた。「網代」の題の属性を表す用語と結題には、「あじろ」「網代木」「網代の床」「井杭《ゐぐひ》」「簀」「田上川《たながみがは》」「宇治」「氷魚」「尋網代」「夜網代」「月照網代」「網代待友」「網代落葉」「網代眺望」「網代群遊」「寄網代恋」などがある。

さて、網代は宇治川、田上川にある。「網代の手」といって、川を塞《せ》き止めて、中を開け、水が速く流れる所に床を設けて、簀を立て、布を敷いて、波に従って氷魚が寄って来るのを受けるのである。氷魚は氷に似て、水の泡にも見紛う。一晩中、篝火《かがりび》を焚《た》いて、氷魚が寄って来るのを待ち、暁の風が寒いのを厭うけれども、清澄《せいちょう》な趣で立ち昇る月の光りを友として、氷魚を取る。往来の人びとも氷魚の情報を得て立ち寄り、上流から流れてくる落ち葉の色も、宇治という場所が場所だけに、風流と無関係ではない趣で詠むわけだ。

「網代」の題の例歌（証歌）には、次の五首が上げられようか。

1　もののふの八十《やそ》宇治川の網代木にいさよふ波の行くへ知らずも

（万葉集・雑歌・柿本人麻呂・二六六）

2　月影の田上河に清ければ網代に氷魚のよるも見えけり

（拾遺集・雑秋・清原元輔・一一三三）

3　氷魚のよる川瀬に見ゆる網代木はたつ白波の打つにやあるらむ

（金葉集二奏本・冬部・皇后宮肥後・二六七）

4　月清み瀬々の網代による氷魚は玉藻にさゆる氷りなりけり

（同・同・大納言〈源〉経信・二六八）

5　秋ふかみ紅葉落ち敷く網代木は氷魚のよるさへあかく見えけり

（詞花集・秋・藤原惟成・一三七）

まず、1の詠は、『万葉集』に「柿本朝臣人麻呂の、近江国より上り来たりし時、宇治河の辺に至りて作りし歌」の題詞を付して載る、柿本人麻呂の作。題詞から「網代」の題は知られないが、第三句からそれと知られよう。歌意は、宮中の百官のたくさんの氏ではないが、宇治川の網代木に遮《さえぎ》られて滞《とどこお》っている波の行く先が、何処《どこ》へ行くのか分からないことだ、のとおり。「もののふの」は「八十」の枕詞。「もののふの八十」は「宇治」を導く序詞。「宇治川」

は山城国の歌枕。宇治川に立つ白波の行く方に仏教的無常観を感じての詠作。

次に、2の詠は『拾遺集』に「（天徳四年九月）内裏御屏風に」の詞書を付して載る、清原元輔の作。詞書から「網代」の題は知られないが、第三句からそれと知られよう。歌意は、月光が田上河に清澄な光りを投げかけているので、夜であっても、網代に氷魚が寄っているのが見えることだ、のとおり。「田上河」は近江国の歌枕。「よる」に「夜」と「寄る」を掛ける。清澄な月明かりに見える、網代に寄る氷魚の場面を描出して印象的だ。

次に、3の詠は、『金葉集』（二奏本）に「網代をよめる」の詞書を付して載る、皇后宮《こうごうぐう》肥《ひ》後《ご》の作。詞書から「網代」の題と知られる。歌意は、氷魚が寄ってくる川瀬に見えている網代の杭《くい》は、立つ白波が打つのであろうか、のとおり。網代木を打つのに、波の打つのを掛けた。この点、多少表現技巧に走り過ぎた感じがする。

次に、4の詠も『金葉集』（二奏本）に収載される歌だが、「月網代を照らすといふことをよめる」の詞書を付して載る、源経信の作。詞書から「月照網代」の題と知られる。歌意は、月の光りが冷たく清澄に照っているので、網代に寄ってくる氷魚は、まさしく美しい藻に凍りついた氷であったことだ、のとおり。氷魚の白さに月光の白さが加わって、それを冬の氷と見立てた冷涼《れいりょう》とした詠作。

最後に、5の詠は、『詞花集』に「一条摂政家障子に、網代に紅葉の隙《ひま》なく寄りたるかたかきたるによめる」の詞書を付して載る、藤原惟成《これしげ》の作。詞書から「網代寄紅葉」の趣の題と知られようか。歌意は、秋が深いので、紅葉が一面に落ち積もっている網代では、紅葉の赤さで、夜でも氷魚の寄るのが明かるく見えることだなあ、のとおり。「よる」は「夜」と「寄る」の掛け詞。「あかく」も「赤く」と「明かく」を掛ける。紅葉の赤と氷魚の白を、対立の構図で描出した詠歌。

以上が冬の風物詩ともいうべき「網代」の題が展開する世界の概略だ。

g 「神楽」

冬部の次の歌題は「神楽《かぐら》」である。それは神をまつるために奏《そう》する舞楽《ぶがく》をいう。宮中に伝承されたものと、民間に伝わるものとがある。後者は、全国的に分布し、「里神楽」という。宮中の御神楽は、和琴《わごん》・笛などの楽器を用い、舞人《まいびと》が内侍所《ないしどころ》の庭前において舞うもので、十二月吉日に行われる年中行事となった。「神楽」の題の属性を表す用語と結題には、「庭火《にはび》」「韓《から》神《かみ》」「星」「朝倉《あさくら》」「そのこま」「夜神」などがある。

さて、神楽は冬の夜、神社の前で篝火《かがりび》を焼《た》いて、その周辺に群らがりながら、物の音を奏し、歌をうたう儀式である。その起源は昔、神代《かみよ》の時代に天《あま》つ神の御心に背くことがあって、その神が天《あま》の岩戸を閉鎖なさったために、世の中は常闇《とこやみ》になってしまったので、諸国の神々がこのことを歎きなさって、種々様々に考えをめぐらし、協議なさることとなった。そこで、天《あま》の香具山の榊《さかき》を切ってきて、御社の前には鏡を掛け、木綿を付け、弓・矛《ほこ》・杖のごとき、神の宝を集めては飾り、きらびやかにして、その御前に神々が集って座り、一晩中、管弦の御遊びをなさったところ、天の岩戸は突然開いて、世の中が明かるくなったのだ。その時、人びとの顔が白く見えたので、「ああ、何とも興趣深いことだ」と、みな言ったのであった。これが神楽の始まりである。こういうわけだから、その趣を和歌には詠まなければならないのだ。「一晩中奏する管弦の声が清澄であったので、天の岩戸も開いたのであろう」とも、「管弦の声が感動的であったので、天の岩戸が開いたのだ」とも、「神楽歌の声が清澄であったのは、空が晴れていたからであろう」とも、「庭一面に置いていた霜が溶けたので、神の御心もこのように打ち解けたのだろうか」とも、また、「神代にかえす朝倉の声を聞いて、終わりになった」などの趣を詠むのがよかろう。

「神楽」の例歌（証歌）には、次の四首を指摘できよう。

1　榊葉や立ち舞ふ袖の追風になびかぬ神はあらじとぞ思ふ

（金葉集二奏本・冬部・康資王母・二九四）

2　神垣《かみがき》の三室《みむろ》の山に霜ふれば木綿四手《ゆふしで》かけぬ榊葉ぞなき

（同・同・皇后宮権大夫〈源〉師時・二九五）

3　やまもとやいづくと知らぬ里神楽声するもりは宮ゐなるらし

（玉葉集・冬部・入道前太政大臣〈西園寺実兼〉・一〇一七）

4　忘れめや庭火に月の影添へて雲井に聞きし朝倉の声

（同・同・前関白太政大臣〈鷹司基忠〉・一〇一八）

まず、1の詠は、『金葉集』（二奏本）の「（藤原）家経《いへつね》朝臣の桂の障子の絵に、神楽したる所をよめる」の詞書を付して載る、康資王母《やすすけおうのはは》の作。詞書から「神楽」の題は知られる。歌意は、榊の葉を手にして立ち舞う袖によって起こる風で、心を寄せ、従わない神はいないと思うよ、のとおり。家経の桂の山荘への祝意を込めている。

次に、2の詠も『金葉集』（二奏本）に収載される歌だが、「神楽の心をよめる」の詞書を付して載る、皇后宮権大夫源師時《もろとき》の作。詞書から「神楽」の題は知られよう。歌意は、神域である三室山に霜が降っているので、白い木綿四手をかけない榊の葉はないよ、のとおり。「木綿四手」は、楮《こうぞ》の繊維から製した糸状のものを木綿《ゆう》といい、それを玉串などに垂らしたもの。
「三室の山」は山城国の歌枕。

次に、3の詠が、『玉葉集』に「神楽を」の詞書を付して載る、西園寺実兼《さいおんじさねかね》の作。詞書から

「神楽」の題は知られる。歌意は、山の麓の、その名も知らない村里から里神楽が聞こえるよ。きっとあの音のする森のあたりが神社であるらしいよ、のとおり。この神楽は民間に伝わる一般神社で行われるもの。

最後に、4の詠も『玉葉集』に収載される歌だが、「(伏見院)三十首歌めされし時、夜神楽」の詞書を付して載る、鷹司基忠《たかつかさもとただ》の作。詞書から「夜神楽《よかぐら》」の題と知られる。歌意は、忘れることができようか。篝火の光りに月の光りの加わった厳粛《げんしゅく》な雰囲気の中で、宮中で聞いた神楽歌「朝倉」の声を、のとおり。ちなみに、この神楽歌は、「朝倉や　木《き》の丸殿《まろどの》に　我が居《を》れば　我が居れば　名告りをしつつ　行くは誰が子ぞ」（現代語訳＝朝倉の木の丸殿にわたしがいると、自分の名を告げながら行くのは、いったいどこの家の子か）である。

以上、「神楽」の題について概略を叙述した。

h　「炭竈」

冬部の次の歌題は「炭竈《すみがま》」である。「炭竈」とは、木材を蒸《む》し焼きにして木炭を製造する竈。大原・小野が有名。「炭竈」の題の属性を表す用語と結題には、「小野の炭竈」「小野の炭焼き」「大原山」「炭竈煙」「遠炭竈」「深山炭竈」「遠近炭竈」などがある。

さて、炭竈というのは、まず山の一部分を掘って、その中に切り揃《そろ》えた木材を隙間なく並べ、下部に火を焚きつけた後、入り口を密閉する。そうして、充分燃やした後に、煙りが白くなった時、煙りの入り口をふさいで、火が消える頃合《ころあい》を見計らって、焼けた木材を取り出すのだ。この設備を「炭竈」という。この作業に従事する人を、「炭焼き」という。この嶺《みね》に立ち昇る煙りを見て、春の先立つ霞かと迷ったり、霧が立ち込んだ空には、煙りも見紛うほどだという趣を表現したり、麓の里に立つ朝食や夕食の煙も、自然と炭竈の煙と同類と見える趣を詠じたり、雪が降り出しそうな空模様も、まるで炭竈の煙が連続しているのかという趣なども、詠むようだ。

「炭竈」の例歌（証歌）には、次の四首を上げえよう。

1　み山木を朝な夕なに樵《こ》りつめて寒さを乞《こ》ふる小野の炭焼き
（拾遺集・雑秋・曾禰好忠・一一四四）

2　炭竈にたつ煙りさへ小野山は雪げの雲に見ゆるなりけり
（金葉集二奏本・冬部・皇后宮権大夫〈源〉師時・二九〇）

3　大原やまだ炭竈もならはねばわが宿のみぞ煙りたえたる
（詞花集・雑下・良暹法師・三六七）

4　炭竈の煙りばかりをそれと見てなほ道とほし小野の山里

（風雅集・冬歌・平貞時・朝臣・八七七）

まず、1の詠は、『拾遺集』に「三百六十首の中に」の詞書を付して載る、曾禰好忠の作。詞書から「炭竈」の題は知られないが、結句から「炭焼き」と知られよう。歌意は、山の木を、朝夕切り集めて、炭が売れることを願って、寒さを乞う小野の炭焼きたちよ、のとおり。「寒さを乞ふる」のは、寒いと炭が売れるので、寒くなることを願うのだ。人の厭う寒さを願う炭焼きの姿に、貧苦の生活をものともしない賤《しず》の男《お》の実態をよく活写している。

次に、2の詠は、『金葉集』（二奏本）に「炭竈をよめる」の詞書を付して載る、源師時の作。詞書から「炭竈」の題は知られる。歌意は、炭竈から立ち昇っている煙りまでも、小野山では雪が降り出しそうな雲の様子に見えることだなあ、のとおり。「小野山」は山城国の歌枕。炭の産地と雪深い土地という「小野」の属性が見事に組み合わされた詠作といえようか。

次に、3の詠は、『詞花集』に「大原に住みはじめけるころ、（橘）俊綱朝臣のもとへいひつかはしける」の詞書を付して載る、良暹《りょうせん》の作。詞書から「炭竈」の題は知られないが、第二句からそれと知られよう。歌意は、大原にはまだ住みなれず、炭竈のことも慣れていないので、わたしの家だけが煙りが絶えて侘《わ》び住《ず》まいをしているよ、のとおり。「大原」は山城国の歌枕。「炭竈」に「住み」を掛ける。良暹の旧房は有名だったらしく、源俊頼や西行法師らが立ち寄ったらしい。

最後に、４の詠は、『風雅集』に「遠炭竈といふことを」の詞書を付して載る、平貞時の作。詞書から「遠炭竈」の題と知られる。歌意は、炭竈から立ち昇る煙りだけを、あれが目的地だと眺めながら、まだ行き先までは遠い道程だなあ、と思う小野の山里であることよ、のとおり。まるで実詠歌の趣である。

以上、「炭竈」（炭焼きを含む）の題の諸種の場面を略述した。

i　「爐火」

冬部の次の歌題は「爐火」である。「爐火《ろくわ》」とは「いろり火」のこと。「爐」は、部屋の床を大きく四角に切って、防寒や煮炊きのために粗朶《そだ》などを焚くようにした設備。「爐火」はその中の「いろり火」「埋み火」。ちなみに、『和歌朗詠集』『堀河百首』では「爐火」の題の例歌（証歌）に「埋《うづ》み火」の歌語を用いているので、漢語の「爐火」を和語では「埋み火」と表現すると解せよう。なお、「爐火」の題の属性を表す用語と結題には、「埋み火」「寒夜爐火」「寒夜埋火」などがある。

さて、「埋み火」は炉の周辺まで暖気《だんき》が及ぶ趣を詠む。漢詩にも菅原文時によって、「この火《ひ》は花樹《くわしう》を讃《き》つて取れるなるべし　対《むか》ひ来《きた》つては夜もすがら春の情《こころ》あり」（『和漢朗詠集』原漢文）

と作られている。寒々とした寝覚めの床では、埋み火を掻《か》きおこして友とし、荒廃した家では、「板間から吹き入ってくる寒風に寝覚めしてしまう」などとも詠む。また、埋み火を自分の情念に事寄せて、必ずしも生きているわけではないけれども、心の底で思い悩んでいる述懐の心をも詠むものだ。物の数でもない我が身を、人から認知されないものの、世の中から消滅しにくい例にも事寄せて詠むことができるであろう。

「爐火」「埋み火」の題の例歌（証歌）には、次の五首を上げえよう。

1　埋み火のあたりは春の心地して散りくる雪を花とこそ見れ
（後拾遺集・冬・素意法師・四〇二）

2　なかなかに消えは消えなで埋み火のいきてかひなき世にもあるかな
（新古今集・冬歌・権僧正永縁・六八九）

3　埋み火をよそに見るこそあはれなれ消ゆれば同じ灰となる身を
（玉葉集・雑歌一・相模・二〇五六）

4　埋み火にすこし春ある心地して夜ぶかき冬をなぐさむるかな
（風雅集・冬歌・皇后宮大夫〈藤原〉俊成・八七九）

5　いかにせむ灰の下なる埋み火の埋もれてのみ消えぬべき身を

（同・雑歌上・〈源〉俊頼朝臣・一六一六）

まず、１の詠は、『後拾遺集』に「埋み火をよめる」の詞書を付して載る、素意《そい》の作。詞書から「埋み火」の題と知られる。歌意は、埋み火のある火桶《ひおけ》のあたりは春の気持ちがして、降り込んでくる雪を花と見ることだ、のとおり。「春の心地」は春を思わせる暖気。「散りくる雪」は見立てた花の縁で、「降る」を「散る」と表現した。本詠は『和漢朗詠集』の「爐火」の題で詠じられた、さきに引用した菅原文時の漢詩（三六四、現代語訳＝この炉に燃える火は、花の咲く樹をこすりあわせておこしたのであろう。だから、この火にあたっていると、一晩中春のような気分になるのだ）に依拠している。

次に、２の詠は、『新古今集』に「埋み火をよみ侍りける」の詞書を付して載る、永縁《えいえん》の作。詞書から「埋み火」の題と知られる。歌意は、今にも消えそうで、なまじ消えもしないで、といって埋めておいても甲斐のない埋み火にも似た、生きていても何の意味もない我が命であることだなあ、のとおり。「消えは」は、炭火の消えることと、我が身の死ぬことを掛ける。「いきて」は、埋み火のいけてあることと、我が身の生きてあることを掛ける。「埋み火」に寄せた述懐の詠作。

次に、３の詠は、『玉葉集』に「埋み火を」の詞書を付して載る、相模の作。詞書から「埋み火」の題と知られる。歌意は、灰に埋もれた炭火を、自分とは関係のないものとして見ている心の何とはかないことよ。我が身とて、死ねば炭火が消えてしまうのと同様に、灰になってしまうものであるのに、のとおり。我が身を炭火と同様に、無常な存在だと認識した詠歌。

次に、４の詠は、『風雅集』に「日吉社へ奉りける（五社）百首歌の中に、爐火を」の詞書を付して載る、藤原俊成の作。詞書から「爐火」の題と知られる。歌意は、埋み火のほのかなぬくもりに、少し春の気配のある感じがして、夜深い冬の寒さ、寂しさを慰めることだよ、のとおり。１の詠と同様に、『和漢朗詠集』の菅原文時の詠を踏まえたもの。

最後に、５の詠も『風雅集』に収載される歌だが、これは雑歌上に「爐火」の詞書を付して載る、源俊頼の作。歌意は、どうしたらよかろうか。灰の下に隠れて見えない埋み火のように、世に埋もれて目立つ働きもなく、このまま死んでしまうに違いないこの身を、のとおり。上句は「埋もれて」を導く序詞。

以上が「爐火」「埋み火」の題の概略である。

j　「五節」

冬部の次の歌題は「五節《ごせち》」である。「五節」とは、朝廷で、新嘗会《しんじょうえ》・大嘗会《だいじょうえ》に際して行われた一連の儀式。陰暦十一月の中の丑《うし》の日から辰《たつ》の日まで、四日間にわたって行われた。「五節」の題の属性を表す用語と結題には、「赤紐《あかひも》」「豊《とよ》の明かり」「天つ乙女」「小忌衣《をみごろも》」「五節舞姫」などがある。

さて、「五節」の起源は昔、天武天皇が吉野川のほとりで、琴を弾じておられた時に、天人が舞い降りてきて、言うことには、「乙女子が乙女さびすも唐玉《からたま》を乙女さびすもその唐玉を」（現代語訳＝若い女性がいかにも女性らしい振る舞いをするのは、まるで舶来の美しい玉が美と気高さを象徴するのと同じことだ）の歌を口にした。その天人の歌い舞う姿があまりにすばらしかったので、天皇はそれを踏襲《とうしゅう》して、後世の儀式になさったのであろう。これを「豊の明かりの節会」と名づけられたのだ。現在「舞ひ姫」というのは、昔の天人の姿を模倣しているわけだ。五節には、「豊の明かり」の輝かしい心を表現し、「乙女の袖振る姿」に昔を想起し、「挿《さ》し櫛《ぐし》の縁」に情愛を交し、「小忌衣の左肩から垂らした赤紐が解けて」乱れて揺らぐなか、舞姫が舞う様子が名残り惜しいなどの趣をも表現する。また、「日蔭《ひかげ》」という物がある。これは「日蔭の葛《かづら》」ともいい、「日蔭草」ともいう。新嘗会や大嘗会に、五節の舞姫が冠の笄《こうがい》に付ける装飾である。

「五節」の題の例歌（証歌）には、次の三首を拾えよう。

1　天つ風雲のかよひ路吹きとぢよをとめの姿しばしとどめむ

（古今集・雑歌上・良岑宗貞・七八二）

2　天つ空豊の明かりに見し人のなほ面影のしひて恋しき

（新古今集・恋歌一・前大納言〈藤原〉公任・一〇〇四）

3　小《を》忌衣《みごろも》結ぶ赤紐うちとけて乱れて遊ぶ雲の上人

（和歌題林抄・作者不詳）

まず、1の詠は、『古今集』に「五節の舞姫を見てよめる」の詞書を付して載る、良岑宗貞《よしみねのむねさだ》（遍昭）の作。詞書から「五節の舞姫」の趣の詠と知られよう。歌意は、天の風よ、雲が往来する天上の道を吹きとざしておくれ。美しく舞う天女たちの姿をもうしばらく留めておきたいから、のとおり。「をとめ」は、舞姫を天女に見立てたもの。

次に、2の詠は、『新古今集』に「左大将（藤原）朝光《あさみつ》、五節ノ舞姫たてまつりけるかしづきを見て、つかはしける」の詞書から「五節舞姫」の趣を詠じた歌と知られよう。歌意は、豊の明かりの節会《せちえ》で見た、天女のようなあなたの面影が、たまらなく恋しく思われることよ、のとおり。詞書の「かしづき」は、舞姫の世話役の童女。「天つ空」は、五節の舞姫を天女に喩える伝統から、「豊の明かり」の枕詞のように用いられた。

最後に、3の詠は、『和歌題林抄』収載の出典未詳歌だが、詠歌内容から「五節」の題と知られよう。歌意は、小忌衣に結んで左肩から垂らした赤紐が解けて、乱れながら揺らぐなか、ゆったりした心持ちで管弦に合わせて舞う、天女を思わせる五節の舞姫であることよ、のとおり。五節の舞姫の華麗な落ち着いた舞いの様子が印象的。

以上が華麗な舞いを展開する「五節」の題の概略だ。

k「臨時祭」

冬部の次の歌題は「臨時祭《りんじのまつり》」である。ところで「臨時祭」とは、本祭り以外に、臨時に行われた祭りをいい、陰暦十一月の下の酉《とり》の日に行われる賀茂神社の祭り、陰暦三月の中の午《うま》の日に行われる石清水《いはしみづ》八幡宮の祭り、陰暦六月十五日に行われる八坂《やさか》神社の祭りが各々、該当するが、この場合、冬部の歌題に属するので、賀茂神社の祭りを指す。「臨時祭」の題の属性を表す用語と結題には、「山藍《やまあゐ》の衣」「赤紐」「十列《とをづら》の馬《むま》」「御手洗川《みたらしがは》」「賀茂臨時祭」などがある。

さて、冬は賀茂の臨時祭である。山藍の袖の色を御手洗川に映し、雪が降ると、青摺《ず》りの竹の緑のような衣服を着て、舞人が天女のように立ち舞う姿に、有度浜《うどはま》に神女《しんによ》が降りてきた昔を偲ぶ心なども詠む。「天つ遊び」ということがあるのは、昔、有度浜に天女が降りてきて、舞いを舞った様子を記録しているからである。なお、石清水の臨時祭は三月にある。もしこの石清水の祭りを詠むならば、春の心をも詠み添え、御手洗川も加えて、「石清水男山《をとこやま》」とも詠むとよかろう。

「臨時祭」の題の例歌（証歌）には、次の四首を指摘できるであろう。

1　宮人のすれる衣に木綿《ゆふ》だすきかけて心を誰《たれ》に寄すらむ

（新古今集・神祇歌・紀貫之・一八七〇）

2　月さゆる御手洗川にかげ見えて氷りにすれる山藍の袖

（同・同・皇太后宮大夫〈藤原〉俊成・一八八九）

3　霧深き賀茂の河原に迷ひしや今日の祭りの始めなりけむ

（続古今集・神祇歌・関白前左大臣〈藤原実経〉・七〇七）

4　君見ずや桜山吹かざし来て神の恵みにかかる藤波

（同・同・藤原隆信朝臣・七〇八）

まず、1の詠は、『新古今集』に「臨時ノ祭をよめる」の詞書を付して載る、紀貫之の作。詞書から「臨時祭」の題と知られる。歌意は、山藍で摺った小忌衣に木綿だすきをかけて、神官は、いったい誰に心を寄せているのであろうか、のとおり。「木綿だすき」は「かけて」の有心《うしん》の序。

次に、2の詠も『新古今集』に収載される同巻の歌で、「文治六年女御（藤原任子）入内《じゅだい》の屏風に、臨時ノ祭かける所をよみ侍りける」の詞書を付して載る、藤原俊成の作。詞書から「臨時祭」の題と知られる。歌意は、月の光りがさえて澄んでいる御手洗川に、あたかも氷の上に模様を摺りつけたような、舞人の山藍衣の袖よ、のとおり。身のひきしまるような、冴えた陰暦十一月の夜気《やき》の中でおこなわれる賀茂臨時祭が印象的だ。

次に、3の詠は、『続古今集』に「賀茂臨時祭の心を」の詞書を付して載る、藤原実経《さねつね》の作。詞書から「賀茂臨時祭」の題と知られる。歌意は、昔、建角身命が霧の深い賀茂川の河原で迷ったのが、今日の賀茂祭りのはじめであったのであろうか、のとおり。八咫烏《やたがらす》に化した建角身《たけつのみの》命《みこと》が神武天皇の前駒をして、大和から移って山城の国の岡田の賀茂に来たことを指す『古事記』の記述を踏まえて「霧深き」と表現した。

最後に、4の詠も『続古今集』に収載される歌だが、「同じ（賀茂）臨時祭の使勤めて侍りける時、年ごろ舞人の加陪従《かべいじゅう》などをしけることを思ひ出でて、神主（賀茂）重保に言ひつかはしける」の詞書を付して載る、藤原隆信の作。詞書から「賀茂臨時祭」の題と知られる。歌意は、あなたは、ご覧になりましたよねえ。数年来、舞人の加陪従を勤めさせていただいて、桜と山吹をかざして来て、神の恵みで掛かる藤波のような、こんな光栄に浴した幸福な藤原氏のわたしを、のとおり。詞書の「加陪従」は、臨時祭に、舞人とともに参向《さんこう》して、琴を弾じ笛を吹き歌いなどして奉仕する、地下《じげ》の楽人の定員外に臨時に加えられた者。藤原氏である詠歌作者の隆信が自分自身を「藤波」に喩えて、賀茂神社の重保に誇示《こじ》した詠作。

以上が「臨時祭」（賀茂）の題の概略である。

―「仏名」

冬部の次の歌題は「仏名《ぶつみやう》」である。「仏名」とは、朝廷や諸国において、毎年十二月に三夜の間、前世（過去）・現世（現在）・来世（未来）の三世《さんぜ》の諸仏一万三千の名号《みょうごう》を唱え、一年の罪障《ざいしょう》を懺悔《ざんげ》し、滅罪生善《めつざいしょうぜん》を祈願する仏名会《え》のこと。

さて、御名《みな》を唱えることがある。その歳の内に積った罪障も、三世の仏の御名を唱える声を聞くと、現下に全部消滅してしまうという趣などを詠むものだ。また、公卿の名対面《なだいめん》なども、この時にあるようだ。

「仏名」の題の例歌（証歌）には、次の三首を指摘できよう。

1　あらたまの年も暮るればつくりけむ罪も残らずなりやしぬらむ

（和漢朗詠集・冬・作者不詳・三九五）

2　数《かぞ》ふればわが身に積もる年月をおくりむかふと何いそぐらむ

（拾遺集・冬・平兼盛・二六一）

3　唱へつる三世《みよ》の仏をしるべにておのれもなのる雲の上人

（玉葉集・冬歌・前大納言〈藤原〉為家・一〇二四）

まず、１の詠は、『和漢朗詠集』の「仏名」の題を付して載る、平兼盛の作とされるが、実は作者不詳の詠。歌意は、年が暮れると、仏名を唱えて懺悔するので、その年につくった罪障は残らず消えてしまうであろう、のとおり。典型的な仏名歌である。

次に、２の詠は、『拾遺集』に「斎院の屛風に、十二月つごもりの夜」の詞書を付して載る、平兼盛の作。詞書から「仏名」の題は知られないが、『和漢朗詠集』では本詠を「仏名」の題の例歌にしている。歌意は、数えてみれば、我が身に年月を積み重ねるだけのことなのに、今年を送り新年を迎えるといって、何を準備しているのであろう、のとおり。『拾遺集』では「歳暮《せいぼ》」の主題を把握できるが、そのようなあわただしい中に、「仏名」の趣意を見出している『和漢朗詠集』の編纂方針を支持したいと思う。

最後に、３の詠は、『玉葉集』に「仏名をよみ侍りける」の詞書を付して載る、藤原為家の作。詞書から「仏名」の題と知られよう。歌意は、御名を唱え続けた、三世の仏たちを先導にして、自分自身も名告りをあげる、殿上人《てんじょうびと》たちよ、のとおり。「おのれもなのる」は、仏名会が終わると引き続いて、参列の廷臣らが名謁《みょうえつ》を行うことをいう。年末の宮中における荘厳《そうごん》な宗教行事がリアルに把えられている。

以上が年末のあわただしい状況で行われる「仏名」の題の概略である。

m「歳暮」

冬部の最後は「歳暮《せいぼ》」の歌題である。年の暮れ。年末。「歳暮」の題の属性を表す用語と結題には、「ゆくとし」「としの暮れ」「としなみ」「雪中歳暮」「海辺歳暮」「歳暮澗水」「歳暮忙」「歳暮急」「旅歳暮」「羇中歳暮」「閑中歳暮」「歳暮述懐」「老後歳暮」「惜歳暮」などがある。

さて、年が一巡して戻ってくると、身に添う年ではあるけれど、やはり暮れてゆく年は惜しまれるという趣を感じさせる。年老いた我が身には他人以上に歎いたり、春が巡ってくるのは嬉しいのだけれど、年が加わることは嘆かわしく、貴賤《きせん》に関係なく平等に身に積もるはずの年だとも認識せず、古年《ふるどし》を送り新年を迎えるといって、何かと新年の準備にあわただしい年末風景を頼りなく思ったり、暮れて行く年の道程が迷うくらい雪も降ってほしいものだと願ったり、門松《かどまつ》を切る職人が往来する姿も、新春の近づいていることに、改めて気づくことだ。「除夜」というのは晦日《みそか》のことだ。今晩寝ると、翌日には年が添うことを思い、年が明けると、はやくも新年を祝わなければならないけれども、この夜だけは歳暮の名残りをなつかしむ心などを詠まねばなるまい。

「歳暮」の題の例歌（証歌）には、次の五首を上げることができよう。

1　行く年の惜しくもあるかなます鏡見る影さへにくれぬと思へば
（古今集・冬部・紀貫之・三四二）

2　ゆき積もるおのが年をば知らずして春をば明日《あす》と聞くぞうれしき
（拾遺集・冬・源重之・二六二）

3　数ならぬ身にさへ年の積もるかな老は人をもきらはざりけり
（詞花集・冬・成尋法師・一五九）

4　惜しめどもはかなく暮れてゆく年のしのぶ昔にかへらましかば
（千載集・冬歌・源光行・四七三）

5　かへりては身に添ふものと知りながら暮れゆく年をなに慕ふらむ
（新古今集・冬歌・上西門院兵衛・六九二）

まず、1の詠は、『古今集』に「『歌奉れ』と仰せられし時に、よみて奉れる」の詞書を付して載る、紀貫之の作。詞書から「歳暮」の題は知られないが、初・二句からそれと知られよう。歌意は、立ち去って行く年が惜しく思われることだなあ。澄んだ鏡に映るわたしの姿までが、年が暮れるとともに、老いじみてくるように感じられるので、のとおり。「くれぬ」には、年が暮れる、我が身が年老いて鏡に映る姿も暗くぼんやりしてくる、の両意を込めている。本詠は、一年の過ぎ行く経過に老いの歎きを重ね合わせる「歳暮」の題の典型的発想のもの。

次に、2の詠は、『拾遺集』に「(冷泉院) 百首歌の中に」の詞書を付して載る、源重之の作。詞書から「歳暮」の題は知られないが、第四句からそれと知られよう。歌意は、どんどんと雪のように重ね積もる、自分自身の年をも気がつかずに、新春が明日やって来ると聞くのは嬉しいことだ、のとおり。「ゆき」に、「行き」と「雪」を掛ける。年を取るのに、新年をいそいそと待ち迎える人情の矛盾《むじゅん》を詠じたもの。

次に、3の詠は、『詞花集』に「歳暮の心をよめる」の詞書を付して載る、成尋《じょうじん》の作。詞書から「歳暮」の題と知られる。歌意は、人並みでもない我が身にまでも年は積もることだ。ということは、老いは人を分け隔てしないものであったのだなあ、のとおり。世間の人が我が身を避けるようには、老いは避けてくれないという歎きの詠作。

次に、4の詠は、『千載集』に「歳暮ノ述懐といへる心をよめる」の詞書を付して載る、源光行の作。詞書から「歳暮述懐」の題と知られる。歌意は、いくら惜しんでもむなしく暮れて行く年が、春が立ち返るように、懐かしく思う昔に立ち返ってくれるならば、どんなにか嬉しいものであろうになあ、のとおり。歳暮を迎えた人の、もはや呼び戻すことのできない、過ぎ去ったよき日の思い出を回想する心情が伝わってくる。

最後に、5の詠は、『新古今集』に「年の暮れによみ侍りける」の詞書を付して載る、上西《じょうさい》門院兵衛《もんいんのひょうえ》の作。詞書から「歳暮」の題と知られる。歌意は、過ぎて行く年は一巡して、一つ齢《よわい》を加えるものだとは知っていながら、暮れて行く年のあとを人は何故に慕うのであろうか、のとおり。「かへりて」に、「(年立ち)返りて」と「却って」の意を掛ける。老いを意識しはじめた女の述懐歌。

以上が「歳暮」の題の概略である。これで、冬部の歌題についてはほぼ略述しえたので、次には、恋部の歌題について言及していきたいと思う。

(E) 恋部の歌題から

春部から冬部までの、いわゆる「自然」にかかわる歌題については、おおよそ以上のとおりだが、それでは「自然」の題の対極にある「人事」にかかわる歌題については、いかがであろうか。

ところで、人事にかかわる部立については、和歌の世界においては、男女の恋愛を扱った「恋部」と、それを除いた人間生活のほとんどを扱った「雑部《ぞうぶ》」の二部に、大要は分類される。このうち、恋部では、恋の諸相を、恋愛の進行に従って時系列で配列するが、それは恋の成《じょう》就《じゅ》を中核として、その前後の様相を複雑多岐《たき》に叙述している。ちなみに、その内実は、恋が成就したときの歓喜の詠歌はほとんどなく、むしろ成就以前の逢うことの叶わない思慕、煩悶《はんもん》の歌、成就後の別離の苦衷《くちゅう》、悲哀の歌が各々、多数を占めているというのが実態である。

これらのことが、「人事」のうちの恋部の属性だと認識して、以下、具体的に「恋部」の歌題の叙述に及ぼうと思う。なお、恋部の場合、歌題数がほかの部立に比して少ないので、『増補和歌題林抄』が増補して解説を付加している「待恋」「聞恋」「見恋」「尋恋」「祈恋」「契恋」「別恋」「名立恋」「忘恋」の九題についても論述を試みておきたいと思う。

a 「後朝恋」

恋部の歌題として最初に登場願うのは「後朝恋《きぬぎぬのこひ》」の題である。「後朝」とは、男女が共寝をして過ごした翌朝、また、その朝をいう。この恋は愛する者同士にとって一時の別れがつらく悲しいので、しばしば「涙」や「泣く」という言葉を伴って詠まれる。「後朝恋」の題の属性を表す用語と結題には、「帰るさ」「きぬぎぬ」「暁起き」「あかぬ別れ」「袖の別れ」「七夕後朝」などがある。

さて、「後朝恋」には、夜の間に乾いた袖に、一番鶏《どり》の鳴き声を聞いて涙を絞《しぼ》り、晴れない心の闇ではあるけれども、暁にはまた、心を悲しみに暗くして、風の吹く野辺の草葉が立ち上がりにくいように、起き上がりたくないので流す涙に濡れそぼち、帰らねばならない苦しさのために、共寝のために床に伏したことさえ悔しく思われて、帰る途次《とじ》に見上げた空に、有明《ありあけ》の月が冷たく残っているのを恨み、暁のもと道芝に置いた露を分けて歩きはじめた途端《とたん》に、口を袂《たもと》で覆ってむせび泣き、花色に染めた袖の色は、その持ち主よりも先に色あせてしまい、山の端《は》が明るくなる空に、ぼんやり光りを放っている月の光りも、折りが折りだけに、心細く感じられるという趣などを詠むのがよかろう。

「後朝恋」の題の例歌（証歌）には、次の五首を指摘できようか。

1　しののめのほがらほがらと明けゆけばおのがきぬぎぬなるぞ悲しき
（古今集・恋歌三・読人不知・六三七）

2　朝戸開けてながめやすらむ織女《たなばた》の飽かぬ別れの空を恋ひつつ
（拾遺集・雑秋・〈紀〉貫之・一〇八四）

3　明けぬれば暮るるものとは知りながらなほうらめしき朝ぼらけかな
（後拾遺集・恋二・藤原道信・六七二）

4　天の川心をくみて思ふにも袖こそ濡るれ暁の空
（千載集・秋歌上・土御門右大臣〈源師房〉・二四一）

5　明けぬれどまだきぬぎぬになりやらで人の袖をも濡らしつるかな

（新古今集・恋歌三・二条院讃岐・一一八四）

まず、1の詠は、『古今集』に「題知らず」の詞書を付して載る、読人不知歌。詞書から「後朝恋」の題は知られないが、第四句からそれと知られようか。歌意は、東の空が白くなり、ほのぼのと空が明けてゆくと、それぞれ自分の着物を身につけて別れなければならないのが、実に悲しいことであるよ、のとおり。「おのがきぬぎぬなるぞ」は、ひとつの衣を着て共寝をしていたのに、お互いに自分の衣を着るようになることを、意味している。情と景を一体化し、言葉の美しさを見事に統括《とうかつ》している。

次に、2の詠は、『拾遺集』に「七夕ノ後朝、躬恒がもとに遣《つか》はしける」の詞書を付して載る、紀貫之の作。詞書から「七夕後朝」の題と知られる。歌意は、朝になって戸を開けて、もの思いにふけっているのであろうか。織女《しょくじょ》星は、飽き足りない思いで別れた、牽牛《けんぎゅう》星の立ち去った後の空を、恋い慕いながら……、のとおり。牽牛星を恋慕《れんぼ》する織女星の心情に寄せて、貫之の躬恒への友情を詠じたもの。

次に、3の詠は、『後拾遺集』に「女のもとより雪降り侍りける日帰りてつかはしける」の詞書を付して載る、藤原道信の作。詞書から「後朝恋」の題は知られないが、詠歌の内容から「後朝恋」の趣は知られよう。歌意は、夜が明けてしまえばいずれは暮れるものと分かってはいるものの、それでもやはり、明ければ帰らなければならないので、恨めしく思われる朝ぼらけであることよ、のとおり。『小倉百人一首』に載る、人口《じんこう》に膾炙《かいしゃ》したおなじみの詠歌。

次に、4の詠は、『千載集』に「七夕ノ後朝の心をよみ侍りける」の詞書を付して載る、源師房《もろふさ》の作。詞書から「七夕後朝」の題と知られよう。歌意は、天の河辺の二星の心を思いやるにつけて、我が袖の濡れることだ。暁の別れの時が至った空を見上げると、のとおり。七月七日の星合《ほしあい》の翌日の、二星の名残り惜しさへの哀感を主情とするが、詠歌作者は暁の露にも濡れているわけだ。

最後に、5の詠は、『新古今集』に「二条院御時、暁帰りなむとする恋といふことを」の詞書を付して載る、二条院讃岐《さぬき》の作。詞書から「暁別恋」と知られようが、第二句から「後朝恋」の題とも解されよう。歌意は、夜はすでに明けてしまったが、まだ起き別れきれず、わたしの涙であの人の袖までも濡らしてしまったことだ、のとおり。夜明け前のほの暗い頃に別れて帰途につかなければならないのに、太陽が昇るまでぐずぐずして別れがたい男の心情がよく出ている。

以上が「後朝恋」の題が切り拓く、この題特有の恋の諸相についての概略だ。

b　「旅恋」（旅宿恋）

恋部の次の歌題は「旅恋《たびのこひ》」（旅宿恋）である。「旅宿恋」とは、故郷を離れ、露の置く野辺や粗末な庵で独り寝する寂しさや心細さを、露・時雨《しぐれ》・風の音・虫の声・草枕など、孤独感を助長する景物に託して詠むのが一般的である。「旅宿恋」（旅恋）の題の属性を表す用語と結題には、「旅の恋」「旅寝」「旅泊」「旅宿恋」「旅宿逢恋」などがある。

さて、草を引き結んで寝る旅の仮りの枕は、寝る人の恋の秘密を知っているというので、遠慮されたり、東国の野を分けて濡れたままの衣に、悲しみの紅涙の色を添え、慰められるはずの野山ではあるけれども、恋のもの思いのためには旅寝もその甲斐がなく、旅衣のままのごろ寝の旅先の夜は、衣を裏返して寝る必要もないことを思い、松の根を枕にして寝た夢も嵐に破れ、名残り惜しさに袖を絞って泣き、宇津の山越えには現実にも夢にも人に会わないので、都への伝言さえもできないと歎き、都の情報をもたらしてもくれない都鳥を恨んだり、阿武隈川《あぶくまがわ》を渡っても、逢うこともできないなどの趣を、「旅宿恋」では表現するようだ。

「旅恋」（旅宿恋）の例歌（証歌）には、次の五首を上げえよう。

1　見せばやな君しのび寝の草枕玉ぬきかくる旅の気色を

（金葉集二奏本・恋部上・摂政左大臣〈藤原忠通〉・四〇五）

2　恋しさを妹《いも》知るらめや旅寝して山のしづくに袖濡らすとは
（同・恋部下・修理大夫〈藤原〉顕季・四八二）

3　わびつつも同じみやこは慰めき旅寝ぞ恋のかぎりなりける
（詞花集・恋上・隆縁法師・二一〇）

4　旅衣涙の色のしるければ露にもえこそかこたざりけれ
（千載集・恋歌三・僧都覚雅・七九一）

5　難波江の蘆《あし》のかりねの一夜ゆゑ身をつくしてや恋ひわたるべき
（同・同・皇嘉門院別当・八〇七）

まず、1の詠は、『金葉集』（二奏本）に「旅宿ノ恋の心をよめる」の詞書を付して載る、藤原忠通の作。詞書から「旅宿恋」の題は知られる。歌意は、見せたいものだなあ。あなたを偲ぶ旅寝の草枕には、涙の玉が貫きかかっている、そのようなこの旅の様子を、のとおり。「玉ぬきかくる」は、旅宿での恋人を思う涙が露のように草の枕にかかり、その様子を玉が貫くと見立てたもの。その点、技巧がよく凝《こ》らされている。

次に、2の詠も『金葉集』（二奏本）に収載される歌だが、「旅宿ノ恋といへることをよめる」の詞書を付して載る、藤原顕季《あきすえ》の作。詞書から「旅宿恋」の題は知られる。歌意は、わたしの恋しく思う気持ちを妻は知っているのであろうか。旅寝をして山の雫《しずく》に袖を濡らすように、涙で袖を濡らしているのだとは、のとおり。「山のしづく」など、万葉表現に依拠して『万葉集』の羇旅《きりょ》歌を想起させる詠作である。

次に、3の詠は、『詞花集』に「左衛門督《さゑもんのかみ》（藤原）家成《いへなり》が津の国の山庄にて、旅宿ノ恋といふことをよめる」の詞書を付して載る、隆縁《りゅうえん》の作。詞書から「旅宿恋」の題は知られる。歌意は、どうしようもなく辛い思いをしながらも、あの人と同じ都にいる時は、一緒にいることで辛い心を慰めていたのであったよ。だが、その都を離れた旅の空の独り寝こそが、実は悲しい思いの極限であったのだなあ、のとおり。「旅宿恋」の世界の典型的な描出の例歌。

次に、4の詠は、『千載集』に「旅の恋の心をよめる」の詞書を付して載る、覚雅《かくが》の作。詞書から「旅恋」の題と知られる。歌意は、我が旅衣には紅涙《こうるい》の色がそれとはっきりと認められるので、露に濡れたためだと口実にすることはできないことだよ、のとおり。紅涙ゆえに露のせいにできない、恋人への切ない気持ちを抱いて歩む恋路の描写が興趣深い。

最後に、5の詠も『千載集』に収載される歌だが、「（藤原兼実）摂政右大臣の時の家歌合に、旅宿に逢ふ恋といへる心をよめる」の詞書を付して載る、皇嘉門院別当《こうかもんのいんのべっとう》の作。詞書から「旅宿逢恋」の題と知られる。歌意は、難波江の蘆の刈り根の一節《ひとよ》ではないが、ただ一夜の短い旅の仮り寝のために、この身をささげ尽くして、ひたすら恋い続けなければならないのであろうか、のとおり。「蘆のかりねの一夜ゆゑ」のうち、「かりね」に「仮り寝」と「刈り根」を、「一夜」に「一節《よ》」を各々、掛ける。「身をつくし」に「澪標《みをつくし》」を掛ける。『百人一首』のおなじみの詠歌。

以上、「旅恋」（旅宿恋）の題の概略について叙述した。

c 「思（ひ）」（思ふ恋）

恋部の次の歌題は「思（ひ）」である。思慕。自分自身の心の中で恋い焦がれる心情。特定の相手を対象とする「恋」に対して、その導火線となるべき心の下燃えの状態をいう。また、漠然とした心の憂《うれ》いを表すこともある。「思（ひ）」の題の属性を表す用語と結題には、「思ふ」「思恋」「相思」「初疎後思恋」などがある。

さて、「思（ひ）」というのは、人を思う愛情の深さを詠むのである。ただし、もの思いをしているように詠んでいる詠歌もある。この場合には、恋の歌とはそれほど関係はない。なお、「片思ひ」という題では、先に触れた人を思う愛情の点で不都合ではなかろうかとも思われるが、このあたりのことは一様には決めにくいようだ。また、恋をしている身には、安積《あさか》の沼《ぬま》にこと寄せて、逢っている一方で、恋しく思うという趣を表現したり、「水に白波が繰り返し立つように、繰り返し立ち戻ってあなたに逢いたいと思うのだが、それでも飽きたりない思いだ」

とも表現し、夏衣の単衣《ひとえ》ではないが、わずかの隔たりさえも物足りないと思ったり、長い秋の夜の千夜を一夜に短縮して、逢って交わす睦言《むつごと》は尽きがたく思われ、恐ろしい虎が伏している野辺であっても、危険を顧みずに出かけて共寝をしようと思ったり、日本の吉野山ではなく、中国の吉野山であっても、人後《じんご》に落ちずに追いかけていくと思ったり、比翼《ひよく》の鳥と連理《れんり》の枝の喩えのように、永遠の愛情で結ばれる契りを、わきまえ知らねばならないという趣をも詠むものだ。

「思（ひ）」（思ふ恋）の題の例歌（証歌）には、次の四首を指摘できよう。

1　山科《やましな》の木幡《こはた》の里に馬はあれど徒歩《かち》よりぞ来る君を思へば
（拾遺集・雑恋・〈柿本〉人麿・一二四三）

2　ひとり寝《ぬ》る我にて知りぬ池水につがはぬ鴛鴦《をし》の思ふ心を
（千載集・恋歌三・大納言〈藤原〉公実・七八七）

3　いまさらに恋しといふも頼まれずこれも心のかはると思へば
（同・恋歌四・二条院讃岐・八九一）

4　思ひあらば葎《むぐら》の宿に寝もしなむひじきものには袖をしつつも
（伊勢物語・第三段・男・四）

まず、１の詠は、『拾遺集』に「題知らず」の詞書を付して載る、柿本人麿の作。詞書から「思（ひ）」の題は知られないが、第五句からそれは想定されよう。歌意は、山科の木幡の里に馬はあるけれども、わたしは歩いてやってきたよ。あなたのことを、深く心に思っているので、のとおり。「山科の木幡の里」は山城国の歌枕。「馬はあれど徒歩よりぞ来る」というのは、『俊頼髄脳』に「心ざし（愛情）を見せむと詠める歌」とあるのが示唆《しさ》を与えるが、それとともに、馬を利用すると、足音で二人の仲が知られるので、それを憚《はばか》って徒歩で来たというわけもあるのだ。

次に、２の詠は、『千載集』に「堀河院御時百首歌たてまつりける時、恋の心をよめる」の詞書を付して載る、藤原公実の作。詞書から「恋」の題と知られるが、第五句から「思（ひ）」の題は想定されようか。歌意は、自分がひとり寝をしてわかったことだ。池水で浮き寝をする番《つが》いでない鴛鴦がつらく思う心を、のとおり。「つがはぬ鴛鴦」とは、独り寝のわびしさをいう。したがって、本詠は鴛鴦に託して我が独り寝のわびしさをかこっているわけだ。

次に、３の詠も『千載集』に収載される歌だが、「初《メ》疎《ク》後思《フ》恋といへる心をよめる」の詞書を付して載る、二条院讃岐の作。詞書から「初疎後思恋」の題と知られる。歌意は、今になってことさらに恋しいといってきても、頼みには思われないよ。今度もまた、あなたの心が以前と同様に変ると思うと、のとおり。歌題は、「初めは疎遠であったのに、のちに恋心に変ったという恋」の意。「これも」は「恋しいと思ってきたことも」の意。男性を信じがたい女性の恋の悩みが、その内容。

最後に、４の詠は、『伊勢物語』の第三段に載る、男の作。初句から「思（ひ）」の題は知られよう。歌意は、わたしを思う愛情があるならば、荒れた家でも満足だ。わたしはあなたと二人、袖を重ね引き敷いて、心あたたかにそこで共寝をするつもりだよ、のとおり。「葎の宿」は、むぐらの生い茂るあばら屋。「ひじきもの」は「引敷物」と「ひじき藻《も》」を掛ける。ちなみに、本詠の贈り主は二条の后高子《たかいこ》。

以上が「思（ひ）」（思ふ恋）の歌題の概略である。

d　「片思ひ」

恋部の次の歌題は「片思ひ」である。「片思ひ」とは、片方だけが、相手を一方的に恋しく思っていること。片恋い。「片思ひ」の題の属性を表す用語と結題には、「片恋ひ」「かたおもひ」「かたもひ」「互片思恋」などがある。

さて、「片思ひ」の題では、相手を思わないのが性癖になって、相手も此方《こちら》の愛情を感じないのかと想像をしたり、苫《とま》で葺《ふ》いた漁師の粗末な小屋を見ても、相手がともに心を合わせて作業していることを恨んだり、いつも袖ばかりが濡れて、流れる水に数を書くことをはかなく思ったり、「あはびの貝の片思ひ」を引いて不平を言うにつけても、相手の強情《ごうじょう》な心を恨んだり、「共寝に敷いて寝るこの陸奥の十編《とふ》の菅薦《すがごも》の七筋までも敷き置いて提供するけれども、相手は身さえも許さない」などの趣をいうのだ。

「片思ひ」の題の例歌（証歌）には、次の五首を指摘できようか。

1　伊勢の海人《あま》の朝な夕なに潜《かづ》くといふあはびの貝の片思《かたも》ひにして
（万葉集・寄物陳思・作者不記・二八〇八）

2　片思《かたおも》ひを馬荷《うまに》ふつまに負《お》ほせ持《も》て越辺《こしへ》に遣《や》らば人かたはむかも
（万葉集・有由縁と雑歌・大伴氏坂上郎女・四一〇五）

3　風吹けばよそになるみの片思ひおもはぬ波に鳴く千鳥かな
（新古今集・冬歌・藤原秀能・六四九）

4　うき身をばわれだに厭《いと》ふ厭へただそをだに同じ心と思はむ
（同・恋歌二・皇太后宮大夫〈藤原〉俊成・一一四三）

5　われぼかりつらきをしのぶ人やあるいま世にあらば思ひあはせよ
（同・恋歌三・入道前関白太政大臣〈藤原兼実〉・一二二一）

まず、1の詠は、『万葉集』に「寄物陳思の歌三百二首」の題詞を付して載る、作者不記の歌。題詞から「片思ひ」の題は知られないが、下句からそれと知られよう。歌意は、伊勢の海人が朝な夕なに潜って捕るという、あわびの貝のように、わたしはいつも片思いのままで、のとおり。第四句までが「片思ひ」を導く序詞。あわびの貝が片思いと結びついた早い用例。

次に、2の詠も『万葉集』に収載される歌だが、「姑大伴氏坂上郎女《をばおほとものうぢさかのうへのいらつめ》の、越中守大伴宿祢家持に来贈《らいぞう》せし歌二首」の題詞を付して載る、作者不記の歌。題詞から「片思ひ」の題は知られないが、初句からそれと知られよう。歌意は、片思いを馬荷としてごっそりと荷わせて、越中の方へ遣わしたら、片方に心を寄せるであろうか、のとおり。越中への使いの馬にこと寄せて積年の恋慕《れんぼ》の重みを表現したもの。

次に、3の詠は、『新古今集』に「最勝四天王院の障子に、鳴海《なるみ》の浦かきたる所」の詞書を付して載る、藤原秀能《ひでとう》の作。詞書から「片思ひ」の題は知られないが、第三句からそれと知られよう。歌意は、鳴海潟では、風が吹くと番《つが》いも離れ離れになって、思いもかけなかった波間で鳴いている、その千鳥よ、のとおり。詞書の「鳴海の浦」は尾張国の歌枕。「なるみ」に「なる身」と「鳴海」を掛ける。「片思ひ」に「潟《かた》思ひ」を掛ける。恋部に配列される本詠だが、歌題に応じて、風にもてあそばれる「千鳥」と「鳴海の浦」との関係を、恋歌の趣向で結合させた詠作。

次に、4の詠も『新古今集』に収載される歌だが、「片思ひの心をよめる」の詞書を付して載る、藤原俊成の作。詞書から「片思ひ」の題は知られる。歌意は、この拙《つた》ない我が身をわたし自身忌《い》まわしく思っているよ。どうか思うままに厭うてください。せめてそのことだけでもあなたと同じ心だと思って慰めようと思うから、のとおり。「うき身」は恋い慕う自分の業《ごう》を憐れんでいったもの。必ずしも恋の技巧を述べたのではなく、真率《しんそつ》な述懐を表出したものであろう。

最後に、5の詠も『新古今集』に収載される歌だが、「片思ひの心を」の詞書を付して載る、藤原兼実の作。詞書から「片思ひ」の題と知られる。歌意は、わたしくらいあなたのつらい仕打ちに堪えている人があるでしょうか、けっしてないだろうと思う。わたしは堪え切れないでもう死ぬが、もしあなたがこの先生き続けていられるなら、そのことを、どうぞご理解くださいよ、のとおり。片思いに堪えかねて死ぬ人が、つれない恋人に残した恨み言という設定である。

以上が相手にわかってもらえない、此方《こちら》の側の内奥《ないおう》を描出した「片思ひ」の題の概略である。

e　「恨み」（恨恋）

恋部の次の歌題は「恨み」（恨恋）である。相手に対する激しい憤怒《ふんぬ》や遺恨《いこん》を表すというよりも、此方が望まない状態の相手に不満の意を表すことで、望ましい状態の実現・回復を図ろうとする意味合いで用いるようだ。ちなみに、「恨み」は『古今六帖』『堀河百首』など「恋」題に属するが、『六百番歌合』では「恨恋」とする。「恨み」（恨恋）の題の属性を表す用語と結題には、「恨む」「真葛《まくず》が原」「石見《いはみ》潟」「互恨恋」「人伝恨恋」「恨人恋」「恨身恋」「恨絶恋」「欲絶恨恋」「恨不逢恋」「恨後絶恋」「月前恨恋」「寄月恨恋」「寄草恨恋」などがある。

さて、「石見潟」にこと寄せて、人の心の「荒磯」を思ったり、心を砕く波を頼りなく思い、真葛が原を吹く朝風に葛の葉が裏返るように、恨みの心の色を表し、恨み心からこぼれる涙を袖にかけたり、浦が見たい（恨みたい）とばかりいうので、おまえは漁師の住む里の案内人かと言われたり、雪が積もっている松の緑の色に喩えたり、ひどくつらいあまりに、今は恨んでいるともあなたに見られまいと我慢《がまん》もして、つらいという言葉も尽きて、何と表明したらいいのか、言いようもない心の内を涙にむせび、我が身の運命の拙《つた》なさを認識もせず、他人の恨む心を不如意《ふにょい》だなどとも表現するようだ。

「恨み」（恨恋）の題の例歌（証歌）には、次の七首を拾うことができよう。

1　海人《あま》の住む里のしるべにあらなくにうらみむとのみ人のいふらむ
（古今集・恋歌四・小野小町・七二七）

2　秋風の吹き裏返す葛の葉のうらみてもなほ恨めしきかな（同・恋歌五・平貞文・八二三）

3　明日知らぬ我が身なりともうらみ置かむこの世にてのみ止《や》まじと思へば
（拾遺集・恋二・〈大中臣〉能宣・七五五）

4　恨むとも今は見えじと思ふこそせめてつらさのあまりなりけれ
（後拾遺集・恋二・赤染衛門・七一〇）

5　思はむとたのめし人の昔にもあらずなるとの恨めしきかな
（金葉集二奏本・恋部下・権僧正永縁・四三〇）

6　恨みずは忘れぬ人もありなまし思ひ知らでぞあるべかりける
（千載集・恋歌五・隆源法師・九一六）

7　つらからばしたはじとこそ思ひしか我さへかはる心なりけり
（続古今集・恋歌四・後二条院権大納言典侍・一七二〇）

まず、1の詠は、『古今集』に「題知らず」の詞書を付して載る、小野小町の作。詞書から「恨み」の題は知られないが、第四句からそれと知られよう。歌意は、わたしは漁師の住む里の道案内人でもないのに、どうして人は浦が見たい、恨みたいとばかり言うのだろうか、のとおり。「うらみむ」に「浦見む」と「恨みむ」を掛ける。こんなにも愛しているのに、あの人はわたしの気持ちも知らないで、という詠歌主体のいじらしい心が興趣深い。

次に、2の詠も『古今集』に収載の歌だが、これも「題知らず」の詞書を付して載る、平貞《さだ》文《ふん》の作。詞書から「恨み」の題は知られないが、下句からそれと知られよう。歌意は、秋風が吹いて裏返す葛の葉のように、わたしを飽いて急に態度を変えて去って行ったあの人のことを思うと、いくら恨んでもやはり恨み切れないことだ、のとおり。第三句の「葛の葉の」までが「うらみ」を導く序詞。詠歌主体の心変わりした後の心境の表出。

次に、3の詠は、『拾遺集』に「懸想《けさう》し侍りける女の、五月夏至《げし》日なりければ、疑ひなく思ひたゆみてもの言ひ侍りけるに、親しきさまになりにければ、いみじく恨みわびて、後に、さらに逢はじと言ひ侍りければ」の詞書を付して載る、大中臣能宣《よしのぶ》の作。詞書の趣旨は、「思いを懸けていた女性がいたが、その日は外出を控えなければならない夏至の日だったので、逢いに出向かなかったところ、その女性がひどく恨み悲しんで、今後はもう逢いたくないと言ってきたので」という程度。詞書から「恨み」の題は知られるが、第三句からもそれは知られよう。歌意は、無常の世の中にあって、明日の命も計り知れない我が身ではあるが、やはりあなたの態度に対しては、一言《ひとこと》恨み言をいっておこうと思う。わたしのあなたへの愛情は、はかない現世だけで終わるものではなく、来世までも続くものだと思っているので、のとおり。来世までの契りを持ち出して、相手の女性の機嫌《きげん》を取る少々オーバーな詠歌。

次に、4の詠は、『後拾遺集』に「右大将（藤原）道綱久しく音せで、など恨みぬぞと言ひ侍りければ、娘に代りて」の詞書を付して載る、赤染衛門《あかぞめえもん》の作。詞書の「など恨みぬぞ」や初句などから「恨み」の題は知られよう。歌意は、今は恨んでいるとも、あなたに見られまいと思うのは、ひどくつらいあまりのことであったのです、のとおり。『赤染衛門集』によれば、彼女の娘が道綱の邸に仕えているうちに、道綱の愛情を受けるようになったが、深くは愛されなかったようで、母の赤染衛門が娘に代ってしばしば恨みの歌を贈っていた由。

次に、5の詠は、『金葉集』（二奏本）に「奈良の人びと百首歌よみ侍りけるに、恨みの心をよめる」の詞書を付して載る、永縁《えいえん》の作。詞書から「恨み」の題は知られる。歌意は、大切な御方にしようとあてにさせてくれた人が、昔とはまるっきり打って変ってしまったことが恨めしく思われることだ、のとおり。「なると」に「成ると」と「鳴門」を掛ける。詞書の「奈良の人びと」は興福寺《こうふくじ》関係の僧侶歌人たちで、「奈良花林院歌合」などの作者などか。

次に、6の詠は、『千載集』に「堀河院御時百首歌たてまつりける時、恨の心をよめる」の詞書を付して載る、隆源《りゅうげん》の作。詞書から「恨」の題と知られる。歌意は、もし相手を恨まなかったとしたら、わたしのことを忘れないでいてくれる人もあったであろうに。そうとわかっていたら、相手を恨まないで、こんなつらい思いなど知らないであるべきであったことよ、のとおり。恨んだために恋人から忘れられてしまった女性の心で詠まれたもの。

最後に、7の詠は、『玉葉集』に「嘉元百首歌たてまつりける時、恨恋を」の詞書を付して載る、後二条院権大納言典侍の作。詞書から「恨恋」の題と知られる。歌意は、恋のはじめには、恋人が薄情《はくじょう》になったらわたしも慕うまいと思っていたのに、捨てられても恋心を思い切れないとは、心変わりした恋人ばかりか、自分自身までも変わってしまう心であったのだなあ、のとおり。女心の不如意さを「恨むる恋」の視点で描出したもの。

以上、多岐《たき》にわたる「恨み」（恨恋）の題の世界を略述した。

f　「雑恋」

恋部の次の歌題は「雑恋《ざふのこひ》」である。そもそも歌集では、「雑」とは「四季」「恋」などに分類できないものを、「雑」（くさぐさ）といい、「恋」とは対立の関係にあるので、原理的には「雑恋」なる歌題は存在しない。しかし、『拾遺集』のみは、例外として「雑春」「雑秋」「雑賀」とともに「雑恋」の部を設けている。なお、『現存六帖』には「雑の思ひ」なる歌題があり、文永《ぶんえい》三年詠出の藤原家隆と同定家の『詠百首和歌』には「雑恋」の歌題が存するので、『和歌題林抄』もこれらのことを勘案して本題を掲出しているのであろう。

なお、「雑恋」の題の属性を表す用語には、「わが背子《せこ》」「忍び妻」「恋の病ひ」「恋妻」「涙川」「妹《いも》」「思ひ草」「袖のしがらみ」「忘れ水」「芹《せり》摘む」「忘れ草」「常陸《ひたち》帯」「筑摩《つくま》の祭」「錦木《にしきぎ》」

「鴫《しぎ》の羽搔《はねが》き」「藻《も》に棲《す》む虫」「恋衣」「下紐」「根摺《ねず》りの衣」「新《にひ》枕」「眉根《まゆね》かく」「袖につくすみ」「下紐解く」「駒つまづく」「胸の煙り」「下燃え」「古き枕」「古きふすま」などがある。

さて、「雑恋」の諸相は次のとおり。胸の内を富士山の煙りに喩え、袖を清見が関の波に喩えるのは、ともに立たない日がないからだ。わたしの袖には、港の水が荒れて波立つように、悲しみの涙が溢《あふ》れて、それは珍しい唐土船《もろこしぶね》が寄港したために激しく涙の波が立つのと同じくらいだ。岩代《いはしろ》の結び松のように、心が鬱々《うつうつ》として晴れないのに喩えて、下紐が解けないのは相手に恋い慕われていないからかと恨んだり、一言主《ひとことぬし》（葛城《かずらき》の神）は容貌の醜さを恥じて、夜間《やかん》しか働かなかったというが、その心中を推察したり、相手を恋い慕う涙でいっぱいになった寝床に伏しあぐねて、澪標《みおつくし》になった我が身を歎き、恋い慕って泣く枕の下には涙川を流し、伊勢の海で浮子《うき》が定まらないで釣をする漁師に同情したり、住吉の浅沢《あささわ》小野の忘れ水のように、とぎれとぎれの逢う瀬を恨んだり、すぐ近くに住んでいるのに訪問してくれない相手を恨み、御《み》垣《かき》が原で芹を摘んで苦難に堪えた昔ではないけれども、何ごとも思いどおりに実現しないことを歎いたり、近江国の筑摩《つくま》神社の祭で、あの冷たい女が何人の男を通わせたのか、鍋《なべ》の数を見て確認してやりたいと企んだり、こんなにつらい恋はすまい、と御手洗《みたらし》川で禊をして神に祈ったが、神はお受けくださらなかったようだと疑ったり、枯れ草をかぶって熟睡する猪を余所目《よそめ》に、安眠できないことを歎いたり、海人《あま》の刈る藻に住む虫のわれからではないが、自分から招いた不運は棚に上げて人を恨んだり、紫草の根を摺《す》り染《ぞ》めにした衣のように、人の目につくようなことを恥と思ったり、ほんとうに三年も待たずに山城の伏見の里で共寝をすることになったのかと驚いたり、袖に墨がつき、馬がつまずく青つづらを見るたびに、束縛《そくばく》する恋人を気の毒に思ったり、恋人に逢える前兆《ぜんちょう》ではないかと、眉根《まゆね》を掻き、下紐が自然に解けるのではないかと胸をわくわくさせたり、枕元にたまった塵《ちり》を払い、あっけなく開いて残念に思った浦島の玉手箱なのか、箱根の山にこと寄せて、早くも夜が明けて悔しいと、夏の短か夜が悪いのかと恨んだり、葉が繁っている呉竹の節《よ》ごとに鶯が鳴いているように、わたしも声に出して泣いたり、漁師の釣り舟で、魚が餌に食いつかないのを恨んだり、陸奥国の安積《あさか》の沼のはなかつみではないが、一方では今逢っている人をまた、一方では恋い続けるように、心の満たされることがない趣などを表現するのだ。

「雑恋」（雑の思ひ）の例歌（証歌）には、次の十三首を上げえようか。

1　恋せじと御手洗《みたらし》川にせしみそぎ神は受けずもなりにけらしも
（古今集・恋歌一・読人不知・五〇一）

2　伊勢の海に釣する海人《あま》の浮子《うき》なれや心ひとつを定めかねつる　（同・同・同・五〇九）

3　君恋ふる涙の床に満ちぬればみをつくしとぞ我はなりける

（同・恋歌二・藤原興風・五六七）

4 恋しくは下にを思へ紫の根摺《ねず》りの衣色に出《い》づなゆめ　（同・恋歌三・読人不知・六五二）

5 陸奥《みちのく》の安積《あさか》の沼の花かつみかつ見る人に恋ひやわたらむ　（同・恋歌四・同・六七七）

6 岩代の野中に立てる結び松心も解けず昔思へば　（拾遺集・恋四・〈柿本〉人麿・八五四）

7 いつしかも筑摩《つくま》の祭早せなむつれなき人の鍋の数見む　（同・雑恋・読人不知・一二一九）

8 かるもかき臥《ふ》す猪《ゐ》の床《とこ》のいを安《やす》みさこそ寝ざらめかからずもがな
（後拾遺集・恋四・和泉式部・八二一）

9 胸は富士袖は清見が関なれや煙《けぶ》りも波も立たぬ日ぞなき
（詞花集・恋上・平祐挙・二一三）

10 住吉の浅沢《あさざは》小野《をの》の忘れ水たえだえならであふよしもがな
（詞花集・恋下・藤原範綱・二三九）

11 まことにや三年も待たで山城の伏見の里に新枕《にひまくら》する
（千載集・中院右大臣〈源雅定〉・九一七）

12 思ほえず袖に湊《みなと》の騒ぐかな唐土舟《もろこしぶね》のよりしばかりに
（新古今集・恋歌五・読人不知・一三五八）

13 思へただ水に投げける石なれば浮かぶ世もなく沈みぬるかな

（現存六帖・第四・九条前内大臣〈藤原基家〉・一八一）

まず、１と２の詠は、ともに『古今集』に「題知らず」の詞書を付して載る、読人不知歌。詞書から「雑恋」の題は知られないが、ともに詠歌内容から「雑恋」の題は許されよう。さて、１の詠の歌意は、もうこんなにつらい恋はすまいと、御手洗川で禊《みそぎ》をして神に祈ったが、どうも神はお受けくださらなかったようだよ、のとおり。なお、『古今十口抄』（宗祇）は本詠を「不逢恋」の題の例歌とする。

次に、２の詠の歌意は、わたしは伊勢の海で釣をしている漁師の浮子なのだろうか。心ひとつを定めることができずに、ふらふらさせているよ、のとおり。「揺れる思ひ」の詠作といえようか。

次に、３の詠も『古今集』に収載される歌で、「寛平御時后宮歌合の歌」の詞書を付して載る、藤原興風《おきかぜ》の作。詞書から「雑恋」の題は知られないが、詠歌内容から「雑恋」の題で支障はなかろう。歌意は、あなたを恋い慕う涙が寝床いっぱいになってしまったので、わたしは澪標となって、思いに身を尽くして今にも恋い死なんばかりになっていることよ、のとおり。「みをつくし」に「澪標」と「身を尽くし」を掛ける。ちなみに、これは常に波に浸る澪標を、涙にくれる我が身に喩えた表現。

次に、４の詠も『古今集』に「題知らず」の詞書を付して載る、読人不知の歌。詞書から「雑恋」の題は知られないが、詠歌内容からこの題は首肯《しゅこう》されようか。歌意は、恋しく思うのならば、心中ひそかに思っていなさいよ。紫草の根を摺り染めした衣のように、人目につくようなことはしてはいけませんよ。絶対に、のとおり。「紫の根摺りの衣」は「色に出づ」の序詞。「忍ぶる恋」の趣である。

次に、５の詠も『古今集』に収載される歌で、「題知らず」の詞書を付して載る、読人不知の歌。詞書から「雑恋」の題は知られないが、この題で不都合はなかろう。歌意は、陸奥国の安積の沼の花かつみではないが、一方ではこうして逢っている人を、また一方では恋しさのあまり恋い続けるのだろうか、のとおり。「花かつみ」に花の名と「かつ見」を掛ける。『古今十《じっ》口抄《こうしょう》』は「逢見思増恋」の題とする。本詠は、一方ではすでに関係のある仲でありながら、一方では公然と逢うこともできずに恋い続けねばならない状態だと、歎いているわけだ。

次に、６の詠は、『拾遺集』に「題知らず」の詞書を付して載る、柿本人麿の作。詞書から「雑恋」の題は知られないが、詠歌内容からこの題は想定されよう。歌意は、岩代の野中に立っている結び松のように、心が鬱々として、晴れ晴れとすることがない、昔のことを思い出すと、のとおり。「岩代」は紀伊国の歌枕。第三句の「結び松」までは「解けず」を導く序詞。本詠では、結び松が単なる景物として詠まれ、過去の恋愛を回想する詠歌となっている。

次に、７の詠も『拾遺集』に収載される歌だが、「題知らず」の詞書を付して載る、読人不知の歌。詞書から「雑恋」の題は知られないが、本巻には「雑恋」の部立があり、本詠はそこに配列されているので、まさに格好の題といえよう。歌意は、いったい何時《いつ》催されるのだろうか。筑摩の祭をはやくしてほしい。なぜならば、あの冷淡な女が何人男を通わせているか、鍋の数を見てやりたいものだ、のとおり。「筑摩」は近江国の歌枕。無情な恋愛相手の素顔を暴《あば》いて、鬱憤《うっぷん》を晴らそうというもの。

次に、８の詠は、『後拾遺集』に「題知らず」の詞書を付して載る、和泉式部の作。詞書から「雑恋」の題は知られないが、この題で不都合はなかろう。なお、「寄猪恋」の趣の題である。歌意は、枯れ草をかぶって猪は床に臥して熟睡する。たとえそれほどよく寝ないとしても、このように眠れずに思い悩むことがなかったらなあ、のとおり。『和泉式部集』には「帥《そち》の宮失せ給ひての頃」の詞書が付せられている。

次に、９の詠は、『詞花集』に「題知らず」の詞書を付して載る、平祐挙《すけたか》の作。詞書から「雑恋」の題は知られないが、この題にふさわしい詠歌内容である。歌意は、胸は富士の山で、袖は清見が関だからであろうか。思いの火の煙りも、涙の波も立たない日はないことよ、のとおり。「富士」は胸の思いの火を喩えたもの。「清見が関」は駿河国の歌枕。思い焦れ、泣き暮らす恋を詠じたもの。

次に、10の詠も『詞花集』に収載される歌だが、「左衛門督（藤原）家成《いへなり》が家に歌合し侍りけるによめる」の詞書を付して載る、藤原範綱《のりつな》の作。詞書から「雑恋」の題は知られないが、「寄忘水恋」の趣で、この題の範疇に入ろうか。歌意は、住吉の浅沢小野の忘れ水のように、とぎれとぎれではなく、毎日でも逢うすべがあったら、どんなにかいいのになあ、のとおり。「浅沢小野」は摂津国の歌枕。「忘れ水」「かきつばた」「根芹」などが詠み込まれる。「忘れ水」は、岩陰や湿地などに点在する水たまり。上句は「たえだえ」を導く序詞。

次に、11の詠は、『千載集』に「花園左大臣（源有仁《ありひと》）家に侍りける女・いよと申しけるに、いまだ中納言など申しけるころ、物申し語りけるを、離れ離れになりにければ、思ひや絶えにけむ、前山城守なりける者に物申す、と聞きて言ひつかはしける」の詞書を付して載る、源雅定の作。詞書から「雑恋」の題は首肯されよう。ちなみに、詞書の内容は、「作者の雅定がまだ中納言であったころ、花園左大臣家に仕えていた、いよという女と情を通わせていたが、ほどなく疎遠《そえん》になったので、女は諦めたのか、前の山城守と情を交わすようになった。そのことを聞きつけた雅定が女に贈った歌」という趣旨だ。歌意は、本当のことだろうか。あなたは三年も待たずに、山城の伏見の里で新枕を交わすとは、のとおり。自分から離れていった女を、『伊勢物語』第二十四段の「あらたまの年の三年を待ちわびてただ今宵こそ新枕すれ」（現代語訳＝三年もの間待ちくたびれて、わたしはちょうど今夜、新枕を交わすのです）の歌を踏まえて皮肉り、恨んだ詠作。

次に、12の詠は、『新古今集』に「題知らず」の詞書を付して載る、読人不知の歌。詞書から「雑恋」の題は知られないが、「寄袖恋」の題が想定されようから、この題で不都合はなかろう。歌意は、思いがけず袖で湊の波が立ち騒ぐことだ。唐船が入ってきたばっかりに、のとおり。「湊」は川口など、舟の集まる所。ここは袖に溢《あふ》れる涙を、涙川の湊に見立てたもの。『伊勢物語』第二十六段によれば、「五条わたりなりける女」に失恋して歎いている男に、「人」が贈った歌。

最後に、13の詠は、『現存六帖』に「雑の思ひ」の題を付して載る、藤原基家の作。歌意は、わたしの人生は、喩えて言えば、水面に投じた石のようなものだから、立身出世など考えられなく、没落してしまったのだ、のとおり。本詠は「雑恋」の範疇《はんちゅう》には入らず、我が実人生への感慨の表出を述懐的に詠出しているので、「雑の思ひ」となるわけだ。

以上が多彩な恋の局面を展開する「雑恋」（雑の思ひ）の題の概略だ。

g 「書」

恋部の次の歌題は「書」である。『三百六十首』（光俊出題）や『一字百首』などでは「しょ」と読ませるが、通常、「ふみ」と読む。部立も雑部に配列する場合が多いが、『題林愚抄』は

「書」「披書知昔」は雑部に、「通書恋」「被返書恋」「忍伝書恋」「忍通書恋」などは恋部に配列する。なお、『和歌題林抄』は恋部に収載するので、ここで略述するわけだ。「書」とは通常、文書・書物・手紙・漢詩文・学問などを指すが、和歌では手紙を指す場合が多い。ちなみに、「書」の題の属性を表す用語と結題には、「玉章《たまづさ》」「言《こと》の葉《は》」「水茎《みづくき》の跡」「鳥の跡」「雁の便り」「風のつて」「挹」「披書知昔」「通書恋」「被返書恋」「忍伝書恋」「忍通書恋」などがある。

さて、「書」の題では、すっている墨も落ちる涙に洗われて、文字も書かれず、筆の跡をたどって、愛を誓った文字が今も変らず誠実さを見せているのを羨《うらや》み、硯《すずり》の石がちびたとしても、相手への愛情はなくすことができず、筆の思いに恥ずかしくなり、目的もなくはじめたすさびごとの手習いも恋しいとばかりに書いた、文字の配列を不思議に思い、贈った手紙が結び目もまったく同じ様態で返ってくると、相手が読まなかったのだなとがっかりし、此方《こちら》が子細に書き記して贈っても、相手の一筆だけの返事を恨み、門司《もじ》の関が通いにくいばかりに、心をすりへらして「恋」という文字を何度書いてきたことかと歎き、浜千鳥ではないが、手紙の筆跡に託して相手への思いのたけを述べるなど、種々様々の局面を表現するものだ。

「書」の題の例歌（証歌）には、次の六首を指摘できようか。

1　恋すてふもじの関守《せきもり》いくたびかわれ書きつらむ心づくしに

（金葉集二奏本・恋部上・藤原顕輔朝臣・三七九）

2　する墨も落つる涙にあらはれて恋しとだにもえこそ書かれね

（金葉集二奏本・恋部下・藤原永実・四四三）

3　大江山生野の道の遠ければまだふみも見ず天の橋立　（同・雑部上・小式部内侍・五五〇）

4　浜千鳥ふみおく跡のつもりなばかひある浦にあはざらめやは

（新古今集・雑歌下・後白河院御歌・一七二六）

5　通ふとていかが頼まむいたづらにすゑもとほらぬ水茎《みづくき》の跡

（風雅集・恋歌三・法印実性・一二一八）

6　結び目も違《たが》ひて返るたびもあらば見てけりとだに慰みてまし

（禅林瘀葉集・藤原資隆・七五）

まず、1の詠は、『金葉集』（二奏本）に「女のがりつかはしける」の詞書を付して載る、藤原顕輔《あきすけ》の作。詞書から「書」の題は知られないが、第四句からそれと知られよう。歌意は、門司の関守たるあなたに恋しているという文字を、手紙の中で何度書いてきたことだろうか。心も尽きんばかりにして、のとおり。「もじ」に「門司」と「文字」を掛ける。「心づくし」に「心をすりへらす」意と「筑紫」を掛ける。「もじの関守」に我が身を喩え、恋という文字を守る身との意味も込めている。

次に、2の詠も『金葉集』(二奏本)に収載される歌だが、これも「女のがりつかはしける」の詞書を付して載る、藤原永実《ながざね》の作。詞書から「書」の題は知られないが、初句と結句からそれと知られよう。歌意は、すっている墨も落ちる涙に洗われて、恋しいとさえ書き記すことができないことだ、のとおり。墨をすって手紙を書こうとするが、すぐにもう相手のことが脳裏《のうり》に浮んで、涙が落ちてくるという状況である。「寄書恋」の題に相当する趣向の詠作。

次に、3の詠も『金葉集』(二奏本)に「和泉式部(藤原)保昌に具して丹後に侍りけるころ、都に歌合侍りけるに、小式部内侍歌よみに採られて侍りけるを、(藤原)定頼卿局《つぼね》のかたに詣《まう》で来て、『歌はいかがせさせ給ふ。丹後へ人はつかはしてけんや、使ひ詣で来《こ》ずや。いかに心もとなくおぼすらむ』など、たはぶれて立ちけるを引きとどめてよめる」の詞書を付して載る、小式部内侍《ないし》の作。詞書から「書」の題は知られないが、第四句からそれと知られよう。歌意は、大江山を越え、生野を通って行くその道は遠いので、わたしはまだ天の橋立は踏んだこともないし、母からの手紙も見ていないことだ、のとおり。詞書の趣旨は、作者の母・和泉式部が、夫の任地丹後国にいたところ、作者が歌合に参加することになったところ、藤原定頼から「お母さんに頼んだ代作の歌は届きましたか」とからかわれたので、即座にこの歌を詠んだというもの。「生野」に「行く野」を、「ふみ」に「文」と「踏み」を各々、掛ける。「天の橋立」は丹後国の歌枕。おなじみの『百人一首』の歌。定頼の詰問《きつもん》に、即答した歌だが、地名を三か所も詠み込んだうえ、掛詞の用法にも優れた、即興的機知の利いた詠作。

次に、4の詠は、『新古今集』に「最慶《さいきやう》法師、『千載集』書きて奉りける包紙に、『墨をすり筆を染めつつ年ふれど、書きあらはせる言の葉ぞなき』と書きつけて侍りける御返し」の詞書を付して載る、後白河院の御製。詞書から「書」の題は知られよう。歌意は、浜千鳥が足跡を踏み続けて何処《どこ》までも行くなら、きっと貝のある浦に巡り逢うにちがいない——絶えず歌を作り続けていれば、必ずや歌壇《かだん》で面目を施すこともあろうよ、のとおり。詞書の「墨をすり……言の葉ぞなき」は、「歌を作り続けて何年にもなるが、このたび、晴れて書き写した我が歌は一首もない」という意味で、要するに、『千載集』に自作が一首の入集もないことを愁訴《しゅうそ》しているのだ。「かひ」は「貝」と「甲斐」を掛ける。「寄千鳥雑」の題に相当するか。

次に、5の詠は、『風雅集』に「通書恋といふことを」の詞書を付して載る、実性《じっしょう》の作。詞書から「通書恋」の題と知られよう。歌意は、手紙が行き来するからといって、どうして人の愛を頼りにできようか。まったく無益なことに、行く末の期待もできない、この筆の跡よ、のとおり。恋人との愛の交歓の手段たる「書」にも不安の気持ちを抑え切れないという詠作。

最後に、6の詠は、『禅林瘀葉《およう》集』に「度々返事」の題を付して載る、藤原資隆《すけたか》の作。歌意は、此方《こちら》が贈った消息文《しょうそくぶみ》の結び目が贈ったときの様態とは異って返ってくる回数でもあったならば、せめて、相手が此方の贈った結び文を見てくれたのだなあ、とだけでも思って、わが心も晴れたことにしようかしら、のとおり。消息文を贈ってもしばしばそのままの状態で返却される回数が多いなか、わずかの希望を、贈った時の結び目とは異なった様態で返ってくる結び文に見出せないかと期待する、男性側の切ない営為の歌。

以上が「書」の題が切り拓く多彩な恋の局面の略述だ。

h 「待恋」

恋部の次の歌題については、『和歌題林抄』には掲載されていないけれども、『増補和歌題林抄』（北村季吟編）には拾遺、略述されている歌題九題を採り上げて、言及したいと思う。そこでまずは「待恋」の題を採り上げたいと思う。

「待恋」とは、恋の成立後、女性が男性の訪れを渇望《かつぼう》し、焦燥《しょうそう》し、内省《ないせい》するなどを主な内容とする。『万葉集』などでは実詠歌に多々詠まれたが、題詠歌では待っても恋人の訪れのない閨怨《けいえん》が好まれた。勅撰集では『新古今集』に初登場。「待恋」の題の属性を表す用語と結題には、「松」「松虫」「松風」「行幸《みゆき》」「夜」「暮れ」「契待恋」「忍待恋」「夕待恋」「月前待恋」「連夜待恋」「歴夜待恋」「深夜待恋」「寄雨待恋」などがある。

さて、「待恋」とは、人を頼みに思わせて、今日が暮れることを待ち遠しく思い、夕陽の沈むのも遅い感じがして、あたりが曇るのまでも、日の暮れるのと関係があるようで嬉しく、風の音を聞くにつけても、恋人が訪れたのかと錯覚《さっかく》し、軒端《のきば》の荻を吹く秋風にも、はっと恋人の訪れかと気づかされ、更《ふ》けてゆく空を恨み、朝を告げる寺の鐘を聞き、有明の月を見るにつけても、無益《むえき》に過ぎたと思われるのであろうか、理由もなく見る物ごとに悲しく思われて、全力を尽くして待っていたが、寝てしまった理由などを詠むのがよかろう。

「待恋」の例歌（証歌）には、次の六首を拾うことができようか。

1　来《こ》ぬ人を待つ夕暮れの秋風はいかに吹けばかわびしかるらむ
（古今集・恋歌五・読人不知・七七七）

2　頼めつつ来ぬ夜あまたになりぬれば待たじと思ふぞ待つにまされる
（拾遺集・恋三・〈柿本〉人麿・八四八）

3　待つ宵に更けゆく鐘の声聞けばあかぬ別れの鳥はものかは
（新古今集・恋歌三・小侍従・一一九一）

4　君待つと閨《ねや》へも入《い》らぬ真木《まき》の戸にいたくな更けそ山の端《は》の月
（同・同・式子内親王・一二〇四）

5　われさへにまたいつはりになりにけり待つと言ひつる月ぞ傾く

（続古今集・恋歌一・〈後嵯峨〉太上天皇・九八四）

6　身をさらぬ面影ばかりさきだちて更け行く月に人ぞつれなき

（玉葉集・恋歌二・関白前太政大臣〈鷹司冬平〉・一四〇二）

まず、1の詠は、『古今集』に「題知らず」の詞書を付して載る、読人不知の歌。詞書から「待恋」の題は知られないが、第二句からそれと知られよう。歌意は、訪れて来ない人を待っている夕方に吹く秋風は、いったいどのように吹くからといって、これほどわびしく感じられるのだろうか、のとおり。「秋風」の「秋」に「飽き」を掛ける。秋風はわびしいものだが、その秋風の吹き方に原因を探究している点が興味深い。

次に、2の詠は、『拾遺集』に「題知らず」の詞書を付して載る、柿本人麿の作。詞書から「待恋」の題は知られないが、下句からそれと知られよう。歌意は、訪ねて行くと当てにさせていながら、訪れて来ない夜が数多く重なったので、今となっては、もう待っていまいと思い切るほうが、はかない期待を抱いて待っているよりも、どうも良いように思われるよ、のとおり。愛情に執着《しゅうちゃく》することのむなしさを諦観《ていかん》して、もはや愛着することを断念しようと決意するに至る、人生を達観したような歌。

次に、3の詠は、『新古今集』に「題知らず」の詞書を付して載る、小侍従《こじじゅう》の作。詞書から

「待恋」の題は知られないが、初句からそれと知られよう。歌意は、いとしい人を待っている宵に夜更けを知らせる鐘の音を聞く切なさに比べると、名残り惜しい暁の別れを告げる鶏のつらさなど、物の数に入るでしょうか、のとおり。『平家物語』の月見の巻に、「待つ宵《よひ》」と「帰る朝《あした》」の優劣を問われた作者がこの歌を詠み、以来「待つ宵の小侍従」と呼ばれたという話が載っている。ちなみに、「帰る朝」の歌は「ものかはと君が言ひけむ鳥の音の今朝しもなどか悲しかるらむ」（現代語訳＝待つ宵の鐘に比べれば、そのやるせなさは何でもない、とあなたが言ったという暁の別れの鶏の声が、今朝はどうしてこんなに悲しいのだろうか）で、こちらは「ものかはの蔵人」（藤原経尹《つねまさ》）と呼ばれたという。

　次に、4の詠も『新古今集』に収載される歌で、「待つ恋といへる心を」の詞書を付して載る、式子内親王の作。詞書から「待恋」の題は知られよう。歌意は、あの方の訪れを待つというので、閨《ねや》へも入らないでたたずんでいる真木の戸に、すっかり夜も更けたことを知らせる光りをさしかけないでおくれ。山の端の月よ、のとおり。本詠は『古今集』に「題知らず」として載る、読人不知の歌、「君来ずは閨へも入らず濃紫《むらさき》我が元結《もとゆひ》に霜は置くとも」（六九三、現代語訳＝あなたが来てくださらないのならば、わたしは寝室にも入るまい。戸外《こがい》に立ったまま、たとえ濃紫色の元結に霜が置くことがあっても）の本歌取り。男の来るのは宵で、待つ身には夜の更けるのがもっとも忌《い》まわしいわけだ。

次に、5の詠は、『続古今集』に「弘長二年十首歌講じ侍りしに、忍待恋を」の詞書を付して載る、後嵯峨院の御製。詞書から「忍待恋」の題と知られる。歌意は、わたしまでもが、また嘘《うそ》をつくことになってしまったことだ。「月のもとでお待ちしています」とあの人は言ったのに、忍んで逢いに行くことができなくなって。月もはや傾いてしまったよ、のとおり。男性側からの「忍待恋」の詠作。

最後に、6の詠は、『玉葉集』に「月前待恋」の詞書を付して載る、鷹司《たかつかさ》冬平の作。詞書から「月前待恋」の題と知られる。歌意は、月を見ると、わたしの身につきまとう恋人の顔かたちばかりはまっ先に浮かんでくるのに、その月が更けて行くにもかかわらず、現実の恋人は無情にも訪れてくれないことよ、のとおり。月を前にしてつれない恋人の訪問を切実に希《き》求《きゅう》する女性の立場からの詠作。

以上、「待恋」の題が創出する恋の世界を略述した。

i　「聞恋」

恋部の次の歌題は「聞恋《きくこひ》」である。「聞恋」とは、まだ見ぬ人の評判を聞き、その評判だけで、その恋心を募らせ、その行末を期待する心情をいう。『六百番歌合』で初登場する歌題。恋の初期の段階に位置する題。「聞恋」の題の属性を表す用語と結題には、「聞く」「たもと」

「袖」「露」「不聞恋」「聞増恋」「聞音恋」「聞声恋」「聞久恋」などがある。

さて、「聞恋」とは、まだ見たことのない人をうわさに聞いて、恋しはじめるものだ。「音羽《おとわ》の滝ではないが、噂に聞くやいなや袖を濡らし、軒端の荻に吹く風の音ではないが、噂に聞くのみでまだ見たことのない人の面影を誘発《ゆうはつ》する」と詠み、噂に聞いては身にしみて恋しく思われ、あるいは恋しく思っている人の声を、何か物を隔てて聞いては、時鳥《ほととぎす》や雲井の雁の声になぞらえ、琴の音や笛の音などにもたとえて、詠むのである。

「聞恋」の題の例歌（証歌）には、次の四首が指摘できるであろう。

1　天雲に鳴きゆく雁の音《おと》にのみ聞き渡りつつ逢ふよしもなし
（後撰集・恋二・橘公頼朝臣・六三七）

2　妹《いも》がうへは柴のいほりの雨なれやこまかに聞くに袖の濡るらむ
（玉葉集・恋歌一・皇太后宮大夫〈藤原〉俊成・一三三九）

3　谷ふかみはるかに人をきくの露触れぬ袂《たもと》よ何しをるらむ
（六百番歌合・十七番左・女房〈藤原良経〉・六三二）

4　いかにして露をば袖に誘ふらむまだ見ぬ里の荻の上風《うはかぜ》　（同・十八番右・寂蓮・六三六）

まず、１の詠は、『後撰集』に「こころざしありける女につかはしける」の詞書を付して載る、橘公頼《きんより》の作。詞書から「聞恋」の題は知られないが、第三・四句からそれと知られよう。詞書の「こころざしありける女」とは、男が愛情を抱いていた女の意。歌意は、遠い空の雲のあたりを鳴き渡って行く雁の声のように、お噂だけでは何度も聞き続けているのだけれども、直接お逢いする方法もありませんね、のとおり。第二句までが「音」を導き出す序詞。

次に、２の詠は、『玉葉集』に「二条院御時、聞増恋といふことを、人びとによませさせ給うける時、つかうまつりける」の詞書を付して載る、藤原俊成の作。詞書から「聞増恋」の題と知られる。歌意は、恋人のことは、柴の庵に降る雨と同じだなあ。こまかな雨音を聞くと、寂しさに涙で袖が濡れるが、そのように、こまかく様子を聞くにつけて、恋しさの涙で袖が濡れるのであろうか、のとおり。「聞きて増《まさ》る恋」の題意が見事に描出されている。

次に、３と４の詠は、ともに『六百番歌合』に「聞恋」で掲げられた詠作で、前者が藤原良経、後者が寂蓮の作。３の詠の歌意は、谷が深いので、はるか遠くに人の話を聞くだけで、その「聞く」ではないのに、菊の露（恋人の愛情）に触れてもいない袂よ、なにゆえに濡れてしおれているのだろうか、のとおり。「きく」に「聞く」と「菊」を掛ける。「菊の露」は菊の上に置いた露。それを飲むと長寿を保つといわれるが、ここは恋人の愛情の比喩。聞いただけで、恋の涙を流すという場面。

次に、４の詠の歌意は、どのようにして荻の葉に置いた露を誘って、わたしの袖を濡らすのであろうか。まだ見たこともない、あの人の里の荻の葉の上を吹く風は、のとおり。「露をば袖に」は、袖が濡れることを不審がることで、それが涙のせいであることを示している。「荻の上風」の「風」は恋人の噂を運ぶものである。「まだ見ぬ里」という新しい発想によって、「聞恋」の新境地を見出した詠作。

以上が中世になって登場した「聞恋」の題の概略だ。

j　「見恋」

恋部の次の歌題は「見恋《みるこひ》」である。「見恋」とは相手の姿を見てからの恋情をいう。「見人恋」の題が『散木奇歌集』に、「見書恋」の題が『清輔集』に見えるが、「見恋」の題の初見は『六百番歌合』である。「見恋」の題の属性を表す用語と結題には、「見る」「見ゆ」「眺む」「未見恋」「見不逢恋」「行路見恋」「夢中見恋」「近見恋」などがある。

さて、「見恋」の場合、「春日野の雪間の草」になぞらえては、「はつかに見そめし」由を言い、「高間《たかま》の山の白雲の余所《よそ》にのみ見てやみなむか」と歎き、「浮きて寄る浦のみるめに袖を濡らし」、「霞の隙《ひま》より山桜を見し」光景になぞらえては、さらに思いが増す趣などを詠むものだ。

「見恋」の題の例歌（証歌）には、次の六首を見出せようか。

1　奥山の峰飛びこゆる初雁のはつかにだにも見でややみなむ
（新古今集・恋歌一・〈凡河内〉躬恒・一〇一八）

2　人知れぬ恋に我が身はしづめども見る目にうくは涙なりけり
（同・恋歌二・花園左大臣〈源有仁〉・一〇九一）

3　契りをば安積《あさか》の沼と思へばやかつみながらに袖の濡るらむ
（続古今集・恋歌一・今上〈亀山天皇〉御歌・一〇二九）

4　我が恋は伊勢をの海人《あま》のかりてほすみるめばかりを契りなれとや
（玉葉集・恋歌一・高階宗成朝臣・一三二四）

5　漁《いさ》り火《ひ》のほの見てしより衣手に磯辺の浪の寄せぬ日ぞなき
（六百番歌合・十九番右・〈藤原〉経家卿・六三八）

6　今日やさはしばしば恋のひまならむ見るに慰む思ひなりせば
（同・二十番左・〈藤原〉季経卿・六三九）

まず、1の詠は、『新古今集』に「題知らず」の詞書を付して載る、凡河内《おおしこうちの》躬恒《みつね》の作。詞書から「見恋」の題は知られないが、下句からそれと知られよう。歌意は、奥山の峰を飛び越えてゆく初雁がほんのわずかに見えるが、そのようにほんのちらとでもあの人の姿を見ないで終ってしまうのであろうか、のとおり。「初雁」は今年初めて飛来した雁。上句は「はつかに」を導く序詞。「寄雁恋」の趣の詠歌。遠くの山の峰を越える雁が、わずかに見えて空に消えてしまうことから、わずかでも恋人の姿を見たいと詠じたもの。

次に、2の詠も『新古今集』に収載される歌で、「見れど逢はぬ恋といふ心をよみ侍りける」の詞書を付して載る、源有仁《ありひと》の作。詞書から「見不逢恋」の題と知られる。歌意は、気づかれないままにあの人を恋して、その思いにこのわたしの身体は沈んでいるけれども、あの人を見るわたしの目に浮くものは涙であったのだなあ、のとおり。「見る目」に「海松布《みるめ》」、「涙」に「波」を掛ける。この身は恋に沈んでいるが涙は目に浮くという、言葉の上での対照のおもしろさを作為とした、「寄涙恋」の趣の歌。

次に、3の詠は、『続古今集』に「同じ（見恋の）心を、詠ませ給ひける」の詞書を付して載る、亀山天皇の御製。詞書から「見恋」の題と知られる。歌意は、あなたとの宿縁を、安積の沼の「浅い」と思うからでしょうか、花かつみの「かつ」ではないが、一方では逢っていながらも、悲しくて袖が濡れるのでしょうか、のとおり。「安積」に「浅い」を、「かつみ」に「花かつみ」と「且つ見」を各々、掛ける。

次に、4の詠は、『玉葉集』に「見恋」の題を付して載る、高階宗成《たかしなのむねしげ》の作。歌意は、わたしの恋は、伊勢の漁師が刈っては干す海松布と同じことだ。あなたとはただ見る目だけの宿縁であれというのでしょうか、のとおり。「寄海松布恋」の趣もあろうか。

次に、5と6の詠は、ともに『六百番歌合』に「見恋」の題のもとに掲げられた歌で、前者は藤原経家《つねいえ》、後者は藤原季経《すえつね》の作。まず、5の詠の歌意は、遠くに漁《いさ》り火《び》のようにあなたの姿をほのかに見てしまった時から、磯辺の波が袖に寄せない日はまったくないよ。わたしの袖は毎日、あなたを思って流す涙で濡れていることだ、のとおり。恋の思いを、絶えず波の寄せるさまに喩えて、見事である。

最後に、6の歌意は、今日はそれでは、恋のつらさが暫《しばら》く途《と》絶《だ》えた時間だったのだろうか、あなたを見たことでわたしの思いが慰められたのであるならば。でもわたしは満足できなかったことだ、のとおり。「ひま」は長く続く恋のつらさを忘れさせる、ほんのわずかな時間。姿を見たことで満たされた思いが、今となってはまた、深い思いに変わるという複雑な内面の描出が興趣深い。

以上、「見恋」の題の多彩な局面の展開を略述した。

k　「尋恋」

恋部の次の歌題は「尋恋」である。「たづぬるこひ」と読む。「尋恋」とは、男の立場で、あらゆる手立てを講じて女に逢おうとし、女の立場で、男の心の変化を観察しながら、その行末に期待する、恋の行為をいう。『六百番歌合』に初出の題。「尋恋」の題の属性を表す用語と結題には、「たづぬ」「しるしの杉」「とひわぶ」「尋失恋」「尋縁恋」「初尋縁恋」「不尋得恋」「尋在所恋」などがある。

さて、「尋ぬる」とは、恋しく思っている人の所在を其所《そこ》と聞いて訪ねて行くけれども、「鵙《もず》の草ぐき」ではないが、目的地を尋ねあぐみ、「杉立てる門《かど》」（目印）を訪ねても、結局は頼みにもされていない宿縁の甲斐なさを歎き、遠くからは見えるが、近づくと見えなくなるという、見せかけだけの「ははき木」を目印に行くけれども、探し求めることができず、「武蔵野の草のゆかり」（ひとりの愛しい人がいるために、その縁者みなに親しみが感じられる意）を求めて、意中の人に言い寄り得る縁故《えんこ》を探して歩くなどの趣を詠むものだ。

「尋恋」の題の例歌（証歌）には、次の五首を指摘できるであろう。

1　心こそゆくへも知らね三輪の山杉のこずゑの夕暮れの空

（新古今集・恋歌四・前大僧正慈円・一三二七）

2　なほざりに三輪の杉とは教へおきて尋ぬる時は逢はぬ君かな

（千載集・恋歌三・藤原時昌・七九四）

3　頼めこし里のしるべもとひかねてみぬめのよそに帰る波かな

（新続古今集・恋歌二・前中納言〈藤原〉定家・一一〇三）

4　今日もまた帰らむ憂さを思ふかな尋ねかねにし心ならひに

（六百番歌合・二十六番左・〈藤原〉兼宗朝臣・六五一）

5　行き逢はむ契りも知らず花薄《すすき》ほの見し野辺に迷ひぬるかな

（同・二十七番右・〈藤原〉家隆・六五四）

まず、1の詠は、『新古今集』に「摂政太政大臣（藤原良経）家百首に、尋《ヌル》恋」の詞書を付して載る、慈円の作。詞書から「尋恋」の題は知られる。歌意は、恋しい人の家を訪ねて大和の三輪山の麓まで来たものの、これからどこへ行っていいのか、またこの恋はどうなるのかわからないことだ。杉の梢が立ち並ぶ空には夕暮れの気配が漂っていて、のとおり。本詠には『古今集』の二首が本歌として指摘される。その一首めは、恋歌二に収載の凡河内躬恒の歌、「我が恋は行方《ゆくへ》も知らず果てもなし逢ふをかぎりと思ふばかりぞ」（六一一、現代語訳＝わたしの恋は行く先もわからないし、終わりもない。今はただひたすらに、あの人に逢うことを恋の限界と思うばかりです）の歌。その二首めは、雑歌下に収載の読人不知の歌、「我が庵は三輪の山もと恋しくはとぶらひ来《き》ませ杉立てる門《かど》」（九八二、現代語訳＝わたしの住まいは三輪の山の麓にある。恋しく思ったならば、訪ねてきてください。目印に杉が立っているこの門口へ）の歌だ。「三輪」は大和国の歌枕。「身は」を掛け、「心こそ」に対照させている。恋人を訪ねるという主題の歌。

次に、2の詠は、『千載集』に「法性寺入道（藤原忠通）内大臣に侍りける時の歌合に、尋ね失ふ恋といへる心をよめる」の詞書を付して載る、藤原時昌の作。詞書から「尋失恋」の題と知られる。歌意は、いいかげんに三輪の杉のあたりだと自分の家を教えておいて、わたしが訪ねた時には、逢ってくれないあなたなのですね、のとおり。「訪ねたけれども逢えない恋」の題に、よく相応している。

次に、3の詠は、『新続古今集』に「不《シテ》レ尋《ネ》得《ル》恋を」の詞書を付して載る、藤原定家の作。詞書から「不尋得恋」の題と知られる。歌意は、逢えることに期待を持たせられて訪ねて来たが、あなたの住む里の道しるべも見せかけだけなので、わたしには関係のない敏馬《みぬめ》の浦で、寄せては返す波ではないが、あなたには関係なく、わたしは帰って行くことです、のとおり。「みぬめ」は、摂津国の歌枕である「敏馬（の浦）」と「見ぬ目」を掛ける。

次に、4と5の詠は、ともに『六百番歌合』に「尋恋」の題で掲げられた歌で、前者が藤原兼宗、後者が藤原家隆の作。まず、4の歌意は、今日もまた、これから帰る時のつらさを思うことだ。これまでも訪ねて逢うことのできなかったことが、心の中で習慣化して思われる状態になっているので、のとおり。判詞では下句が「よろしくや侍らむ」ということで「勝」になっている。むなしい結果を知りつつも訪ねて行く、恋の憂鬱《ゆううつ》な思いを詠じた歌。

次に、5の詠の歌意は、花薄の穂がなびく野辺でほのかにあの人を見て、逢えるという宿縁があるかどうかも考えずに、再び野辺にやって来て、不幸にも道に迷ってしまったことだなあ、のとおり。「花薄」は穂の出た薄で、「ほの見し」を導く措辞。美しい女性に憧れる男の思いを詠じた歌。

以上、「尋恋」の題の切り拓く多彩な恋の世界を略述した。

―「祈恋」

恋部の次の歌題は「祈恋《いのるこひ》」である。「祈恋」とは恋の成就《じょうじゅ》を神仏に祈ることをいう。この題も「祈不逢恋」「祈神恋」「祈仏恋」などはそれ以前にあるが、『六百番歌合』が初出例。「祈恋」の題の属性を表す用語と結題には、「祈る」「ねぎごと」「祈る契り」「祈不逢恋」「祈神恋」「祈仏恋」「依恋祈身」「祈遇恋」などがある。

さて、「祈恋」の題では、長年神に祈念するのだが、薄情な人の恋には神の霊験《れいげん》も期待できないことを恨み、もうこんなつらい恋はすまいと御手洗川で禊《みそぎ》をして神に祈ったが逆効果で、いよいよ相手への恋心は増したので、神もお受けにならなかったのだと歎き、注連縄《しめなわ》に誓っては神も承諾することを祈り、木綿四手《ゆうしで》に託しては、冷たい人の心が此方《こちら》に靡《なび》くことを願い、貴《き》布禰《ぶね》川の波に濡れながら、逢瀬の実現を祈り、初瀬山の長谷寺《はせでら》観音につれない人を靡くように祈る心など、種々様々に詠まれている。

「祈恋」の例歌（証歌）には、次の七首を拾うことができよう。

1　我や憂き人やつらきとちはやぶる神てふ神に問ひ見てしがな
（拾遺集・恋四・読人不知・八六八）

2　憂かりける人を初瀬の山おろしよはげしかれとは祈らぬものを
（千載集・恋歌二・源俊頼朝臣・七〇八）

3　幾夜われ浪にしほれて貴布禰川袖に玉散るもの思ふらむ
（新古今集・恋歌二・摂政太政大臣〈藤原良経〉・一一四一）

4　年も経ぬ祈る契りは初瀬《はつせ》山尾上《をのへ》の鐘のよその夕暮れ
（同・同・〈藤原〉定家朝臣・一一四二）

5　数ならぬみそぎは神も請《う》くなとやつれなき人のまづ祈りけむ
（続後拾遺集・恋歌二・贈従三位為子・七八七）

6　天降る神のしるしの有り無しをつれなき人のゆくへにて見む
（山家集・恋・西行・六一五）

7　いざさらば生田《いくた》の杜《もり》に祈りみむ頼むかたなき恋の病ひを

（六百番歌合・恋二・二番左・〈藤原〉兼宗朝臣・六六三）

まず、1の詠は、『拾遺集』に「題知らず」の詞書を付して載る、読人不知の歌。詞書から「祈恋」の題は知られないが、下句からそれと知られようか。歌意は、わたしが冷淡なのか、あの人が無情なのかと、すべての神という神に問い訪ねてみたいものだなあ、のとおり。「ちはやぶる」は「神」の枕詞。相互に相手の無情を恨み、事の理非《りひ》を神に問い質《ただ》そうとする内容。

次に、2の詠は、『千載集』に「権中納言（藤原）俊忠家に恋の十首歌よみ侍りける時、祈れども逢はざる恋といへる心をよめる」の詞書を付して載る、源俊頼の作。詞書から「祈不逢恋」の題と知られる。歌意は、つれなかった人を靡かせてくださいと、初瀬の観音に祈ったけれども、初瀬の山おろしよ、おまえのようにあの人がわたしにますますつらく当たるようにとは、決して祈りはしなかったものなのに、のとおり。「憂かりける人」は、此方《こちら》が思っても靡かなかったつれない人の意。「初瀬の山おろしよ」は「はげし」を導く序詞。「初瀬」は大和国の歌枕。長谷寺がある。祈っても成就しがたい恋のつらさを、初瀬の山おろしに向かって歎き、観音に訴えた、『百人一首』の有名な歌。

次に、3と4の詠は、ともに『新古今集』に「家に百首歌合し侍りけるに、祈《ル》恋といへる心を」の詞書を付して載る、前者が藤原良経、後者が藤原定家の作。ともに詞書から「祈恋」の題と知られる。まず、3の詠の歌意は、いったい幾夜わたしは波に裳裾《もすそ》を濡らしながら、貴布禰川をさかのぼって明神《みょうじん》にお参りし、袖に涙の玉が散り、魂もうつろになるばかりに物思いをするのだろうか、のとおり。本詠は和泉式部の歌に貴船明神が返したという、『後拾遺集』の雑六の「奥山にたぎりて落つる滝つ瀬に玉散るばかり物な思ひそ」（一一六三、現代語訳＝奥山に激しい勢いで流れ落ちる滝つ瀬の水の玉、そのように魂が散るほどどうか思いつめないでおくれ）の歌を本歌とする。明神の託宣《たくせん》歌にすがって苦衷《くちゅう》を訴えた詠作。

次に、4の詠の歌意は、あの人と逢えるように初瀬の観音に祈ってきたが、それも叶えられないまま空しく幾年も経ってしまった。それだのに初瀬山の尾上で鐘が告げるのは、わたしと関わりのない夕暮れで、今宵も逢うすべはないことだ、のとおり。「契りは初瀬山」に「契りは果つ」を掛ける。2の詠を意識した詠作。

次に、5の詠は、『続後拾遺集』に「祈不逢恋といふことを」の詞書を付して載る、贈従三《ぞうじゅさん》位《み》為子《ためこ》の作。詞書から「祈不逢恋」の題と知られる。歌意は、あの人に逢えるようにと、禊《みそぎ》をして神に祈っても効《きき》めがないことから、わたしは相手のほうが先に、此方《こちら》の祈りを聞き入れないようにと、神に祈ったのかと疑うことだ、のとおり。「数ならぬみそぎ」の「み」に「身」を掛けて、「数ならぬ身の禊」の意にした。

次に、6の詠は、『山家集』に「同（賀茂）社にて祈ル㆑神恋ヲといふことを、神主ども詠みけるに」の詞書を付して載る、西行の作。詞書から「祈神恋」と知られる。歌意は、賀茂神社に恋の成就を祈ることだが、神の霊験があらたかかどうか、つれないあの人の今後の行動によって、判断することにしよう、のとおり。無難《ぶなん》な詠みぶりの詠作。

最後に、7の詠は、『六百番歌合』に「祈恋」の題で掲げられた、藤原兼宗《かねむね》の作。歌意は、さあ、それでは出かけて行って、生田の神社に祈ってみよう。誰にも頼るすべのない恋の病いを癒《いや》してもらえるように、のとおり。「生田の杜」は生田神社。摂津国の歌枕。「生（く）」に「行く」を掛ける。「恋の病ひ」と「生田」との言葉の対比を詠じている。

以上が多彩な恋の局面を展開する「祈恋」の題の概略だ。

m 「契恋」

恋部の次の歌題は「契恋《ちぎるこひ》」である。「契恋」とは、恋人に変らぬ愛を誓うことをいう。その内容は契りの言葉そのものを一首に結実させる場合と、言葉の虚偽《きょぎ》を恐れて死を望み、零落《れいらく》の果てを危ぶんだり、交わした契りを頼み合う恋人同士の姿を客観的に詠ずる場合などがある。『六百番歌合』で初登場し、勅撰集では『千載集』を初出とする。「契恋」の題の属性を表す用語と結題には、「契る」「むすぶ」「逢ふ」「初契恋」「契経年恋」「契顕恋」「契憑恋」「契行末恋」

「契不逢恋」「雖契不来恋」「契空恋」「変契恋」「契変恋」「契後隠恋」「夢中契恋」「月前契恋」「契日中恋」などがある。

さて、虚偽のない世の中であったならば、「人の言葉のままに頼みにしたものを」と思ったり、だから、嘘だとは思いながらも、相手の心の中を知らないので、将来をかけて契り、「これほど頼りになる仲は、前世《ぜんせ》の因縁であるのか」と思うと嬉しくなって、「誰でもが頼りない理由を持って、この仲は将来を通じて変ることはあるまい」と約束するのも、はかないものだという趣を詠むものだ。まったく「契る心」その趣旨《しゅし》を完全に説明することは不可能だ。

「契恋」の題の例歌（証歌）には、次の五首を上げえよう。

1　来《こ》ぬ人を恨みもはてじ契り置きしその言《こと》の葉《は》もなさけならずや

（詞花集・恋下・関白前太政大臣〈藤原忠通〉・二四八）

2　涙にや朽ちはてなましから衣袖のひるまと頼めざりせば

（千載集・恋歌三・中原清重・八二〇）

3　ただ頼めたとへば人のいつはりを重ねてこそはまたも恨みめ

（新古今集・恋歌三・前大僧正慈円・一二三三）

4　言の葉はただなさけにも契るらむ見えぬ心の奥ぞゆかしき

5　さきの世を思ふさへこそ嬉しけれ契りも今日の契りのみかは

（玉葉集・恋歌二・九条左大臣〈二条道良〉女・一三八八）

（六百番歌合・恋二・十二番左・〈藤原〉有家・六八三）

まず、1の詠は、『詞花集』に「（崇徳）新院位におはしましし時、雖《モ》レ契《ルト》不《ル》レ来《ラ》レ恋といふことをよませ給へけるによみ侍りける」の詞書を付して載る、藤原忠通の作。詞書から「雖契不来恋」の題と知られる。歌意は、来ないあの人を心底から恨んだりはすまい。来ると約束していったあの言葉も、愛情のあらわれでないこともないだろう、のとおり。もう来ないとは言わず、口先だけでも、また来ようと約束してわたしを嬉しがらせたのは、その程度の愛情はあったのだと、みずからを慰めた歌。

次に、2の詠は、『千載集』に「契《ル》二日中《ニ》一恋といへる心をよめる」の詞書を付して載る、中原清重《きよしげ》の作。詞書から「契日中恋」の題と知られる。歌意は、わたしの衣の袖は涙ですっかり朽ちてしまったであろうよ。もしも恋人が袖の干る間の昼間に逢おうとあてにさせなかったならば、のとおり。「袖のひるま」の「ひるま」に「干《ひ》る間」と「昼間」を掛ける。涙に朽ちんばかりの袖を見て、夜逢えぬのなら、せめて昼間でもと願う、ままならぬ恋の詠歌。

次に、3の詠は、『新古今集』に「摂政太政大臣（藤原良経）家百首歌合に、契《ル》恋の心を」の詞書を付して載る、慈円の作。詞書から「契恋」の題と知られる。歌意は、我が心よ、ひたすら信じることにしよう。たとえ偽りであっても、その約束を。あの人が偽りを重ねた時にこそ、改めて恨むことにして、のとおり。恋人への信頼を主題にして、女の立場で我と我が心に言い聞かせた詠作。

次に、4の詠は、『玉葉集』に「契恋を」の詞書を付して載る、二条道良女《みちよしのむすめ》の作。詞書から「契恋」の題と知られる。歌意は、言葉の上だけは、ただの義理にでも約束するかも知れない。しかし、外からは見えないほんとうの心の奥が知りたいものだ、のとおり。実詠歌の趣の歌だ。

最後に、5の詠は、『六百番歌合』に「契恋」の題で掲げられた、藤原有家の作。歌意は、前世のことを考えることまでも嬉しいことだ。逢うという約束も今日だけでなく、前世ですでに決まっていたのであろうよ、のとおり。約束を交した日の嬉しさを詠じた歌。

以上が「契恋」の題にまつわる諸種の略述である。

n　「別恋」

恋部の次の歌題は「別恋」である。「わかれのこひ」「わかるるこひ」と読む。「別恋」とは、一夜逢った恋人が後朝《きぬぎぬ》の別れのわびしさを男・女の立場で詠ずる場合と、恋人の変心によって夜離《が》れにいたる悲哀・悲痛を、女の立場で詠ずる場合とがある。前者は、「後朝恋」「暁恋」と酷似《こくじ》する世界で、相違点は曖昧だが、「初遇恋」に続く初期の段階に限定されている。後者は、「絶恋」「恨」と重なる世界で、呪いや祈り、絶叫を内容とする。いずれにせよ、恋の脆弱《ぜいじゃく》さや悲哀の浮き立つ題意である。『永久百首』に初登場し、勅撰集では『新勅撰集』に初出する。「別恋」の題の属性を表す用語と結題には、「別れ」「別る」「ありあけ」「飽かぬ別れ」「袖の別れ」「欲別恋」「暁別恋」「月前別恋」「急別恋」「契別恋」「忍別恋」「惜別恋」「恨別恋」などがある。

さて、有明の月につれなき後朝を恨み、睦言もまだ尽きないのに、暁をつげる鐘の声を歎き、後朝の別れを急ぐ恋人に、一番鶏の声もまだ鳴かない旨を言って留め、別れ際の寝床、送り出す女の枕もとで、今晩の逢瀬を約束したり、また、むせび泣く涙に暮れて、次の逢瀬は何時とも言い出せないなど、別れに伴う種々様々の局面を詠じている。

「別恋」の題の例歌（証歌）には、次の六首を指摘できよう。

1　有明のつれなく見えし別れより暁ばかり憂きものはなし
（古今集・恋歌三・壬生忠岑・六二五）

2　しののめの別れを惜しみ我ぞまづ鶏《とり》より先に泣きはじめつる
（同・同・寵・六四〇）

3　朝戸《あさと》あけてながめやすらむたなばたは飽かぬ別れの空を恋ひつつ

（後撰集・秋上・〈紀〉貫之・二四九）

4　しろたへの袖の別れに露落ちて身にしむ色の秋風ぞ吹く

（新古今集・恋歌五・藤原定家朝臣・一三三六）

5　きぬぎぬの袂《たもと》に残る露しあらばとめつる玉の行くへとも見よ

（玉葉集・恋歌二・法印定為・一四五〇）

まず、1と2の詠は、ともに『古今集』に「題知らず」の詞書を付して載る、前者が壬生忠岑、後者が寵《うつく》（源精の娘）の作。1の詠は詞書から「別恋」の題は知られないが、詠作内容からそれと知られよう。歌意は、有明の月がそっけなく空にかかって見えた、一晩中かきくどいても逢うことができないで帰ってきた、あの別れの時以来、暁ほどつらく感じられるものはないよ、のとおり。「有明」の月に、つれない女性をよそえている。

次に、2の詠の歌意は、夜明けがたの別れを惜しんで、わたしのほうが別れの時を告げる鶏が鳴くのよりも先に、泣き出してしまったことよ、のとおり。後朝の別れを詠じた女性の歌。

次に、3の詠は、『後撰集』に「おなじ（七月八日の朝の）心を」の詞書を付して載る、紀貫之の作。詞書から「別恋」の題は知られないが、下句からそれと知られよう。歌意は、朝、戸をあけて眺めているのだろうか。織女《しょくじょ》は牽牛《けんぎゅう》と充たされない思いで別れたあの空を、何度も恋い慕いながら、のとおり。織女の立場からの「別恋」の切ない世界。

次に、4の詠は、『新古今集』に「水無瀬《みなせ》恋十五首歌合に」の詞書を付して載る、藤原定家の作。詞書から「別恋」の題は知られないが、第二句からそれと知られよう。歌意は、朝が訪れて、重ねていた袖を分かち、今しも別れようとしている二人。その白妙の袖に、悲しみの色を湛《たた》えた涙の露が落ち、身にしみるような冷たい秋風が吹くことだ、のとおり。本詠は『古今六帖』の読人不知歌、「吹き来《く》れば身にもしみける秋風を色なきものと思ひけるかな」（四二三、現代語訳＝吹いて来ると、ひとしお堪えがたく身にしみて感じられる秋風を、どうしてこれまで色のないものと思ってきたのだろうか。こんなにも紅涙《こうるい》が流れることだ）を本歌とする。原拠資料では「寄風恋」の題であったが、後朝の別れを惜しむ男女の姿を描出して「別恋」の題にふさわしい秀逸な世界を構築している。

次に、5の詠は、『玉葉集』に「嘉元百首歌たてまつりけるに、暁別恋」の詞書を付して載る、定為《じょうい》の作。詞書から「暁別恋」の題と知られる。歌意は、後朝の別れをして帰って行くあなたの袂に、もし消えずに残っている露の玉があったならば、それはあなたの袖に留めたわたしの魂のなれの果てだと思って見てほしいわ、のとおり。実詠歌を思わせるような「後朝の別れ」の題詠歌。

最後に、６の詠は、『六百番歌合』に「別恋」の題で掲載された、藤原定家の作。歌意は、いっそのこと、わたしの心よ変ってしまえ。恋人と別れて帰る野辺の露は、はかない命を思わせる。その命に匹敵《ひってき》するような苦しい思いはしたくないよ、のとおり。つらい思いはもういやだと、つらかった恋をしみじみ歌う。

以上、「別恋」の題が惹起《じゃっき》する幾多の恋の局面について略述した。

○「名立恋」（立無名恋）

恋部の次の歌題は「名立恋」である。「なたつこひ」「なのたつこひ」と読む。「名立恋」とは、恋の評判が立つこと。また「立無名恋《なきなたつこひ》」とは、実態のない恋の評判が立つこと。『千載集』に「立無名恋」の題が初登場。「名立恋」の題の属性を表す用語と結題には、「名立つ」「名に立つ」「無き名立つ」「浮き名」「名取川」「隠名恋」「惜名恋」などがある。

さて、「名の立つ」ことを、「春霞」にたとえては「野にも山にも満ちぬる」と歎き、相手と懇意《こんい》になったのは誰にも知られない時だったのに、噂が立つのは、激しく流れる川の瀬のようにかまびすしく、我が名が立つよりも相手の身辺のことを心配して、相手が薄情《はくじょう》な人ゆえに、契りを結ぶよりも前に評判が立ったことを恨んだり、名取川に託しては「浮き名を流す」とも詠じたりするものだ。

「名立恋」（立無名恋）の例歌（証歌）には、次の六首を上げえよう。

1　知るといへば枕だにせで寝しものを塵《ちり》ならぬ名の空に立つらむ
（古今集・恋歌三・伊勢・六七六）

2　あさましや逢ふ瀬も知らぬ名取川まだきに岩まもらすべしやは
（金葉集二奏本・恋部上・前斎院内侍・三九六）

3　人知れず無き名は立てど唐衣かさねぬ袖はなほぞ露けき
（同・恋部下・左京大夫〈藤原〉経忠・四八六）

4　立ちしより晴れずもものを思ふかな無き名や野辺の霞なるらむ
（千載集・恋歌一・源俊頼朝臣・五六九）

5　同じくは重ねてしぼれ濡れ衣《ごろも》さても乾《ほ》すべき無き名ならじを
（同・同・左兵衛督〈藤原〉隆房・六九五）

6　無き名のみ立田の山にたつ雲のゆくへも知らぬながめをぞする
（新古今集・恋歌二・権中納言〈藤原〉俊忠・一一三二）

まず、1の詠は、『古今集』に「題知らず」の詞書を付して載る、伊勢の作。詞書から「名立恋」の題は知られないが、下句からそれと知られよう。歌意は、恋の秘密を知ってしまうというので、枕さえしないで寝たのに、どうして塵が空に立つように、塵でもないわたしの噂が当て推量で拡《ひろ》がったのだろうか、のとおり。「枕」は恋の秘密を知るものと考えられていた。

次に、2の詠は、『金葉集』（二奏本）に「無き名立ちける人のがりつかはしける」の詞書を付して載る、前斎宮内侍の作。詞書の「無き名立ちける人」から「立無名恋」の題は想定されようか。歌意は、あきれたことだ。逢ったこともないのに、評判だけが立ってしまったよ。そんなに早くに世間に漏らしてよいものだろうか、のとおり。「名取川」は陸奥国の歌枕。ここは「名を取る」（評判を取る）の意で用いられている。会わないうちから世間の評判になってしまった、二人の仲を漏らした相手の男を非難した詠作。

次に、3の詠も『金葉集』（二奏本）に収載される歌だが、「題知らず」の詞書を付して載る、藤原経忠《つねただ》の作。詞書から「名立恋」の題は知られないが、第二句から「立無名恋」の題と知られよう。歌意は、あなたには知られずに、根も葉もない評判は立ってしまったけれど、衣を重ねて共寝をしていない我が袖は、それにしてもやはり涙で濡れていることだ、のとおり。片思いの状態で、噂だけが先行したために、いっそうつのる悲しみを詠作している。

次に、4の詠は、『千載集』に「中納言（藤原）俊忠家歌合に、無き名立つ恋といへる心をよみ侍りける」の詞書を付して載る、源俊頼の作。詞書から「立無名恋」の題と知られる。歌意は、身に覚えのない浮いた噂が立ってからというもの、心が晴れずもの思いの尽きないことだよ。「立ちてより晴れぬ無き名」とは、まさに野辺の霞のことであろうか、のとおり。心に秘めた片恋ゆえに、無き名のみ立つ不運を歎いた歌。

　次に、５の詠は、『千載集』に「女の無き名立つよし恨みて侍りければ、つかはしける」の詞書を付して載る、藤原隆房の作。詞書の「女の無き名立つよし」から「立無名恋」の題を想定するのは許されよう。歌意は、あなたは身に覚えのない浮き名が立ったとお恨みのようですが、いっそのこと、わたしのほんとうの恋人になって一緒になりましょうよ。それにしても、いったん立った噂は消そうとしても消せませんね、のとおり。立った浮き名を恨む女に、いっそのこと噂のままに逢ってしまおうと誘う男の贈歌。

　最後に、６の詠は、『新古今集』に「名立《ツ》恋といふ心をよみ侍りける」の詞書を付して載る、藤原俊忠の作。詞書から「名立恋」の題は知られる。歌意は、立田山に立つ雲のように、根も葉もない噂ばかりが立ち、その雲がどこへ行くのかわからないように、どうしてよいかわからないまま、わたしはじっともの思いをすることよ、のとおり。本詠は『拾遺集』の雑下の藤原為頼の歌、「無き名のみ立田の山の麓には世にもあらじの風も吹かなむ」（五六一、現代語訳＝あらぬ評判ばかりが立つので、もうこの世に生きていたくないよ。立田の山の麓に、はげしい嵐の風でも吹いてほしいものだ）を本歌とする。「立田の山」は大和国の歌枕。厭世《えんせい》の主題を、立田山の景に託して詠じたもの。

以上が「名立恋」（立無名恋）の題に関わる諸種の例歌の略述だ。

p 「忘恋」（被忘恋）

恋部の最後の歌題は「忘恋」である。「忘恋」は「わするるこひ」、「被忘恋」は「わすらるるこひ」と読む。「忘る」には、記憶や印象が自然に消失する場合と、記憶や印象を意志的・能動的に抹殺《まっさつ》する場合とがある。相手から恋愛の対象外になるのが「被忘恋」である一方、「忘恋」の場合、此方《こちら》と相手の関係では、自然発生的と意志的の二種類が想定される。その際、「忘れまい」という誓いのことば、「忘れようとしても忘れられない」という葛藤《かっとう》の言葉、「忘れられた」という絶望の言葉に類別されようか。「忘恋」の題の属性を表す用語と結題には、「忘る」「忘らる」「忘れ形見」「忘らるる身」「忘らるる袖」「忘れ草」「難忘恋」「忘久恋」「被忘人恋」「忘住所恋」などがある。

さて、恋しく思っている人から忘却《ぼうきゃく》される自身を、「橋」にかこつけて、「中絶えて人も通はぬ」と言い、「忘れ草の種はつれなき人の心なり」とも言い、「野中の清水」に託しては、かつて恋人であった縁故《えんこ》を頼みにし、また、忘れてしまった相手よりも、今も冷淡にも生きている自身を恨みに思う心などを詠じるものだ。「忘恋」は「逢不逢恋」の題にも通じている。

「忘恋」（被忘恋）の例歌（証歌）には、次の六首を指摘できようか。

1　忘れぬる君はなかなかつらからで今まで生ける身をぞ恨むる
（拾遺集・恋五・読人不知・九九四）

2　袖の露もあらぬ色にぞ消えかへるうつればかはる歎きせし間に
（新古今集・恋歌四・〈後鳥羽〉太上天皇・一三二三）

3　忘らるる我が身につらき報《むく》いあらばつれなき人もものや思はむ
（続古今集・恋歌五・前左兵衛督〈藤原〉教定・一三六七）

4　はかなくも人の心をまだ知らでとはるべき身と思ひけるかな
（新後撰集・恋歌四・権大納言〈西園寺〉公顕・一〇六一）

5　契りしも同じ身ながら忘るれば又もとはるる世をや待たまし
（続後拾遺集・雑歌中・万秋門院・九二二）

6　忘らるる袖にはくもれ夜半《よは》の月見し夜に似たる影もうらめし
（風雅集・恋歌五・彈正尹邦省親王・一三七〇）

まず、1の詠は、『拾遺集』に「題知らず」の詞書を付して載る、読人不知の歌。詞書から

「忘恋」の題は知られないが、初句からそれと知られよう。歌意は、わたしのことを忘れてしまったあなたのことは、かえってつれないとは思われないで、今まで生き長らえてきて、あなたに忘れられるようになってしまった我が身が、むしろ恨めしく思われるよ、のとおり。忘れた相手よりも、忘れられた我が身のふがいなさを恥じる、ひたむきな自分自身への愛情を詠じた歌。

次に、２の詠は、『新古今集』に「被ルレ忘ラ恋の心を」の詞書を付して載る、後鳥羽院の御製。詞書から「被忘恋」の題と知られる。歌意は、袖の露（涙）もいつもと変った紅の色になって、今にも消えようとしているよ。あの人の心が移り、変ってしまった二人の間柄を歎いているうちに、のとおり。本詠は『古今集』の春歌下の小野小町の歌、「花の色は移りにけりないたづらに我が身世にふるながめせし間に」（一一三、現代語訳＝花の色はむなしく色あせてしまったことだ。わたしがうかうかと世を過ごして、もの思いにふけっている間に、長雨が降って）を本歌とする。絶望を過ぎて、諦《あきら》めに変った恋歌。

次に、３の詠は、『続古今集』に「被忘恋を」の詞書を付して載る、藤原教定《のりさだ》の作。詞書から「被忘恋」の題と知られる。歌意は、忘られる我が身につらい報いがあるならば、このわたしにつれないあの人にも、当然、報いがあってもの思いをするだろうかなあ、のとおり。仏教的因果律《いんがりつ》に基づく発想の詠作。

次に、4の詠は、『新後撰集』に「(嘉元)百首歌たてまつりし時、忘恋」の詞書を付して載る、西園寺公顕《きんあき》の作。詞書から「忘恋」の題と知られる。歌意は、分別《ふんべつ》のないことにも、わたしはあの人の本心をまだ充分知らないで、あの人が当然、わたしのもとに通って来てくれるはずの大切な存在だとばかり、認識していたことよ、のとおり。自己をうぬぼれていたと反省する、女性の立場からの詠作。

次に、5の詠は、『続後拾遺集』に「嘉元百首歌に、忘恋」の詞書を付して載る、万秋門院《ばんしゅうもんいん》の作。詞書から「忘恋」の題と知られる。歌意は、言い交わしたのも、別れてしまった今のこの身とまったく変らない身であるのに、あの人はそんなことなど忘れているので、わたしは再び、訪ねてきてもらえるような別の世を期待しようかしら、のとおり。仏教的宿命観に依拠した発想の歌。

最後に、6の詠は、『風雅集』に「忘恋」の詞書を付して載る、邦《くに》省《み》親王の作。詞書から「忘恋」の題と知られる。歌意は、人に忘れられて涙に濡れているわたしの袖には、はっきり映らないように曇っておくれ、夜中の月よ。嬉しかったあの頃とよく似た、美しい光りさえも恨めしく感じられるから、のとおり。「夜半の月」に対する詠歌作者の心象風景。

以上が「忘恋」(被忘恋)の題の切り拓く多彩な世界の概略である。

なお、恋部の歌題については、『和歌題林抄』には言及がないものの必要不可欠と判断される歌題を、『増補和歌題林抄』に解説付きで収載されるものに限って採録、言及したので、この処置によって、他の部立の歌題とのバランスが収録数の点でほぼ均衡《きんこう》が保たれることになったと言えようか。

（F）雑部の歌題から

最後に、「人事」に関わる歌題のうち、雑部の題の紹介に移ろうと思う。ところで、人事の題のうち、「雑歌」については『万葉集』の三部立のひとつとして「相聞《さうもん》」「挽歌《ばんか》」とともにその一翼《いちよく》を担っていたが、その内実は各種の宮廷儀礼・行幸・饗宴《きょうえん》などの公的な歌を中心にして、四季歌・恋歌のごとき正統的な歌も含んでいる。それに対して、勅撰集のそれは、四季・離別・羇旅・恋・哀傷などに属さない歌で、一言でいえば「くさぐさの歌」となろう。その内実は身の不遇や老いなどを歎く述懐の歌など、日常生活に関わる色彩の濃い歌が主要内容で、自然詠でも季節感の乏しい歌などはこの部立に含まれる。要するに、他の部立に比べて制約を受ける側面が少ないので、撰集当時の時代性をかなり反映している点で、注目されよう。

さて、雑部の題のうち、最初に俎上《そじょう》に載せたいのが「地儀《ちぎ》」に関わるもののうち、「林」「杜」などである。

a‐1「林」

雑部の最初の歌題は「地儀」のうち、「林」である。「林」とは樹木が集って生い茂っている所をいう。「林」の題の属性を表す用語と結題には、「竹の林」「林の鳥」「鶴の林」「星の林」「柞原《ははそはら》」「櫨《はじ》の群立《むらだち》」「木々の梢」「猪名《ゐな》の伏原《ふしはら》」「穴師《あなし》の檜原《ひばら》」「巻向《まきむく》の檜原」「園原《そのはら》」「林鹿」「林早夏」「林月」「林鳥」「林花」「林葉漸紅」「林頭蟬」「林紅葉」「林雪」「林下時雨」「林下春雨」「林花半落」「林間鶯」「林中暁月」「林中桜」などがある。

さて、「林」は木が数多生えている所だ。「柞原」「櫨の群立」などをも詠んでいる。また、場所に応じて、「檜原」「杉原」なども同じだ。ただ単に「原」とはいうけれども、木が生い茂った所を詠まねばなるまい。「野原」「篠原《しのはら》」などは詠んではならない。「森林」に関連させて詠むものだ。

「林」の題の例歌（証歌）には、次の四首を指摘しえよう。

1　梅の花散らまく惜しみ我が園の竹の林にうぐひす鳴くも
（万葉集・雑歌・少監阿氏奥嶋・八二八）

2　たちそむる烏《からす》ひと声鳴き過ぎて林静かに明くる東雲《しののめ》
（風雅集・雑歌中・徽安門院一条・一六三五）

3　山陰や竹のあなたに入り日落ちて林の鳥の声ぞあらそふ

（同・同・伏見院御歌・一七八〇）

4　林あれて秋のなさけも人とはず紅葉をたきしあとの白雪

（拾遺愚草・上・藤原定家・一一四六）

まず、1の詠は、『万葉集』に「梅花《ばいくわ》の歌三十二首」の題詞を付して載る、少監《しょうけん》阿氏奥嶋《あじのおきしま》の作。題詞から「林」の題は知られないが、第四句から「竹林」の題は想定されようか。歌意は、梅の花がまもなく散るのを惜しんで、わたしの庭の竹の林で鶯がしきりに鳴くことだ、のとおり。「竹の林」は漢語「竹林」の翻訳語であろう。

次に2の詠は、『風雅集』に「（貞和《ちやうわ》）百首御歌の中に」の詞書を付して載る、徽安門院一《きあんもんいんのいち》条《じょう》の作。詞書から「林」の題は知られないが、第四句からそれと知られようか。歌意は、朝いちばんに飛び立つ鳥が、一声鳴いて過ぎ、林が静かに明けはじめる、この暁の時刻よ、のとおり。鳥に一声鳴かすことによって、「林」の静寂さを引き立たせる効果は印象的だ。

次に、3の詠も『風雅集』の同じ巻に収載される歌だが、「山家鳥」の詞書を付して載る、伏見院の御製。詞書から題は「山家鳥」と知られるが、第四句から「林鳥」の題も想定されようか。歌意は、山陰にいると、竹林の向こうに入り日が沈んで、林では鳥のねぐらを争う声が盛んに聞こえてくるよ、のとおり。竹林の向こうに沈む夕陽と竹林でねぐらを争う鳥の声とが、視覚と聴覚という対立の構図で把えられ、秀逸である。

最後に、4の詠は、『拾遺愚草』の「内大臣（藤原道家）家百首」に「林雪」の題を付して載る、藤原定家の作。歌意は、林は荒れて、秋の情緒《じょうちょ》の跡を訪れる人もない。紅葉を焚いて酒を暖めた跡に、白雪が積っているよ、のとおり。本詠は『和漢朗詠集』に「秋興《しうきよう》」と題して載る、白楽天の「林間に酒を暖めて紅葉《こうえふ》を焚《た》く　石上《せきしやう》に詩を題して緑苔《りよくたい》を掃《はら》ふ」（二二一、現代語訳＝秋の風流を求めて林の中に分け入り、紅葉をかき集めて、それを焚いて酒を暖める。また、石の上の緑の苔を掃い落として、そこに詩を書き付ける）の漢詩に依拠している。

以上が和歌には単独の題と例歌が見出せない、「林」の歌題に関わる概略だ。

a－2「杜」（森）

雑部の次の歌題は同じ「地儀」のうち、「杜《もり》」（森）である。「杜」とは、多くの樹木の茂った所。また、神霊の寄りつく樹木の群生する霊域。「杜」（森）の題の属性を表す用語と結題には、「杜の下道」「杜の下草」「杜の下露」「杜の朽ち葉」「外面《そとも》の杜」「岩代の杜」「神奈備の杜」「信太《しのだ》の杜」「衣手の杜」「老曾《おいそ》の杜」「磐手《いはで》の杜」「生田《いくた》の杜」「大荒木の杜」「杜陰蟬」「杜夏草」「杜霞」「杜郭公」「杜間月」「杜紅葉」「杜雪」「杜露」などがある。

さて、「杜」は「林」に関連するように詠むものだ。杜には名所・歌枕が数多あるので、その拠り処に基づいて詠まなければなるまい。

「杜」（森）の題の例歌（証歌）には、次の六首を上げえよう。

1　朝な朝な我が見る柳うぐひすの来居《きゐ》て鳴くべき森にはやなれ
（万葉集・春の雑歌・作者不記・一八五四）

2　木綿《ゆふ》かけて斎《いは》ふこの社《もり》越えぬべく思ほゆるかも恋の繁きに（同・譬喩歌・同・一三八二）

3　大荒木の杜の下草老いぬれば駒もすさめず刈る人もなし
（古今集・雑歌上・読人不知・八九二）

4　夜《よ》だに明けばたづねて聞かむほととぎす信太《しのだ》の杜のかたに鳴くなり
（後拾遺集・夏・能因法師・一八九）

5　柞原《ははそはら》しづくも色やかはるらむ杜の下草秋ふけにけり
（新古今集・摂政太政大臣〈藤原良経〉・五三一）

6　あさみどりこのめ春雨ふき乱りうすき霞の衣手の杜
（拾遺愚草員外・四季題百首・藤原定家・五七一）

まず、1の詠は、『万葉集』に「柳を詠みし八首」の題詞を付して載る、作者不記歌。題詞から「柳」の題と知られるが、結句から「森」の題は想定されよう。歌意は、毎朝、わたしが見る柳よ。鶯がやって来て鳴くような立派な大木《たいぼく》にはやくなっておくれ、のとおり。ここの「森」は「大木」の意。

次に、2の詠も『万葉集』に収載される歌だが、「神に寄せし二首」の題詞を付して載る、作者不記歌。題詞から「神」（社）の題と知られる。歌意は、木綿四手《ゆふしで》を掛けて清め祭るお社でも踏み越えて入ってしまうほど、一途《いちず》に思われることだ。恋の絶え間ない苦しみのために、のとおり。この「社」は「神社」の意。

次に、3の詠歌は、『古今集』に「題知らず」の詞書を付して載る、読人不知歌。詞書から「杜」の題は知られないが、初句からそれと知られよう。歌意は、大荒木の杜の下草が盛りを過ぎ、固くなってしまったので、馬も食べようとしないし、刈る人もいないよ、のとおり。「大荒木の杜」は大和国の歌枕。今の五条市の荒木神社の森か。

次に、4の詠は、『後拾遺集』に「題知らず」の詞書を付して載る、能因の作。詞書から「杜」の題は知られないが、第四句からそれと知られよう。歌意は、夜さえ明けたら、訪ねて行って聞くことにしよう。ほととぎすがあの信太の杜の方向で鳴いている声が聞こえてくるよ、のとおり。「信太の杜」は和泉国の歌枕。今の和泉市にある。

次に、5の詠は、『新古今集』に「左大将に侍りける時、家に百首歌合し侍りけるに、柞をよみ侍りける」の詞書を付して載る、藤原良経の作。詞書から「柞」の題と知られるが、詠作内容から「杜紅葉」の題が想定されようか。歌意は、柞原ではしたたる雫までも紅葉の色に染っていることだろうか。ここ大荒木の杜の下草も秋の気色が深まっていることだ、のとおり。本詠は『拾遺集』の夏の壬生忠岑の歌、「大荒木の杜の下草しげりあひて深くも夏のなりにけるかな」（一三六、現代語訳＝大荒木の杜の下草が茂り合って、草深くなったように、すっかり夏も深くなったことだなあ）の本歌取り。

最後に、6の詠は、『拾遺愚草員外《いんがい》』の「四季題百首」に「杜」の題で収載される、藤原定家の作。歌意は、浅緑色に木の芽もふき、春雨が乱れ降って、薄い霞の衣がかかっている、衣手の杜よ、のとおり。「春雨」に「張る」を掛ける。

以上が「杜」（森）の題の略述である。

b　「旅」（羇旅・羇中）

雑部の次の歌題は「旅」である。ところで、旅の歌は勅撰集では「羇旅《きりょ》」の部立に収載され、歌題としては「旅」が主流だが、私家集・私撰集・歌合などでは、「旅」のほかに「羇旅」「羇中」などがかなり登場する。したがって、ここでは歌題の扱いとしては、文献資料の扱いに応じて臨機応変に対応しておきたいと思う。

さて、「旅」（羇旅・羇中）には、遷都《せんと》・行幸、転任・配流《はいる》などの公的な旅、修行《しゅぎょう》・寺社への参詣・遊山《ゆさん》・湯浴《ゆあみ》などの私的な旅など、その種類は多いが、旅中における感懐《かんかい》歌や、旅人の旅先での身を案ずる、送別側の心情の吐露《とろ》歌などにも共鳴・共感する詠作が多い。なお、これらの羇旅歌のうち、実際に旅に出た際の実詠歌も少なくないが、大部分は題詠歌が占めている点に、注意しておく必要があろう。ちなみに、「旅」（羇旅・羇中）の題の属性を表す用語と結題には、「稲莚《いなむしろ》」「宿かる」「松が根枕」「旅館」「露分け衣」「駅づたひ」「朝立つ」「行き暮らす」「旅衣」「旅寝」「旅立つ」「旅のやどり」「草枕」「行路」「旅郭公」「旅雁聞雲」「旅空見月」「旅行秋興」「旅五月雨」「旅宿遠望」「旅宿雁」「旅宿暁思」「旅宿時雨」「旅夕立」「旅浦嵐」「羇旅花」「羇旅述懐」「羇旅月」「羇旅郭公」「羇旅落葉」「羇旅露」「羇旅松」「羇中霞」「羇中帰雁」「羇中紅葉」「羇中木綿」「羇中晩嵐」「羇中暮」「羇中時雨」「羇中見月」「羇中眺望」「羇中松風」などがある。

さて、「稲莚」は田舎《いなか》を言う。稲などを仮りに打ち敷いて寝る趣である。「稲敷き」というのも同じ趣である。これらのことを旅の心で詠むのだ。「露分け衣」は露を防ぐ衣のことだ。「駅《むま》家《や》」は旅の宿泊所をいう。「羇中」「羇旅」などは、どちらも旅の趣を詠まねばなるまい。「行《かう》路《ろ》」というのは、「朝立つ」とも「行き暮らす」とも「野を分け、山を越ゆ」とも、どの点からも、広範囲を行動する趣を詠まねばなるまい。「旅宿」とは、泊まる趣である。「草枕」とも「旅の館《やかた》」とも「宿借る」とも詠む。また、「松が根の枕」とも「磯枕」とも「野辺の丸臥《まろぶ》し」とも。「草枕」とは、旅などで草を引き結んで枕にすることだ。「旅泊」とは、船路の泊りをいう。「浮き寝の床」とも「浪の枕」とも、また、泊りの名をも詠む。「湊川《みなとがは》」「室《むろ》」「高砂」「唐《から》琴《こと》の泊り」「虫明《むしあけ》の瀬戸」なども詠む。一般的に、どの場合にも「旅」では「都」を思うものだ。故郷を恋しく思い、旅の日数が積もるにつれて、都から遠ざかる旨を言い、「都鳥」に恋人や妻の安否を尋ねたく思ったり、「宇津《うつ》の山越え」に都への伝言を思い出したり、遠く離れた所から都の空を眺めたり、夢の中にだけ故郷を見たり、松を吹く松籟《しょうらい》の音に夢を覚まされたり、夜中に鳴く猿の声を聞いて、断腸《だんちょう》の思いで袖を濡らす心などを詠まねばならないのだ。要するに、旅の心を詠ずる場合には、出立《しゅったつ》した日からはなはだ日数が隔たった趣を、詠じなければならないというわけだ。

「旅」（羇旅・羇中）の例歌（証歌）には、次の九首を示しえよう。

1　唐衣着つつなれにしつましあればはるばる来《き》ぬる旅をしぞ思ふ
（古今集・羇旅歌・在原業平朝臣・四一〇）

2　独り寝《ぬ》る草の枕は冴《さ》ゆれども降り積む雪を払はでぞ見る

（後拾遺集・冬・津守国基・四〇九）

3　都をば霞とともに立ちしかど秋風ぞ吹く白河の関
（同・羇旅・能因法師・五一八）

4　旅寝する夜床《よどこ》さえつつ明けぬらし遠方《とかた》に鐘の声聞こゆなり
（金葉集二奏本・冬部・大納言〈源〉経信・二六九）

5　浪の上に有明の月を見ましやは須磨の関屋にやどらざりせば
（千載集・羇旅歌・中納言〈源〉国信・五〇一）

6　岩根ふみ峰の椎柴《しひしば》折りしきて雲に宿かる夕暮の空
（同・同・寂蓮法師・五四四）

7　明けばまた越ゆべき山の峰なれや空ゆく月のするゐの白雲
（新古今集・羇旅歌・〈藤原〉家隆朝臣・九三九）

8　ふるさとも秋はゆふべをかたみにて風のみ送る小野の篠原
（同・同・皇太后宮大夫〈藤原〉俊成女・九五七）

9　見るままに慰みぬべき海山も都のほかはものぞ悲しき
（続古今集・羇旅歌・皇太后宮大夫〈藤原〉俊成・九四〇）

まず、1の詠は、『古今集』に「東の方へ、友とする人、一人二人誘《いざな》ひて行きけり。三河国八橋《やつはし》といふ所に至れりけるに、その川のほとりに、かきつばたいとおもしろく咲けりけるを見て、木の陰に下り居て、かきつばたといふ文字を句の頭に据ゑて、旅の心をよまむとてよめる」の詞書を付して載る、在原業平の作。詞書から「旅」の題と知られよう。歌意は、いつも着ていて身に馴染《なじ》んだ唐衣の褄《つま》のように、長年馴れ親しんだ妻を都に残してきたので、はるばるやって来た旅のわびしさがつくづくと思われる、のとおり。本詠は折句《おりく》の歌。「唐衣着つつ」は「なれ」の序詞。「なれ」は「馴れ」と「萎《な》れ」を、「つま」は「妻」と「褄」を、「はるばる」は「遥々」と「張る」を、「来」に「着」を各々、掛ける。「萎れ」「褄」「張る」「着」は「唐衣」の縁語。

次に、2の詠は、『後拾遺集』に「旅宿の雪といふ心をよめる」の詞書を付して載る、能因の作。詞書から「旅宿雪」の題と知られる。歌意は、独り寝の旅寝はこごえるほどの寒さであるが、周囲に降り積み、自分に降りかかる雪を払わないで眺めることだ、のとおり。旅宿の独り寝の凍《い》てつく寒さと、降りかかる雪を物ともせずに、雪の景色に没入する、詠歌主体のすさまじいまでの執着心《しゅうちゃくしん》を描いて見事である。

次に、3の詠も『後拾遺集』の羇旅《きりょ》の部に収載される歌だが、「陸奥国にまかり下りけるに、白河の関にてよみ侍りけるに」の詞書を付して載る、能因の作。部立《ぶだて》と詞書から「白河の関」の羇旅歌と知られよう。歌意は、都を、春霞が立つのとともに出発したが、いつの間にか、秋風が吹く季節になってしまったことだ。この白河の関では、のとおり。能因の初度《しょど》の陸奥行きを示す歌で、道程の遠さを歌う。

次に、4の詠は、『金葉集』（二奏本）に「旅宿冬夜といへることをよめる」の詞書を付して載る、源経信の作。詞書から「旅宿冬夜」の題と知られる。歌意は、旅寝する夜の床は冷え冷えとしたまま、明けたらしい。その証拠には、遠くに鐘の声が聞こえているよ、のとおり。漢詩的雰囲気を漂わせた印象鮮明な詠歌。

次に、5の詠は、『千載集』に「堀河院御時百首歌たてまつりける時、旅の歌とてよめる」の詞書を付して載る、源国信の作。詞書から「旅」の題と知られる。歌意は、浪の上に有明の月を見たであろうか、いや見られなかったであろう。この須磨の関屋に泊まらなかったならば、のとおり。須磨の関屋の眠られぬ旅宿の暁近く、海上にかかる有明の月を眺めての感懐《かんかい》。『源氏物語』須磨巻を面影にしたのであろう。

次に、6の詠も『千載集』の同じ巻に収載される歌だが、「円位法師がよませ侍りける（二《ふた》見浦《みのうら》）百首歌中に、旅の歌とてよめる」の詞書を付して載る、寂蓮の作。歌意は、夕暮れの空の下、大きな岩を踏み、峰の椎の木の小枝を折り敷いて、雲がかかる高い山で宿りをすることだよ、のとおり。修行《しゅぎょう》の旅における高所でのわびしい宿りという、実詠歌を思わせる詠作。

次に、7の詠は、『新古今集』に「（老若《らうにやく》）五十首の歌たてまつりし時」の詞書を付して載る、藤原家隆の作。詞書から「旅」の題は知られないが、詠作内容からそれと知られよう。歌意は、夜が明けたならば、また越えなければならない山の峰なのだろうか。空を移ってゆく月が沈んでゆく末の、白雲がたなびいているあのあたりは、のとおり。現実の旅の苦労を超越したごとき、一種幻想的な心情に近い感懐が認められよう。結句の「すゑの白雲」は、藤原為家の『詠歌一体』で制詞《せいし》のひとつに挙げられている。

次に、8の詠も『新古今集』の同じ巻に収載される歌だが、「和歌所の歌合に、羇中ノ暮といふことを」の詞書を付して載る、藤原俊成女の作。詞書から「羇中暮」の題と知られる。歌意は、故郷も今は秋の夕べであろうに、故郷の形見としては、風だけが小野の篠原の浅茅《あさぢ》を靡《なび》かせて吹き送ってくるよ、のとおり。「小野の篠原」は山城国の歌枕。

最後に、9の詠は、『続古今集』に「後法性寺入道前関白（藤原兼実）の右大臣に侍りける時の（兼実）百首に」の詞書を付して載る、藤原俊成の作。詞書から「旅」の題は知られないが、羇旅部に収載され、詠作内容からそれと知られよう。歌意は、見るとすぐに慰められるはずの、美しい海や山の風景も、都以外ではかえって、何となく悲しく思われることだ、のとおり。都での生活者の偽りのない実感の表出が顕著《けんちょ》な詠作である。

以上、諸種の局面の著しい展開が見られた、異空間の美の提示ともいうべき「旅」（羇旅・羇中）の題の概略を叙述した。

c 「雲」

雑部の次の歌題は天象《てんしょう》に関わる「雲」である。「雲」とは、大気中の水分が細かな粒（氷晶）となって、空に浮かび、白く見えるもの。「雲」の題の属性を表す用語と結題には、「あま雲」「群雲《むらくも》」「薄雲」「白雲」「夕居《ゆふゐ》る雲」「横雲」「横切る雲」「雲のはたて」「紫の雲の迎へ」「雲の衣」「雲のかけはし」「立つ」「張る」「消ゆ」「棚引《たなび》く」「雲間」「晴れ間」「曇る」「雲外郭公」「雲隔遠望」「雲隔山家」「雲間花」「雲間郭公」「雲間月」「雲間初雁」「雲間待月」「雲間明月」などがある。

さて、「あま雲」とは雨気《あまけ》の雲を言う。ただ「空の雲」という趣でも詠まれている。「雲のはたて」とは、夕暮れに、太陽が山の端《は》に入ろうとする時に、夕焼けした雲が、長旗《ながはた》の末端が風に吹かれてはためく形に似ているのを言うのだ。「横雲」は、曙の時刻に山の端に立つ。「紫の雲」は、慶事《けいじ》が催されるはずの所に立つ。天皇や皇后が即位なさる前兆として立つと言われている。「迎への雲」というのは、紫の雲だけれども、これは別のことである。極楽《ごくらく》浄土へ旅立つ人を迎える雲のことだ。「雲の衣」とは、雲を衣に喩えていう言葉だ。月が身にまとっている趣で詠むのである。「夕居る雲」とは、夕方に山にかかっている雲のことだ。

「雲」の題の例歌（証歌）には、次の六首が指摘されよう。

1　こもりくの泊瀬《はつせ》の山の山の間にいさよふ雲は妹にかもあらむ

（万葉集・挽歌・柿本朝臣人麻呂・四三一）

2　夕暮れは雲のはたてにものぞ思ふ天つ空なる人を恋ふとて

（古今集・恋歌一・読人不知・四八四）

3　天雲のよそにも人のなりゆくかさすがに目には見ゆるものから

（同・恋歌五・〈紀有常女〉・七八四）

4　山の端に雲の衣をぬぎ捨ててひとりも月の立ちのぼるかな

（金葉集二奏本・秋部・源俊頼朝臣・一九四）

5　山わかれ飛びゆく雲の帰りくるかげ見る時はなほ頼まれぬ

（新古今集・雑歌下・菅贈太政大臣〈菅原道真〉・一六九二）

6　山あひにおりしづまれる白雲のしばしと見ればはや消えにけり

（風雅集・雑歌中・永福門院・一六八五）

まず、1の詠は、『万葉集』に「土形《ひぢかたの》娘子《をとめ》の泊瀬の山に火葬せられし時に、柿本人麻呂の作りし歌一首」の題詞を付して載る、柿本人麻呂の作。題詞から「雲」の題は知られないが、第四句からそれと知られよう。歌意は、泊瀬の山の山間に、漂っている雲は、亡き土形の娘子であろうか、のとおり。「雲」を亡き土形の娘子と見たのは、俗信《ぞくしん》として火葬に付されて空に昇った煙が雲になると流布《るふ》していたから。

　次に、2の詠は、『古今集』に「題知らず」の詞書を付して載る、読人不知歌。詞書から「雲」の題は知られないが、第二句からそれと知られよう。歌意は、夕方になると、棚引く旗手雲のように心乱れて、わたしはもの思いにふけることだ。空のかなたにいるような、あの貴いお方を恋い慕って、のとおり。なお、「雲のはたて」については、現下では「雲の果て」と解釈する説のほうが主流をしめるようだが、本書で紹介した『和歌題林抄』の説に依拠して現代語訳しておいた。

　次に、3の詠も『古今集』の恋歌五に収載される歌だが、「業平朝臣、紀有常《ありつね》が娘に住みけるを、恨むることありて、しばしの間、昼は来て夕さりは帰りのみしければ、よみて遣はしける」の詞書を付して載る、紀有常の娘（業平の妻）の作。詞書から「雲」の題は知られないが、初句からそれと知られよう。歌意は、はるか遠く隔った大空の雲のように、あなたはよそよそしい仲になってしまいましたこと。そうは申しましても、目に見える所にはおいでですが、のとおり。「天雲」は「よそ」の実景的な枕詞。

　次に、4の詠は、『金葉集』（二奏本）に「宇治前太政大臣（藤原師実《もろざね》）家歌合に、月をよめる」の詞書を付して載る、源俊頼の作。詞書から「月」の題と知られるが、第二句から「雲」

の題も想定されようか。歌意は、衣のように覆っていた雲を山の端に払い捨てて、ひとり月が空に立ち上っていくことよ、のとおり。『和歌題林抄』が本詠を「雲」の証歌にしたのは、「雲の衣」の措辞が含まれているからであろうか。

次に、5の詠は、『新古今集』に「雲」の詞書を付して載る、菅原道真の作。詞書から「雲」の題と知られる。歌意は、朝、山の峰から別れて飛んでゆく雲が、夕方になって帰ってくる。その姿を見ると、やはりわたしもいつかは帰京できるだろうと頼みに思われるよ、のとおり。雲の姿を見て、自身の境遇を重ね合わせて慰めた歌。

最後に、6の詠は、『風雅集』に「雲を」の詞書を付して載る、永福門院の作。詞書から「雲」の題と知られる。歌意は、山あいに下りて、そこに静まった白雲は、暫《しばら》く留まるかと見ていると、はやくも消えてしまったことだ、のとおり。雲を凝視《ぎょうし》する詠歌主体の内面には、深い自己凝視の姿勢が窺知《きち》される。作者晩年に近い静寂の歌境を示す詠作だ。

以上が「雲」の題が提示する多彩で深遠な虚構と実詠歌の概略だ。

d 「雨」

雑部の次の歌題は、同じく天象関係の「雨」である。「雨」とは、大気中の水蒸気が冷えて水滴となって、空から落ちてくるもの。『古今六帖』の分類項目。「春雨」「五月雨」「夕立」

「時雨」など、四季とりどりの題で詠まれる。「雨」の題の属性を表す用語と結題には、「村雨《むらさめ》」「小雨《こさめ》」「肘笠《ひぢかさ》雨」「夕立」「雨注《あまそそ》ぎ」「軒の玉水」「軒の下水」「庭たづみ」「晴れ間」「ささめの衣」「田蓑《たみの》」「蓑代衣《みのしろごろも》」「菅《すげ》の小笠《をがさ》」「三島菅笠《すががさ》」「雨宿り」「雨雲」「かへしの風」「夜雨」「雨夜思」「山中雨」「深山雨」「野夕雨」「雨後花」「雨後月」「雨後紅葉」「雨後蝉」「雨後落葉」「雨中鶯」「雨中郭公」「雨中思」「雨中藤花」「雨中無常」「雨中恋」「雨夜思萩」「雨夜常夏」などがある。

さて、「雨」は「春雨」「五月雨」「時雨」、みな『古今集』に出ている。どれも時に従って詠まねばならない。「村雨」は夏、急に降る雨をいう。「肘笠雨」は「村雨」に同じ。急に袖を被《かつ》く趣である。「雨注ぎ」は雨が散りかかる趣である。「真屋《まや》のあまりの雨注ぎ」などと詠まれている。「庭たづみ」は雨の降る折、庭にたまった水のことだ。「ささめの衣」は蓑である。「田蓑」とは、小さな蓑だ。「蓑代衣」とは、蓑がない時、そこでとっさに着る代りの雨具のことをいう。「三島菅笠」とは、三島という産地の菅笠だ。「雨中」というのは、その時雨が降っている趣を詠むことだ。「雨後」というのは、晴れている趣を詠むものだ。「雨雲のかへしの風」なども詠む。

「雨」の題の例歌（証歌）には、次の六首を上げえよう。

1　この里も夕立しけり浅茅生《あさぢふ》に露のすがらぬ草の葉もなし
（金葉集二奏本・夏部・源俊頼朝臣・一五〇）

2　雨雲のかへしの風の音せぬはおもはれじとの心なるべし
（同・恋部下・読人不知・四九一）

3　あかしかね窓暗き夜の雨の音に寝覚めの心いくしほれしつ
（玉葉集・雑歌二・永福門院・二二七一）

4　山風の吹きわたるかと聞くほどに檜原《ひばら》に雨のかかるなりけり
（同・同・同・二二七二）

5　雲しづむ谷の軒端の雨の暮れ聞きなれぬ鳥の声もさびしき
（風雅集・雑歌中・進子内親王・一七六七）

6　つくづくと思へばかなし数ならぬ身を知る雨よをやみだにせよ
（同・雑歌下・〈源〉俊頼朝臣・一八八一）

まず、1の詠は、『金葉集』（二奏本）に「二条関白（藤原師通）の家にて、雨後野草といへることをよめる」の詞書を付して載る、源俊頼の作。詞書から「雨後野草」の題と知られる。歌意は、この里でも夕立がしたのだなあ。浅茅生には露がすがりついていない草の葉もないよ、のとおり。草葉に置いた露で、すでに出会った夕立がここでも降ったと知る、旅中での細かい観察に基づく詠作。

次に、2の詠も同じ『金葉集』(二奏本)の恋部下に収載される歌だが、「題知らず」の詞書を付して載る、読人不知歌。詞書から「雨」の題は知られないが、初句からそれと知られよう。歌意は、雨雲を吹き返す風が音を立てて吹かないのは、晴れないということだろうが、返しの手紙が来ないのは、わたしに思われたくないというあなたの心なのでしょう、のとおり。「音せぬ」に、風が吹かない意と、返事が来ない意を掛ける。「おもはれじ」に、空が「晴れじ」の意に、「思はれじ」の意を掛ける。「かへしの風」に、返書を譬喩《ひゆ》している点が一興《いっきょう》と言えようか。

次に、3と4の詠は、『玉葉集』に連続して載る、永福門院の作だが、前者には「夜雨を」、後者には「山中雨といへることを」の詞書が付されている。まず、3の詠の歌意は、長い夜を明かしかねて、暁を待つ窓もいつまでも暗いが、その暗い夜の雨の音に寝覚めるたびに、わたしの心は何度憂いに沈んだことだろうか、のとおり。「夜雨」の題を実詠歌のごとく詠じている。

次に、4の詠の歌意は、さっと音がしたのは、山風が吹きわたって行く音なのだろうかと、耳を澄まして聞いているうちに、いつの間に変ったのか、その音は檜原に雨の降りかかる音になっていたようだなあ、のとおり。鋭敏な聴覚によって構築された荒涼《こうりょう》美《び》の優れた詠作。

次に、5の詠は、『風雅集』に「雨を」の詞書を付して載る、進子《しんし》内親王の作。詞書から

「雨」の題と知られる。歌意は、雲の沈んで行く谷に臨む軒端に、雨の降りかかる夕暮れ時よ。聞きなれない鳥の声もさびしく聞こえるよ、のとおり。視覚と聴覚の座標軸で展開される暮れなずむ夕暮れ時の風光。

最後に、6の詠も『風雅集』の雑歌下に収載される歌だが、6の詠と同じく「雨を」の詞書を付して載る、源俊頼の作。詞書から「雨」の題と知られる。歌意は、つくづくと考えてみると悲しいことだ。ものの数でもない、つまらない身であることを思い知らされるように、降り続く雨よ。せめて少しの間だけでも止んでおくれ、のとおり。

以上、京極派歌人に特別好まれた「雨」の題が切り拓く諸種の世界を略述した。

e　「老人」

雑部の次の歌題は「老人」である。「老人」とは、すでに若さを失った、年老いた男をいう。『和漢朗詠集』の分類標目にあり、『永久百首』の題。「老人」の題の属性を表す用語と結題には、「老いらく」「老いの浪」「翁」「翁さび」「瑞歯含《みづはぐ》む」「瑞歯さす」「元結ひの霜」「頭《かしら》の雪」「面《おもて》の波」「江浦草《つくも》（九十九《つくも》）髪《がみ》」「雨夜老人」「老人夜長」「老人惜花」「田家老翁」「老人若菜」「老人翫花」「老人見花」「老人翫月」「老人述懐」などがある。

さて、「老いらく」「老いの浪」は年老いた趣である。「翁さび」は年寄りじみているという意だ。老人らしく振る舞う趣である。「瑞歯含む」とは、はなはだ年をとった段階をいう。「瑞歯さす」ともいうだろう。「元結ひの霜」「頭の雪」はともに白髪《しらが》の趣である。「面の波」は顔面に幾重にも刻まれた皺《しわ》を、波に喩えているのだ。「九十九髪」とは、老人の髪は「江浦草」というものに似ているのだ。百年に一年足りないと読むのは、九十九になる趣である。年老いた趣を言うのであろう。すべてことに触れて昔をしのび、盛りを思い出して、鏡に映った姿を見て知らない翁かと驚き、立ち居の苦しきにつけて、寿命《じゅみょう》の近づいたことを悲しみ、長柄《ながら》の橋《はし》に寄せて年をとったことを愁い、深夜に目を覚まして、最後まで見終ることのできなかった夢の趣などを詠むものだ。

「老人」の題の例歌（証歌）には、次の八首を指摘しえようか。

1　翁さび人なとがめそ狩衣《かりごろも》今日ばかりとぞたづも鳴くなる

（後撰集・雑一・在原行平朝臣・一〇七六）

2　年ふれば我が黒髪も白河のみづはぐむまで老いにけるかな

（同・雑三・檜垣の嫗・一二一九）

3　むばたまの我が黒髪に年暮れて鏡の影に降れる白雪

（拾遺集・雑秋・〈紀〉貫之・一一五八）

4　ますら男《を》は山田の庵《いほ》に老いにけりいまいく千代にあはむとすらむ
（金葉集二奏本・雑部上・中納言〈藤原〉基長・五三一）

5　散る花もあはれと見ずや石《いそ》の上《かみ》ふりはつるまで惜しむ心を
（詞花集・春・藤原範永朝臣・四〇）

6　花の色の今はさだかに見えぬかな老いは春こそあはれなりけれ
（続古今集・雑歌上・前律師慶暹・一五二一）

7　見るもうし向かふ鏡の秋の影おとろへまさる霜のよもぎは
（続後拾遺集・雑歌下・後光明峯寺前摂政左大臣〈藤原家経〉・一一六六）

8　百年《ももとせ》に一年足らぬつくも髪われを恋ふらし面影に見ゆ
（伊勢物語・第六十三段・男・一一四）

まず、1の詠は、『後撰集』に「(仁和の帝芹《せり》河に行幸し給ひける) 同じ日、鷹飼《たかか》ひにて、狩衣のたもとに鶴の形《かた》を縫ひて、書きつけたりける」の詞書を付して載る、在原行平の作。詞書から「老人」の題は知られないが、初句からそれと知られようか。歌意は、年寄りくさいと、みなさんとがめないでください。狩衣を着るのも「今日だけだよ」と鶴も鳴いているようですから、のとおり。「狩衣今日ばかり」に「今日は狩り」を掛ける。ちなみに、『伊勢物語』第百十四段には、本詠を利用した物語化が見られる。

次に、2の詠も『後撰集』雑三に収載される歌だが、「筑紫《つくし》の白河といふ所に住み侍りけるに、大弐藤原興範《おきのり》の朝臣のまかりわたるついでに、水たべむとてうち寄りて、乞ひ侍りければ、水を持《も》て出でて、よみ侍りける」の詞書を付して載る、檜垣《ひがき》の嫗《おうな》の作。詞書から「老人」の題は知られないが、詠作内容はその題そのものだ。歌意は、年を重ねたので、わたしの黒髪も、白河で水を汲むまで落ちぶれた、というより、瑞歯含《みずはぐ》むほどにも年老いたことだなあ、のとおり。「白河のみづはぐむまで」は、落ちぶれて「白河の水は汲むまで」の意と、「白河の瑞歯含むまで」（白河で老い果てて、歯が抜け落ちた後に、再びみずみずしい歯が生えてくる状態にまで）の意を掛ける。往時《おうじ》は美女であった女性が年老て見る影もなくなったという話だが、本詠を使用して、内容を多少脚色した説話が『大和物語』第百二十六段に出ている。

次に、3の詠は、『拾遺集』に「師走のつごもり方に、年の老いぬることを歎きて」の詞書を付して載る、紀貫之の作。詞書から「歳暮歎老」の題が想定されようか。歌意は、わたしの黒髪に、歳暮となって一段と老いが加わり、鏡に映った姿に、降っている白雪よ、のとおり。「むばたまの」は「黒髪」の枕詞。「降れる白雪」は白髪の見立て。

次に、4の詠は、『金葉集』（二奏本）に「田家老翁といへることをよめる」の詞書を付して載る、藤原基長の作。詞書から「田家老翁」の題と知られる。歌意は、たくましい農夫は、山田の庵で農事に励むうちに年老いてしまったことだ。この後、どれほどの年月に会うことだろう、のとおり。『後拾遺集』時代から院政期にかけて流行した田園趣味による措辞の詠作。

次に、5の詠は、『詞花集』に「藤原兼房朝臣の家にて、老人惜ムレ花ヲといふことをよめる」の詞書を付して載る、藤原範永《のりなが》の作。詞書から「老人惜花」の題と知られる。歌意は、散る花さえも、かわいそうだと思わないだろうか。年老いてしまってまでも、花が散り終わるまで惜しむこの心を、のとおり。「石の上」は「ふり（古る）」の枕詞。大和の石の上の、桜の名所である「布留《ふる》」の地のイメージを踏まえたもの。「ふりはつる」は、「すっかり年老いる」の意に、「桜が降り散り終わる」の意を響かせる。

次に、6の詠は、『続古今集』に「老後、花を見て詠める」の詞書を付して載る、慶暹《けいせん》の作。詞書から「老人」の題は想定されようか。歌意は、美しい桜の花の色が、視力の衰えた今は、はっきりと見えないことだ。老人には春は、まことに哀れなことだなあ、のとおり。

次に、7の詠は、『続後拾遺集』に「題知らず」の詞書を付して載る、藤原家経の作。詞書から「老人」の題は知られないが、詠作内容からそれと知られようか。歌意は、鏡の中の自分を見るのもいやだ。鏡に向かう自分の姿は生気が衰え、蓬《よもぎ》のように乱れた髪は、まるで霜が置いたように真っ白だ、のとおり。老醜《ろうしゅう》をさらした老人の描写がリアルだ。

最後に、8の詠は、『伊勢物語』第六十三段に収載される、男（三郎）の歌。上句から「老人」（老女）の題は想定されようか。歌意は、百年に一年足りないほどの、たいそうな年齢の白髪の老女が、わたしを恋い慕っているらしい。その姿がまぼろしとなって見えるよ、のとおり。本詠は『伊勢物語』において理想化された業平像の形成に利用されている。

以上、人間の成長段階における最終段階の様相を、「老人」の題で種々様々略述した。

f 「友」

雑部の次の歌題は「友」である。「友」とは、一緒に何かをしたり、遊んだりして、気持ちの通いあっている人。友人。歌題として歌書には見出せないが、『和漢朗詠集』には「交友《かういう》」の分類標目があり、事例に「琴・詩・酒の友」「雪・月・花」の「友」を上げている。通常、人間同士の場合をいうが、「山鳥」「千鳥」「時鳥《ほととぎす》」「鹿」などの動物、「月」などの天象もその対象になっている。「友」の属性を表す用語と結題には、「友どち」「ともなふ」「思ふどち」「友のぞめき」「昔語り」「友待つ雪」「遇友恋昔」「遇友恋文」「山家友」「旅行友」「羇中思友」「植竹為友」「花下逢友」「折蕨逢友」「採蕨逢友」などがある。

さて、「友」というのは、何事にも同じ考え、気持ちで行動できる人のことだ。親子、兄弟ではないけれども、親密な関係、間柄の人と世間では言われている。人間の場合と同様に、花でも月でも、心を慰めてくれる対象は、友としての資格をもっているといえる。昔、晋《しん》の王子《おうし》猷《ゆう》が戴安道《たいあんどう》を訪ねたのも風流に魅せられての言動だが、これも「友」の精神だ。月・雪の夜に、友を思い出して訪ねて行くのは、この趣である。「友」という文字を加えたり、混ぜたりする場合もこの範疇《はんちゅう》に入る。また、「友」という題の文字を直接的に表現せずに、遠まわしに表現する、いわゆる「題の字をまはす」のも悪くはない。

「友」の題の例歌（証歌）には、次の八首を上げえよう。

1　降りそめて友待つ雪はむばたまの我が黒髪の変るなりけり
（後撰集・冬・〈紀〉貫之・四七一）

2　黒髪の色ふりかふる白雪の待ちいづる友はうとくぞありける
（同・同・〈藤原〉兼輔・四七二）

3　なほ深く思ひも入らば山里の友をもすつる世とやなりなむ
（新続古今集・雑歌中・後小松院御製・一八七三）

4　おのづから花の下にしやすらへば逢はばやと思ふ人も来にけり
（玄玉集・草樹歌上・前右京大夫〈源〉頼政・五三七）

5　子《ね》の日せし野辺にて君に契らずは今日さ蕨の折に来ましや
（林葉集・春歌・俊恵・一七九）

６　めづらしき人にも逢ひぬさ蕨《わらび》の折よく我と野辺に来にけり
（頼政集・上・源頼政・九一）

７　今よりは昔語りは心せむあやしきまでに袖しほれけり
（山家集・雑・西行・一〇四四）

８　窓近く葉がへぬ竹を植ゑ置きて友なき宿と人に言はれじ
（拾玉集・第四・慈円・三九二四）

まず、１と２の詠は『後撰集』に、前者が「雪の朝《あした》、老を歎きて」、後者が「返し」の詞書を付して載る贈答歌で、前者が紀貫之、後者が藤原兼輔《かねすけ》の作。ともに詞書から「友」の題は知られないが、前者は第二句、後者は第四句から、それと知られよう。さて、１の詠の歌意は、降り始めて、後から続いて降ってくる友の雪を待って消えずにいる雪は、わたしの黒髪が白髪に変わるのを待っているのと同じで、身につまされてしまうことだよ、のとおり。詞書には歎老の歌とあるが、「友待つ」思いが濃厚《のうこう》に表出されて、共感される。

次に、２の詠の歌意は、黒髪の色を白く変える白雪が待っている友の雪は疎ましく、すぐにはやって来ませんよ。つまり、わたしはまだ若いので白髪にはなりませんよ、のとおり。１の詠の貫之の贈歌に、軽妙に答歌する２の詠の兼輔だが、両者の絶妙な「交友」関係が窺知《きち》される贈答歌ではある。

次に、3の詠は、『新続古今集』に「山家ノ友といへることをよませ給うける」の詞書を付して載る、後小松《ごこまつ》院の御製。詞書から「山家友」の題と知られる。歌意は、憂き世の悲しみから逃れられると思って入った深山でも、何となく悲しく思われるのは、憂き世を離れた浄土のような世界は、いったい何処《どこ》にあるのだろうか、ということだ、のとおり。隠遁《いんとん》生活における理想の「友」を希求する詠作。

次に、4の詠は、『玄玉集《げんぎょくしゅう》』に「春日社歌合に、花の歌とて」の詞書を付して載る、源頼政の作。ちなみに、『和歌題林抄』は本詠に「花下に友にあふ」（花下逢友）の題を付している。下句から「友」の題は想定されようか。歌意は、たまたま桜の木の下でたたずんでいたところ、一度会って親しく心の交流をしたいと望んでいた人も、やって来たことだなあ、のとおり。風雅の友への希求であろうか。

次に、5の詠は、『林葉集』に「採蕨逢友」の題を付して載る、俊恵《しゅんえ》の作。歌意は、過年、子《ね》の日に野辺に出て小松を引き、若菜を採った際に、あなたと逢う約束をしなかったとしたら、早蕨《さわらび》を採る今日の日に、ここに出かけて来たでしょうか、とても出かけることはなかったでしょうね、のとおり。早春の清々《すがすが》しい友との再会の歌。

次に、6の詠は、『頼政集』に「折蕨遇友」の題を付して載る、源頼政の作。歌意は、めったに逢う機会のない、すばらしい人に遭遇《そうぐう》することができた。早蕨を採るちょうど良い時期に、折好《おりよ》くわたしとあなたは出くわしたものだなあ、のとおり。「折よく」に、蕨を「折る」意と「折好く」の意を掛ける。5と6の詠はともに、歌林苑会での詠作なので、京都北白河にあった、俊恵の僧坊あたりでの体験に基づいているかも知れない。

次に、7の詠は、『山家集』に「逢《ヒテ》レ友《ニ》恋《フ》レ昔《ヲ》といふことも」の詞書を付して載る、西行の作。詞書から「逢友恋昔」の題と知られる。歌意は、今後は昔語りには充分注意しよう。われながら不思議に思われるほど、懐旧《かいきゅう》の涙に袖が濡れたことだなあ、のとおり。時の経過によってすべてが美化されて、昔がいっそう懐かしく想起され、感涙《かんるい》にむせぶという詠作。

最後に、8の詠は、『拾玉集』に「植《エテ》レ竹《ヲ》為《ス》レ友《ト》」の題を付して載る、慈円の作。歌意は、我が庭の窓の近くに、いつまでも緑を絶やさない竹を植え置いて、友人のいない人物だと言われないようにしよう、のとおり。「竹」を「友」と考えているところに、慈円の風流心がよく出ている。

以上が「友」の題が切り拓く多彩な詠歌の世界についての概略だ。

g　「客」

雑部の次の歌題は「客《かく》」である。「客」とは、主となる者の側に属さない人。また、よそから来た人。客人。「客」の題の属性を表す用語と結題には、「訪《と》ふ人」「訪ひ来る人」「旅行く人」

「旅人」「客人」「行客」「依花待客」「花留客」「待客聞郭公」「見行客」「関路行客」「暮望行客」「行客吹笛」などがある。

さて、「客」とは、「まらうど」（客人）のことだ。余所《よそ》人が見物に来たのを言う。したがって、我が身を、客人に見なして詠んでいる歌も多くある。ただ単に、訪問して来る人や、待ち受ける人なども詠まれている。「行客」とは「行く人」のことである。「行人」も同じだ。

「客」の題の例歌（証歌）には、次の六首を指摘できよう。

1　我が宿の梅の立ち枝《え》や見えつらむ思ひのほかに君が来ませる
（拾遺集・春・平兼盛・一五）

2　関越ゆる人に問はばや陸奥《みちのく》の安達《あだち》のまゆみ紅葉しにきや
（詞花集・秋・堀河右大臣〈藤原頼宗〉・一三〇）

3　散りかかる花の錦は着たれどもかへらむことぞ忘られにける
（千載集・春歌下・右近大将〈藤原〉実房・九〇）

4　山桜花をあるじと思はずは人を待つべき柴の庵《いほ》かは
（同・雑歌中・源定宗朝臣・一〇七二）

5　散り散らず人もたづねぬふるさとの露けき花に春風ぞ吹く

（新古今集・春歌上・前大僧正慈円・九五）

6 郭公《ほととぎす》まだうちとけぬ忍び音《ね》は来《こ》ぬ人を待つわれのみぞ聞く

（同・夏歌・白河院御歌・一九八）

まず、1の詠は、『拾遺集』に「冷泉《れいぜい》院御屏風の絵に、梅花ある家に客人《まらうど》来たる所」の詞書を付して載る、平兼盛の作。詞書から「梅花家来客人」の題が想定されようか。歌意は、我が家の高く伸びた梅の枝が、見えたのだろうか。思いがけないことに、あなたがいらっしゃったことだ、のとおり。家の主人よりも花見が目的の訪問を風刺《ふうし》して詠むのは、当時の類型的な発想であった。

2の詠は、『詞花集』に「宇治前太政大臣（藤原頼通）、白河にて、見ル二行客ヲ一といふことをよめる」の詞書を付して載る、藤原頼宗《よりむね》の作。詞書から「見行客」の題と知られる。歌意は、白河の関を越えて来る人に尋ねたい。陸奥国の安達の檀《まゆみ》はもう紅葉してしまったかと、のとおり。詞書の「白河」は京都市の東北部。白川流域の地名。「関越ゆる」の「関」は陸奥国の歌枕。「安達」も陸奥国の歌枕。「まゆみ」は檀の木。皮は紙の、木は弓の材料となる。今いる京の白河から陸奥国の白河の関を連想し、当地の名産である檀の木の紅葉を想像した詠作。

3の詠は、『千載集』に「花留ムレ客ヲといへる心をよみ侍りける」の詞書を付して載る、藤原実房の作。詞書から「花留客」の題と知られる。歌意は、落花の下、花の錦は身につけたが、花に心を奪われて故郷に帰ることを忘れてしまったことだ、のとおり。『和漢朗詠集』の白楽天の「春興《しゅんきょう》」の詩の一節、「花の下に帰らむことを忘るるは、美景に因ってなり」（一八、現代語訳＝〈桃は紅に李《すもも》は白く、ぱっと開いたすばらしさに〉、花の下の宴の楽しさは尽きず、家に帰ることも忘れてしまうことだ）に依拠しての詠作。

次に、4の詠も『千載集』に収載される歌だが、「依リレ花ニ待ツレ客ヲといへる心をよめる」の詞書を付して載る、源定宗の作。詞書から「依花待客」の題と知られる。歌意は、山桜の花を庵の主と思わないとしたら、訪ねる人を待つべき柴の庵だろうか。花が主と思うからこそ客を待つ気になっているのだ、のとおり。花を理由にして、ひそかに客を心待ちにする気持ちを、自分に言い聞かせる形にしている点に、妙味があろう。

次に、5の詠は、『新古今集』に「故郷ノ花といへる心を」の詞書を付して載る、慈円の作。詞書から「故郷花」の題と知られる。歌意は、散ろうと散るまいと、訪う人もない古里の夕露に濡れた花に、春風ばかりが訪れているよ、のとおり。本詠は『拾遺集』の春の伊勢の歌、「散り散らず聞かまほしきを古里の花見て帰る人も逢《あ》はなむ」（四九、現代語訳＝もう散ってしまったか、それともまだ散らずに残っているか、聞いてみたいのだが、古里の花を見て帰ってくる人があれば、逢ってほしいものだ）を本歌取りしている。古里の心で詠じて余情《よじょう》の籠《こも》った詠作と言えようか。

最後に、6の詠も『新古今集』の夏歌に収載される歌で、「待チテレ客ヲ聞ク二郭公ヲ一といへる心を」の詞書を付して載る、白河院の御製。歌意は、まだうちとけない調子で鳴く忍び音のほととぎすの声は、来ると約束したのに来ない人を心待ちしているわたしだけが聞くよ、のとおり。客を待つ夜、待ち人は来ないで、その人かと一瞬錯覚《さっかく》させるほどのほととぎすの声を聞いて、女の立場で詠じたもの。

以上、種々様々な局面で詠じられた「客」の題の世界を略述した。

h 「遊女」

雑部の次の歌題は「遊女《あそびめ》」である。「遊女」とは、宴席で歌舞《かぶ》などの芸を演じ、遊興《ゆうきょう》の相手をした女。白拍子《しらびょうし》など。『和漢朗詠集』の分類標目と、『六百番歌合』に「寄遊女恋」の題が掲載されている。「遊女」の題の属性を表す用語と結題には、「浮《う》かれ女」「浮かれ妻」「一夜《ひとよ》妻《づま》」「たはれめ」「海人《あま》の子《こ》」「月にうたふ」「波枕」「一夜のちぎり」「むろ」「高砂」「江口《えぐち》」「なには江」「朝妻《あさづま》」「泊遊女」「船中遊女」「遊女不定宿」などがある。

さて、「遊女」のいる場所は、河のほとり、もしくは海の停泊所にある。江口、神崎《かんざき》、高砂の室《むろ》の類がこれである。波の上に、浮かんで出る趣を詠むものだ。浮き寝の床に、新枕《にいまくら》の数が積る趣なども言う。

「遊女」の題の例歌（証歌）には、次の四首が指摘されよう。

1　独り寝のこよひも明けぬ誰としも頼まばこそは来《こ》ぬも恨みめ
（新古今集・雑歌下・藤原為忠朝臣・一七三〇）

2　いかでかく宿も定めぬ波の上にうきもの思ふ身とはなりけむ
（玉葉集・雑歌五・寂蓮法師・二四四七）

3　一夜逢ふ行き来《き》の人の浮かれ妻幾度《いくたび》かはる契りなるらむ
（続千載集・雑歌下・平斉時・一九七四）

4　心からあはれあだなる契りかな行き交《か》ふ舟にかはす情は
（白河殿七百首・雑百五十首・前左大臣〈洞院実雄〉・五七五）

まず、1の詠は、『新古今集』に「遊女の心をよみ侍りける」の詞書を付して載る、藤原為忠の作。詞書から「遊女」の題と知られる。歌意は、独り寝の今宵も明けてしまった。誰と決めて待っているのであれば、来ないのを恨みもしようが、わたしにはそういう決まった人もいないので、恨めしくもないよ、のとおり。頼りとする男もいない遊女のあきらめきった心情を詠じた歌。

次に、2の詠は、『玉葉集』に「遊女を」の詞書を付して載る、寂蓮の作。詞書から「遊女」の題と知られる。歌意は、どうしてこんなに、きちんとした家も定めない波の上に舟を浮かべて、わたしはつらいもの思いをする身になってしまったのであろう、のとおり。「うき」に「浮き」と「憂き」を掛ける。

次に、3の詠は、『続千載集』に「遊女の心を」の詞書を付して載る、平斉時《なりとき》の作。詞書から「遊女」の題と知られる。歌意は、たった一晩だけの逢瀬を、往来を行き来する人と契る遊女であるわたしは、これから先、何人の人と契る宿命にあるのであろう、のとおり。遊女に身を託した自己内省《ないせい》の詠作。

最後に、4の詠は、『白河殿七百首』に「船中遊女」の題を付して載る、洞院実雄《とういんのさねお》の作。歌意は、自分から望んだとはいえ、ああ、何ともむなしい運命だなあ。毎晩、行きずりの舟で出会うごとに交わす情交は、のとおり。舟に乗って港や川筋を廻り、水路の旅行者に枕席《ちんせき》の享《きょう》楽《らく》を供した女の悲しい運命を詠じた歌。

以上、「遊女」の題で詠じられた世界を概観したが、次に、この題とよく似た側面をもつ「傀儡」の題に移ろう。

i 「傀儡」

雑部の次の歌題は「傀儡《くぐつ》」である。「傀儡」とは、操《あやつ》り人形を歌に合わせて操って見せる旅芸人をいうが、遊女もいう。ちなみに、水辺の女を「遊女」と呼ぶのに対して、街道《かいどう》などの宿駅に居住する女を「傀儡」と称して区別した。「傀儡」の題の属性を表す用語と結題には、「妻待ちわぶる」「誰となき契り」「旅人」「とまやかた」「鏡山」「青墓《あをばか》」「野上《のがみ》」「赤坂」「寄傀儡恋」「岸頭傀儡」などがある。

さて、「傀儡」とは、旅の駅《むまや》にある。鏡山・青墓・野上・豊川・赤坂・浜名の橋の付近がこれに相当する。駅の近所の人を、誰と特定することなく待つ趣を言い、場所によっては、曙、夕暮れ時の心細い様子などをも詠むのがよかろう。何処《どこ》でも、遊女、また、傀儡などは直接には詠まない。婉曲《えんきょく》に、いわゆる「まはして」場所の名も表現し、彼女らの言動、もしくは考えている心の内を推量して詠まなければならないだろう。総じて、遊女も傀儡も、置いている身のつらい境遇を悲しみ、特定外の人との宿命を考え、行き着く所のわからない別離にばかり、心を砕いているのだ、という点に配慮して詠作する必要があろう。

「傀儡」の題の例歌（証歌）には、次の三首があろう。

1　はかなくも今朝《けさ》の別れの惜しきかないつかは人をながらへて見し

（詞花集・別・くぐつなびく・一八六）

2　河岸の波のよるよる契りにて妻待ちわぶる苫館《とまやかた》かな

（白河殿七百首・雑百五十首・侍従中納言〈二条為氏〉・五七六）

3　鏡山君に心やうつるらむいそぎ立たれぬ旅衣かな

（六百番歌合・恋十七番右・〈藤原〉経家卿・一一五四）

まず、1の詠は、『詞花集』に「東《あづま》にまかりける人の宿りて侍りけるが、暁に立ちけるによめる」の詞書を付して載る、傀儡《くぐつ》のなびくの作。詞書から「傀儡」の題は知られないが、詠作者が傀儡であるので掲載した。なお、『和歌題林抄』が本詠を収載しているのも、そのような視点からであろう。歌意は、いつだって、人に永く逢い続けることなどありはしなかったのだから、そう思っても詮《せん》ないことなのに、今朝の別れが名残り惜しいことだ、のとおり。旅の宿での一夜限りの逢瀬と別離が切ない。

次に、2の詠は、『白河殿七百首』に「岸頭傀儡」の題を付して載る、二条為氏の作。歌意は、わたしの恋は、毎夜、河岸に波が寄って来るように、その日次第でまちまちの運命にあるが、それにしても一夜だけの妻を待ちくたびれる、この粗末な旅籠《はたご》であることよ、のとおり。「よる」に「寄る」と「夜」を掛ける。旅をする男性側からの詠歌。

最後に、３の詠は、『六百番歌合』に「寄傀儡恋」の題で載る、藤原家経の作。歌意は、鏡山の傀儡女に心が移っているのだろうか。旅路にあるのに急いで出立できないことだなあ、のとおり。「鏡山」は近江国の歌枕。「うつる」に「移る」と「映る」を掛ける。「立た」に「裁《た》た」を掛ける。鏡山の宿の傀儡女に心惹《ひ》かれて出発できない旅客の心情の吐露《とろ》の歌。

以上、「傀儡」の題に関わる情感溢《あふ》れる世界を略述した。

j　「祝」

雑部の次の歌題は「祝《いはひ》」である。「祝」とは、長寿を寿《ことほ》ぎ、帝王の治世《ちせい》の安泰や国家の太平が慶祝《けいしゅく》されることをいう。ちなみに、勅撰集では「賀《が》」（新千載集は「慶賀」）の部立があって、「祝」「賀」「慶賀」の題を収載する。また、『和漢朗詠集』の分類標目には「祝」「慶賀」があり、『永久百首』は「祝」の題を収載する。「祝」の属性を表す用語と結題には、「千歳《ちとせ》」「万《よろ》づ代」「八百万代」「松が枝《え》」「玉椿」「鶴亀」「初春祝」「秋祝」「寄日祝」「寄月祝」「寄星祝」「寄雨祝」「寄世祝」「寄道祝」「寄海祝」「寄水祝」「寄国祝」「寄地祝」「寄都祝」「寄社祝」「寄神祝」「寄祝」「社頭祝」などがある。

さて、「祝」の心はひとつに限らず、君主を祝い、世間を祝い、国家を祝い、主人を祝い、友人を祝い、自分自身をも祝うものだ。この題は悠久《ゆうきゅう》を表し、歓喜《かんき》、幸福を述べるにつけても、その精神は種々様々である。しかしながら、通常は帝王を祝賀申しあげることだ。悠久の御代《みよ》を、鶴亀の年齢に喩えたり、松竹の不変の色彩にあやかったり、玉椿の千代の例を引いたり、さざれ石が巌《いわお》になるまでの長寿を期待したり、天の羽衣でいくら撫《な》でても尽きることのない大きな石に喩えたり、浜の真砂《まさご》や岩を打つ波のように、心を砕くこともなく、悲しみに会うこともない身を誉めたり、御裳濯《みもすそ》川や石清水《いわしみず》の流れに悠久の伝統を反映させたり、八百万代の神々のご加護を仰いだり、春吹く風も枝を騒がせることなく平穏《へいおん》であり、降る雨も時宜《じぎ》を違えることもなく潤《うるお》し、人民の竈《かまど》からは食物を炊《た》く煙が絶えることなく登り、朝廷に献上する貢物《みつぎもの》を運搬する役人も、道を避けることができないほど、ひしめいているなどの趣を表現するとよかろう。なお、「遐年《かねん》」とは、遥かな年をいう趣である。その趣については、すでにさきに言及済みだ。

「祝」の題の例歌（証歌）には、次の七首が指摘されよう。

1　山桜あくまで色を見つるかな花散るべくも風吹かぬ世に　（古今集仮名序・〈平兼盛〉）

2　我が君は千代に八千代にさざれ石の巌《いはほ》となりて苔のむすまで

（古今集・賀歌・読人不知・三四三）

3　色変へぬ松と竹との末の世をいづれ久しと君のみぞ知る

（拾遺集・賀・斎宮内侍・二七五）

4　君が世は天の羽衣まれにきて撫《な》づとも尽きぬ巌ならなむ　（同・同・読人不知・二九九）

5　君が代は尽きじとぞ思ふ神風や御裳濯川の澄まむかぎりは
（後拾遺集・賀・民部卿〈源〉経信・四五〇）

6　君が代は白玉椿《しらたまつばき》八千代ともなにか数へむかぎりなければ
（同・同・式部大輔〈藤原〉資業・四五三）

7　君が代はあまのこやねの命《みこと》より祝ひぞ初めし久しかれとは
（金葉集二奏本・賀部・中納言〈藤原〉通俊・三二三）

まず、1の詠は、『古今集』の仮名序に収載される、平兼盛の作。『和歌題林抄』が「祝」の証歌として掲載する『古今集』仮名序の中の「ただこと歌」の証歌（略）の古注として引用されたもの。歌意は、山桜のその美しさを堪能《たんのう》するまで確かに見たことだ。花が散りそうな風も吹かない、この盛りの御代に、のとおり。内容は慶祝そのものだ。なお、『続古今集』春歌下（一〇四）にも本詠は収載されている。

次に、2の詠は、『古今集』に「題知らず」の詞書を付して載る、読人不知歌。詞書から「祝」の題は知られないが、詠作内容からそれと知られよう。歌意は、あなたさまの寿命は、千代も八千代も、小石が大きな岩になり、苔が生えるようになるまで、いつまでも末長く続いてほしいものだ、のとおり。本詠が、初句を「君が代は」とアレンジして、現在、国歌に指定されていることは、周知の事実であろう。

次に、３の詠は、『拾遺集』に「承平四年、中宮の賀し侍りける時の屏風に」の詞書を付して載る、斎宮内侍《さいぐうのないし》の作。詞書から「藤原穏子《おんし》五十賀屏風歌」と知られるので、「賀」（祝）の題が想定されようか。歌意は、常緑で色の変わることがない、松と竹との行末の世を、どちらが久しいかと、我が君だけが生き永らえて見ることができるだろう、のとおり。長寿の松と竹とを対象にした、通常の五十賀を祝う詠作。

次に、４の詠も『拾遺集』に同じ賀巻に収載される歌だが、「題知らず」の詞書を付して載る、読人不知歌。詞書から「祝」の題は知られないが、詠作内容からそれと知られよう。歌意は、貴君の寿命は、羽衣を着た天人がたまに地上に下りて来て、その羽衣でいくら撫《な》でても尽きることがない、途方もなく大きな巌のような、限りない長さであってほしいと願うことだ、のとおり。本詠は『是則集』に収載されるので、坂上是則の歌か。主君の寿命を、仏説の故事に依拠して、未来永劫《えいごう》のものと詠じた。

次に、５の詠は、『後拾遺集』に「承暦二年内裏歌合によみ侍りける」の詞書を付して載る、源経信の作。詞書から「祝」の題は知られないが、詠作内容からそれと知られよう。歌意は、わが君の御代は尽きることはありますまい。伊勢神宮の神域を流れる御裳濯川が澄みわたっている限りは、のとおり。「神風や」は「御裳濯川」にかかる枕詞。出典の「承暦二年内裏歌合」の作者は、息子の源道時だが、父経信の代作によるか。本詠は名歌の誉れが高く、『袋草紙』によれば、これによって実際に、帝の齢《よわい》が延びたという。

次に、6の詠も『後拾遺集』の同巻に収載される歌だが、「同（永承四年内裏）歌合によめる」の詞書を付して載る、藤原資業《すけなり》の作。詞書から「祝」の題は知られないが、詠歌内容からそれと知られよう。歌意は、我が君の御代の長さは計り知れない。白玉椿《しらたまつばき》のように、八千年などとどうして数えることができようか。限りはないのだから、のとおり。「白玉椿」の「白」に「知ら（ず）」を掛ける。「君」の齢を、「八千代」よりも長寿であると詠じたもの。

最後に、7の詠が、『金葉集』（二奏本）に「宇治前太政大臣（藤原師実）家歌合に、祝の心をよめる」の詞書を付して載る、藤原通俊の作。詞書から「祝」の題は知られる。歌意は、君の御代は、天のこやねの命《みこと》の時代から、祝福しているよ。繁栄がさらに長かれと、のとおり。「君」は師実のこと。「天のこやねの命」は中臣氏の遠祖で、藤原氏の氏神である春日神社の祭神。

以上が「祝」の題が包括する多彩な場面の概略だ。

k 「慶賀」(賀)

雑部の次の歌題は「祝」の題とほぼ同内容の「慶賀《けいが》」である。『新千載集』では部立に「慶賀」を立てるが、その他は『古今集』以下「賀部」である点についてはすでに言及した。長寿の祝いを主要内容とする。『永久百首』が初出の題。「慶賀」の題の属性を表す用語と結題には、「袖につつむ」「身にあまる」「菊をかざす」「千代もこもれる」「四十賀《よそぢのが》」「五十賀」「六十賀」「六十賀」「七十賀」「八十賀」「九十賀」などがある。

さて、「慶賀」は、何事においても心に嬉しいことをいう。また、官位について、喜びもある。大臣を「影なびく」という。近衛府について、大将より下位をみな「近衛」という。御門の身辺の警護をするために、左衛門を「近衛」とも「三笠の山」ともいう。これも「督《かみ》」「佐《すけ》」「尉《じょう》」までみな同じだ。「三品《みつのしな》」とは三位のこと。紫の衣は、三位より上位の人がみな、同じように着衣するであろう。朱《あけ》の衣は五位の衣である。緑の衣は六位の衣だ。天の羽衣は殿上人《てんじょうびと》の衣をいう。また、総じて官位のことを「位山《くらゐやま》越ゆ」とも「栄ゆ」とも「木《こ》高くなる」とも「栄え行く」とも、また、嬉しいことを「袖につつむ」ということがある。この趣旨で「袂狭《たもとせま》し」なども、また、「桂《かつら》を折る」という表現もある。これは「家業を継ぐ」意である。

たとえば、『拾遺集』の雑上に「菅原(道真)の大臣かうぶりし侍りける夜、母の詠み侍りける」の詞書を付して載る、「ひさかたの月の桂も折るばかり家の風をも吹かしてしがな」(四

七三、現代語訳＝あなたが成人して元服したからには、月の桂を折り、才名《さいめい》を上げるくらいのことをして、儒学の家を継承《けいしょう》し、おおいに家名を高めてほしいものだ）の菅原道真母の詠が収載されている。この歌の中の「家の風」とは、我が祖父や親の代より伝えられたものだ。これらのことを心得て、「よその袖さへ狭し」とも、「嬉しきことに袖濡れにけり」ともいうのだ。これは高い木に移る鶯に喩えたり、春の桜が開花するのにかこつけても言うことだ。「賀算」という祝いがある。公私ともに、年齢が積った人が行う儀式だ。四十歳より始まって、五十、六十もしくは七十・八十・九十歳までも、すべて十年に達する年に催すのが決りになっている。命が延びた時に、よくもこの年齢にまで達したと喜び、お経《きょう》をあげて供養《くよう》するついでに、自身も他者も和歌を詠んで、感慨や決意を述べるのである。その趣意・精神をいうならば、長寿を鶴亀にこと寄せて祝い、「菊の下水」の故事に関係させて、将来をも永遠に存続してほしい旨を表現し、「瑞歯《みずは》含《ぐ》む」とも、永久に尽きるはずのない心を祝い述べるものだ。

「慶賀」（賀）の題の例歌（証歌）には、次の七首を掲げることができよう。

1　まことにや松は十《と》かへり花咲くと君にぞ人のとはむとすらむ
（風雅集・賀歌・皇太后宮大夫〈藤原〉俊成・二一五七）

2　桜花散りかひくもれ老いらくの来《こ》むといふなる道まがふがに

（古今集・賀歌・在原業平朝臣・三四九）

3　いたづらに過ぐす月日は思ほえで花見て暮らす春ぞ少なき（同・同・藤原興風・三五一）

4　鶴亀も千歳《ちとせ》ののちは知らなくに飽かぬ心にまかせはててむ（同・同・在原滋春・三五五）

5　春来れば宿にまづ咲く梅の花君が千歳のかざしとぞ見る

（同・同・紀貫之・三五二）

6　ちはやぶる神や伐《き》りけむつくからに千歳の坂も越えぬべらなり

（同・同・遍昭僧正・三四八）

7　いにしへの跡もまれなる御《み》ゆきまで積もる甲斐ある年の数かな

（新続古今集・賀歌・竹林院入道前左大臣〈西園寺公衡〉・七七五）

まず、1の詠は、『風雅集』に「慶賀の歌とてよめる」の詞書を付して載る、藤原俊成の作。詞書から「慶賀」の題と知られる。歌意は、「ほんとうに、松は百年ごとに花が咲き、それを十回も繰り返すのか」と、我が君にこそ人は尋ねることでしょう（それほど我が君のご寿命は数限りもないことです）、のとおり。松は百年に一度花が咲き、それを十回、合計千年の齢《よわい》を保つという故事に依拠しての詠作。

次に、2～6の詠は、いずれも『古今集』に収載される、賀歌のもの。まず、2の詠は、「堀河の大臣（藤原基経《もとつね》）の四十賀、九条の家にてしける時によめる」の詞書を付して載る、在原業平の作。詞書から「四十賀」の題と知られよう。歌意は、桜の花よ、散り乱れてあたり一帯を曇らせておくれ。老いがやって来ると言われている道が、見分けがつかなくなるように、のとおり。貞観《じょうがん》十七年（八七五）の藤原基経の四十の賀を祝う歌。

次に、3の詠は、「貞保《さだやす》の親王の、后宮《きさいのみや》の五十《いそぢ》の賀奉りける御屏風に、桜の花の散る下に、人の花見たる形《かた》、描《か》けるをよめる」の詞書を付して載る、藤原興風《おきかぜ》の作。詞書から「五十賀」の題と知られよう。歌意は、むなしく過ごしている月日は一向に気にならないが、花を見て暮らす春の日はいかにも少なくて、つくづく惜しいと思われることだ、のとおり。貞保親王の母にあたる二条の后の五十の賀を祝う、寛平三年（八九一）の詠作。

次に、4の詠は、「藤原三善《みよし》が六十の賀によみける」の詞書を付して載る、在原滋春《しげはる》の作。詞書から「六十賀」の題と知られよう。歌意は、長寿といわれる鶴や亀も、千年後はどうなるのかわからないだろうから、あなたの寿命は、いくら長くても満足せずに、ひたすら長寿を願っているわたしの心に、まかせきってしまいましょう、のとおり。「藤原三善」の家系・伝記など一切未詳。

次に、5の詠は、「本康《もとやす》の親王の七十の賀の後の屏風によみて書きける」の詞書を付して載る、紀貫之の作。詞書から「七十賀」の題と知られよう。歌意は、春がやって来ると、家の庭前にまっ先に咲く梅の花、それは親王さまの千年の寿命をお祝いする挿頭《かざし》かと思って見ています、のとおり。本康親王は仁明《にんめい》天皇の皇子だが、七十の賀の行われた年は未詳。

次に、6の詠は、「仁和帝《にんなのみかど》の親王におはしましける時に、御おばの八十の賀に、銀《しろがね》を杖に作れりけるを見て、かの御おばに代りてよめる」の詞書を付して載る、遍昭の作。詞書から「八十賀」の題と知られよう。歌意は、この杖は神が伐ってお作りになったものであろうか。つくとすぐに元気になって、千年の寿命の坂も楽々と越えられそうだ、のとおり。「ちはやぶる」は「神」の枕詞。「おば」は「祖母」か「伯母」か「叔母」か未詳。

最後に、7の詠は、『新続古今集』に「弘安八年三月西園寺に行幸ありて、従一位貞子に九十賀たまはせける時」の詞書を付して載る、西園寺公衡《きんひら》の作。詞書から「九十賀」の題と知られよう。歌意は、賀宴のために帝が行幸した先例もまれに思われれるくらいまで長寿を保つことができ、今日の後宇多天皇の行幸を賜り、九十の賀を慶祝することだなあ、のとおり。「貞子」は西園寺実氏室《さねうじのしつ》。

以上が各種の長寿を祝うことを主要内容とする、「慶賀」（賀）の題の略述だ。

I「述懐」

雑部の次の歌題は「述懐《じゅっくわい》」である。「述懐」とは、心中の思い、とくに身の憂さなどを訴え、述べることをいう。「しゅっくゎい」とも。『万葉集』の題詞に「述懐」の語が見え、『拾遺集』『後拾遺集』に「おもひをのぶ」の措辞が見えるが、『堀河百首』に歌題として初登場。「述懐」の題の属性を表す用語と結題には、「位山《くらゐやま》」「谷の埋《むも》れ木」「秋の心」「春に知られぬ」「身をうき草」「憂き身」「憂き思ひ出」「世を忍びかぬる」「夢の世」「老後述懐」「寝覚述懐」「秋述懐」「夜述懐」「暁述懐」「月前述懐」「寄風述懐」「寄霞述懐」「寄山述懐」「寄鳥述懐」「寄鐘述懐」「寄枕述懐」「寄夢述懐」「社頭述懐」などがある。

さて、「述懐」とは、心中に思っていることを表明しなければならないので、祝いの心を詠じた歌もある。けれども、ふつう一般には、身の上が取るに足りない分際《ぶんざい》であることを歎くのが通例なので、題の趣旨にも合致《がっち》せず、あまり関心をもって傾聴することもないようだ。通常は「谷の埋れ木」に喩えて、没落していることを思い、「世の浮き草」になぞらえて、足跡もなくなった状態を恨み、「梓《あづさ》の杣《そま》の宮木《みやぎ》」に喩えても、終ることのない歎きを心配し、「古き谷の松」の心地がして、無駄に歳月だけが過ぎることを歎き、思いどおりにならない寿命を厭い、罪もない人もうらめしく、物の道理も忘れて世間を恨み、万民に降り注ぐ春の光りも、我が身だけには疎《うと》ましく思われ、前世の罪・報いまでも不審に思われる趣などを詠むものだ。

「述懐」の題の例歌（証歌）には、次の六首を上げえようか。

1　いづことも春の光りはわかなくにまだみ吉野の山は雪降る

（後撰集・春上・〈凡河内〉躬恒・一九）

2　世の中はうき身に添へる影なれや思ひすつれど離れざりけり

（金葉集二奏本・雑部上・源俊頼朝臣・六九五）

3　難波江の蘆間《あしま》にやどる月みれば我が身ひとつはしづまざりけり

（詞花集・雑上・左京大夫〈藤原〉顕輔・三四七）

4　思ふことなくてや春を過ぐさまし憂き世隔つる霞なりせば

（千載集・雑歌中・源仲正・一〇六四）

5　うき身世にながらへばなほ思ひ出でよ袂《たもと》に契る有明の月

（新古今集・雑歌上・藤原経通朝臣・一五一三）

6　風そよぐ篠《しの》のをざさのかりの世を思ふ寝覚めに露ぞこぼるる

（同・同・守覚法親王・一五六二）

まず、1の詠は、『後撰集』に「同じ（延喜）御時、御《み》づし所にさぶらひけるころ、沈めるよしを歎きて、御覧ぜさせよとおぼしくて、ある蔵人に贈りて侍りける十二首がうち」の詞書を付して載る、凡河内躬恒の作。詞書の「沈めるよし」と詠歌内容から「述懐」の題は想定されようか。歌意は、どこを照らそう、どこを照らさずにおこうなどと、春の光りは差別するはずもないのに、ここ吉野の山は春の光りもなく、雪がまだ降っていることであるよ、のとおり。みずからを吉野の山に喩え、帝の広い御心にもかかわらず、わたしには春が遠いといって、愁訴《しゅうそ》した歌。

次に、2の詠は、『金葉集』（二奏本）に「（堀河）百首歌中に述懐の心をよめる」の詞書を付して載る、源俊頼の作。詞書から「述懐」の題と知られる。歌意は、世の中とは、つらい我が身についている影なのだろうか。思い捨てたつもりなのに、やはり離れないでついてくるよ、のとおり。『無名抄』によれば、鏡の傀儡《くぐつ》たちが歌ったとされる。

次に、3の詠は、『詞花集』に「神祇伯（源）顕仲《あきなか》、広田にて歌合し侍りとて、寄《スル》レ月《ニ》述懐といふことをよみてと乞ひ侍りければ、つかはしける」の詞書を付して載る、藤原顕輔《あきすけ》の作。詞書から「寄月述懐」の題と知られる。歌意は、難波江の蘆の間に映っている月を見ると、我が身ひとつだけが沈んでいるのではないのだ、と気づかされることだなあ、のとおり。詞書の「広田」は広田神社。摂津国の歌枕。この歌合は「西宮歌合」と称されている。我が身だけでなく、月もまた難波江の堀江に沈淪《ちんりん》していると取りなし、月も仲間だと慰めたところにフモールを感じる詠作だ。

次に、4の詠は、『千載集』に「寄《スル》レ霞《ニ》述懐の心をよめる」の詞書を付して載る、源仲正《なかまさ》の作。詞書から「寄霞述懐」の題と知られる。歌意は、思い悩むことなしに春を過ごしたかったものを、この春霞が憂き世を隔ててくれる覆《おお》いであってくれたらなあ、のとおり。世俗の塵《ちり》にまみれ、沈淪の詠嘆に春を過ごす趣の詠作。

次に、5の詠は、『新古今集』に「月前ノ述懐といへる心をよめる」の詞書を付して載る、藤原経通《つねみち》の作。詞書から「月前述懐」の題と知られる。歌意は、拙《つた》ないこの身がもし生き長らえていたならば、きっと思い出しておくれ。こうした一夜まんじりともせずに契り明かした、袂《たもと》に宿る有明の月よ、のとおり。あたかも月を不遇な自分自身を慰める友のように擬人化して詠じた歌。

最後に、6の詠も『新古今集』の同じ巻に収載される歌だが、「（御室《おむろ》）五十首歌人びとによませ侍りけるに、述懐の心をよみ侍りける」の詞書を付して載る、守覚《しゅかく》法親王の作。詞書から「述懐」の題と知られる。歌意は、風がそよそよと吹く篠《しの》の小笹《をざさ》を刈るではないが、この仮りの世のはかなさを思い続けて寝覚めていると、しきりに涙の露がこぼれることだ、のとおり。「篠のをざさの」の「篠」に「しの」（しきりに）を掛け、「かりの世」の有心《うしん》の序とした。この世は風にそよぐ小笹のように無常、この身は小笹に置く露のようにはかない存在だと詠じたもの。

以上、沈淪する人事のさまざまな様相を呈する「述懐」の題を概略した。

m「懐旧」

雑部の次の歌題は「懐旧《くわいきう》」である。「懐旧」とは、昔を懐かしみ、また恋い慕い、偲《しの》ぶこと。『和漢朗詠集』の分類標目にあり、『古今六帖』に「むかしをこふ」の分類項目がある。歌題としては『堀河百首』が初出。「懐旧」の題の属性を表す用語と結題には、「男山《をとこやま》」「倭文《しづ》のをだまき」「老いらく」「来《こ》し方を思ふ」「身の昔」「過ぎにし方」「昔語り」「世々の昔」「見ぬ世をしのぶ」「世々の面影」「懐旧涙」「独懐旧」「懐旧非一」「老後懐旧」「秋懐旧」「山寺懐旧」「月催懐旧」「月前懐旧」「寄風懐旧」「寄水懐旧」「寄菖蒲懐旧」などがある。

さて、「懐旧」というのは、我が身の年老いたことをいい、また、昔を偲ぶ心などを詠むものだ。無常な花や月にこと寄せても、年月が経過した趣を述べ、倭文のをだまきではないが、過ぎ去った昔を思い出し、夢のようにはかなかった盛時《せいじ》を偲び、高砂の相生《あいおい》の松だけを、終《しゅう》生《せい》変わらぬ友と思って眺め、長柄《ながら》の橋に託して、すっかり年老いた身の感慨《かんがい》を述べるのがよかろう。

「懐旧」の題の例歌（証歌）には、次の六首を指摘できるであろう。

1　いにしへの倭文《しづ》のをだまき賤《いや》しきもよきも盛りはありしものなり

（古今集・雑歌上・読人不知・八八八）

2　難波なる長柄《ながら》の橋も作るなる今は我が身をなににたとへむ（同・雑躰・伊勢・一〇五一）

3　行末のいにしへばかり恋しくは過ぐる月日もなげかざらまし
（詞花集・雑上・賀茂政平・三四五）

4　初瀬山いりあひの鐘を聞くたびに昔の遠くなるぞ悲しき
（千載集・雑歌中・藤原有家朝臣・一一五四）

5　葛《くず》の葉のうらみにかへる夢の世を忘れがたみの野辺の秋風
（新古今集・雑歌上・皇太后宮大夫〈藤原〉俊成女・一五六五）

6　ながらへば又このごろやしのばれむ憂しと見し世ぞ今は恋しき
（同・雑歌下・〈藤原〉清輔朝臣・一八四三）

まず、1の詠は、『古今集』に「題知らず」の詞書を付して載る、読人不知歌。詞書から「懐旧」の題は知られないが、詠歌内容からそれと想定されよう。歌意は、古代の倭文を織る時用いたおだまきではないが、賤しい者も身分の高い者もみな同じように、若くて盛りの時はあったものなのだよ、のとおり。「いにしへの倭文のをだまき」は、「倭文」に「賤《しづ》」を掛けて「賤しき」を導き出す序詞。「倭文」は日本古来の織物で、文様《もんよう》を織り出したもの。「をだまき」は機織《はたおり》の道具のひとつで、紡《つむ》いだ糸を巻き取るもの。

次に、2の詠も『古今集』に収載される歌で、「題知らず」の詞書を付して載る、伊勢の作。詞書から「懐旧」の題は知られないが、これも詠歌内容から「懐旧」の題は想定されよう。歌意は、古びた長柄の橋も作り替えているそうだ。これからはわたしの身を何にたとえたらよいだろう、のとおり。長柄の橋は古いものの典型として考えられていた。したがって、その長柄の橋が再建された今は、年老いたわたしは喩えるものがないというわけだ。

次に、3の詠は、『詞花集』に「題知らず」の詞書を付して載る、賀茂政平《まさひら》の作。詞書から「懐旧」の題は知られないが、詠作内容からその題は想定されようか。歌意は、もし、行く末が昔と同じくらいに心引かれるものならば、過ぎ去ってゆく月日も歎かないだろうに…、のとおり。将来へ望みは持てないがための懐旧の情を詠んだ。

次に、4の詠は、『千載集』に「太宰大弐（藤原）重家入道みまかりて後、山寺ノ懐旧といへる心をよめる」の詞書を付して載る、藤原有家の作。詞書から「山寺懐旧」の題と知られる。歌意は、初瀬山で入相《いりあい》の鐘を耳にするごとに、父と過ごした昔の遠くなってゆくのが悲しいことだ、のとおり。詞書の「重家」は作者の父。「初瀬山」は大和国の歌枕。「なる」は「成る」と「鳴る」の掛け詞。入相の刻《とき》を告げる鐘の音が、日を重ねて記憶を遠くへ追い遣《や》ると同時に、記憶の映像を蘇《よみが》えらせると詠じた懐旧歌。

次に、5の詠は、『新古今集』に「寄スルレ風ニ懐旧といふことを」の詞書を付して載る、藤原俊成女の作。詞書から「寄風懐旧」の題と知られる。歌意は、葛の葉が風に葉裏を見せて翻《ひるがえ》るように、思い出は恨みとなって返ってくる、夢のようなあの人との仲であるが、それをそのまま夢に見させてはくれず、忘れがたい昔の夢にせよと言わんばかりに吹いて、忽《たちま》ち破ってしまうことだ、のとおり。過ぎ去った哀切《あいせつ》な追憶であるが、すでに反芻《はんすう》しつくして今はそれも切れ切れでしかないという歌。

最後に、6の詠も『新古今集』に収載される歌だが、「題知らず」の詞書を付して載る、藤原清輔の作。詞書から「懐旧」の題は知られないが、詠歌内容からそれと知られよう。歌意は、もし生き永らえていれば、今生きているこの時をもまた、懐かしく思い出されるであろうか。その当時は憂《う》くつらかった世が、今となっては恋しく思われるように、のとおり。つらかったはずの思い出が今はただ懐かしいので、現在のつらさも将来は懐かしい思い出となるだろうかと、誰もが抱く感情を歌うが、その背後には、時間のもつ不思議な働きへの洞察《どうさつ》がある。

以上が、「懐旧」の題が切り拓く多彩な世界の概略である。

n 「無常」

雑部の次の歌題は「無常」である。「無常」とは、生あるものはかならず滅び、何ひとつとして不変・常住のものはないという認識。『和漢朗詠集』の分類標目にあり、『堀河百首』に歌題として初出。「無常」の題の属性を表す用語と結題には、「常なし」「羊《ひつじ》の歩み」「隙《ひま》ゆく駒《こま》」「月のねずみ」「蜻蛉《かげろふ》」「空蟬《うつせみ》」「末の露」「もとの雫《しづく》」「夢の世」「露の世」「かりの宿り」「露の身」「月前無常」「雨中無常」「寄露無常」「寄夢無常」などがある。

　さて、「常なし」とは、世のはかない心をいう。蜻蛉《かげろう》のようなはかない世を厭い、空蟬のような虚《むな》しい抜《ぬ》け殻《がら》を悲しみ、化野《あだしの》の寝無し草のような居場所の定まらない身を頼りなく思い、末の露、本《もと》の雫を見ても、一方は生き、一方は死ぬ事例を思い、朝顔が夕暮れの日の光りを待たないでしぼむ習性を悲しみ、朝露が昼間にもはかなく消える状態を厭い、壁の隙《す》き間から見る馬がたちまち通り過ぎるように、月日がはやく経過するにつけても、世の中が無常であっけないことに驚嘆《きょうたん》し、屠殺場《とさつじょう》へ近づく羊のように、命が次第に死に近づく事例にこと寄せても、将来を歎き、稲妻の光りに喩えたり、水の泡に見紛えたり、飛鳥《あすか》川の淵瀬《ふちせ》にかこつけても、無常な世を憐れみ、昨日出会った人が今日は死んでいたり、鳥部野《とりべの》の火葬の煙を見るにつけても、予想に反して先立つ人数を数えるにも、何時《いっ》自分の身にも起こるかも知れないと悲しみ、何時の日が寿命《じゅみょう》の尽きる日で、どんな状態で野辺の露と消えてしまうのだろうかと、想像するものであろう。

　「無常」の題の例歌（証歌）には、次の七首を指摘できるであろう。

1　寝《ぬ》るがうちに見るをのみやは夢と言はむはかなき世をもうつつとは見ず
（古今集・哀傷歌・壬生忠岑・八三五）

2　世の中を何にたとへむ朝ぼらけ漕ぎ行く舟の跡の白浪
（拾遺集・哀傷・沙弥満誓・一三二七）

3　うつつをもうつつといかが定むべき夢にも夢を見ずはこそあらめ
（千載集・雑歌中・藤原季通朝臣・一一二八）

4　末の露もとのしづくや世の中の遅れ先立つためしなるらむ
（新古今集・哀傷歌・僧正遍昭・七五七）

5　なき人のかたみの雲やしほるらむ夕べの雨に色はみえねど
（同・同・太上天皇〈後鳥羽院〉・八〇三）

6　消えぬべき露の憂き身の置き所いづれの野辺の草葉なるらむ
（続古今集・哀傷歌・殷富門院大輔・一四二二）

7　むら雲に光りかくるる月見れば草の末葉の露も消《け》ぬめり
（玉葉集・雑歌四・入道前太政大臣〈西園寺実兼〉・二三一九）

まず、1の詠は、『古今集』に「あひ知れりける人の身まかりにける時によめる」の詞書を付して載る、壬生忠岑《みぶのただみね》の作。詞書から「無常」の題と知られる。歌意は、寝ているうちに見るものだけを夢と言えようか。このはかない世を実在するものとは思っていないよ。一切が夢だ、のとおり。まさに「哀傷《あいしやう》歌《か》」といえよう。

次に、2の詠は、『拾遺集』に「題知らず」の詞書を付して載る、満誓《まんぜい》の作。詞書から「無常」の題は知られないが、詠作内容からそれと知られよう。歌意は、この無常な世の中を、いったい何に喩えることができようか。夜明けがたに漕ぎ出して行った、船の跡に立った白波とでも言ったら当たっていようか、のとおり。『袋草紙』に、源信《げんしん》がこの歌を聞き、「和歌は観念の助縁と成りぬべかりけり」と、狂言《きょうげん》綺《き》語《ぎょ》観《かん》を改めたとする著名な歌。

次に、3の詠は、『千載集』に「(久安) 百首たてまつりける時、無常の心をよめる」の詞書を付して載る、藤原季通《すえみち》の作。詞書から「無常」の題と知られる。歌意は、現実を確かな現実だと、どうして定められようか。夢の中でも夢を見ないというのならともかく、現実には見るのだから、のとおり。荘周《そうしゅう》の胡蝶の故事に依拠したか。現実のはかなさを、同語反復の技法で巧みに表現した詠作。

次に、4の詠は、『新古今集』に「題知らず」の詞書を付して載る、遍昭の作。詞書から「無常」の題と知られないが、詠歌内容からそれと知られよう。歌意は、草木の葉末に宿る露と、根元にかかる雫とは、遅速《ちそく》の差はあっても、いずれも最後には落ちてはかなく消えるもの。

それは、人に後れたり、先に死んでいったりする、この世の中の無常の例とでも言えようか、のとおり。『京極中納言定家卿相語』によると、『新古今集』撰集の際に、本詠が『古今集』に入集していないことを、撰者たちが不思議がったという。

次に、5の詠も『新古今集』の同巻に収載される歌だが、雨中ノ無常といふことを」の詞書を付して載る、後鳥羽院の御製。詞書から「雨中無常」の題と知られる。歌意は、故人のなきがらを荼毘《だび》に付した形見《かたみ》ともいうべき煙からできた雲が、時雨を降らせているのだろうか。夕方なので、それとははっきりわからないけれども、のとおり。『文選《もんぜん》』の「高唐賦《かうたうのふ》」の「旦《あした》には朝雲と為《な》り、暮には行雨《かうう》と為る」（原漢文）の朝雲暮雨の故事や、それを踏まえた『源氏物語』の「見し人の煙りを雲とながむれば夕べの空もむつましきかな」（夕顔巻・三六、現代語訳＝連れ添ったあの人を焼いた煙りがあの雲かと思って眺めていると、この夕方の空も親しみを覚えることだなあ）の光源氏の詠を念頭に置いた詠。

次に、6の詠は、『続古今集』に「題知らず」の詞書を付して載る、殷富門院大輔《いんぷもんいんのたいふ》の作。詞書から「無常」の題は知られないが、詠歌内容からそれを想定できようか。歌意は、太陽が照るとすぐに消えてしまう露のような、はかなくつらい我が身の置き所は、何処《どこ》の野辺の草葉なのだろうか、のとおり。「野辺の草葉」に「露の憂き身」の居場所を求めるという、比較的平凡な発想の詠作。

最後に、7の詠は、『玉葉集』に「月前ノ無常といふことを人びとよみ侍りけるに」の詞書を付して載る、西園寺実兼《さいおんじさねかね》の作。詞書から「月前無常」の題と知られる。歌意は、群がる雲によって光りが隠れる月を見ていると、それと同時に、草の葉末に置いた露の光りも失せ、露そのものも消えてしまうようだ、のとおり。「月」を涅槃《ねはん》に入る仏に、「露」を衆生《しゅじょう》に喩えた「無常」の歌。

以上、「無常」の題について略述した。

○「夢」

雑部の次の歌題は「夢」である。「夢」とは、眠っている間に出来事を見聞きするように感じる現象をいう場合と、現実とは思えず、まぼろしのようにはかない出来事をいう場合とがある。『堀河百首』に歌題として初出するが、勅撰集では『千載集』に初登場。歌材としては、恋歌《こいか》や挽歌《ばんか》・哀傷歌の譬喩《ひゆ》として『万葉集』以来数多《あまた》詠まれ、院政期には、はかない現世そのものが「夢」だとする観念が定着した。なお、荘周の胡蝶の夢の故事に依拠して詠まれる例が多い。「夢」の題の属性を表す用語と結題には、「むば玉」「衣をかへす」「寝《ぬ》るがうち」「はかなき夢」「うたた寝の夢」「短夢」「夢驚」「寄月夢」「春夢」「夏夢」「秋夢」「冬夜夢」「夜夢」「嵐破夢」「深夜夢覚」「孤夢易驚」「草庵貼夢」「世路如夢」などがある。

さて、「夢」の題では、風の音によって眠りから覚めて、見ることのできない夢の名残りを慕《した》い、夢以外には昔にかえる方法のない習慣を悲しみ、恋しさのあまり夢の中で流す涙が覚めても袖に残り、夢で名残り惜しい別れをしたために、逆に、衣服を裏返しに着て寝て恋人に逢ったことを後悔したり、この現世も同じようにはかない夢の世だから、無常な現世にいるうちに、はかない死のことを悲しみ、恋しい人を思いながら寝る夢が、虚《むな》しい期待だけを抱かせるものにすぎないという趣、等々を詠むとよかろう。

「夢」の題の例歌（証歌）には、次の六首を上げえようか。

1　大原の古《ふ》りにし里に妹を置きて我《われ》寝《い》ねかねつ夢《いめ》に見えつつ
（万葉集・古今相聞往来歌類之上・作者未詳・二五九一）

2　思ひつつ寝《ぬ》ればや人の見えつらむ夢と知りせば覚めざらましを
（古今集・恋歌二・小野小町・五五二）

3　うたた寝に恋しき人を見てしより夢てふものは頼みそめてき
（同・同・同・五五三）

4　百年は花にやどりて過ぐしてきこの世は蝶の夢にざりける
（詞花集・雑下・大蔵卿〈大江〉匡房・三七八）

5　風かよふ寝覚めの袖の花の香に薫る枕の春の夜の夢

（新古今集・春歌下・皇太后宮大夫〈藤原〉俊成女・一一二）

6　枕だに知らねば言はじ見しままに君かたるなよ春の夜の夢

（同・恋歌三・和泉式部・一一六〇）

まず、1の詠は、『万葉集』に「正述心緒《せいじゅつしんしょ》」の題詞を付して載る、作者未詳歌。題詞から「夢」の題は知られないが、結句からそれは想定されようか。歌意は、大原の古びた里に恋人を置いて、わたしは眠ることができない。夢にずっと見えていて、のとおり。「大原」は大和国の歌枕。飛鳥寺のある平野部の東の山間の地。

次に、2と3の両詠は、『古今集』に「題知らず」の詞書を付して載る、小野小町の作。詞書から「夢」の題と知られないが、ともに第四句からそれと知られよう。まず、2の詠の歌意は、しきりに恋い慕って寝たから、あの人が夢に見えたのであろうか。夢とわかっていたならば、目が覚めないでいればよかったのになあ、のとおり。相手が思っていてくれるから夢を見るという発想のほうがこの時代においては普通。しかし、相手は自分のことを思ってくれるはずがない。自分のほうが思っているからこそ見た夢だという点で、新鮮な発想といえようか。

次に、3の詠の歌意は、仮り寝の夢に恋しいあの人を見てから、はかない夢というものを改めて頼りに思いはじめるようになったよ、のとおり。本詠は相手が自分を思っていてくれたせいで「恋しき人」を夢に見たので、今まで信じられなかった夢が信じられそうな気持ちになったというわけで、1の詠とは逆の発想と言えようか。

次に、4の詠は、『詞花集』に「堀河御時、百首歌中によめる」の詞書を付して載る、大江匡房《まさふさ》の作。詞書から「夢」の題は知られないが、結句からそれと知られよう。歌意は、わたしは一生を花に戯《たわむ》れて過ごしてきた。それで、この世は確かに「胡蝶の夢」なのだとわかったことだ、のとおり。「蝶の夢」は例の『荘子』の故事。「にざりける」は「にぞありける」の縮約形。花に宿った人生だから自分を蝶だと言い、『荘子』の話は本当だと気づいたという論理。

次に、5の詠は、『新古今集』に「千五百番歌合に」の詞書を付して載る、藤原俊成女の作。詞書から「夢」の題と知られないが、結句からそれと知られよう。歌意は、やわらかな春の夜明けの風が通う気配にふと目を覚ますと、片敷きのわたしの袖は花の香に薫り、先ほどまで美しい夢を見ていた枕も薫って、わたしはまだ夢心地です、のとおり。本詠は『和漢朗詠集』の橘直幹《ちょくかん》の「蘭《らん》」の詩の一節、「夢断えては燕姫《えんき》が暁の枕に薫《くん》ず」（原漢文・二八九、現代語訳＝またある日の暁、燕姫が天帝より蘭を授けられたと夢みて、覚めてみると、枕もとに蘭香が薫っていたということだ）の本説取《ほんぜつど》り。花の香に甘美な春夜の夢の余韻《よいん》を感じとった歌で、現実と夢とを一続きに把える趣向は見事。

最後に、6の詠も『新古今集』の恋歌三に収載される歌だが、「題知らず」の詞書を付して載る、和泉式部の作。詞書から「夢」の題と知られないが、結句からそれと知られよう。歌意は、枕でさえ二人の恋は知らないから、人に告げたりはしないでしょう。だから、決して人にあからさまに語るなどということはなさらないでください。この春の夜の夢のことを、のとおり。本詠は『伊勢集』の「夢とても人に語るな知るといへば手枕《たまくら》ならぬ枕だにせず」（三二三、現代語訳＝夢にもわたしのことを人にお話しにならないでください。枕は恋の秘密を知るといいますから、こうして共寝するにも、手枕以外の枕すらしないのです）の本歌取り。本歌は現実と夢とを二分しているが、本詠は現実をそのまま夢と見ている。

以上が「夢」の題の多彩な世界の概略である。

p「閑居」

雑部の次の歌題は「閑居《かんきょ》」である。「閑居」とは、世俗を離れて心静かに暮らすこと。また、そうした住まい。『和漢朗詠集』の分類標目。用例は、恋人を待つ間を閑居とする場合と、景物と心境と結びつき、独り寝をかこつ侘《わび》しい閑居、訪問者のない寂しい閑居の場合に二分される。「閑居」の題の属性を表す用語と結題には、「閑中」「幽居」「幽栖《いうせい》」「庭の蓬生《よもぎふ》」「庭の浅《あさ》茅生《ぢふ》」「ふるさとの庭」「草の庵」「草の戸ざし」「柴の戸」「庭の苔路」「雨中閑居」「閑居苔深」「閑居聞霰」「閑居増恋」「閑居木」などがある。

さて、「閑居」とは、寂しく、人の出入りがほとんど皆無《かいむ》な住居《すまい》をいうのだ。苔《こけ》の扉《とぼそ》が葎《むぐら》に閉じられて、蓬《よもぎ》が生い茂って杣山《そまやま》のようになって道を埋め、通い路も跡がなくなり、庭の松の木に吹く松籟《しょうらい》以外には訪れるものは何もなく、板の隙間《すきま》から漏れてくる月光より外《ほか》には、また差し込んでくる類《たぐ》いもないというわけだ。はるか彼方《かなた》に望まれる野中の松だけを、唯一の友と思って眺め、巌から漏れてくる水の音を聞くにつけても、いよいよますます寂しさを実感し、心を楽しませてくれるはずの、春の花の色、鳥の声までも、ひとり閑居《かんきょ》していると、何の価値もなく感じられ、梢で秋の間近いことを告げるひぐらしの鳴き声を聞いて、これ以上悲しみをそそらないでほしいと窓を引き閉め、木の間から漏れてくる夕陽を見て心を砕き、もうこれ以上住んではいられないという寂慮《せきりょ》の気持ちなどを、歌に詠じたらよいであろう。「閑中」「閑庭」などの題も、以上のことを参考にしてほしい。

「閑居」の題の例歌（証歌）には、次の六首を指摘できるであろう。

1　さゆる夜の真木の板屋のひとり寝に心くだけと霰《あられ》降るなり

（千載集・冬歌・左近中将〈藤原〉良経・四四四）

2　岩そそく水よりほかに音せねば心ひとつを澄ましてぞ聞く

（同・雑歌中・仁和寺法親王守覚・一一三四）

3　寂しさに憂き世をかへて忍ばずはひとり聞くべき松の風かは
（同・同・寂蓮法師・一一三八）

4　誰《たれ》かはと思ひたえても松にのみおとづれてゆく風は恨めし
（新古今集・雑歌中・〈藤原〉有家朝臣・一六二一）

5　わくらばにとはれし人も昔にてそれより庭の跡は絶えにき
（同・同・〈藤原〉定家朝臣・一六八六）

6　残る松かはる木草の色ならで過ぐる月日も知らぬ宿かな
（玉葉集・前中納言〈藤原〉定家・二二四七）

まず、1の詠は、『千載集』に「閑居聞《ク》ㇾ霰《ヲ》といへる心をよみ侍りける」の詞書を付して載る、藤原良経の作。詞書から「閑居聞霰」の題と知られる。歌意は、冴えわたる寒夜《かんや》、真木の板屋の独り寝に、もの思いせよと言わんばかりに、霰が激しい音をたてて降ることだよ、のとおり。独り寝をかこつ閑居の人に、さらに板屋を打つ霰の音を添えて、孤独のわびしさを強調した詠作。

次に、2の詠も『千載集』の雑歌中に収載される歌だが、「閑居ノ水声といへる心をよみ侍りける」の詞書を付して載る、守覚法親王の作。詞書から「閑居水声」の題と知られる。歌意は、岩に流れかかる水よりほかには音もしない住居なので、心だけを澄まして、その水音を聞くことだよ、のとおり。訪問者に煩《わずら》わされず水音に心を澄ます、清新な詠作。

次に、3の詠も『千載集』の同じ巻に収載される歌だが、「題知らず」の詞書を付して載る、寂蓮の作。詞書から「閑居」の題は知られないが、詠作内容からそれと知られよう。歌意は、寂しさと俗世に生きるつらさを引き替えに堪えていなかったならば、独りで聞くことのできる松籟であろうか。堪えているからこそ独りで聞けるのだ、のとおり。孤独なひとり住居《ずまい》の感懐《かんかい》が、松籟に聞き入る詠歌主体の姿ににじみ出ている。

次に、4と5の両詠は、『新古今集』にともに「守覚法親王五十首歌よませ侍りけるに、閑居の心を（よめる）」の詞書を付して載る、前者が藤原有家の、後者が同定家の作。まず、4の詠の歌意は、誰も訪《たず》ねて来るはずはないと諦《あきら》めきっていても、事もあろうに、「待つ」という名の「松」にばかり、これ聞けがしに音をたてて通ってゆく風は、恨めしく思われるよ、のとおり。人の気持ちも知らない、風の心なさを憎《にく》む気持ちが横溢《おういつ》している詠歌。

次に、5の詠の歌意は、たまさかに訪《と》われることがあった、その相手のことも今は昔語りとなって、それ以来、庭に人跡《じんせき》を見ることはついぞないよ、のとおり。本詠は『後撰集』恋六の読人不知歌、「菅原や伏見の里のあれしより通ひし人の跡も絶えにき」（一〇二四、現代語訳＝菅原道真の大臣の家が荒れてしまってから、お通いになっていたあなたな足跡も、すっかり絶えてしまったことでございますよ）の本歌取り。「それより」は、「とはれし人」との間に何か忘れがたい事情が生じたことを示唆《しさ》し、物語的雰囲気を醸成《じょうせい》している措辞。

最後に、6の詠は、『玉葉集』に「閑居の心を」の詞書を付して載る、藤原定家の作。詞書から「閑居」の題と知られる。歌意は、常緑のままで残る松、対照的に色を変え、枯れて行く木や草の色以外には、過ぎて行く月日の状態も知られない、人里離れた閑静な住居であることよ、のとおり。「閑居」題の典型的風光。

以上が「閑居」の題が提示してくれた、憧憬《しょうけい》される時空間の概略だ。

9　「眺望」

雑部の次の歌題は「眺望《てうぼう》」である。「眺望」とは、遠く見渡す意。その際、海辺からはるか沖合いの島・舟・水平線などを遠望したり、木の間や霞の間から物を透視《とうし》する場合、遠くの山上の月、曙の空などを見遣《や》る場合、宮中からあたりの景観を眺める場合におおよそ分類されよう。『和漢朗詠集』の分類標目が初出で、勅撰集の歌題としては『千載集』が初登場。「眺望」の題の属性を表す用語と結題には、「遠望」「望む」「見渡す」「峰の松」「山の端《は》の月」「明けゆく山」「峰の白雲」「雲の遠《をち》かた」「峰眺望」「野眺望」「江上眺望」「海上眺望」「湖上眺望」「遠嶋眺望」「旅眺望」「名所眺望」「春日眺望」「水郷眺望」「暮山眺望」「羇中眺望」などがある。

さて、この題ははるか彼方を眺める趣である。山辺であるならば、高嶺《たかね》にかかる白雲を望み、霞の間からほんのりと顔を出した梢を眺め、越えて来た山々も雲に隠れてしまった姿を振り返って望み、一面に霞で覆《おお》われた遠くの村を見て、いったい誰が住んでいる里なのだろうといぶかしく思い、果てしもなく続く武蔵野の、尾花の彼方に沈む夕陽を眺めたり、海辺では浪間に浮かぶ沖の釣舟を望み、潮路はるかに望まれる嶋々の間に隠れて行く舟を、しみじみ見遣《や》り、浦々から立ち登る藻塩《もしお》の煙りが、空にはかなく消えてゆく方向を眺めて、しんみりとしたり、また、野原や篠原を分けて旅路を進む旅人を見、雲間に消えて行く雁の群を眺めて、その行方を感慨深い思いに浸《ひた》る心などを詠むものだ。したがって、「眺望」とははるか彼方を見渡す趣をいうわけだ。以上の説明で納得してほしい。

「眺望」の題の例歌（証歌）には、次の五首を上げえよう。

1　見渡せば柳桜をこきまぜて都ぞ春の錦なりける
（古今集・春歌上・素性法師・五六）

2　わたのはら漕ぎ出でてみればひさかたの雲ゐにまがふ沖つ白波
（詞花集・雑下・関白前太政大臣〈藤原忠通〉・三八二）

3　難波がた潮路はるかに見渡せば霞に浮かぶ沖の釣舟
（千載集・雑歌上・円玄法師・一〇四九）

4　限りあれば霞まぬ浦の波間より心と消ゆる海人《あま》の釣り舟
（続古今集・雑歌中・藤原隆祐朝臣・一六四四）

5　はるかなる麓《ふもと》はそこと見えわかで霞のうへに残る山の端《は》
（続拾遺集・春歌上・前大納言〈二条〉為氏・二八）

6　花の香《か》はそことも知らず匂ひきて遠山《とほやま》霞む春の夕暮れ　（同・同・中務卿宗尊親王・六六）

まず、1の詠は、『古今集』に「花盛りに京を見やりてよめる」の詞書を付して載る、素性《そせい》の作。詞書から「眺望」の題と知られよう。歌意は、京の都を見渡すと、柳の葉の色と桜の花びらの色とを取り混ぜて、都は今まさに「春の錦」を織りなしたように華麗《かれい》な美しさであることだなあ、のとおり。朱雀大路《すざくおおじ》に街路樹として柳が植えられていた。また、桜は当初は山のものであったが、次第に貴族の家々の庭に植えられるようになったようだ。そのような実景を、漢詩の表現に依拠した「春の錦」なる詩文的発想によって詠作されたのが本詠である。

次に、2の詠は、『詞花集』に「新院（崇徳院）位におはしましし時、海上ノ遠望といふことをよませ給ひけるによめる」の詞書を付して載る、藤原忠通の作。詞書から「海上遠望」と知られよう。歌意は、大海原《うなばら》に漕ぎ出て見渡すと、はるか沖の白波は白雲とは混然として区別がつかず、波とも雲とも見分けがつかないことだなあ、のとおり。「海上遠望」の題意を見事に構築してみせた、雄大な風光。

次に、3の詠は、『千載集』に「眺望の心をよめる」の詞書を付して載る、円玄《えんげん》法師の作。詞書から「眺望」の題と知られる。歌意は、難波潟を潮路はるかに見渡してみると、霞の中に浮かぶように見えることだ。沖の釣り舟は、のとおり。難波潟における陽春の霞の中に浮遊《ふゆう》する小舟の姿を眺望した詠作。

次に、4の詠は、『続古今集』に「洞院摂政家百首歌に、眺望」の詞書を付して載る、藤原隆祐《たかすけ》の作。詞書から「眺望」の題と知られる。歌意は、霞むことなくよく晴れた海原《うなばら》の波間を通して、はるかに眺望がきくとはいえ、それでも限度があるので、その中にみずから姿を消して行く漁師の釣り舟であるよ、のとおり。大海原と漁師の釣り舟との関係を、「静中動あり」の視点で把えて見事である。

次に、5の詠は、『続拾遺集』に「文永四年内裏詩歌をあはせられ侍りし時、春日望ムレ山ヲ」の詞書を付して載る、二条為氏の作。詞書から「春日望山」の題と知られる。歌意は、はるか彼方に眺望される麓のあたりは、霞のためにその場所だとはっきり見定められなくて、霞のかかっている上方に山の稜線《りょうせん》が頭を突き出しているよ、のとおり。「そこ」は「その場所」の意と「(霞の)底」の意を掛け、第四句の「霞のうへ」と照応させている。遠山の麓の付近に立ち籠める霞を、墨絵《すみえ》のように描出した風景。

最後に、６の詠も『続拾遺集』の同じ巻に収載される歌だが、「暮山ノ春望といふことを」の詞書を付して載る、宗尊《むねたか》親王の作。詞書から「暮山春望」の題と知られる。歌意は、桜の花の香は何処《どこ》からともなく、かぐわしく薫ってきて、遠くの山容は春霞にけぶって見える、春の夕暮れの美しい光景よ、のとおり。臭覚《しゅうかく》と視覚の座標軸で把えた春の夕暮れの情趣。

以上、多彩な風光の場面を演出する「眺望」の題をあらあら概略した。

r「遠情」

雑部の次の歌題は「遠情《ゑんじやう》」である。「遠情」とは、はるか彼方《かなた》に思いを馳《は》せることをいう。ただし、『和漢朗詠集』や『堀河百首』などにはとくに立項されていない。「遠情」の題の属性を表す用語と結題には、「春情」「幽情《いうじやう》」「余情《よせい》」「おもひやる」「月前遠情」「雪中遠情」「暁遠情」などがある。

さて、この題は遠くを思い遣《や》る心をいうのだ。たとえば、月に向かって「更級《さらしな》やをばすて山」を思い、都に花の季節がくると、「吉野山はいかならむ」などと思うような類である。心を彼方に通わして、その心を通わせた歌枕の面影が脳裏《のうり》に惹起《じゃっき》されるように詠まねばならないのだ。ただし、必ずしも、歌枕の名を獲得《かくとく》していなくても、その属性がおおまかに把握できるならば、唐土《もろこし》でも、壺《つぼ》の石文《いしぶみ》でも、夷《えびす》の住家であろうとも、想像を逞《たくま》しくして、その場その場の事情に適合するように解釈すれば、いかようにも遠くに心を通わせて詠むことができるというものだ。

「遠情」の題の例歌（証歌）には、次の五首を指摘できよう。

1　思ひやる境《さか》ひはるかになりやする惑《まど》ふ夢路に逢ふ人のなき
（古今集・恋歌一・読人不知・五二四）

2　松が根に衣かたしき夜もすがらながむる月を妹《いも》見るらむか
（金葉集二奏本・秋部・修理大夫〈藤原〉顕季・二一一）

3　かきくらし降る白雪に塩竈《しほがま》の浦の煙りも絶えやしぬらむ
（続拾遺集・冬歌・法性寺入道前関白太政大臣〈藤原忠通〉・四五五）

4　いとふらむ久米路《くめぢ》の神のけしきまで面影に立つ夜半《よは》の月かな
（新拾遺集・雑歌上・小侍従・一六四〇）

5　夢ならでまた唐土《もろこし》のまぢかきは月見る夜半の心なりけり
（嘉元百首・秋二十首・権大納言局前藤大納言為世卿女・二六四三）

まず、1の詠は、『古今集』に「題知らず」の詞書を付して載る、読人不知歌。詞書から

「遠情」の題と知られないが、上句からそれと知られよう。歌意は、わたしが思いを馳《は》せるところは、はるかに遠ざかってしまったのだろうか。いくら夢路をさまよってもあの人に逢えないことだ、のとおり。「夢路」に思いを馳せることを、「遠情」と見たわけだ。

次に、２の詠は、『金葉集』（二奏本）に「月前ノ旅宿といふことをよめる」の詞書を付して載る、藤原顕季《あきすえ》の作。詞書から「月前旅宿」と知られるが、旅寝で月を眺めながら、故郷の妻をしみじみ思いやる行為は、まさに「遠情」といえよう。歌意は、松の根に衣を片敷いて夜通し眺めているあの月を、妻も見ているだろうか、のとおり。「松が根」や「妹」などの万葉表現に依拠しながら、旅中の寂莫《せきばく》たる心情を月に寄せて詠じたもの。

次に、３の詠は、『続拾遺集』に「雪中ノ遠情といふことを」の詞書を付して載る、藤原忠通の作。詞書から「雪中遠情」の題と知られる。歌意は、空一面を真っ暗にして降る白雪によって、塩竈の海岸で藻塩を焼くために昇る煙りも、視界からまったく絶えてしまっているだろうかなあ、のとおり。都から塩竈の海岸へ思いを馳せた点に「遠情」の題意が詠み取れよう。

次に、４の詠は、『新拾遺集』に「月前ノ遠情といふことを」の詞書を付して載る、小侍従の作。詞書から「月前遠情」と知られる。歌意は、深夜の月をしみじみと眺めていると、どうして嫌ったりするだろうか。自分自身の醜貌《しゅうぼう》を恥じて夜にしか働かなったという、一言主《ひとことぬし》の神の容貌までも、面影に立つよ、のとおり。「夜半の月」を前にしての「遠情」を、「久米路の神」（一言主の神）を例に引いての詠作は興趣深い。

最後に、5の詠は、『嘉元百首』に「月」の題で載る、従三位為子（二条為世子）の作。歌題から「遠情」の題と知られないが、詠作内容から知られよう。歌意は、夢の中ではなくてまた、唐土が真近に感じられるのは、ほんとうにしみじみとした趣で夜更けの月を眺めているからであろうよ、のとおり。ちなみに、本詠に『題林愚抄』は「月前遠情」の題を付している。

以上が種々様々の感情を惹起《じゃっき》させる「遠情」の題の切り拓く多彩な世界の展開だ。

s「餞別」

雑部の次の歌題は「餞別《うまのはなむけ》」である。「餞別」とは、古代、旅立つ人の無事を祈って、旅の行く先の方向へ馬の鼻を向けたことから、旅の前途を祝して送別の宴を催したり、金品を贈ったりすることをいう。『文華秀麗集』に部立、『和漢朗詠集』に分類標目として初出。勅撰集には離別部にこの題を収載する。「餞別」の題の属性を表す用語と結題には、「立ち別れ」「わかる」「うまのはなむけ」「宇佐使餞」「遣唐使餞」「餞別欲夜」などがある。

さて、「別れ」というのは、遠く田舎などへ行く人を、餞別《うまのはなむけ》をして名残りを惜しむ趣をいうのだ。出立《しゅったつ》する人も、見送る人も、同じように別れがたく、悲しいことなので、時と場合によっては、どちらの側も詠まねばならないのだが、題詠の場合には、常に出立する人を慕う見送る側からの心で詠まねばならないわけだ。旅衣にこと寄せて「立ち別る」とも表現し、朝出発する時刻の「暁起きの露に涙を添ふ」とも、歩を分けて進むべき行く先の葉末の露を、「とまる袖にさへしぼる」とも、「限りありては身はとまる」とも、「心は幾雲居《いくくもゐ》までも思ひ送らむ」とも、「ほどは雲居になるとも思ひおこせよ、われも思ひやらむ」とも、「あだなる風のたよりなりとも必ず音せよ」とも、「帰らむまでの命惜しみて手向《たむ》けの神に行末を祈る」心などを詠むものだ。帰って来るはずの時を約束しておけば、「定めなき身は人だのめにやならむ」とも、人はもとの場所へ戻って来るとしても、「待つべき身こそあだなれ」とも詠むのがよかろう。また、行く先の場所の名をも、何かにつけて縁語《えんご》で説明する。東路ならば、「勿来《なこそ》の関もあり」と聞いても「何かは思ひ立つ」とも、都鳥が見える辺りでは「思ひ出でよ」とも、宇津の山越えでは「昔のためし忘るな」とも、心づくしは「止まる人の思ひなりけり」とも、門《も》司《じ》の関は「書く」とも、と記すように。また、「天離《あまざか》る鄙《ひな》の別れ」という措辞がある。「天離る」とは「人と別れる」という趣だ。「鄙」とは田舎の名である。また、旅に出るというわけでもないが、ただ別離のみを歎く心情を詠んだ歌も多い。村鳥《むらどり》が飛び別れる様子にこと寄せても詠まれている。小袖の下に締める下帯が巡り合うように、再び逢う趣を詠じた詠作も多いようだ。

「餞別」の題の例歌（証歌）には、次の六首が上げられよう。

1　今日別れ明日はあふみと思へども夜《よ》や更けぬらむ袖の露けき
（古今集・離別歌・紀利貞・三六九）

2　命だに心にかなふものならばなにか別れの悲しからまし
（同・同・白女・三八七）

3　下の帯の道はかたがた別るとも行きめぐりても逢はむとぞ思ふ
（同・同・〈紀〉友則・四〇五）

4　今日はさは立ち別るともたよりあらばありやなしやの情け忘るな
（金葉集二奏本・別部・中納言〈源〉国信・三四四）

5　むかし見し心ばかりをしるべにて思ひぞおくる生《いき》の松原
（千載集・離別歌・藤原実方朝臣・四七六）

6　行く末を待つべき身こそ老いにけれ別れは道の遠きのみかは
（同・同・前中納言〈大江〉匡房・四八〇）

まず、1の詠は、『古今集』に「貞辰親王《さだときのみこ》の家にて、藤原清生《きよふ》が近江介《あふみのすけ》にまかりける時に、餞別しける夜、よめる」の詞書を付して載る、紀利貞《としさだ》の作。詞書から「餞別」の題は想定されよう。歌意は、今日は別れても、明日は任国《にんごく》の近江にちなんで逢う身と思うけれども、夜が更けたのだろうか、袖が露っぽいことだ、のとおり。「あふみ」は「近江」と「逢ふ身」を掛ける。「露けき」は涙を暗示する。

次に、2と3の両詠も『古今集』の同じ巻に収載される歌だが、前者が白女《しろめ》、後者が紀友則の作。まず、2の詠は「源実《さね》が筑紫《つくし》へ湯浴《ゆあ》みむとまかりける時に、山崎にて別れ惜しみける所にてよめる」の詞書を付す。詞書から「餞別」の題は想定されようか。歌意は、命さえ心のままになって、あなたのお帰りを生きながらえて待つことができるものならば、どうして別れがこのように悲しいであろうか、のとおり。詞書の「山崎」は山城国と摂津国との国境にある歌枕。実詠歌のような切実な気持ちが表出されている。

次に、3の詠は、「道に逢へりける人の車にもの言ひつきて、別れける所にてよめる」の詞書を付す。詞書から「餞別」の題は想定されよう。歌意は、下着の紐が左右に別れてもまた、結び合わされるように、あなたとわたしがこれから行く道は、それぞれ別になりますけれども、いずれ再びめぐり逢うだろうと思います、のとおり。詞書の「別れける所」からみると、屏風絵の画中の人物の詠か。

次に、4の詠は、『金葉集』（二奏本）に「（堀河）百首歌中に別《わかれ》の心をよめる」の詞書を付して載る、源国信の作。歌意は、今日はこうして立ち別れるにしても、もし伝手《つて》があったら、わたしが無事でいるかどうかを、尋ねてくれるくらいの情けは忘れないでください、のとおり。「ありやなしやの情け」は、『古今集』羇旅歌の在原業平の歌、「名にし負はばいざ言《こと》問はむ都鳥我が思ふ人はありやなしやと」（四一一、現代語訳＝都という名を持っているのならば、都のことを知っているだろうから、さあ尋ねてみよう。都鳥よ、わたしが恋い慕っている都の人が、無事に過ごしているかどうかと）の参考歌に依拠しての作者の工夫。

次に、5の詠は、『千載集』に「宇佐使《うさのつかい》餞《はなむけ》しける所にてよみ侍りける」の詞書を付して載る、藤原実方の作。歌意は、かつてわたしが宇佐の使いとして下って見た時の心だけを道しるべとして、生の松原へ思いを送ることだ、のとおり。詞書の「宇佐使」は、宇佐八幡宮に、天皇の即位や国家の大事・災害などの際、奉告《ほうこく》祈願の奉幣《ほうへい》をするための勅使。「生の松原」は筑紫国の歌枕。はるかな筑紫の国の歌枕に思いを馳せながら、かつて宇佐の使いとして下った実方が往時の旅を回想した詠歌。

最後に、6の詠も『千載集』の同じ巻に収載される歌だが、「堀河院御時百首歌たてまつりける時、別れの心をよみ侍りける」の詞書を付して載る、大江匡房の作。詞書から「餞別」の題は想定されよう。歌意は、あなたと再び逢える将来を待つはずの我が身は、老いてしまったことだ。旅の別れは道のりが遠いだけであろうか、再会までの時間もはるかに長いものだよ、のとおり。我が身の老いて再会を期しがたい思いと、別れ行く人の旅路の遠さに思いを馳せ、合わせて悲嘆《ひたん》した詠作。

以上、離別に際して、種々様々な感慨が催される「餞別」の題が惹起《じゃっき》する世界について略述した。

t　「管弦」（笛・箏）

雑部の次の歌題は「管弦《くわんげん》」（笛・箏《しやう》）である。「管弦」とは、横笛・笙・篳篥《ひちりき》などの管楽器と琴・箏・和琴《わごん》・琵琶《びわ》などの弦楽器をいう。「管弦の遊び」から単に「遊び」ともいう。「笛」と「箏」の題は『永久百首』に初出。「管弦」（笛・箏）の題の属性を表す用語と結題には、「琴の音《ね》」「琴の調べ」「琴の緒《を》」「かきなす琴」「笛の音」「笛の調べ」「笛竹の声」「琵琶の音」「寄笛恋」「寄琴恋」「聞村笛」「松風入夜琴」などがある。

さて、「管弦」は、吹き物・弾《ひ》き物のことだ。吹き物とは、笛の音が心を澄ましてくれるので、音楽の一曲としても賞美するものだ。また、「隣《とな》りの笛」という故事がある。昔、唐土に隣りに上手に笛を吹く者がいて、その人物を賞賛して、書物に書き留めてあったというのだ。弾き物に「松風の調べ」とあるのは「笙《しやう》」のことだ。また、「琴《きん》の琴《こと》」も同じだ。「東琴《あづまごと》」とは「和琴」のことだ。「四つの声」というのは「琵琶」である。中秋の名月に、音声の澄む趣を詠むものだ。また、昔、唐土に白楽天という人が尋陽《じんよう》という所に住んでいたが、ある月の明るい夜に、海岸近くに琵琶を上手に弾く人に遭遇《そうぐう》した。そこでその人物を訪ねたところ、商人《あきびと》の妻であったが、夫はその時、行商に出掛けていた。妻は一晩中、心を澄まして琵琶を弾いていたということだ。このような故事なども歌に詠じたらよかろうと思う。

「管弦」（笛・箏）の題の例歌（証歌）には、次の七首が指摘できる。

1　都まで響き通《かよ》へる唐琴《からこと》は波の絃《を》すげて風ぞ弾きける

（古今集・雑歌上・真静法師・九二一）

2　琴の音に峰の松風通ふらしいづれの緒より調べそめけむ

（拾遺集・雑上・斎宮女御・四五一）

3　琴の音に通ひそめぬる心かな松吹く風の音ならねども

（千載集・恋歌一・二条院・六七六）

4　庭の面にひかでたむくる琴の音を雲井にかはす軒の松風

（玉葉集・秋歌上・入道前太政大臣〈西園寺実兼〉・四六七）

5　この里に神楽《かぐら》やすらむ笛の音の小夜《さよ》更けがたに聞こゆなりけり

（永久百首・雑三十首・常陸・六七九）

6　我が恋はまだ吹き馴れぬ横笛の音《ね》に立つれども逢ふかたもなし

（六百番歌合・恋九六番右・〈藤原〉隆信朝臣・一〇九二）

7　笛の音に昔のこともしのばれてかへりし程も袖ぞ濡れにし

（源氏物語・手習・横川の僧都の妹尼・七七六）

まず、1の詠は、『古今集』に「唐琴といふ所にてよめる」の詞書を付して載る、真静《しんせい》の作。詞書から「唐琴」の題は想定されようが、第三句からそれと確認されよう。歌意は、都まで響き聞こえているこの唐琴は、波の絃を張って風が弾いていたよ、のとおり。地名から楽器の「唐琴」を連想させて詠じた歌。

次に、2の詠は、『拾遺集』に「野宮《ののみや》に斎宮の庚申《かうしん》し侍りけるに、松風入ル㆓夜琴ニ㆒といふ題を詠み侍りける」の詞書を付して載る、斎宮女御《さいぐうのにょうご》の作。詞書から「松風入夜琴」の題と知られる。歌意は、琴の音に、峰の松風の音が似通っているように聞こえるよ。いったいあの松風は、どの山の尾、つまり琴の緒から、美しい音を奏《かな》で出しているのだろうか、のとおり。詞書の「野宮」は、斎宮が伊勢神宮に下向《げこう》する前に、精進潔斎《しょうじんけっさい》する仮宮《かりみや》。「斎宮」は村上天皇皇女規《のり》子《こ》内親王。「緒」に「尾」を掛ける。琴の音に松籟《しょうらい》が似通うことから、松風を琴の奏楽《そうがく》と聞きなした詠作。

次に、3の詠は、『千載集』に「后宮にはじめて参れりける女房琴ひくを聞かせ給ひて、よみて賜ひける」の詞書を付して載る、二条院の御製。詞書から「琴」の題と知られよう。歌意は、琴の音に松風の音は似通うというが、わたしはそなたの弾く琴の音にひかれて心を通わせるようになったことだよ。この身は松風の音というわけではないけれども、のとおり。詞書の「后宮」は、藤原育子か同多子のいずれか。新参《しんざん》の女房の弾く琴の音を聞き、思いを寄せるに至った、初恋の趣の詠作。

次に、4の詠は、『玉葉集』に「乞巧奠《きかうでん》の心を」の詞書を付して載る、西園寺実兼の作。詞書から「乞巧奠」の題と知られるが、この七夕の祭りの供《そな》え物の中に「箏《しやう》の調絃《てうげん》」（琴柱《ことじ》立て）がある点や、第三句から「琴」（箏）の題は想定されようか。歌意は、庭に立てた机の上に、調絃しただけで弾かずに織女星《しょくじょせい》に供える琴の音を、上空で合奏しているように聞こえる、軒の松風の音よ、のとおり。当時音楽家として著名であった実兼の歌。

次に、5の詠は、『永久百首』の雑三十首に「笛」の題を付して載る、常陸《ひたち》の作。歌意は、この村では里神楽《さとかぐら》が催されているのだろうか。夜も更けてゆくなか、にぎやかな笛の音などが、神社のあたりから聞こえてくることだなあ、のとおり。里神楽は、十二月の吉日に行われた宮中の御神楽と違って、民間に伝承された年中行事で、全国的に分布していた。

次に、6の詠は、『六百番歌合』恋九の六番右に「寄笛恋」の題を付して載る、藤原隆信の作。歌意は、わたしの恋は、まだ吹き馴れない横笛が音を出しても調子が合わないように、声をあげて泣いても恋しい人に逢うすべもないよ、のとおり。叶わぬ恋に、笛のように声をあげて泣くと詠じた心情がいじらしい。

最後に、7の詠は、『源氏物語』の手習の巻における、横川《よかわ》の僧都の妹尼の作。歌意は、あなたの笛の音に、つい昔のことも思い出されて、お帰りになったあとも、涙で袖が濡れてしまったことです、のとおり。ここでは「笛の音」が懐旧の念を催させるものとして作用している。

以上が「管弦」（笛・箏）の題が惹起する多彩な世界の略述である。

u「上陽人」

雑部の次の歌題は「上陽人《じやうやうじん》」である。「上陽人」とは、白居易の「新楽府《がふ》」（『白氏文集』巻三～四）の詩題に見える女性。唐の玄宗《げんそう》皇帝の時代、楊貴妃《ようきひ》がその寵愛《ちょうあい》を独占するに至ると、ほかの美しい宮女は貴妃に嫉妬《しっと》されて、洛陽の上陽宮に幽閉され、一生を空房に過ごす身となった。そのあたりの宮女の寂しく独身のまま年老いた境遇が「新楽府」には描かれている。『和漢朗詠集』の分類標目に採られ、勅撰集では『金葉集』に初出。「上陽人」の題の属性を表す用語には、「ながき思ひ」「宮の鶯」「塵も払はぬ」「独り齢《よはひ》の積もる」「春の閉じらるる」「あらぬ姿になる」「六十《むそじ》の春」「窓うつ雨」「むなしき床」などがある。

さて、「上陽人」とは、昔、唐土《もろこし》の帝が容貌の美しい女性を選んで召し抱えた際に、十六歳ではじめて出仕した女性を、楊貴妃が嫉妬したために、彼女は六十歳になるまで帝にまみえることなく、上陽宮という場所に幽閉されて、すっかり年老いてしまったという女性のことだ。

秋の夜長を明かしかね、壁の脇に掲げられた燃え残った燈が、ほのかな影を落としているのを憐れみ、窓を打つ雨音に目を覚まして、一晩中眠れないことを歎き、暮れがたい春の日には、上陽宮を訪れて鳴く鶯の声を聞いても心は慰められず、「梁《りやう》の燕」の喩えではないが、皇帝の庇護のもと、長らく上陽宮に暮らし慣れてはいるが、年老いた身には、嫉妬の心はなかなか治まらないものだ。「むなしき床に身を捨つる」などとも詠むのはよかろう。

「上陽人」の題の例歌（証歌）には、次の五首が上げられよう。

1　恋しくは夢にも人を見るべきを窓うつ雨に目を覚ましつつ
（後拾遺集・雑三・大弐〈藤原〉高遠・一〇一五）

2　昔にもあらぬ姿になりゆけど歎きのみこそ面変《おもが》はりせね
（金葉集二奏本・雑部上・源雅光・五八五）

3　さりともとかく黛《まゆずみ》のいたづらに心細くも老いにけるかな
（同・同・源俊頼朝臣・五八六）

4　暮らしかね長き思ひの春の日にうれへともなふ鶯の声
（玉葉集・雑歌五・従三位〈藤原〉宣子・二四四六）

5　知らざりき塵《ちり》も払はぬ床の上にひとり齢《よはひ》の積もるべしとは

（拾遺愚草・二見浦百首・雑・藤原定家・一九九）

まず、1の詠は、『後拾遺集』に「(白氏《はくし》)文集《もんじふ》の粛々タル暗雨打ツレ窓ヲ声といふ心をよめる」の詞書を付して載る、藤原高遠《たかとう》の作。詞書に引かれた漢詩が「上陽白髪人」の一節なので、「上陽人」の題は想定されよう。歌意は、恋しいならば、夢にでも人を見るであろうものを、窓を打つ雨の音に目を覚まして夢すら見ることができないよ、のとおり。詞書の漢詩は『和漢朗詠集』に、「秋夜」の題で「秋の夜《よ》長し　夜長くして眠ることなければ天《てん》も明けず　耿々《かうかう》たる残《のこ》んの燈の壁に背《そむ》けたる影　粛々《せうせう》たる暗き雨の窓を打つ声」（原漢文・二三三、現代語訳＝上陽宮に幽居して、一生悲しみに沈む身に、ことさら秋の夜は長く感じられる。その夜長を悶々《もんもん》として眠ることもないから、なかなか夜も明けない。燈火《ともしび》のかすかな残り火に照らされて、影が背後の壁に大きく映っている。寂しげに降りそそぐ闇夜《やみよ》の雨が、しきりに音を立てて窓を打ち続けるばかりだ）のごとく採られている。

次に、2の詠は、『金葉集』（二奏本）に「上陽人ノ苦ムコト最モ多シ　少クシテ苦ミ、老イテ亦苦ムといふことをよめる」の詞書を付して載る、源雅光の作。詞書に引かれた漢詩が「上陽白髪人」の一節なので、「上陽人」の題は想定されよう。歌意は、わたしは、昔とはうって変わった姿かたちになってしまったが、我が歎きだけは以前と少しも変わらないことだ、のとおり。詞書の漢詩は、先の典拠に「上陽人、苦しび最も多し　少《わか》うても亦苦しぶ　老いても亦苦しぶ」（原漢文）とある一節。

次に、3の詠も『金葉集』（二奏本）に収載される歌で、「青黛《せいたい》画《キ》レ眉《ヲ》々細《ク》長《シ》といへることをよめる」の詞書を付して載る、源俊頼の作。詞書に引かれた漢詩が「上陽白髪人」の一節なので、「上陽人」の題は想定されよう。歌意は、いくらなんでも、その甲斐がないにしてもと思って、画《か》く眉墨が細いように、心細いまま無駄に年老いてしまったことだ、のとおり。詞書の漢詩は、先の典拠に「青き黛、眉を画いて眉細く長し」（原漢文）とある一節。第一・第二句までが「いたづらに」以下の序詞。

次に、4の詠は、『玉葉集』に「上陽人を」の詞書を付して載る、藤原宣子《せんし》の作。詞書から「上陽人」の題と知られる。歌意は、長い一日を暮らしかねて、深く思い沈んでいる春の日に、わたしと憂いをともにしてくれるように鳴く、鶯の声よ、のとおり。これも同じ出典の「上陽白髪人」の「宮の鶯百囀《ももさへづ》りすれども愁《うれ》へて聞くことを厭《いと》ひぬ」（原漢文）の一節に依拠している。

最後に、5の詠は、『拾遺愚草』に収載される「二見浦《ふたみがうら》百首」に「上陽人」の題を付して載る、藤原定家の作。歌意は、知らなかったよ。皇帝が訪れられることもないまま、積った塵を払おうともしない床に、むなしく独り起き臥しして、いたずらに齢《よわい》のみ積ってゆくのがわたしの宿命であったとは、のとおり。これも同じ出典の「上陽白髪人」の「一生遂に空しき房に向かひて宿りぬ」（原漢文）の一節に依拠している。

以上、不幸な運命のもとに一生を過ごした「上陽人」の題の世界を略述した。

v「王昭君」

雑部の次の歌題は「王昭君《わうせうくん》」である。「王昭君」とは漢の元帝の宮女。のちに、攻略のために、匈奴の呼韓邪単于《こかんやぜんう》の皇后となった。「王昭君」の属性を表す用語と結題には、「慣れし都を恋ふる」「古き都を立ち離る」「歎きこし道の露」「鏡の影のつらき」「あらぬ雲井」「都のみ恋しき」「慣れし昔を思ふ」「映せばあらぬ姿」「昭君昔情」などがある。

さて、昔、唐土の皇帝が、胡《こ》国の王の機嫌を取ろうと思って、宮女の中で、容貌がそれほどでもない女性をひとり選んで、派遣しようと企図したのであった。しかしながら、三千人もいる宮女の中から、ひとりの女性を選ぶのは至難《しなん》の業《わざ》であったので、絵師を呼んで、宮女の全員の姿を絵に描かせたのだった。その際、ずる賢い女たちは、自己の素姓《すじょう》や容貌の程度をよく知っていたので、みんな絵師に種々の賄賂《わいろ》を与えて、実物以上の美貌の女性に描いてもらった。そんな中で王昭君だけは、自己の容貌がまことに美貌であることを誇りにして、絵師に何も贈らなかったために、絵師は彼女を醜い姿に描いたのだった。皇帝はこの宮女こそ派遣するのに最適の者だと判断して、王昭君を胡国の王に贈ることに決定した。その時になって、王昭君は後悔したけれども後《あと》の祭りで、その決定は覆《くつがえ》らなかった。都を離れて、はるかな胡国へ送られて行く道中、王昭君は涙を流さない日はなかった。彼女は馬の上で琵琶を弾きながら、自分自身、悲運な我が心を慰めたのであった。和歌にはこのあたりの上陽人の心情を詠まなければならないというわけだ。

「王昭君」の題の例歌（証歌）には、次の五首を拾うことができようか。

1　歎き来《こ》し道の露にもまさりけり慣れにし里を恋ふる涙は
（後拾遺集・雑三・赤染衛門・一〇一六）

2　思ひきや古き都を立ち離れこの国人にならむものとは
（同・同・僧都懐寿・一〇一七）

3　見るからに鏡の影のつらきかなかからざりせばかからましやは
（同・同・懐円法師・一〇一八）

4　うつすともくもりあらじと頼み来《こ》し鏡の影のまづつらきかな
（拾遺愚草・二見浦百首・藤原定家・一九八）

5　つくづくと慣れし昔を思ふにも鏡の影のなほつらきかな
（摘題和歌集・雑部・後京極〈摂政太政大臣藤原良経〉・二八九九）

まず、1〜3の詠は、『後拾遺集』にいずれも「王昭君をよめる」の詞書を付して載る、1の詠が赤染衛門、2の詠が懐寿《かいじゅ》、3の詠が懐円《かいえん》の作。詞書からいずれも「王昭君」の題と知られる。まず、1の詠の歌意は、歎きながら、この胡国の地までやって来た、道中の露にもまさってひどくこぼれたよ。住み慣れた故郷を恋しく思う涙は、のとおり。本詠は『和漢朗詠集』に「王昭君」の題で大江朝綱が詠じた、次の漢詩、「翠黛紅顔錦繍《すいたいこうがんきんしう》の粧《よそほ》ひ　泣く泣く沙塞《ささい》を尋ねて家郷を出づ」（原漢文・七〇〇、現代語訳＝みどりの眉墨、紅のかんばせ、あのたおやかなあで姿。錦、刺繍《ししゅう》の妖艶《ようえん》な衣裳をつけて、王昭君は泣く泣く胡塞《こさい》に向かって住み慣れた故郷をあとにしたのだ）に通じる詠みぶりの詠作である。

次に、2の詠の歌意は、古く住み慣れた都、長安を離れて、この胡国の人になるだろうなどと思ったであろうか、まったく思ってもみなかったよ、のとおり。「この国人」の「こ」に、代名詞の「こ」と「胡」を掛ける。

次に、3の詠の歌意は、見るにつけ、鏡に映る我が面影がつらいなあ。わたしがこのように美しくなかったならば、このような運命に遭遇しただろうか、のとおり。本詠は『和漢朗詠集』に「王昭君」の題で大江朝綱《あさつな》が詠じた、次の漢詩、「昭君若《も》し黄金《くわうきん》の賂《まひなひ》を贈らましかば　定めてこれ身を終ふるまで帝王に奉《つか》へまつらまし」（原漢文・七〇三、現代語訳＝王昭君が、もしも絵師に黄金の賄賂《わいろ》を贈っていたならば、彼女は生涯、皇帝の寵愛《ちょうあい》を受けて、このような悲劇に見舞われることもなかったであろうに）に通じる詠みぶりの詠作である。

次に、4の詠は、『拾遺愚草』に収載される「二見浦百首」に「王昭君」の題を付して載る、藤原定家の作。歌意は、映して見ても曇りない美しさに、絵師が美しく描くだろうと頼みにしていた、鏡に映る我が面影が、まずつらく思われるよ、のとおり。本詠は『和漢朗詠集』に「王昭君」の題で載る、白居易の漢詩、「愁苦辛勤《しうこしんきむ》して顦顇《せうすい》し尽きんたれば　如今《いま》ぞ却つて画図《ぐわと》の中《うち》に似たる」（原漢文・六九八、現代語訳＝王昭君は胡国へやられる悲しみ苦しみのために、容貌もげっそりやつれ果ててしまい、今はかえって昔の醜い絵姿のとおりになってしまったようだ）に依拠している。

最後に、5の詠は、『摘題和歌集《てきだい》』に「昭君昔情」の題で載る、藤原良経の作。歌意は、美貌であった我が姿に慣れていた昔を、つくづくと思い出すにつけても、鏡に映った今の我が醜い姿がやはり、つらく思われることだなあ、のとおり。これも4の詠の説明に引いた、白居易の漢詩に依拠しての詠作である。

以上が「王昭君」の題による、悲劇的な生涯を送った女性の概略だ。

w「楊貴妃」

雑部の最後の歌題は「楊貴妃《やうきひ》」である。「楊貴妃」は、唐の玄宗皇帝の宮女。玄宗の晩年、その寵愛を独占したが、安禄山《あんろくさん》の乱を避けて、帝とともに蜀《しょく》に逃れる途中、護衛兵の反抗に遭《あ》って殺された。玄宗と楊貴妃の物語は、我が国では『白氏文集』所収の「長恨歌《ちやうごんか》」によって流布《るふ》した。『為忠家初度百首』に題として登場。「楊貴妃」の題の属性を表す用語には、「長恨歌」「まぼろしのつて」「留め置く玉の枕」「露と消えにし野辺」「磨き置く玉の栖《すみか》」「昔の人の面影」「春風に笑《ゑ》みを開くる花」「なき魂《たま》のありか」「まぼろしに見えし」などがある。

さて、唐の玄宗皇帝の御代に、玄宗は楊貴妃という后に現《うつ》つを抜かして、当面の政務を疎《おろそ》かにし、一般人民の心配事などにはまったく無関心であったので、世上は不安定で、人民はお互いに歎き合っていた。そんななか、安禄山という性根《しょうね》の悪い人物がいて、玄宗を倒そうと画策《かくさく》して、大勢の武士どもに命じて決起させたので、世の中は突如、騒乱状態になってしまった。これを恐れた玄宗は、長安の都を出て、蜀に逃亡しようと試みたが、数多《あまた》の武士どもが玄宗たちの輿《こし》を取り囲み、行く手を遮《さえぎ》ったために、玄宗たちは忽ち立ち往生してしまった。安禄山の憤《いきどお》りは激しく、楊貴妃を貰えば動乱を鎮静《ちんせい》してもよい旨、玄宗に進言したので、玄宗は要求を聞き入れ、楊貴妃を安禄山に賜《たまわ》った。安禄山は賜った楊貴妃を玄宗の目の前で殺してしまった。玄宗は心神惑乱《わくらん》の状態となって、悲嘆することこのうえもなかった。玄宗はこうして都へ帰り、皇帝の位を東宮に譲って、山中に隠遁《いんとん》してしまった。そんな時、幻《まぼろし》と名乗る道士《どうし》が玄宗のもとを訪れて、今は亡き楊貴妃の居場所を探して報告したい旨、奏《そう》すと、玄宗は承諾した。道士は楊貴妃の生まれ変った場所を探し当てた。楊貴妃は道士から玄宗のことを詳細に聞いて、涙を流すこと限りもなかった。こうして、幻が楊貴妃のもとを辞去する時、楊貴妃は玉の挿頭《かざし》を手にして「これをわたしを尋ね来た証拠として、帝に奉ってほしい」と言った。幻が言うには「玉の挿頭は世間に多くある。誰も知らない帝との秘密の品物があるはずだ。それを戴《いただ》きたい」と。楊貴妃は思案して「昔、七月七日、長生殿《ちょうせいでん》に夜半に誰もいなかった際、帝がわたしの側に立ち添って、『牽牛と織女の契りは心を打つ。わたしもそうありたい。天にありては願はくは比翼《ひよく》の鳥たらむ、地にありては願はくは連理《れんり》の枝たらむ』と契りなさったので、この台詞《せりふ》を伝えてください」と答えた。道士は玄宗のもとへ帰って、その旨を伝言《でんごん》したところ、玄宗は楊貴妃のことを思い出して、いよいよますます感慨深い思いに浸《ひた》ったということだ。「楊貴妃」の題の場合、このあたりの趣を充分歌に反映しなければならない。

「楊貴妃」の題の例歌（証歌）には、次の五首を指摘できるであろう。

1　木にも生《お》ひず羽も並べでなにしかも浪路《なみぢ》隔てて君を聞くらむ
（拾遺集・雑上・伊勢・四八二）

2　沖つ島雲井の岸を行きかへり文かよはさむまぼろしもがな
（同・同・〈清原〉元輔・四八七）

3　思ひかね別れし野辺を来て見れば浅茅が原に秋風ぞ吹く
（金葉集三奏本・秋・源道済・一六五）

4　まぼろしは玉のうてなに尋ね来て昔の秋の契りをぞ聞く
（玉葉集・雑歌五・権中納言〈藤原〉長方・二四四五）

5　みがきおく玉の住家《すみか》も袖濡れて露と消えにし野辺ぞ悲しき
（拾遺愚草・二見浦百首・藤原定家・一九六）

まず、1の詠は、『拾遺集』に「（七条后藤原温子《おんし》）中宮、長恨歌の御屏風に」の詞書を付して載る、伊勢の作。詞書の「長恨歌」から「楊貴妃」の題は想定されよう。歌意は、比翼連理の契りもむなしく、どうして遠く海を隔てた蓬萊《ほうらい》の島に別れて居て、帝の伝言だけを聞くことになったのだろうか、のとおり。『伊勢集』では玄宗皇帝と楊貴妃との贈答歌の形式になって、これは楊貴妃の返歌である。

次に、2の詠も『拾遺集』の同じ巻に収載される歌だが、「対馬守《つしまのかみ》小野あきみちが妻《め》隠岐《おき》が下り侍りける時に、共政《ともまさ》の朝臣の妻肥前が詠みて遣《つか》はしける」の詞書を付して載る、清原元輔の作。詞書から「楊貴妃」の題は知られないが、第五句からそれと知られよう。歌意は、沖の島のはるか遠い海岸を往来して、消息を伝え合うことができる、「長恨歌」に見られるような

「まぼろし」の道士がいればいいのになあ、のとおり。「まぼろし」は「長恨歌」に登場する、玄宗皇帝と楊貴妃との仲立ちとなった道士。遠く西国に下向する友人に贈った歌。受領《ずりょう》の妻の地方赴任《ふにん》への共感を、「長恨歌」を踏まえて詠じた。

次に、3の詠は、『金葉集』（三奏本）に「長恨歌の心をよめる」の詞書を付して載る、源道《みち》済《なり》の作。歌意は、恋しい思いに堪えかねて、あなたとお別れした野辺に来て見ると、まばらに浅茅が生えた原に、寂しそうに秋風が吹きわたっているよ、のとおり。楊貴妃の立場で詠じたもの。

次に、4の詠は、『玉葉集』に「西行法師すすめ侍りける（二見浦）百首の中に、楊貴妃を」の詞書を付して載る、藤原長方《ながかた》の作。詞書から「楊貴妃」の題と知られる。歌意は、仙術《せんじゅつ》を使う道士は楊貴妃を、仙山の美しい宮殿まで尋ねて来て、その昔の秋、七月七日の長生殿の比翼連理の契りの物語を聞くことだ、のとおり。「長恨歌」の最末尾の場面を踏まえての詠作。

最後に、5の詠は、『拾遺愚草』に収載される「二見浦百首」に「楊貴妃」の題を付して載る、藤原定家の作。歌意は、金殿玉楼《きんでんぎょくろう》に帰ってきても、亡き楊貴妃の思い出で、皇帝の袖は悲涙に濡れ、妃が露と消えてしまった野辺が悲しく思われるよ、のとおり。「玉」に楊貴妃の「魂」を響かせる。玄宗が蜀から長安に帰る途中、楊貴妃の死んだ地にしばらく止《とど》まり悲嘆にくれた情景を詠じたもの。

以上が「楊貴妃」の題が切り拓く、玄宗皇帝との愛の物語の概略だ。

これで一応、前著で言及することができなかった、『和歌題林抄』に収載される歌題の残りのすべてが補完され、ここに『和歌題林抄』が収録する古典和歌の主要な歌題についての概略がほぼ完遂《かんすい》されたということになろうか。

すなわち、春部が二十二題、夏部が十八題、秋部が十七題、冬部が十三題、恋部が七題、雑部が二十二題の都合九十九題を補完することになって、前著の取り扱いで、少々物足りなさが残らないわけでもなかった、内容面での守備範囲がほぼ整備されて、筆者の溜飲《りゅういん》は下がる結果になったというわけだ。

なお、ここで言及しなければならなかった歌題に、諸種の歌題に付した例歌（証歌）の主要な出典・典拠と、詠歌作者の紹介に関する問題がある。このうち、前者については、その大半が勅撰集に収載される詠歌であって、不充分ではあるがすでに前著で言及しているので、本書では不問に付することにして、後者についてのみ、次章で略述しておこうと思う。

ちなみに、本書の内容は、『和歌題林抄』の著述内容を基幹にして、筆者の見解を補益・補筆したものだが、『和歌題林抄』のテキストは、架蔵の宝永三年刊の版本『増補和歌題林抄』（北村季吟増補）を使用したが、穂久邇文庫蔵『和歌題林抄』（日本歌学大系　別巻七、昭和六一・

一〇、風間書房）のほか、徳川美術館蔵『和歌題林抄』（徳川黎明会叢書　和歌篇五、平成二・八、思文閣出版）、上賀茂神社三手文庫蔵『題林抄』などの諸本も参照した。

三　作者略伝 ―― 例歌（証歌）の詠者

一　引用した和歌の作者を現代仮名遣いに従って、掲載ページを五十音順で掲出した。
二　呼称は通行のよみかたに従って、僧侶を除いては訓よみで掲出した（拗音表記は不採用）。
三　和歌の作者が同一ページに複数出てくる場合も、一度示すに留めた。

―あ―

赤染衛門《あかぞめえもん》　生没年未詳。平安中期の歌人。赤染時用の娘。中古三十六歌仙の一人。大江匡衡《まさひら》の妻。道長の室・倫子や上東門院彰子に仕えた。家集に『赤染衛門集』があり、『栄華物語』正編の作者とされる。『拾遺集』初出。…………238・376

赤人《あかひと》　山部。平安時代は「山辺」と表記。生没年未詳。奈良時代の歌人。『万葉集』第三期の代表歌人。下級官吏として宮廷に仕えたらしい。行幸供奉《ぐぶ》の作が多く、優美清澄な自然詠に特色がある。…………50

顕季《あきすえ》　藤原。天喜三年（1055）～保安四年（1123）、六十九歳。父は隆経、母は白河院乳母親子。大納言実季の猶子となり、歌学の家、六条藤家の始祖となる。「六条修理大夫」と称した。白河院の近臣として信任が厚く、『堀河百首』に参加するほか、当時の和歌活動の中心人物として活躍した。家集に『六条修理大夫集』がある。『後拾遺集』初出。……228・360

顕輔《あきすけ》　藤原。寛治四年(1090)～久寿二年(1155)、六十六歳。顕季の三男。母は経平の二女。『久安百首』に参加し、基俊の没後は歌壇の第一人者となって活躍。仁平元年(1151)には『詞花集』を奏覧した。家集に『左京大夫顕輔集』がある。『金葉集』初出。……251・336

顕綱《あきつな》　藤原。長元二年(1029)～康和五年(1103)、七十五歳。道綱の子息・兼経の三男。母は順時の娘・弁乳母《べんのめのと》。「讃岐入道」と号す。家集に『讃岐入道集』がある。なお、『讃岐典侍日記』は娘の長子の作。『後拾遺集』初出。……107

朝忠《あさただ》　藤原。延喜十年(910)～康保三年(966)、五十七歳。父は定方、母は山蔭の娘。「土御門中納言」と号す。屏風歌を詠み、笙《しょう》の名手でもあった。三十六歌仙の一人で、『百人一首』にも入る。家集に『朝忠集』がある。『後撰集』初出。……20

阿氏奥嶋《あじのおきしま》　伝未詳。『万葉集』歌人。……28・288

厚見王《あつみのおおきみ》　系譜未詳。天平勝宝元年(749)四月従五位下、同七年十一月伊勢奉幣使。『万葉集』歌人。……63

有家《ありいえ》　藤原。久寿二年(1155)～建保四年(1216)、六十二歳。父は重家、母は家成の娘。建久ごろから歌壇に登場し、『六百番歌合』『千五百番歌合』に加わり、『新古今集』の撰者の一人となる。『千載集』初出。……41・274・340・353

有助《ありすけ》　御春。生没年未詳。延喜二年(902)十二月左衛門権少尉。藤原敏行の家人で、河内国の人という。『古今集』に初出。……139

有常女《ありつねのむすめ》　生没年未詳。紀有常の娘。業平の

妻。『古今集』初出。……301

有仁《ありひと》　康和五年（1103）～久安三年（1147）、四十五歳。「花園左大臣」と称される。輔仁《すけひと》親王の皇子。母は師忠の娘。『金葉集』初出。……262

有房《ありふさ》　源。生没年未詳。神祇伯顕仲の子息。「伯大夫」と号す。仁安二年（1167）斎院長官。『千載集』初出。……13

安法《あんぽう》　俗名源趁《したごう》。生没年未詳。平安中期の僧。融《とおる》の曾孫。父は適、母は安則の娘。中古三十六歌仙の一人。永観元年（983）天王寺別当に任じられる。生涯の大半を父祖伝来の河原院に住み、梨壺の五人を始め、兼盛・恵慶《えぎょう》らと交流して、歌会を催した。家集に『安法法師集』がある。『拾遺集』初出。……126

―い―

家隆《いえたか》　藤原。保元三年（1158）～嘉禎三年（1237）、八十歳。父は光隆、母は実兼の娘。邸の在所から「壬生二品《みぶにほん》」と呼ばれた。『新古今集』の撰者の一人に選ばれたほか、定家とともに当代の代表的歌人とされた。家集に『壬二集』（玉吟集）があるほか、『家隆卿自歌合』がある。『千載集』初出。……112・126・266・296

家経《いえつね》　藤原。後光明峯寺摂政。宝治二年（1248）～永仁元年（1293）、四十六歳。父は実経、母は有信の娘。弘安期の歌壇に重要な役割を果たした。『続古今集』初出。……309

和泉式部《いずみしきぶ》　生没年未詳。父は大江雅致《まさむね》、母は保衡《やすひら》の娘。太皇太后宮昌子に出仕していたが、長徳頃、橘道貞と結婚、小式部をもうけた。その後、長保三年（1001）頃、為尊《ためたか》親王・敦道《あつみち》親王と恋に陥ったが、その間の経緯を記した『和泉式部日記』は有名。両親王と死別した後は、上東門院彰子に仕え、藤原保昌と結婚、夫の任地である丹後

まで赴いたりした。家集に『和泉式部集』（正集・続集）がある。『拾遺集』初出。……76・104・157・244・349

伊勢《いせ》　生没年未詳。ただし、元慶元年（877）頃～天慶元年（938）頃の生存は推察される。約六十一歳。宇多天皇の寵愛《ちょうあい》を受け、「伊勢の御《ご》」と呼ばれた。父は継蔭。宇多天皇の后・温子に仕え、敦慶親王と結婚して、中務《なかつかさ》を生んだ。三十六歌仙の一人。家集に『伊勢集』がある。『古今集』初出。……94・280・319・340・351・380

伊勢大輔《いせのたいふ》　生没年未詳。平安中期の女流歌人。伊勢祭主神祇伯大中臣輔親《すけちか》の娘。高階成順と結婚して、康資王母を生んだ。寛弘の頃、上東門院彰子に仕えたが、その頃すでに歌人として知られていたらしい。家集に『伊勢大輔集』がある。『後拾遺集』初出。……78・151・166

殷富門院大輔《いんぷもんいんのたいふ》　生没年未詳。ただし、天承元年（1131）頃～正治二年（1200）頃の生存は推察される。約七十歳。父は信成、母は在良。保元元年（1156）頃から後白河院皇女殷富門院亮子内親王に仕えたが、建久三年（1192）殷富門院落飾《らくしょく》の際、出家したか。その後、歌林苑に加わり、多くの歌人たちと活発な歌壇活動をなした。家集に『殷富門院大輔集』がある。『千載集』初出。……194・344

―う―

寵《うつく》　生没年未詳。大納言源定の孫。父は精。『古今集』に初出。……276

―え―

永縁《えいえん》　永承三年（1048）～天治二年（1125）、七十八歳。「初音の僧正」と呼ばれた。父は藤原永相、母は大江公資の娘。はやく父を失い、出家。保安五年（1124）、藤原氏の氏寺である興福寺権僧正になる。『堀河百首』にも加わり、俊頼・基俊・顕季らと親交があった。『金葉集』初出。……31・209・238

永福門院《えいふくもんいん》　文永八年（1271）～康永元年（1342）、七十二歳。名は鏡子。父は実兼、母は久我《こが》通成の娘・顕子。正応元年（1288）伏見院天皇に入内、中宮となる。正和五年（1316）尼となり、「真如源」と号す。京極派主催の歌合に参加し、嘉元三年（1305）「永福門院歌合」を主催する。『玉葉集』『風雅集』に数多入集。『新後撰集』初出。……301・305

恵慶《えぎょう》　生没年未詳。平安中期の僧。「播磨講師」と号す。出自・閲歴など一切未詳。応和二年（962）河原院の歌会に参加、寛和二年（986）花山院の熊野御幸に供奉する。家集に『恵慶集』がある。『拾遺集』初出。……123・126・160

円玄《えんげん》　生没年未詳。肥前守俊保の子息。阿闍梨。『千載集』初出。……356

―お―

大伴田村大嬢《おおとものたむらのだいじょう》　生没年未詳。大伴宿祢宿奈麻呂の娘。坂上大嬢《さかのうえのおおいらつめ》の異母姉。『万葉集』歌人。……50

興風《おきかぜ》　藤原。生没年未詳。平安初期の歌人。父は道成。浜成の曾孫。三十六歌仙の一人。卑官ながら優れた歌才の持ち主で、「寛平御時后宮歌合」「亭子院歌合」など、宇多天皇歌壇の重要人物であった。家集に『興風集』がある。『古今集』初出。……244・332

憶良《おくら》　山上。生没年未詳。飛鳥から奈良前期、『万葉集』第三期に活躍した歌人。仏教思想の影響の歌がめだつ。……144

娘子《おとめ》　伝未詳。『万葉集』歌人。……139

老《おゆ》　小野。生年未詳～天平九年（739）。父は石

根。『万葉集』歌人。……59

―か―

懐円《かいえん》　生没年未詳。叡山法師。父は源道済。輔親・赤染衛門・懐寿《かいじゅ》らと交流があったらしい。『後拾遺集』初出。……376

懐寿《かいじゆ》　天禄元年（970）～万寿三年（1026）、五十七歳。父母未詳。天台宗延暦寺の僧。寛仁三年（1019）道長が東大寺で受戒した際の騎馬前駆《さきがけ》僧の一人。摂関家とのつながりが深かったらしい。『後拾遺集』初出。……376

覚雅《かくが》　寛治四年（1090）～久安二年（1146）、五十七歳。父は源顕房。僧都。東大寺の僧。『久安百首』の作者に選ばれたが、詠進を果たさず没した。『金葉集』初出。……228

覚忠《かくちゆう》　元永元年（1118）～治承元年（1177）、六十歳。父は関白忠通。「宇治大僧正」と称される。天台座主。俊恵・重家らと親交があった。『千載集』初出。……178

覚誉法親王《かくよほっしんのう》　元応二年（1320）～永徳二年（1382）、六十三歳。花園院の皇子。母は実明の娘・後伏見院一条。「二品聖護院」と称される。『貞和百首』『延文百首』の作者の一人。『風雅集』初出。……63

兼実《かねざね》　藤原。久安五年（1149）～承元元年（1207）、五十九歳。父は関白忠通、母は仲光の娘。「月輪《つきのわ》殿《どの》」「後法性寺殿」と号する。慈円の兄。良経の父。当時の歌壇の庇護者として活躍した。公家日記『玉葉』を残した。『千載集』初出。……129・234

兼輔《かねすけ》　藤原。元慶元年（877）～承平三年（933）、五十七歳。「堤中納言」と呼ばれた。冬嗣の孫。父は利基。三十六歌仙の一人。兼輔の邸宅には、貫之・躬恒・是則らの専門歌人や玄上・千古・治

方らの文人貴族が集まり、親交の場となった。家集に『兼輔集』がある。『古今集』初出。……313

兼長《かねなが》 源。本名重成。生没年未詳。平安中期の歌人。父は道成。和歌六人党の一人。能因らと交流があり、当時の歌合に参加した。『後拾遺集』に初出。……39

兼房《かねふさ》 藤原。長保三年（1001）～延久元年（1069）、六十九歳。父は兼隆、母は源扶義の娘。祖父は関白道兼。当代の歌合で活躍した。人麻呂を夢に見て、絵師にその姿を描かせ、日夜、礼拝したという逸話は有名。『後拾遺集』初出。……166

兼宗《かねむね》 藤原。長寛元年（1163）～仁治三年（1242）、八十歳。父は忠親、母は光房の娘。「六百番歌合」「千五百番歌合」の作者。『千載集』初出。……266・270

兼盛《かねもり》 平。生年未詳～正暦元年（900）。光孝天皇の皇子・是忠親王の孫、篤行王の子息。天暦四年（949）臣籍に下り、平姓となる。三十六歌仙の一人。「天徳四年内裏歌合」のほか、和歌活動は活発であった。家集に『兼盛集』がある。『後撰集』初出。……28・178・217・317・326

亀山天皇《かめやまてんのう》 建長元年（1249）～嘉元三年（1305）、五十七歳。諱は恒仁。後嵯峨天皇の第三皇子。第九十代天皇。弘安元年（1278）『続拾遺集』を二条為氏に撰進させた。家集に『亀山院御集』がある。『続古今集』初出。……262

河辺宮人《かわへのみやひと》 生没年・伝未詳。『万葉集』歌人。……69

―き―

徽安門院一条《きあんもんいんいちじょう》 生没年未詳。南北朝期の歌人。父は正親町《おおぎまち》公蔭、母は北条久時の娘。光厳院妃徽安門院に仕え、のち光厳院の妾となり、「対の御方」と呼ばれる。義仁親王を生む。『貞和

百首』『延文百首』の作者。『徽安門院一条集』は『貞和百首』の残闕（八七首）である。『風雅集』初出。……288

行慶《ぎょうけい》　長治二年（1105）～永万元年（1165）、六十五歳。白河院の皇子。母は源政長の娘。「桜井僧正」「狛僧正」と称された。大僧正。天王寺別当。『千載集』初出。……174

貴船明神《きぶねみょうじん》　京都市左京区鞍馬貴船町にある貴船神社の神。『後拾遺集』歌。……271

清重《きよしげ》　中原。生没年未詳。建久七年（1196）に至る。光重の子息。『千載集』初出。……273

清輔《きよすけ》　藤原。長治元年（1104）～治承元年（1177）、七十四歳。父は顕輔、母は高階能遠の娘。久安頃からの歌壇活動は活発で、崇徳院・二条院の信任は厚く、俊成の御子左家と拮抗する六条藤家の支柱であった。『続詞花集』の撰者となったほか、『奥義抄』『和歌初学抄』『袋草紙』などの歌学書も書いた。家集に『清輔朝臣集』がある。『千載集』初出。……39・186・340

公顕《きんあき》　西園寺《さいおんじ》。文永十一年（1274）～元亨元年（1321）、四十八歳。父は実兼。『嘉元百首』の作者。京極派の歌人。『新後撰集』初出。……284

公景《きんかげ》　大江。生没年未詳。元久元年（1204）頃没か。父は公盛。『千載集』初出。……189

公実《きんざね》　藤原。天喜元年（1053）～嘉承二年（1107）、五十五歳。父は実季、母は経平の娘。「三条大納言」と号す。『堀河百首』の作者。堀河院近臣グループの一人として歌会・歌合などで活躍した。家集に『公実集』がある。『後拾遺集』初出。……21・79・182・231

公任《きんとう》　藤原。康保三年（966）～長久二年（1041）、七十六歳。父は頼忠、母は代明親王の娘・厳子。「四条大納言」と称される。中古三十六歌仙の一人。漢詩・和歌・管弦の才に優れる。『和漢朗詠集』『拾遺抄』『金玉集』の撰進のほか、家集に『前大納言公任卿集』がある。『百人一首』にも採られる。『拾遺集』初出。……………59・185・213

公長《きんなが》　大中臣。延久三年（1071）～保延四年（1138）、六十八歳。公定の子息。祭主。『金葉集』初出。……………………13・193

公衡《きんひら》　西園寺。弘長四年（1264）～正和四年（1315）、五十二歳。竹林院入道前左大臣。父は実兼。日記に『公衡日記』がある。『玉葉集』初出。…332

公光《きんみつ》　藤原。大治五年（1130）～治承二年（1178）、四十九歳。父は季成。和琴をよくす。『千載集』初出。……………197

公頼《きんより》　橘。元慶元年（877）～天慶四年（941）、六十五歳。父は漢学者広相。『後撰集』初出。……………………259

―く―

空也《くうや》　延喜三年（903）～天禄三年（972）、七十歳。出自は未詳。「市聖」「阿弥陀聖」と称される。西光寺（六波羅密寺）を建立。浄土教の興隆に寄与した。踊り念仏の祖といわれる。『拾遺集』初出。……………………115

くぐつなびく　傀儡《くぐつ》で、伝未詳。…………324

草壁皇子《くさかべのみこ》　天智天皇元年（662）～持統天皇三年（689）、二十八歳。父は天武天皇、母は皇后（持統天皇）。文武天皇・元正天皇・吉備内親王の父。万葉第二期の歌人。……………142

宮内卿《くないきょう》　生没年未詳。父は源師光、母は後白河院女房安芸《あき》。元久元年（1204）の「春日社歌合」を最後に、以後の作歌活動は見られない。『新古今集』の代表的女流歌人の一人。和歌は式子内親王・俊成卿の娘とともに卓越していた。『正治後度百首』「千五百番歌合」の作者。『新古今集』初出。……………………25・72

国量《くにかず》　津守。延文三年（1338）～応永九年（1402）、六十五歳。父は国夏。『新千載集』『新後拾遺集』の撰進には連署《れんしょ》として参画した。『永和百首』の作者。『新千載集』初出。……192

国信《くにのぶ》　源。延久元年（1069）～天永二年（1111）、四十三歳。父は顕房、母は藤原良任の娘。堀河天皇の近臣として活躍、『堀河百首』の作者となる。『金葉集』初出。……296・364

邦省親王《くにみしんのう》　乾元元年（1302）～永和元年（1375）、七十四歳。父は後二条天皇、母は宗親の娘。「花町宮」と号す。弾正尹。二条派のパトロン的存在。『続千載集』初出。……284

国基《くにもと》　津守。治承三年（1023）～康和四年（1102）、八十歳。父は基辰、母は頼信の娘。「藤井戸神主」と号す。住吉神主を歌道家の一つに加える。橘俊綱の伏見院邸にしばしば出席、範永・経信らと親交があった。家集に『国基集』がある。『後拾遺集』初出。……47・296

黒人《くろひと》　高市連。生没年・伝未詳。持統・文武《もんむ》両朝に仕えた下級官人。万葉第二期の歌人。羇旅歌に特色がある。……44

—け—

慶暹《けいせん》　俗姓大中臣。正承四年（993）～康平七年（1064）、七十二歳。宇佐大宮司公宣の子息。輔親の猶子か。『後拾遺集』初出。……309

源縁《げんえん》　生没年・伝未詳。平安中期の僧。藤原邦任の子息か。比叡山の僧か。『後拾遺集』初出。……160

—こ—

皇嘉門院別当《こうかもんいんのべっとう》　生没年未詳。源俊隆の娘。崇徳院皇后皇嘉門院聖子（忠通の娘）に仕えた女房。安元元年（1175）「兼実家歌合」に加わる

など、和歌活動も積極的であった。『百人一首』に入る。『千載集』初出。……228

光孝天皇《こうこうてんのう》　天長七年（830）～仁和三年（887）、五十八歳。諱《いみな》は時康。「小松の帝」と号す。第五十八代の天皇。仁明天皇の第三皇子。母は贈皇太后沢子。『百人一首』に入る。家集に『仁和御集』がある。『古今集』初出。……16

皇后宮肥後《こうごうぐうのひご》　生没年未詳。元永・保安の頃、約八十歳で没したか。藤原定成の娘。皇后宮令子内親王に仕えた。肥後守実宗の室。『堀河百首』『永久百首』の作者。家集に『肥後集』がある。『金葉集』初出。……200

公猷《こうゆう》　俗姓藤原。生没年未詳。寂蓮の子息。三井寺の僧。権律師。寛喜元年（1229）『為家家百首』に参加。『新古今集』初出。……145

後小松天皇《ごこまつてんのう》　天授三年（1377）～永享五年（1433）、五十七歳。諱は幹仁。第百代の天皇。後円融天皇の第一皇子。母は通陽門院厳子。南北朝合一の時の天皇。『後小松院御百首』がある。『新続古今集』初出。……313

後嵯峨天皇《ごさがてんのう》　承久二年（1220）～文永九年（1272）、五十三歳。諱は邦仁。第八十八代の天皇。土御門天皇の第一皇子。母は贈皇太后源通子。後深草・亀山天皇二代に院政を行う。『続後撰集』『続古今集』の撰集下命者。『宝治百首』を召す。『続後撰集』初出。……256

小式部内侍《こしきぶのないし》　生年未詳～万寿二年（1025）頃、約二十六、七歳か。父は橘道貞、母は和泉式部。教通の寵を受け、静円を生む。『百人一首』に入る。『後拾遺集』初出。……251

小侍従《こじじゅう》　生没年未詳。平安後期から鎌倉初期の女流歌人。石清水《いわしみず》八幡宮別当紀光清の娘。母は菅原在良の娘・小大進。「待宵小侍従」と称される。建仁年間、八十歳を越えるまで、作歌活動を続ける。『正治初度百首』「千五百番歌合」の作者。家集に『小侍従集』がある。『千載集』初出。……………………………83・255・360

後白河天皇《ごしらかわてんのう》　大治二年（1127）〜建久三年（1192）、六十六歳。鳥羽天皇の第四皇子。母は待賢門院璋子《たまこ》。諱は雅仁。第七十七代の天皇。『千載集』の撰進を下命。歌謡に関心が強く『梁塵秘抄』を集成した。『千載集』初出。……………251

後鳥羽天皇《ごとばてんのう》　治承四年（1180）〜延応元年（1239）、六十歳。諱は尊成。第八十二代の天皇。高倉天皇の第四皇子。母は藤原信隆の娘。承久三年（1221）討幕を企てたが失敗、隠岐に流される。『新古今集』の勅撰をはじめ、『正治百首』「千五百番歌合」『最勝四天王院障子和歌』を主催するなど、その和歌史的役割ははかり知れない。家集に『後鳥羽院御集』、歌論書に『後鳥羽院御口伝』がある。『新古今集』初出。…………284・344

後二条院権大納言典侍《ごにじょういんごんだいなごんのすけ》　生年未詳〜応長元年（1311）頃。二条為世の娘・為子。権大納言局。二条派の代表的歌人。遊義門院に仕え、嘉元二年（1304）以後に後二条院の典侍となる。その後、後醍醐天皇の寵愛を受け、尊良親王・宗良《むねなが》親王を生む。天皇即位後、従三位を贈られる。『嘉元百首』の作者。『新後撰集』初出。……………238・269・360

小町《こまち》　小野。生没年・伝未詳。六歌仙・中古三十六歌仙の一人。小野篁《たかむら》の孫か。仁明天皇の時代の後半にその後宮で活躍したらしい。王朝三美人のひとりと言われたが、晩年は容色が衰え、各地を流浪したという説話が生まれた。家集に『小町集』がある。『古今集』初出。…237・285・348

伊家《これいえ》　藤原。永承三年（1179）〜応徳元年（1084）、三十七歳。父は公基、母は範永の娘。承保・承暦の「内裏歌合」に参加するなど、初期白河院歌壇

で活躍した。『後拾遺集』初出。……63

惟成《これしげ》　藤原。天暦七年（953）～永祚《えいそ》元年（989）三十七歳。父は雅材、母は中正の娘。花山天皇に重用され、漢詩・和歌に優れた才能をもっていたので、花山院文化圏で活躍した。家集に『惟成集』がある。『拾遺集』初出。……200

是則《これのり》　坂上。生没年未詳。好蔭の子息。望城《もちき》の父。三十六歌仙の一人。延喜十三年（913）「亭子院歌合」の作者となって、宇多法皇の大井川行幸に供奉するなど、『古今集』撰者たちと同等の歌壇活動をしている。『百人一首』に入る。家集に『是則集』がある。『古今集』初出。……143・167

伊通《これみち》　藤原。寛治七年（1093）～長寛三年（1165）、七十三歳。父は宗通、母は顕季の娘。「九条大相国」と号す。自邸で歌合を催すなど、和歌に関心が深かった。『金葉集』初出。……145

権大納言局《ごんだいなごんのつぼね》→後二条院権大納言典侍

―さ―

西行《さいぎょう》　元永元年（1118）～建久元年（1190）、七十三歳。父は佐藤康清、母は源清経の娘。俗名義《のり》清《きよ》、法名円位。鳥羽院下北面の武士であったが、保延六年（1140）二十三歳で出家した。高野山や讃岐、奥州、伊勢など、各地を仏道行脚し、河内国広川寺で往生した。家集に『山家集』『聞書集』『山家心中集』『西行上人集』がある。『百人一首』に入る。『千載集』初出。……31・169・191・269・314

斎宮内侍《さいぐうのないし》　生没年・伝未詳。醍醐天皇皇女雅子内親王の女房。『拾遺集』初出。……327

斎宮女御《さいぐうのにょうご》　本名は徽子女王。「承香殿女御」とも呼ばれる。延長七年（929）～寛和元年（985）、五十七歳。父は醍醐天皇の皇子三品式部卿重明親王、母は忠平の娘・寛子。三十六歌仙の一人。琴の才能とともに和歌に優れ、能宣など当時

の一流歌人に尊敬されていた。家集に『斎宮女御集』がある。『拾遺集』初出。……………368

坂上郎女《さかのうえのいらつめ》　大伴宿祢安麻呂の娘。旅人《たびと》の異母妹。母は石川郎女。藤原朝臣麻呂の妻となり、坂上の里に住んでいたので、坂上郎女という。のち、大伴宿奈麻呂《すくなまろ》に嫁して、坂上大嬢《おおいらつめ》、同二《おと》嬢《いらつめ》を生む。『万葉集』歌人。……………234

相模《さがみ》　生没年未詳。一条天皇の長徳・長保（995～1003）頃の生まれか。父は頼光、母は慶滋保章の娘。大江公資の妻となり、夫の任国により相模と呼ばれた。能因・経信・範永らと伍して活躍した。中古三十六歌仙の一人。家集に『相模集』がある。『後拾遺集』初出。…………96・118・209

前斎院六条《さきのさいいんのろくじょう》　生没年未詳。「待賢門院堀河」「伯女」「伯卿女」とも称される。神祇伯顕仲の娘。はじめ前斎院（令子内親王）に仕え、のち待賢門院に仕えて、堀河と呼ばれた。『久安百首』の作者。『金葉集』初出。…………169・185

前斎宮内侍《さきのさいぐうのないし》　藤原永相の娘。永縁・前斎宮河内の妹。『金葉集』初出。…………280

定家《さだいえ》　藤原。応保二年（1162）～仁治二年（1241）、八十歳。父は俊成、母は親忠の娘（美福門院加賀）。「京極中納言」と称される。九条家歌壇や後鳥羽院歌壇で活躍し、『新古今集』の撰者の一人となる。『新勅撰集』の撰者。歌論書に『近代秀歌』『毎月抄』『詠歌大概』、秀歌選に『二四代集』『百人一首』、日記に『明月記』がある。『千載集』初出。……35・53・72・93・151・266・269・277・289・291・353・373・376・381

貞時《さだとき》　北条（平）。文永八年（1271）～応長元年（1311）、四十一歳。父は時宗、母は城介義景の娘。「最勝円寺入道」と号す。冷泉為相に和歌の指導を受ける。鎌倉歌壇の重要な人物。『新後撰集』初出。…………207

定文《さだふん》**（貞文）**　平。生年未詳～延長元年（923）。好風の子息。「平中《へいじゅう》」と号す。中古三十六歌仙の一人。延喜五・六年（905・906）自邸で歌合を催し、躬恒・是則・忠岑・貫之らが参加している。歌物語『平中物語』の主人公と言われる。『古今集』初出。……39・41・238

定宗《さだむね》　源。生没年未詳。建久五年（1194）に至る。父は顕定、母は光行の娘。「別雷社歌合」に出詠。『千載集』初出。……317

実明女《さねあきらのむすめ》　生没年未詳。延文元年（1356）以後没か。正親町《おおぎまち》実明の子女。洞院《とういん》公蔭の妹。『延文百首』の作者。京極派の女流歌人。『風雅集』初出。……107

実雄《さねお》　洞院。建保五年（1217）～文永十年（1273）、五十七歳。父は公経、母は平親宗の娘。『宝治百首』の作者。『続後撰集』初出。……321

実方《さねかた》　藤原。生年未詳～長徳四年（998）。父は定時、母は源雅信の娘。師尹の孫。長徳元年（995）突然陸奥守に任じられ、四年後に任地で客死した。家集に『実方朝臣集』がある。『拾遺集』初出。……364

実兼《さねかね》　西園寺。建長元年（1249）～元亨二年（1322）、七十四歳。父は公相、母は中原師朝の娘。「後西園寺入道前太政大臣」と呼ばれた。永福門院の父。京極派の歌人として活躍した。家集に『実兼公集』がある。『続拾遺集』初出。……204・344・368

実経《さねつね》　藤原。貞応二年（1223）～弘安七年（1284）、六十二歳。道家の子息。一条家の祖。「円明寺殿」と号す。家集に『円明寺関白集』がある。『続後撰集』初出。……215

実教《さねのり》　小倉。文永二年（1265）～貞和五年（1349）、八十五歳。父は公雄、母は実世の娘。「富小路大納言」と称される。二条派堂上歌人の重鎮。『嘉

元百首』『文保百首』『正中百首』『貞和百首』の作者。『藤葉集』の編者。『新後撰集』初出。……194

実房《さねふさ》　藤原。久安三年（1147）～嘉禄元年（1225）、七十九歳。父は公教、母は清隆の娘。「三条入道左大臣」と称される。『正治初度百首』の作者。日記に『愚昧記《ぐまいき》』がある。『千載集』初出。……115・317

沙弥尼《さみに》　伝未詳。『万葉集』歌人。……162

―し―

慈円《じえん》　久寿二年（1155）～嘉禄元年（1225）、七十一歳。別称「吉水和尚」。父は忠通、母は藤原仲光の娘。兼実の弟。天台座主。九条家歌壇を庇護する立場でおおいに活躍した。『新古今集』の主要歌人。家集に『拾玉集』、史論書に『愚管抄』がある。『千載集』初出。……151・178・265・273・314・318

式子内親王《しきしないしんのう》　生年未詳～建仁元年（1201）、約四十九歳。父は後白河天皇、母は藤原季成の娘・成子。俊成・定家に和歌を学び、『新古今集』の代表的女流歌人。家集に『式子内親王集』がある。『千載集』初出。……35・255

志貴皇子《しきのみこ》　生年未詳～霊亀二年（716）。天智天皇の第七皇子。白壁王・湯原王の父。『万葉集』歌人。……30

重経《しげつね》　高階。正嘉元年（1257）～応長元年（1311）、五十五歳。邦経の子息。『新後撰集』初出。……179

滋春《しげはる》　在原。生没年未詳。『古今集』撰進の延喜五年（905）までに没したか。業平の次男。『古今集』初出。……332

重之《しげゆき》　源。生年未詳～長保二年（1000）頃、約六十歳か。兼信の子息。清和天皇の皇子・貞元親王の孫。三十六歌仙の一人。長徳元年（995）陸奥守となった実方に随行し、同地で没した。家集に

『重之集』がある。『拾遺集』初出。……75・182・220

重之女《しげゆきのむすめ》　生没年・伝未詳。源重之の娘。家集に『重之女集』がある。『新古今集』初出。……64

侍従乳母《じじゅうのめのと》　生没年・伝未詳。大江匡衡の娘である江侍従と同一人物か。『千載集』初出。……148

順《したごう》　源。延喜十一年（911）〜永観元年（983）、七十六歳。挙の子息。天暦五年（951）梨壺の五人の一人として『後撰集』の撰集と、『万葉集』の訓点作業に従事した。三十六歌仙の一人。家集に『順集』がある。『拾遺集』初出。……59・78

実快《じっかい》　俗姓藤原。仁平三年（1153）〜没年未詳。公能の子息。正治二年（1200）「石清水社歌合」に出詠。『千載集』初出。……123

実性《じっしょう》　生没年未詳。長舜の子息。二条派歌人。『続後拾遺集』撰進の際、和歌所開闔《かいこう》となる。『続千載集』初出。……251

寂然《じゃくぜん》　生没年未詳。寿永元年（1182）までは存命か。俗名は藤原頼業。父は為忠、母は橘大夫（待賢門院女房）か。大原の三寂の一人。西行と親交があった。家集に『唯心房集』がある。『千載集』初出。……47・154

寂蓮《じゃくれん》　生年未詳〜建仁二年（1202）、約六十歳。俗名は藤原定長。阿闍梨俊海の子息。俊成の猶子となるが、出家して寂蓮と称した。御子左家の有力歌人として活躍。『新古今集』の撰者となったが、完成を見ずに没した。『正治初度百首』の作者。家集に『寂蓮法師集』がある。『千載集』初出。……154・259・296・321・353

守覚法親王《しゅかくほっしんのう》　久安六年（1150）〜建仁二年（1202）、五十三歳。父は後白河天皇、母は成子。以《もち》仁王《ひとおう》・式子内親王などと同母。「北院御室」と称される。建久九年（1198）仁和寺僧侶グループに俊成・定家・家隆・寂蓮らを加えた十七人による

『守覚法親王家五十首』を主催した。家集に『北院御室御集』『守覚法親王集』がある。『千載集』初出。……336・352

俊恵《しゅんえ》 永久元年（1113）〜建久二年（1191）以前に没したか。父は俊頼、母は橘敦隆の娘。白河の自坊歌林苑には多くの歌人が出入りして、活発な和歌活動を行った。家集に『林葉集』、歌論書に『無名抄』がある。『詞花集』初出。……39・42・120・313

俊盛《しゅんじょう》 俗姓源。生没年未詳。俊頼の子息。興福寺の僧。『千載集』初出。……166

順徳天皇《じゅんとくてんのう》 建久八年（1197）〜仁治三年（1242）、四十六歳。父は後鳥羽院、母は修明門院重子。第八十四代天皇。諱は守成。承久の乱で、佐渡に配流された。『建保三年内裏名所百首』を主催。家集に『順徳院御集』、歌論書に『八雲御抄』がある。『続後撰集』初出。……44・120

定為《じょうい》 生年未詳〜嘉暦二年（1327）以前、約七十歳か。父は為氏、母は教定の娘。醍醐寺の僧。『嘉元仙洞百首』『文保百首』の作者。二条派の歌僧として活発な活動をした。『続拾遺集』初出。……277

静円《じょうえん》 長和五年（1016）〜延久六年（1074）、五十九歳。「木幡僧正」と号す。父は藤原教通、母は小式部内侍。『後拾遺集』初出。……39

上西門院兵衛《じょうさいもんいんのひょうえ》 生没年未詳。神祇伯源顕仲の娘。『久安百首』の作者。実家・実定・隆信・西行らと親交があった。『千載集』初出。……220

成尋《じょうじん》 寛弘八年（1011）〜永保元年（1081）、七十一歳。藤原義賢の子息。実方の孫。大雲寺の僧。『詞花集』初出。……220

白河天皇《しらかわてんのう》 天喜元年（1053）〜大治四年（1129）、七十七歳。父は後三条天皇、母は藤原茂子。第七十二代の天皇。諱は貞仁。堀河・鳥羽・崇徳の三代の院政を行う。『後拾遺集』『金葉集』の下命者。『後拾遺集』初出。……85・151・318

白女《しろめ》　摂津国江口の遊女。大江音人の子・玉淵の娘か。『古今集』初出。……364

進子内親王《しんしないしんのう》　乾元〜延慶（1302〜1311）〜永和二年（1376）頃生存、約七十歳。父は伏見天皇、母は基輔の娘。永福門院内侍に養われる。『貞和百首』『延文百首』『永和百首』の作者。『風雅集』初出。……118・305

真静《しんせい》　生没年未詳。河内国の人。御導師。『古今集』初出。……368

―す―

季経《すえつね》　藤原。天承元年（1131）〜承久三年（1221）、九十一歳。顕輔の子息。清輔の異母弟。九条兼実邸の歌会に出席。清輔没後も六条家を支えるべく努力した。「千五百番歌合」の判者の一人。家集に『季経入道集』がある。『千載集』初出。……262

季通《すえみち》　藤原。生没年未詳。保元・平治（1156〜1160）頃まで生存か。父は宗通、母は顕季の娘。『久安百首』の作者。『詞花集』初出。……344

祐挙《すけたか》　平。生没年未詳。平安中期の歌人。保衡の子息。道長の家司。『拾遺集』初出。……244

資隆《すけたか》　藤原。生没年未詳。平安後期の歌人。父は重兼、母は高階基実の娘。「広田社歌合」「別雷社歌合」などに参加。家集に『禅林瘀葉《およう》集』がある。『千載集』初出。……251

資綱《すけつな》　源。寛仁四年（1020）〜永保二年（1082）、六十三歳。父は顕基、母は実成の娘。和歌・漢詩文に通じた宮廷文人。『後拾遺集』初出。……166

資業《すけなり》　藤原。通称「日野三位」。永延二年（988）〜延久二年（1070）、八十三歳。父は有国、母は橘仲遠の娘・徳子。後冷泉天皇の大嘗会和歌の作者

を努める。日野に法界寺薬師堂を建立する。『後拾遺集』初出。……327

輔弘《すけひろ》　大中臣。長元元年（1028）〜没年未詳。父は輔宣、母は大江公資の娘。天喜四年（1056）「顕房家歌合」に参加。『後拾遺集』初出。……107

崇徳天皇《すとくてんのう》　元永二年（1119）〜長寛二年（1164）、四十六歳。諱は顕仁。第七十五代の天皇。「讃岐院」とも称す。父は鳥羽天皇、母は待賢門院璋子《たまこ》。保元の乱で讃岐に流され、その地で崩御。『久安百首』を召し、顕輔に『詞花集』を撰進させた。『百人一首』に入る。『詞花集』初出。……72・93・136

—そ—

素意《そい》　生年未詳〜嘉保元年（1094）。俗名は藤原重経。「紀伊入道」と号す。父は重尹、母は輔親の娘か。祐子内親王家紀伊の夫。「多武峯往生院歌合」の判者。『後拾遺集』初出。……209

宗円《そうえん》　俗姓大江。延暦元年（1160）〜没年未詳。法眼弁宗の子息。熊野別当法眼。「正治二年石清水若宮歌合」に出詠。『千載集』初出。……154

増基《ぞうき》　生没年・伝未詳。朱雀〜一条朝の僧。中古三十六歌仙の一人。「庵主」と号す。家集に『増基法師集』（いほぬし）がある。『後拾遺集』初出。……133

贈従三位為子→後二条院権大納言典侍

素性《そせい》　生没年未詳。貞観・延喜頃の歌人。俗名は良峯玄利。桓武天皇の皇子・安世の孫。六歌仙の一人。僧正遍昭の在俗時の子息。三十六歌仙の一人。家集に『素性集』がある。『古今集』初出。……62・145・173・356

—た—

尊氏《たかうじ》　足利。嘉元三年（1305）〜延文三年（1358）、五十四歳。父は貞氏、母は上杉清子。室町幕府の初代将軍。和歌・連歌を愛し、二条為定を師として、三代集の伝授を受けた。延文元年（1356）尊氏の執奏により『新千載集』の撰進が企図された。『貞和百首』『延文百首』の作者。『続後拾遺集』初出。……44

高倉天皇《たかくらてんのう》　永暦二年（1161）～治承五年（1181）二十一歳。第八十代の天皇。父は後白河天皇、母は建春門院滋子。諱は憲仁。中宮は建礼門院徳子。後鳥羽天皇の父。『新古今集』初出。……100

隆季《たかすえ》　藤原。大治二年（1127）～天暦二年（1185）、五十九歳。父は家成、母は高階宗章の娘。『久安百首』の作者。『隆季集』は中世成立の私撰集。『詞花集』初出。……72

隆資《たかすけ》　藤原。生没年未詳。平安中期の歌人。「武蔵入道観心」と号す。父は頼政、母は相如の娘。承暦四年（1080）八十歳であったか。『後拾遺集』初出。……47

隆祐《たかすけ》　藤原。生没年未詳。建長末年（1256）頃、七十歳前で没か。父は家隆、母は雅隆の娘。『宝治百首』の作者。家集に『隆祐集』がある。『新勅撰集』初出。……357

高遠《たかとお》　藤原。天暦三年（949）～長和二年（1013）、六十五歳。父は斉敏、母は尹文の娘。中古三十六歌仙の一人。家集に『大宰大弐高遠集』がある。『拾遺集』初出。……160・372

隆信《たかのぶ》　藤原。康治元年（1142）～元久二年（1205）、六十四歳。父は為経（寂超）、母は美福門院加賀。『新古今集』撰進にあたり和歌寄人《よりうど》となる。家集に『隆信朝臣集』がある。『千載集』初出。……215・368

隆房《たかふさ》　藤原。久安四年（1148）～承元三年（1209）、六十二歳。父は隆季、母は忠隆の娘。妻は平清盛の娘。『正治初度百首』の作者。家集に『隆房集』

がある。『千載集』初出。……280

高光《たかみつ》　藤原。天慶三年（940）～正暦五年（994）、五十五歳。通称「多武峯《とうのみね》少将入道」。家集に『高光集』がある。『多武峯少将物語』は出家の様子を描出した歌物語。『拾遺集』初出。……133

孝善《たかよし》　藤原。生没年未詳。平安末期の歌人。貞孝の子息。良暹・俊綱・隆経らと親交があった。『後拾遺集』初出。……182

忠通《ただみち》　藤原。承徳元年（1097）～長寛二年（1164）、六十八歳。「法性寺関白」と称される。父は忠実、母は源顕房の娘・師子。兼実・慈円らの父。永久（1113～1118）から保安（1120～1124）にかけて、しばしば自邸で歌会・歌合を催し、俊頼・基俊らを含めた当時の歌壇の庇護社であった。家集に『田多民《ただみ》治《ち》集』がある。『金葉集』初出。……79・174・227・273・356・360

忠岑《ただみね》　壬生。生没年未詳。安綱の子息。忠見の父。「寛平后宮歌合」「惟貞親王家歌合」に出詠。『古今集』の撰者の一人。家集に『忠岑集』がある。『古今集』初出。……12・27・276・293・344

旅人《たびと》　大伴宿祢。天智天皇四年（665）～天平三年（731）、六十七歳。父は安麻呂、母は巨勢郎《こせのいら》女《つめ》。家持の父。万葉第三期の歌人。神亀五年（728）大宰帥《だざいのそつ》となって筑紫にくだる。『万葉集』にはこの時期の詠作が多い。……28・132

為家《ためいえ》　藤原。建久九年（1198）～建治元年（1275）、七十八歳。「中院禅門」「民部卿入道」とも称す。父は定家、母は実宗の娘。建長三年（1251）『続後撰集』を撰進、文永二年（1265）『続古今集』の撰者の一人になる。家集に『為家集』『中院集』『中院詠草』などが、歌論書に『詠歌一躰《いってい》』がある。『新勅撰集』初出。……218

為氏《ためうじ》　二条。貞応元年（1222）～弘安九年（1286）、六十五歳。父は為家、母は頼綱（蓮生）の娘。御子左家を継承し、二条家の祖。『宝治百首』『弘長百首』『弘安百首』の作者。弘安元年（1278）『続拾遺集』を撰進する。『大納言為氏卿集』は為氏・為世親子の他撰家集である。『続後撰集』初出。……324・357

為兼《ためかね》　京極。建長六年（1254）～元弘二年（1332）、七十九歳。父は為教、母は雅衡の娘。京極家の祖。正和元年（1312）『玉葉集』を撰進した。『為兼卿集』には前集と後集の二集があるが、前集は私撰集である。歌論書に『為兼卿和歌抄』、日記に『為兼卿記』がある。『続拾遺集』初出。……130

為相《ためすけ》　冷泉《れいぜい》。弘長三年（1263）～嘉暦三年（1328）、六十六歳。父は為家、母は阿仏尼。冷泉家の祖。『嘉元仙洞百首』『文保百首』の作者。家集に『藤谷《ふじがやつ》和歌集』があり、『柳風和歌抄』『夫木抄』も為相撰か。『新後撰集』初出。……130

為忠《ためただ》　生年未詳～保延二年（1136）。父は知信、母は有佐の娘。「常磐三寂」の父。両度の『為忠家百首』を主催。『金葉集』初出。……321

為義《ためのり》　橘。生年未詳～寛仁元年（1017）。道文の子息。長和四年（1015）道長家の家司となる。『後拾遺集』初出。……147

為頼《ためより》　藤原。生年未詳～長徳四年（998）。父は雅正、母は定方の娘。祖父は堤中納言兼輔。具平親王を中心に、公任・長能らが集まるグループに顔を連ねた。家集に『為頼集』がある。『拾遺集』初出。……282

―ち―

親房《ちかふさ》　源。生没年未詳。久安五年（1149）に至る。父は仲房、母実宗の娘。大治三年（1128）祖父顕仲の主催する歌合に出詠。『金葉集』初出。…197

千里《ちさと》　大江。生没年未詳。父は音人。中古三十六歌仙の一人。『古今集』撰者らと親交があっ

た。家集に『句題和歌』がある。『古今集』初出。……………………22

―つ―

土御門天皇《つちみかどてんのう》　建久六年（1195）～寛喜三年（1231）、三十七歳。父は後鳥羽天皇、母は承明門院在子。第八十三代の天皇。諱は為仁。別称「土佐院」「阿波院」。承久の乱で敗れ、土佐へ配流。家集に『土御門院御集』がある。『続後撰集』初出。……………………44

経章《つねあき》　平。生年未詳～承保四年（1077）。父は範国、母は高階業遠の娘。『後拾遺集』初出。…139

経家《つねいえ》　藤原。久安五年（1049）～承元三年（1209）、六十一歳。父は重家、母は家成の娘。建久四・五年（1193・1194）「六百番歌合」の作者。六条家の中心人物として活躍した。家集に『経家卿集』がある。『千載集』初出。……………262・324

経忠《つねただ》　藤原。承保二年（1075）～保延四年（1138）、六十四歳。父は師信、母は法橋増守の娘。「堀河中納言」と号す。白河院の側近で、篳篥《ひちりき》の名手。『金葉集』初出。……………280

経信《つねのぶ》　源。長和五年（1016）～承徳元年（1097）、八十二歳。父は道方、母は国盛の娘。俊頼の父。「桂大納言」「源都督」と称される。中古三十六歌仙の一人。和歌六人党や伏見亭歌会のメンバーと親交を結び、後冷泉朝歌壇に指導的役割を果たした。『後拾遺集』の撰進に対して『難後拾遺』を著して批判した。家集に『大納言経信卿集』『帥大納言集』がある。『後拾遺集』初出。……………86・88・196・200・296・327

経信母《つねのぶのはは》　生没年未詳。円融朝の頃の歌人。天元三年（980）頃生まれ、約六十歳まで生存か。源国盛の娘。祖父は信明《さねあきら》。家集に『帥大納言母集』がある。『後拾遺集』初出。……………154

経尹《つねまさ》　藤原。生没年未詳。経朝の子息。上西門院蔵人。『新拾遺集』初出。……257

経通《つねみち》　藤原。安元二年（1176）～延応元年（1239）、六十四歳。父は泰通、母は隆季の娘。建保二年（1214）「月卿雲客妬歌合」に参加。『新古今集』初出。……336

貫之《つらゆき》　紀。貞観十年（868）頃～天慶八年（945）頃、約七十八歳。父は望行、母は未詳。延喜五年（905）撰進の『古今集』の撰者の一人。同仮名序の作者。家集に『貫之集』、仮名日記に『土佐日記』がある。『古今集』初出。…24・35・62・90・93・147・160・178・215・220・224・277・308・313・332

—て—

天智天皇《てんじてんのう》　推古天皇三十四年（626）～天智天皇十年（671）、四十六歳。父は舒明天皇、母は皇極天皇。万葉第一期の歌人。『百人一首』に入る。……59

—と—

道命《どうみょう》　天延二年（974）～寛仁四年（1020）、四十七歳。父は道綱、母は源広の娘。兼家の孫。長和五年（1016）天王寺別当になる。家集に『道命阿闍梨集』がある。『後拾遺集』初出。……169

時昌《ときまさ》　藤原。生没年未詳。保延四年（1138）に至るか。盛房の子息。忠通家歌壇で活躍。『千載集』初出。……265

利貞《としさだ》　紀。生年未詳～元慶五年（881）。貞守の子息。六歌仙時代の歌人。『古今集』初出。……81・364

俊忠《としただ》　藤原。延久三年（1071）～保安四年（1123）、五十三歳。父は忠家、母は敦家の娘。俊成の父。堀河院歌壇の有力メンバーで、俊頼とも交流があった。家集に『俊忠卿集』がある。『金葉集』初出。

……………………280

俊成《としなり》 藤原。永久二年（1114）～元久元年（1204）、九十一歳。父は俊忠、母は敦家の娘。九条家の庇護を得て、「六百番歌合」をはじめ数々の歌合の判者をつとめ、『千載集』の撰者となった。家集に『長秋詠藻』、歌論書に『古来風躰抄』がある。『詞花集』初出。…16・72・90・163・178・182・209・215・234・259・296・331

俊成女《としなりのむすめ》 承安元年（1171）頃～建長四年（1252）以後、約七十二歳。父は盛頼、母は八条院三条。俊成の孫。源通具と結婚。出家後、「越部禅尼」と呼ばれる。後鳥羽院歌壇を代表する女流歌人。『為家卿百首』『洞院摂政家百首』『宝治百首』の作者。家集に『俊成卿女集』がある。『新古今集』初出。……………163・296・340・349

俊頼《としより》 源。天喜三年（1055）～大治四年（1129）、七十五歳。父は経信、母は貞亮の娘。堀河院歌壇の中心人物として活躍。組題百首の嚆矢《こうし》である『堀河百首』を成功させる。『金葉集』を撰進。家集に『散木奇歌集』、歌論書に『俊頼髄脳』がある。『金葉集』初出。……81・96・115・139・210・269・280・301・305・336・372

友則《とものり》 紀。生年未詳～延喜五年（905）頃。有朋の子息。貫之とは従兄弟。『古今集』撰者の一人。三十六歌仙の一人。「是貞親王家歌合」「寛平御時后宮歌合」に出詠。家集に『友則集』がある。『古今集』初出。……………103・118・151・364

頓阿《とんあ》 俗名二階堂貞宗。正応二年（1289）～応安五年（1372）、八十四歳。光貞の子息か。南北朝動乱以後は、尊氏・義詮父子に重用され、二条派重鎮として、為定・為明・為遠らと親交し、二条家をもりたてた。『新拾遺集』の撰者の一人。家集に『草庵集』、歌論書に『井蛙抄』がある。『続千載集』初出。……………18

—な—

長方《ながかた》　藤原。保延五年（1139）～建久二年（1191）、五十三歳。父は顕長、母は俊忠の娘。定家の従兄。家集に『長方集』がある。『千載集』初出。……381

永実《ながざね》　藤原。生年未詳～永久三年（1115）。父は清家、母は橘季通の娘。範永の孫。永久三年の「忠通家歌合」に参加。『金葉集』初出。……251

長忌寸奥麻呂《ながのいみきおきまろ》　生没年・伝未詳。『万葉集』歌人。……14

長房《ながふさ》　藤原。長元二年（1029）～康和元年（1099）、七十一歳。父は経輔、母は日野資業の娘。後冷泉朝歌壇で活躍。『後拾遺集』初出。……174

仲正《なかまさ》　源。生没年未詳。平安後期の歌人。父は頼綱、母は麗子（師実室）の女房・中納言局。俊忠・顕輔らの主催した歌合に出席、『為忠家百首』の作者。家集に『仲正集』がある。『金葉集』初出。……160・336

斉時《なりとき》　北条。生没年未詳。通時の子息。『新後撰集』初出。……321

業平《なりひら》　在原。天長二年（825）～元慶四年（880）、五十六歳。父は阿保親王、母は伊都内親王。「在五中将」と呼ばれる。六歌仙・三十六歌仙の一人。『伊勢物語』の主人公と目される。家集に『業平集』がある。『古今集』初出。……55・104・133・163・295・332・365

—に—

二条天皇《にじょうてんのう》　康治二年（1143）～永万元年（1165）、二十三歳。父は後白河天皇、母は経実の娘・懿子。第七十八代の天皇。諱は守仁。内裏でしばしば歌会や歌合を主催した。清輔に『続詞花和歌集』の撰集を命じた。『千載集』初出。……368

二条院讃岐《にじょういんのさぬき》　永治元年（1141）頃～建保五

年（1217）頃、約七十七歳か。父は源頼政、母は藤原友実の娘。二条天皇に仕えたのでその呼称がある。『正治初度百首』「千五百番歌合」など後鳥羽院歌壇や「建暦三年内裏歌合」など順徳院歌壇で活躍した。家集に『二条院讃岐集』がある。『千載集』初出。……225・231

二条后《にじょうのきさき》　藤原高子《たかいこ》。承和九年（842）～延喜十年（910）、六十九歳。父は長良。清和天皇の后。陽成天皇の母。『古今集』初出。……20

―の―

能因《のういん》　永延二年（988）～没年未詳。俗名橘永《なが》愷《やす》。別称「古曾部入道」。父は元愷《もとやす》。師の長能をはじめ、道済・公任・為善・嘉言らと交流があった。旅の歌人として知られ、西行などの先蹤となった。家集に『能因法師集』、私撰集に『玄々集』、歌学書に『能因歌枕』がある。……50・86・100・192・291・296

宣子《のぶこ》　藤原。生年未詳～元亨元年（1321）。父は為顕。二条兼基の室。道平の母。京極派歌人。『文保百首』の作者。『新後撰集』初出。……372

教定《のりさだ》　飛鳥井。生年未詳～文永三年（1266）。父は雅経、母は大江広元の娘。藤原頼経・頼嗣・宗尊親王の三代の将軍に仕えた。『続後撰集』初出。……284

範綱《のりつな》　藤原。生没年未詳。永雅の子息。『詞花集』初出。……244

範永《のりなが》　藤原。生没年未詳。平安中期の歌人。「津入道」と号した。父は仲清、母は永頼の娘。和歌六人党の一人。後三条朝頃までは存命したか。六人党のほか、能因・相模・出羽弁らと親交があり、後朱雀・後冷泉朝期の受領・家司層歌人のリーダーとなった。家集に『範永朝臣集』がある。『後拾遺集』初出。……24・96・309

教長《のりなが》　藤原。天仁二年（1109）～没年未詳。治承二年（1178）までは存命、時に七十歳。父は忠教、母は源俊明の娘。家集に『貧道集』がある。『詞花集』初出。…………24・120

―は―

万秋門院《ばんしゅうもんいん》　後二条院尚侍頊子。文永五年（1268）～延元三年（1338）、七十一歳。父は藤原実経、母は中納言典侍。『嘉元百首』に出詠。『新後撰集』初出。…………284

―ひ―

檜垣嫗《ひがきのおうな》　生没年未詳。延喜ごろの人物か。筑前の遊女か。家集に『檜垣嫗集』がある。『後撰集』初出。…………308

常陸《ひたち》　生没年未詳。藤原定成の娘。肥後守・肥前守藤原実宗の妻であったので、「肥後」とも「肥前」とも呼ばれた。『永久百首』の作者。家集に『肥後集』がある。『金葉集』初出。…………368

秀能《ひでとう》　藤原。寿永三年（1184）～延応二年（1240）、五十七歳。父は秀宗、母は源光基の娘。承久の乱に敗れて出家、如願《にょがん》と名のる。建仁元年（1201）和歌所寄人となり、多くの歌会や歌合に出詠、後鳥羽院の寵を受けた。家集に『如願法師集』がある。『新古今集』初出。…………234

人麻呂《ひとまろ》　柿本。「人麿」「人丸」とも書く。生没年未詳。飛鳥時代の下級官人。万葉第二期の歌人。天武・持統・文武天皇の三代にわたって宮廷歌人として活躍。三十六歌仙の一人。『古今集』仮名序で「歌の聖」と評されて、神格化された。『万葉集』の資料となった『人麻呂歌集』は現在伝わらない。…………188・200・231・244・255・301

―ふ―

深養父《ふかやぶ》　清原。生没年未詳。房則の子息。元輔の祖父。清少納言の曾祖父。貫之や兼輔らと親交があった。『百人一首』に入る。家集に『深養父集』がある。『古今集』初出。……154

伏見天皇《ふしみてんのう》　文永二年（1265）～文保元年（1317）、五十三歳。父は後深草天皇、母は玄輝門院。第九十二代の天皇。諱は熙仁《ひろひと》。春宮時代から京極為兼を信任して、京極派歌風を確立させた。応長元年（1311）為兼に『玉葉集』の撰進を下命、翌年奏覧された。家集に『伏見院御集』、日記に『伏見院宸記』がある。『新後撰集』初出。……289

冬平《ふゆひら》　鷹司。建治元年（1275）～嘉暦二年（1327）、五十三歳。父は基忠。摂政関白兼忠の子となる。『嘉元百首』『文保百首』などに出詠。『新後撰集』初出。……256

―へ―

遍昭《へんじょう》　「遍照」とも書く。俗名は良岑宗貞。弘仁七年（816）～寛平二年（890）、七十五歳。桓武天皇皇子・安世の子息。素性の父。六歌仙・三十六歌仙の一人。仁明天皇に寵せられたが、嘉承三年（850）天皇崩御により出家。仁和元年（885）僧正になり、光孝天皇より七十賀を賜った。家集に『遍昭集』がある。『古今集』初出。……58・115・136・213・332・344

―ま―

雅兼《まさかね》　源。承暦三年（1079）～康治二年（1143）、六十五歳。父は顕房、母は藤原惟綱の娘。「薄雲中納言」と号す。「内大臣忠通歌合」「西宮歌合」に出詠。家集に『雅兼卿集』があり、『雅兼卿記』を著す。『金葉集』初出。……136

雅定《まささだ》　源。嘉保元年（1094）～応保二年（1162）、六十九歳。雅実の子息。「中院入道右大臣」と号

す。六条藤家の歌壇と深い関係があった。『金葉集』初出。……………………73・93・244

雅経《まさつね》　藤原（飛鳥井）。嘉応二年（1170）～承久三年（1221）、五十二歳。父は頼経、母は源顕雅の娘。飛鳥井流蹴鞠《けまり》の祖。後鳥羽院歌壇の中心人物として、数多くの歌合に出詠。『新古今集』の撰者の一人。家集に『明日香井和歌集』がある。『新古今集』初出。…………………………166

政平《まさひら》　賀茂。生年未詳～安元二年（1176）。神主成平の子息。「広田社歌合」や実国・経盛・重家らの主催する歌合に出詠。歌林苑にも出入りする。『金葉集』初出。…………………………340

匡房《まさふさ》　大江。長久二年（1041）～天永二年（1111）、七十一歳。「江帥《ごうのそつ》」と号す。父は成衡、母は橘孝親の娘。匡衡は曾祖父、赤染衛門は曾祖母。後三条・白河・堀河三帝の東宮学士を勤めた。『堀河百首』に題を献じ、作者にも加わる。家集に『江帥集』がある。『後拾遺集』初出。
……………13・35・90・123・185・188・348・364

雅光《まさみつ》　源。寛治三年（1089）～大治二年（1127）、三十九歳。雅兼の子息だが、顕房の養子か。忠通家歌壇の常連メンバーだった。『金葉集』初出。…372

満誓《まんぜい》　生没年未詳。「沙弥満誓」と呼ばれた。俗名は笠沙弥。もと官人で、美濃守などを勤めたが、養老五年（721）元明太上天皇の病気平癒を願って出家、満誓と名乗った。『万葉集』歌人。…344

―み―

参河《みかわ》　「摂政家参河」とも。生没年未詳。源仲正の娘。頼政の妹。大治～仁安年間（1126～1168）催行の忠通・顕輔・経定らの各家歌合に出詠。『金葉集』初出。……………………………69

道真《みちざね》　菅原。承和十二年（845）～延喜三年（903）、五十九歳。「菅家」「管公」とも。父は是善、

母は伴氏。右大臣に至ったが、大宰権帥に左遷される。家集に『菅家御集』がある。『古今集』初出。……………………301

道真母《みちざねのはは》 伴。生没年未詳。菅原是善との間に道真を生む。『拾遺集』初出。…………330

通相《みちすけ》 久我（源）。嘉暦元年（1326）～応安四年（1346）、四十六歳。父は長通、母は基顕の娘。『延文百首』の作者。『風雅集』初出。…………192

通光《みちてる》 源。文治三年（1187）～宝治二年（1248）、六十二歳。父は通親、母は藤原範子。通具の弟。「千五百番歌合」『最勝四天王院障子和歌』などの和歌行事にかかわる。『新古今集』初出。……129

通俊《みちとし》 藤原。永承二年（1047）～承徳三年（1099）、五十三歳。父は経平、母は家業の娘。白河天皇の信任が厚く、『後拾遺集』の撰者を命じられた。承保～承暦年間（1074～1081）の「内裏歌合」ほかの歌合にしばしば出詠。『後拾遺集』初出。……327

道済《みちなり》 源。生年未詳～寛仁三年（1019）、約五十歳か。方国の子息。信明の孫。中古三十六歌仙の一人。能因の先輩歌人として指導的立場にあった。『拾遺集』の撰集作業に加わったか。家集に『道済集』がある。『拾遺集』初出。……80・148・381

道信《みちのぶ》 藤原。天禄三年（972）～正暦五年（994）、二十三歳。父は為光、母は伊尹の娘。中古三十六歌仙の一人。公任・実方・宣方らと親交をもち、一条朝初期の主要歌人として活躍した。家集に『道信集』がある。『拾遺集』初出。……………224

道良女《みちよしのむすめ》 藤原。「九条左大臣女」とも。生没年未詳。正元～延慶年間（1259～1310）在世、約五十歳か。母は後嵯峨院大納言典侍。忠教の室。『嘉元伏見院三十首』の作者。京極派前期歌人。『続拾遺集』初出。……………………274

通頼《みちより》 藤原。生没年未詳。雅材の子息。加賀権守。『拾遺集』初出。……………………31

躬恒《みつね》　凡河内。生没年・伝未詳。紀貫之と並称される歌人で、『古今集』の撰者の一人。三十六歌仙の一人。「寛平御時后宮歌合」「亭子院歌合」などに出詠。家集に『躬恒集』がある。『古今集』初出。……16・28・53・100・112・174・262・266・336

光行《みつゆき》　源。長寛元年（1163）～寛元二年（1244）、八十二歳。光季の子息。『蒙求和歌』『百詠和歌』の著作があるが、『源氏物語』河内本の本文を、子息の親行とともに制定した。『千載集』初出。……220

蓑麻呂《みのまろ》　大石。生没年・伝未詳。天平十八年（746）頃、東大寺写経所に服務。『万葉集』歌人。……118

―む―

宗貞→遍昭

宗成《むねしげ》　高階。生没年未詳。時宗の子息。為家や光俊と交流があったようだ。『遺塵和歌集』の撰者。『続拾遺集』初出。……262

宗尊親王《むねたかしんのう》　仁治三年（1242）～文永十一年（1274）、三十三歳。父は後嵯峨天皇、母は平棟基の娘。鎌倉幕府第六代将軍。和歌に熱心で、歌会・歌合・百首歌など主催するほか、『三百首和歌』『柳風和歌集』『瓊玉和歌集』の著作がある。『続古今集』初出。……96・128・357

棟梁《むねやな》　在原。生年未詳～昌泰元年（898）。父は業平。『古今集』初出。……169

宗于《むねゆき》　源。生年未詳～天慶二年（939）。父は是忠親王。光孝天皇の孫。三十六歌仙の一人。家集に『宗于集』がある。『古今集』初出。……182

―も―

基家《もといえ》　藤原。建仁三年（1203）～弘安三年（1280）、七十八歳。父は良経、母は基房の娘。「後九条内

大臣」と称された。『洞院摂政家百首』などに出詠したが、定家に評価されず、『新勅撰集』には選ばれなかった。後鳥羽院に近接し、定家没後、為家の歌壇制覇に対抗して、知家・光俊らと反御子左派を庇護し、『弘長百首』の作者、『続古今集』の撰者の一人となり、『雲葉集』を撰した。『続後撰集』初出。……245

基氏《もとうじ》　藤原。建暦二年（1212）～弘安五年（1282）、七十一歳。基家の子息。『続後撰集』初出。……192

元真《もとざね》　藤原。生没年未詳。平安前期の歌人。清邦の子息。三十六歌仙の一人。「中宮女房歌合」「天徳四年内裏歌合」などに出詠。家集に『元真集』がある。『後拾遺集』初出。……112

元輔《もとすけ》　清原。延喜八年（908）～永祚二年（990）、八十三歳。春光の子息。清少納言の父。梨壺の五人・三十六歌仙の一人。『万葉集』の訓点作業、『後撰集』の撰集の事業にあたった。家集に『元輔集』がある。『拾遺集』初出。……200・380

基忠《もとただ》　鷹司。宝治元年（1247）～正和二年（1313）、六十七歳。父は兼平、母は実有の娘。「円光院」と号す。『嘉元百首』の作者。『続拾遺集』初出。……204

基俊《もととし》　藤原。康平三年（1060）～康治元年（1142）、八十三歳。父は俊家、母は高階順業の娘。俊頼・仲実ら堀河院歌壇の近臣層と親交し、『堀河百首』の作者に加えられる。『新撰朗詠集』を撰し、家集に『基俊集』がある。『金葉集』初出。……69・76・96

基長《もとなが》　藤原。長久四年（1043）～嘉承二年（1107）、六十五歳。父は能長、母は源済政の娘。『後拾遺集』初出。……309

盛明親王《もりあきのみこ》　延長六年（928）～寛和二年（986）、五十九歳。父は醍醐天皇、母は源唱の娘・周子。「天徳四年三月内裏歌合」の方人《かたうど》を勧める。『拾遺

集』初出。……76

盛房《もりふさ》　藤原。生没年未詳。定成の子息。肥後守。寛治八年（1094）存命。『金葉集』初出。…81

師賢《もろかた》　源。長元八年（1035）～永保元年（1081）、四十七歳。父は資通、母は頼光の娘。梅津の山荘に経信・頼家らを招き、歌会を催した。『後拾遺集』初出。……123

師時《もろとき》　源。承暦元年（1077）～保延二年（1136）、六十歳。父は俊房、母は基平の娘。『堀河百首』の作者。自邸でも歌会・歌合を催すなど、堀河院歌壇・忠通家歌壇で活躍した。『長秋記』を著した。『金葉集』初出。……204・206

師房《もろふさ》　源。寛弘五年（1008）～承保四年（1077）、七十歳。父は具平親王、母は為平親王の娘。自邸でしばしば歌合を催した。日記に『土右記』がある。『後拾遺集』初出。……224

師頼《もろより》　源。治承四年（1068）～保延五年（1139）、七十二歳。俊房の子息。「小野宮大納言」と呼ばれる。『堀河百首』の作者。『金葉集』初出。…143

―や―

家持《やかもち》　大伴宿祢。霊亀二年（716）～延暦四年（785）、六十八歳。旅人《たびと》の子息。万葉第四期の歌人。『万葉集』の編纂者と目される。家集に『家持集』がある。……18・41・53・100

康資王母《やすすけおうのはは》　生没年未詳。平安後期の女流歌人。父は高階成順、母は伊勢大輔。後冷泉天皇の皇后・四条宮寛子に仕え、「筑前」と称した。神祇伯延信王の妻となり、康資王を生む。家集に『康資王母集』（伯母集）がある。『後拾遺集』初出。……203

康宗《やすむね》　紀。生没年未詳。光宗の子息。雅楽頭。『千載集』初出。……193

― ゆ ―

行平《ゆきひら》　在原。弘仁九年（818）～寛平五年（893）、七十六歳。父は阿保親王、母は桓武天皇の皇女・伊登内親王。「民部卿行平家歌合」を主催する。『古今集』初出。……308

― よ ―

義方《よしかた》　良岑。生年未詳～天暦元年（947）没か。衆樹の子息。安世の孫。四位の蔵人。『後撰集』初出。……55

美材《よしき》　小野。生年未詳～延喜二年（902）。俊生の子息。篁《たかむら》の孫。「寛平御時后宮歌合」に出詠。『古今集』初出。……137

好忠《よしただ》　曾禰。生没年未詳。延長初年（923）～長保五年（1003）頃の生没か。家系・官歴も不明な点が多い。平安中期の歌人。中古三十六歌仙の一人。六位の丹後掾《たんごのじょう》であったので「曾丹《そたん》」と呼ばれた。貞元二年（977）の「三条左大臣頼忠家前栽合」から長保五年（1003）の「左大臣道長家歌合」まで、いくつかの歌合に出詠している。家集に『曾禰好忠集』（曾丹集）がある。『拾遺集』初出。……26・88・110・148・206

良経《よしつね》　藤原。嘉応元年（1169）～建永元年（1206）、三十八歳。父は兼実、母は季行の娘。慈円は叔父。「後京極殿」と称され、「秋篠月清」と号した。建久（1190～1199）頃から和歌活動が活発となり、「六百番歌合」を主催したのをはじめ、数多の歌会・歌合・百首歌に出詠した。家集に『秋篠月清集』がある。『千載集』初出。……33・96・121・129・259・269・291・352・376

能宣《よしのぶ》　大中臣。延喜二十一年（921）～正暦二年（991）、七十一歳。頼基の子息。輔親の父。梨壺の五人の一人として『万葉集』の訓釈と『後撰集』の撰進にかかわった。「天徳四年内裏歌合」をはじめ多くの歌合歌や屏風歌を詠進した。家集に『能宣集』がある。『拾遺集』初出。……………12・110・238

四綱《よつな》　大伴宿祢。生没年未詳。天平十七年（745）雅楽助。『万葉集』歌人。……………58

頼政《よりまさ》　源。長治元年（1104）～治承四年（1180）、七十七歳。父は仲正、母は藤原友実の娘。二条院讃岐の父。保元の乱では後白河院に、平治の乱では平家方に従い武功をあげたが、治承四年、高倉宮以仁王《もちひとおう》を奉じて平家に謀反を企て、敗れて平等院で自害した。歌林苑会衆として活躍。家集に『源三位頼政集』がある。『詞花集』初出。……………313・314

頼宗《よりむね》　藤原。正暦四年（993）～康平八年（1065）、七十三歳。父は道長、母は源高明の娘・明子。「堀河右大臣」と呼ばれる。長元八年（1035）の「頼通家歌合」に出詠するなど、後冷泉朝歌壇において指導的な役割を果たした。家集に『入道右大臣集』がある。『後拾遺集』初出。……317

―ら―

頼円《らいえん》　生没年未詳。俊恵《しゅんえ》の子息。叡山の僧。重保と交流があった。『千載集』初出。……53

―り―

隆縁《りゅうえん》　生没年未詳。俗名は藤原。父は隆忠、母は通宗の娘。顕季の甥。叡山。長承・久安年間（1135～1151）の「顕輔家歌合」「家成家歌合」に出詠。『詞花集』初出。……………228

隆源《りゅうげん》　生没年未詳。堀河・鳥羽天皇頃の歌人。藤原通宗の子息。通俊は叔父。『堀河百首』の作者。叡山にのぼり、「若狭阿闍梨」と号す。俊頼・仲実・顕季・国基らと交流があった。歌学

―その他―

四　おわりに

筆者のこれまで進めてきた和歌文学研究を回想するとき、類題和歌集に本格的に取り組みはじめたのは、『明題和歌全集』の成立」（『国語国文』第四十三巻第七号、昭和四九・七）を公表した、昭和四十九年ごろであった。それ以来、今日までおおよそ四十年が経過したが、その間に筆者が公表した類題集関係の主な著書・論文の類は、『明題和歌全集』『明題和歌全集全句索引』（ともに昭和五二・二、福武書店）、『題林愚抄』（共編『新編国歌大観　第六巻』所収、昭和六三・四、角川書店）、類題本『草根集』（共編『新編国歌大観　第八巻』所収、平成二・四、角川書店）、『摘題和歌集　上・下』（平成二・一一、同三・一、古典文庫）、『続五明題和歌集　上・下』（平成四・一〇、和泉書院）、『中世類題集の研究』（平成六・一、和泉書院）、『明題拾要鈔　上・下』（平成九・七、同九・八、古典文庫）、『公宴続歌　本文編』『公宴続歌　索引編』（共編、ともに平成一二・二、和泉書院）、「類題和歌集概観――古典和歌を中心とする――」（『夫木和歌抄　編纂と享受』所収、平成二〇・三、風間書房）、『近世類題集の研究　和歌曼陀羅の世界』（平成二一・八、青簡舎）、「国文学研究資料館蔵『二八明題和歌集』考」（国文学研究資料館平成二十一年度研究成果報告書『学芸書としての中世類題集の研究――『夫木和歌抄』を中心に――』所収、平成二二・三）などであった。

このような筆者の類題集研究状況のなかで、長年専心してきた類題集研究の精髄を、そのまま一部の和歌研究者にのみ提供して、享受を仰ぐのではなくて、比較的平明で達意な文章表現・措辞を用いて、広く一般の古典和歌に興味・関心のある人びとにも披露し、それらの人びとの多彩で豊饒《ほうじょう》な古典和歌の世界への理解と鑑賞眼がさらに深まることを、筆者は心底、念願してきたのであった。なぜならば、古典和歌の真髄は、詠作者が折々の景物に接して、心の琴線に触れた際に発する感興を素直に形象化した、『万葉集』などに代表される「実詠歌」などよりも、むしろ予め、設定された題に基づいて構想された観念的な世界を形象化した、勅撰集などに代表される「題詠歌」にこそ窺い知ることができる、と筆者には愚考されるからだ。それは現在、およそ五十万首をはるかに越える数量の「題詠歌」たる古典和歌が『新編国歌大観』全十巻（昭和五八・二～平成四・四、角川書店）に所収されて伝存している実体、現実を直視すれば一目瞭然であろう。

筆者はこのような古典和歌の研究者としての勝手な希望・願望を、『和歌題林抄』なる歌題集成書を基幹のテキストにして、実現・達成できるものならば果たしたい、と永年抱き続けてきたのだが、計らずも平成二十二年十二月、勤務校を退任する記念の出版物として、和歌の入門書たる『古典和歌の世界――歌題と例歌（証歌）鑑賞――』（新典社）を刊行することができたのであった。まさに筆者の永年の夢が実現したわけで、身に余る光栄な慶事と言えようか。とはいうものの、その出版物の内容をつぶさに見ると、歌題が、春から冬の四季部と恋部が各五題、雑部が四十一題の都合六十六題、それに付された例歌（証歌）が約三百八十首という、いたって小規模の貧弱な内実でしかなく、それは『和歌題林抄』のほんの一部分に論究した代物でしかない、と認めざるを得ないのも事実であった。

　というわけで、筆者としては今後、『和歌題林抄』が収載する歌題のうち、前著ではやむなく割愛せざるを得なかった、残りの歌題にも言及した、同種の内容の完成稿を出来るだけ早急にまとめあげ、前著の補完をなすほぼ完全版の制作を企図せざるを得なかったわけだ。それは結果的に、『和歌題林抄』が収載するすべての歌題に適切な例歌（証歌）を付したうえに、題詠歌の本質を突いた豊潤な解説を施した、言わば古典和歌に関する簡にして要を得た、ほぼ完全版の手引き書・概説書となるような書物の制作を企図しているものなのだ。

『古典和歌の文学空間――歌題と例歌（証歌）からの鳥瞰《スコープ》――』は、このような筆者の編纂目的に基づいて刊行される運びとなったが、果たして筆者の編纂意図は達成されているであろうか。

　まず、歌題をみると、春部が「立春」「子日」～「款冬」「三月尽」の二十二題、夏部が「更衣」「卯花」～「納涼」「泉」の十八題、秋部が「立秋早秋」「草花」～「菊残菊」「暮秋九月尽」の十七題、冬部が「初冬」「霜」～「仏名」「歳暮除夜」の十三題、恋部が「後朝恋」「旅恋」～「名立恋」「忘恋」の十六題、雑部が「林」「杜」～「王昭君」「楊貴妃」の二十二題の、都合百八題を数えている。この数値は前著で割愛せざるを得なかった、『和歌題林抄』が収載する歌題のうち、残りの歌題のすべてと『増補和歌題林抄』の一部であるわけだ。

また、これらの歌題に付せられた例歌（証歌）の数量をみると、約五百七十首にのぼるが、この数値は『和歌題林抄』が収載する例歌（証歌）の約五十パーセント増になっている。ちなみに、歌題と例歌（証歌）との割合をみると、一歌題に六首弱の例歌（証歌）が添えられている実体が明瞭になろう。

そして、これらの歌題と例歌（証歌）についての論述内容をみると、『和歌題林抄』を基幹にして、勘所を押えた、かなり詳細な解説が逐一施されているように見受けられるので、この点、それほどの瑕瑾《かきん》はないと判断されるのではなかろうか。

となると、「題詠歌」を主要内容とする古典和歌について、歌題と例歌（証歌）の視点から本格的に追究した入門書の刊行という、本書の所期の目的がほぼ達成されていると判断することは許されるであろうか。

なお、本書には前著では省略に従った「作者略伝」を付したが、それは例歌（証歌）の詠作者を略述することを通じて、本書に収載した「古典和歌」の性格を少しでも理解し深めていただけたらという、筆者の淡い願望からである。せいぜいご参看賜れば望外の喜びである。

　ところで、本書の論述内容に関わる重要な問題として、筆者の論述方法・論述姿勢について、是非とも言及しておかなければならない倫理的な問題がある。それは本書の論述内容に吸収した、筆者が参看・参照した諸種の参考文献への対処の仕方の問題である。それは各歌題に付された例歌（証歌）について論述した際に認められる事例だが、筆者の論述した内容には、もとより筆者の独自の見解も多々あるが、それ以外に、その領域の専門の研究者などの著書・論文などから得られた諸種の貴重な見解も少なからず包摂されているのも事実である。にもかかわらず、本書では、この点について、参照したその時その場において逐一、著者名と参考文献を明記するという方法を採っていないのだ。その点、著者に対して礼儀を弁えない非礼な言動として批難は免れないであろう。しかし、それは本書が古典和歌の専門書ではなく、一般的な手引き書・概説書という性格・制約から、已むを得ず採らせていただいた処置であって、ここに筆者として、ご教示・ご教導を仰いだ参考文献の著者諸氏には、この場を借りて改めて、心底から感謝の意を表し、厚く御礼申しあげるものである。

　なお、参看・参照させていただいた参考文献については、一括して後に掲載させていただきましたので、ご参看賜りたく思う次第である。

　それにしても、本書の刊行に際しても、前著同様に諸種の面で、新典社編集部の小松由紀子課長にご高配を賜った。ここに衷心より厚く御礼申しあげたいと思う。

平成二十四年五月二十日

三村晃功

参考文献

一　古語辞典類

久松潜一・佐藤謙三編『角川新版古語辞典』（昭和五〇・一、角川書店）
岡見正雄ほか編『角川古語大辞典』（昭和五七・六～平成一一・三、角川書店）
中田祝夫ほか編『古語大辞典』（昭和五八・一二、小学館）
山田俊雄・吉川泰雄編『角川必携古語辞典』（平成二一・一〇、角川書店）
秋山虔・渡辺実編『三省堂詳説古語辞典』（平成一二・一一、三省堂）

二　文学・文学史辞典（事典）類

有吉保編『和歌文学辞典』（昭和五七・五、桜楓社）
谷山茂編『日本文学史辞典』（昭和五七・九、京都書房）

市古貞次・野間光辰監修『日本古典文学大辞典』（昭和五八・一〇〜同六〇・二、岩波書店）
犬養廉ほか『和歌大辞典』（昭和六一・三、明治書院）
大曾根章介ほか編『日本古典文学大事典』（平成一〇・六、明治書院）
久保田淳・馬場あき子編『歌ことば歌枕大辞典』（平成一一・五、角川書店）
片桐洋一著『歌枕歌ことば辞典　増補版』（平成一一・六、笠間書院）
井上宗雄・武川忠一編『新編和歌の解釈と鑑賞事典』（昭和五七・九、笠間書院）

三　注釈書類

阿部秋生ほか校注・訳『源氏物語』（日本古典文学全集、昭和四五・一一〜同五一・二、小学館）
福井貞助校注・訳『伊勢物語』（日本古典文学全集、昭和四七・一二、小学館）
片桐洋一訳・注『古今和歌集』（全対訳日本古典新書、昭和五五・六、創英社）
小町谷照彦訳注『古今和歌集』（対訳古典シリーズ、昭和六三・五、旺文社）
小島憲之・新井栄蔵校注『古今和歌集』（新日本古典文学大系5、平成元・二、岩波書店）
片桐洋一校注『後撰和歌集』（新日本古典文学大系6、平成二・四、岩波書店）
小町谷照彦校注『拾遺和歌集』（新日本古典文学大系7、平成二・一、岩波書店）
久保田淳・平田喜信校注『後拾遺和歌集』（新日本古典文学大系8、平成六・四、岩波書店）

犬養廉ほか編『後拾遺和歌集新釈　上・下』（笠間注釈叢刊18・19、平成八・二、同九・二、笠間書院）

川村晃生・柏木由夫・工藤重矩校注『金葉和歌集　詞花和歌集』（新日本古典文学大系9、平成元・九、岩波書店）

片野達郎・松野陽一校住『千載和歌集』（新日本古典文学大系10、平成五・四、岩波書店）

久保田淳校注『新古今和歌集　上・下』（新潮日本古典集成、昭和五四・三、同五四・九、新潮社）

川口久雄著『和漢朗詠集』（講談社学術文庫、昭和五七・二、講談社）

田中裕・赤瀬信吾校注『新古和歌集』（新日本古典文学大系11、平成四・一、岩波書店）

木船重昭編著『続古今和歌集全注釈』（平成六・一、大学堂書店）

小林一彦著『続拾遺和歌集』（和歌文学大系7、平成一四・七、明治書院）

岩佐美代子著『玉葉和歌集全注釈　上巻・中巻・下巻』（笠間注釈叢刊20～22、平成八・三、同八・六、同八・九、笠間書院）

深津睦夫著『続後拾遺和歌集』（和歌文学大系9、平成九・九、明治書院）

岩佐美代子著『風雅和歌集全注釈　上巻・中巻・下巻』（笠間注釈叢刊34～36、平成一四・二、同一五・九、同一六・三、笠間書院）

村尾誠一著『新続古今和歌集』（和歌文学大系12、平成一三・一二、明治書院）

四　その他

三村晃功編『明題和歌全集』（昭和五二・二、福武書店）
大阪俳文学研究会編『藻塩草　本文篇』（昭和五四・一二、和泉書院）
『新編国歌大観　第一巻』（昭和五八・二、角川書店）
久保田淳編『古典和歌必携』（『別冊国文学』昭和六一・七、学燈社）

歌題索引

本索引は本書に収載の歌題が登場する箇所を、部立別にページで表示したものである。

〔春部〕

〔夏部〕

〔秋部〕

〔冬部〕

〔恋部〕

〔雑部〕

和歌索引

一　初・二句を平仮名書きで表記し、歴史仮名遣いに従って、掲載ページを掲出した。
二　引用歌・掲出歌は本文中では濁点が付されているが、索引でもそのままの形で示した。
三　引用歌・掲出歌が同一ページに複数出てくる場合も、一度示すに留めた。

—あ—

— い —

— う —

— お —

— か —

— き —

— そ —

— た —

— ち —

— つ —

— と —

— ま —

— み —

— む —

― よ ―

― わ ―

― を ―

三村　晃功（みむら　てるのり）

昭和15 年 9 月　岡山県高梁市に生まれる

昭和40 年 3 月　大阪大学大学院文学研究科修了

専攻　日本中世文学（室町時代の和歌）

現職　京都光華女子大学名誉教授・前学長

学位　博士（文学・大阪大学）

主要編著書

『明題和歌全集』（昭和51・2，福武書店）

『明題和歌全集全句索引』（昭和51・2，福武書店）

『中世私撰集の研究』（昭和60・5，和泉書院）

『続五明題和歌集』（平成4・10，和泉書院）

『中世類題集の研究』（平成6・1，和泉書院）

『公宴続歌　本文編・索引編』（編者代表，平成12・2，和泉書院）

『中世隠遁歌人の文学研究』（平成16・9，和泉書院）

『近世類題集の研究　和歌曼陀羅の世界』（平成21・8，青簡舎）

『古典和歌の世界 ― 歌題と例歌（証歌）鑑賞 ―』（平成22・12，新典社）

など

古典和歌《こてんわか》の文学空間《ぶんがくくうかん》

―― 歌題と例歌（証歌）からの鳥瞰《スコープ》 ――　　新典社選書 53

2012 年 7 月 1 日　初刷発行

著　者　三 村　晃 功

発行者　岡 元　学 実

発行所　株式会社　新 典 社

〒101－0051　東京都千代田区神田神保町1－44－11

営業部　03－3233－8051　編集部　03－3233－8052

ＦＡＸ　03－3233－8053　振　替　00170－0－26932

印刷所 恵友印刷㈱　製本所 ㈲松村製本所

ISBN978-4-7879-6803-6 C1395

http://www.shintensha.co.jp/　　E-Mail:info@shintensha.co.jp